O garoto no alto da torre

VINÍCIUS FERNANDES

O garoto no alto da torre

Este livro foi revisado segundo o Novo Acordo Ortográfico da Língua Portuguesa.

Editora Natália Ortega
Editora de arte Tâmizi Ribeiro
Produção editorial Ana Laura Padovan, Brendha Rodrigues, Esther Ferreira, Felix Arantes e Maith Malimpensa
Preparação de texto João Rodrigues
Revisão de texto Claudia Rondelli e Carlos César da Silva
Capa Marcus Pallas
Foto do autor Renan Trevizan
Ilustração da capa Bruna Andrade

Conteúdo sensível: Este livro contém trechos de violência que podem desencadear gatilhos.

Dados Internacionais de Catalogação na Publicação (CIP)
Angélica Ilacqua CRB-8/7057

F412g

Fernandes, Vinícius
O garoto no alto da torre / Vinícius Fernandes. – Bauru, SP : Astral Cultural, 2023.
368 p.

ISBN 978-65-5566-323-5

1. Ficção brasileira 2. Homossexualidade I. Título

22-6942 CDD B869.3

Índice para catálogo sistemático:
1. Ficção brasileira

BAURU
Avenida Duque de Caxias, 11-70
8º andar
Vila Altinópolis
CEP 17012-151
Telefone: (14) 3879-3877

SÃO PAULO
Rua Major Quedinho, 111
Cj. 1910, 19º andar
Centro Histórico
CEP 01050-904
Telefone: (11) 3048-2900

E-mail: contato@astralcultural.com.br

Para aqueles que são ou já foram jovens apaixonados um dia.
Que este amor possa sobreviver através dos séculos.

Prometidos

PETRÓPOLIS, EM ALGUM MOMENTO DA DÉCADA DE 1950

A mente humana é o maior mistério existente. É capaz de materializar o que é tido como impossível, inacreditável ou extraordinário por algumas pessoas. Entretanto, a mente é, ao mesmo tempo, frágil; suscetível à insanidade. Quando não se encontra a lógica nem motivo plausível que serve como combustível para impelir alguém, a explicação mais aceitável é a loucura. Ela pode ser inofensiva, afinal de contas todo mundo tem um pouco disso; porém, um ato de extrema insanidade também pode ser perigoso e ainda desafiar a imaginação da mente humana, levando o homem a ser capaz dos feitos mais vis e inconcebíveis até mesmo pelo melhor contador de histórias. O que leva um homem a cometer um ato insano? Amor, ódio, desespero, ciúme, determinação? Nunca se sabe, mas é algo mais forte que sua própria existência, que toma sua consciência e o leva a agir de um modo aparentemente sem sentido. Seja qual for o motivo, a loucura faz parte desta história de diversas maneiras, e, se não fosse pela loucura de dois jovens apaixonados, talvez eles não tivessem vivido os melhores dias de suas vidas ao lado um do outro.

Quando nasceu, o pequeno Rafael não tinha como saber o que era ser um Albuquerque. Ao crescer, descobriu que carregar aquele sobrenome era sinônimo de riqueza e influência na pequena Petrópolis. Filho de Antônia e Mário Albuquerque, o garoto cresceu com seus pais no grande casarão da família. Localizada em uma extremidade da cidade, a construção de três andares ficava próxima a uma grande floresta. Da janela de seu quarto, Rafael observava o topo de algumas árvores e as montanhas verdes longínquas se destacando contra o azul do céu. Às vezes, podia até mesmo ouvir o som de cachoeiras escondidas em meio à imensidão verde, embora não conseguisse vê-las dali.

Alguns meses antes, tinha completado dezessete anos, mas sua família já pensava no próximo aniversário, diferentemente dele, que só torcia para que o tempo congelasse e os dezoito anos nunca chegassem. Seus pais já tinham planejado praticamente toda a sua vida sem nem terem pedido um "A" de sua opinião, e isso o deixava possesso de raiva. Quando completasse mais um ano de vida, segundo seu pai, ele oficializaria o casamento com Mariana, a filha do prefeito.

Rafael tinha o olhar vago, perdido, atrás do vidro da janela. Aquele era o ponto mais alto da casa. Embora fosse uma construção de três andares, seu quarto ficava na torre em uma das extremidades da casa em um nível ainda mais alto, como se fosse um braço estendido ao céu tentando alcançar o sol brilhante lá em cima. O acesso até seu quarto se dava por meio de uma escada em caracol que desembocava diretamente no chão, em um canto do aposento. Com os cotovelos apoiados no parapeito, estreitou os olhos com raiva ao se lembrar do último jantar entre as duas famílias.

Seus pais receberam o prefeito, a primeira-dama e Mariana na grande sala de jantar lá embaixo. Tinham mandado os empregados fazerem a melhor comida para os visitantes. Rafael tinha sido obrigado a vestir terno e gravata, roupas essas que odiava, mas tinha que usar em ocasiões especiais se não quisesse ver os pais surtando.

— O Rafael fez dezessete anos na semana passada, como todos sabem — disse Mário quando todos estavam ao redor da grande mesa de madeira construída na própria fábrica de móveis dele. O cabelo do homem estava começando a ficar grisalho e sua barba bem cortada era da mesma cor, contrastando com o terno escuro que vestia. Estava sentado em uma das pontas, com o filho no assento mais próximo à sua direita; e a esposa à esquerda. – Agora falta pouco menos de um ano para que estes dois possam se casar.

Rafael mexia na comida com o garfo, desinteressado. Toda vez que aquela conversa surgia – ou quando pensava no assunto –, tinha vontade de vomitar. Se tentasse comer qualquer coisa, seu estômago colocaria tudo para fora na mesma hora. Não que não gostasse da comida da dona Maria, uma das funcionárias da família. Pelo contrário, ele adorava, mas não seria possível ingerir nem um copo d'água, tamanha era sua amargura pela situação que estavam forçando-o a viver. O garoto levantou o olhar para o pai, torcendo para que seu esforço em esconder o descontentamento desse certo. No assento diretamente à sua frente, Mariana parecia se esforçar para esconder as emoções também. Só que, ao contrário dele, ela não conseguia, e sorria radiante para seu futuro sogro. Ao lado da menina, seus pais também pareciam muito satisfeitos.

– Um brinde aos noivos! – Mário ergueu a taça cheia de vinho caro. Todos os outros sentados à mesa fizeram o mesmo. Rafael demorou um instante a mais, hesitante. Não estava nem um pouco feliz com aquilo, mas causar uma cena não seria nada bom, então pegou a própria taça e brindou junto com os demais

O resto da noite tinha passado de maneira lenta e arrastada. Ele mal se lembrava dos detalhes das conversas, só sabia que, em algum momento, tinha se sentado com Mariana no jardim em frente à casa, onde ela tinha ficado tagarelando sobre qualquer coisa sem importância para o garoto. Ele mal prestava atenção no que ela dizia, só tinha entendido que era algo sobre a última viagem que fez com os pais para a França e algo sobre em que lugar iriam passar a lua de mel depois de casados. A mente de Rafael desligou totalmente a partir daí, deixando-a falar empolgada. Esse era o único mecanismo que encontrava para fugir da indesejada realidade que o aguardava no futuro.

Então deu graças aos céus quando o prefeito, a esposa e Mariana finalmente partiram. Em vez de conversar com os pais depois de despedir-se dos convidados na entrada da casa, a primeira coisa que fez foi subir para o quarto às pressas e enfiar-se debaixo dos lençóis, de onde nunca mais queria sair. Preferia ficar ali pelo resto da vida a encarar o mundo lá fora.

Era, aliás, o lugar da casa onde passava a maior parte de seu tempo, evitando os pais sempre que possível – em especial Mário, que era sempre muito autoritário. Poucos dias depois do jantar com a futura esposa (um embrulho no estômago só de pensar nela desse jeito) e os sogros, o garoto estava apoiado na janela da torre onde ficava seu quarto, relembrando e remoendo-se de mágoa por ninguém importar-se com o que ele sentia. Mariana não era uma pessoa ruim, sabia disso pelo tempo que era obrigado a passar com ela. Era muito bonita também, com seus cabelos loiros e a delicadeza que todas as mulheres eram obrigadas a ter, ainda mais se fosse a filha do prefeito. Não era que Rafael não gostasse dela. Ele só não queria se casar, afinal, não sentia nenhuma atração pela garota.

O pior de tudo era que sabia o motivo de seus pais quererem juntar os dois. O único propósito deles era manter a família no poder. Já não bastava serem os donos da maior empresa de madeira da cidade e detentores de uma enorme fortuna, Mário queria unir Rafael com Mariana para que tivesse ainda mais relevância do que já tinha na política. As doações para o partido político do prefeito não pareciam ser suficientes para ele. Tinha que envolver o próprio filho como se fosse mais uma peça no seu jogo cujo objetivo era manter-se no topo.

Desde criança, Rafael sentia-se solitário e impotente. A vontade dos pais sempre falava mais alto do que a sua própria. Na primeira e única vez que tinha se imposto para dizer que não gostava e não queria se casar com Mariana, o pai dera um tapa em seu rosto que, só de lembrar, ardia. O rapaz balançou a cabeça, afastando os pensamentos e respirando fundo enquanto observava seu reflexo no vidro da janela. Viu os cabelos escuros ondulados caindo pela testa e ajeitou uma mecha que cobria sua visão parcialmente. Enxergou os próprios olhos pretos observando-o de volta, carregados de tristeza e medo de um futuro que ele não queria para si.

Foi enquanto se olhava assim que percebeu o movimento lá embaixo, na rua. Alguém passava em frente à casa sem nem prestar a menor atenção ao rapaz triste no topo da torre. Rafael só conseguiu reparar nas roupas simples do garoto e nos seus cabelos que poderiam ser castanho-escuro mas que àquela distância pareciam quase pretos, como os dele. Ele continuou observando-o até o garoto se embrenhar na floresta e desaparecer em meio às árvores.

Rafael sentiu algo diferente de tudo que vinha sentindo ultimamente. Não sabia quem era aquela pessoa e também não tinha visto nem sequer seu rosto. Em meio a esse turbilhão de sentimentos desconhecido, restou-lhe uma pergunta: por que sentia o coração acelerado?

Naquele momento, algo que mudaria todo o rumo de sua vida estava começando.

O filho do marceneiro

O barulho dos serrotes em contato com a madeira se espalhava e engalfinhava com o cheiro do material pelo ar. O chão estava repleto de restos descartados, e o pó era tanto que causaria uma crise de espirros em qualquer pessoa que entrasse no local e não estivesse acostumada com aquilo. Em meio à nuvem de pó de madeira, podia-se enxergar alguns martelos e pregos jazendo pelos vários balcões através da marcenaria. Pelas paredes, alguns painéis tinham objetos de trabalho pendurados e, ao fundo, um deles exibia uma espingarda. Se alguém parasse à entrada do recinto e olhasse para o fundo, seria a primeira coisa que veria, tamanha era sua presença.

Com a ferramenta, Pietro finalizou o corte no pequeno pedaço de madeira e levantou o olhar para o pai, que trabalhava com ardor na mesa ao lado. A pequena oficina no fundo da humilde casa tinha sido montada pouco antes de o garoto nascer, dezessete anos atrás. Tinha sido o sustento da família por toda a vida dele. Sendo assim, desde quando tinha idade suficiente para manejar um objeto cortante sem causar nenhum dano a si mesmo ou aos outros, foi ensinado por seu pai a cortar madeira. Ele dizia que um dia continuaria tomando conta da pequena marcenaria da família.

Seu Fernando, como era conhecido na vizinhança, estava quase sempre com uma cara amarrada, e o emaranhado de barba com alguns fios já brancos corroborava para a aparência carrancuda. Às vezes, Pietro tinha medo do pai. Bastava um olhar penetrante do mais velho para que o adolescente abaixasse a cabeça e seguisse suas ordens sem questionar. Nunca tinha desrespeitado os pais, até porque tinha medo do que poderia acontecer caso ousasse algo do tipo. Era um filho exemplar, pois ia para o colégio pela manhã e, à tarde, ajudava o pai nos negócios, sempre cumprindo seu papel.

A mãe, dona Josefa, era a típica esposa dos comerciais de margarina. Não que Pietro tivesse visto muitos. Não tinham uma televisão em casa, já que era artigo de luxo e somente os mais ricos conseguiam arcar com o preço de uma. Mas ele já tinha visto pelas vitrines das lojas no centro da cidade. Podia dizer que a mãe se parecia muito com uma daquelas mulheres. Cuidava bem da casa – que, embora humilde, ainda assim era grande –, do marido e do filho. Parecia ser seu único objetivo. Às vezes, o rapaz tinha a impressão de que ela era uma pessoa triste, mas não tinha coragem de dizer algo ou acabaria levando uma bofetada do pai. Via o olhar cabisbaixo e submisso da mãe sempre que a olhava.

Isso o fazia pensar. Ele não queria aquela vida. Não queria passar seus dias naquela cidade e não conseguia enxergar-se formando uma família. Tudo bem que isso era o esperado de todos os jovens. Que arrumassem uma bela moça, tivessem filhos e cuidassem da família. Mas não Pietro. Não tinha se interessado de verdade por nenhuma garota. Ele já até tinha tentado se interessar pelas colegas da escola, assim como os outros garotos, mas tudo lhe parecia tão forçado que acabou desistindo. Talvez por isso não tinha amigos, pensava. De qualquer modo, não se importava com nada daquilo. Não ficaria em Petrópolis por muito tempo. Assim que completasse a maioridade, no ano seguinte, iria embora para o Rio de Janeiro e começaria sua vida lá, longe dali. Ainda não tinha pensado em como contaria para os pais, ou em como eles reagiriam. Usaria o tempo que tinha até lá para criar coragem e libertar-se. Não sabia explicar muito bem o motivo mas, ali, sentia-se preso e sufocado. Nada lhe dava ânimo ou o empolgava, muito menos continuar os negócios do pai.

Fernando pegou a peça de madeira que Pietro tinha acabado de cortar e jogou sobre o monte a seus pés, em um canto da oficina sujo e apertado.

— Preciso de mais material. — O velho o encarou através dos óculos de plástico que usava e, com um pequeno serrote na mão direita, voltou a cortar um pedaço sobre a mesa. Não foi preciso que dissesse mais nada, seu tom firme e sucinto resumia tudo. Não precisava nem alterar a voz ou falar mais alto para deixar claro que aquilo não era um pedido, mas sim uma ordem. Pietro tirou o avental e os óculos, depositando-os no balcão, e antes de sair pegou um saco preto com algumas ferramentas.

Já tinha pensado em perguntar ao pai por que não comprava madeira direto com a maior empresa do ramo da cidade, pertencente aos Albuquerque, mas quem lhe contara a história um dia fora sua mãe. Em voz baixa, como se tivesse medo de que alguém a ouvisse. Estavam os dois na cozinha naquele dia, Pietro ainda com o uniforme da escola, de onde tinha acabado de chegar. Mal tinha botado os pés em casa, seu pai tinha gritado lá do fundo para que ele fosse buscar mais madeira na floresta, no extremo da cidade.

— Por que ele não compra dos Albuquerque? — irritou-se, passando pela cozinha enquanto Josefa terminava de preparar o almoço.

— Nunca que ele daria um centavo para aqueles lá! — Foi a primeira vez que ouviu aquele tom de raiva na voz da mãe.

Surpreso, até parou no arco que separava a cozinha da sala. Virou para trás, não conseguindo conter a curiosidade.

— Por que não?

Viu a mãe olhar pela janela em direção à oficina no fundo da casa, então encarou o filho novamente antes de continuar:

— Seu pai e o Mário Albuquerque eram muito amigos. — Pietro esboçou a surpresa no rosto ao ouvir a mãe contando. Era difícil imaginar aquela cena. Enquanto os Albuquerque pertenciam à classe mais alta da sociedade, os Soares eram o total oposto. Mesmo com a marcenaria, o dinheiro que tinham era o suficiente para viver e mais nada, assim como grande parte dos moradores daquela região. — Nossas famílias eram muito amigas. O Mário e seu pai, a Antônia e eu...

Josefa parou por um instante, o olhar perdido ao rememorar o passado. Pietro permaneceu imóvel, esperando o resto da história.

— Os dois fizeram uma sociedade. Abriram uma pequena firma com a intenção de comercializar madeira. — A mulher pegou um pano de prato na pia e limpou as mãos, espremendo o tecido entre elas logo em seguida. Os olhos de Pietro acompanharam o movimento, estranhando a raiva de sua mãe. — Como os dois entendiam muito bem do assunto, acharam que podia dar certo.

— E deu? — perguntou Pietro, já imaginando o rumo que a história tomaria.

— Sim, deu! — A voz de Josefa era forte, mas também triste. Havia um tom trêmulo em suas palavras. Era um assunto delicado para ela, a julgar pela expressão em seu rosto ao encarar o filho. Seu olhar de tristeza ao se lembrar do passado de repente transmutou-se para um de ódio mortal. Exprimiu os lábios e juntou as sobrancelhas em um gesto furioso ao continuar: — Para o Mário e a Antônia! Aqueles ladrões!

Pietro franziu o cenho, esperando.

— Um ano depois de abrirem a firma — continuou Josefa —, os salafrários deram o golpe no seu pai. Não tinha nenhuma documentação que comprovasse o envolvimento do Fernando no negócio!

Naquele momento, Pietro teve a impressão de que sua mãe falava mais para si do que para ele.

— Chutaram seu pai de lá como se estivessem escorraçando um cachorro vira-lata! Cresceram e hoje estão ricos às custas do bom trabalho do Fernando.

Após essa conversa, durante dias Pietro tinha ficado pensativo. Aquilo explicava a amargura de seu pai com a vida. Levar um golpe do melhor amigo não devia ser uma coisa fácil. Passou também a entender o ódio que sua família tinha pelos Albuquerque. Era para ele ser tão rico quanto aqueles lá. Talvez também morasse numa casona como a deles se o pai não tivesse sido enxotado dos negócios. E talvez não precisasse ir quase toda semana buscar madeira para que o pai fizesse móveis para vender ao povo da classe menos favorecida.

No entanto, lá estava ele ajeitando o saco preto nas costas enquanto atravessava a cidade. Passou em frente à loja que vendia televisões e parou na vitrine, vendo as imagens em preto e branco. Sonhava em ter uma um dia. Talvez, se seu pai não tivesse sofrido um golpe, sua família teria condições de comprar.

Chacoalhou a cabeça, desvanecendo os pensamentos. Aquela era uma briga de outra geração. Não havia mais nada que pudesse ser feito. Ele precisava continuar sua rotina e pensar em como ia embora daquela cidade o mais rápido possível. Quem sabe até mesmo trabalhar como ator ou apresentador. A ideia o fez abrir um sorriso que percebeu no reflexo da vitrine. Daquela posição, parecia que ele estava dentro de uma delas. Observou a si mesmo. Sentiu-se tão bonito e radiante que recomeçou a andar com mais afinco.

Ainda sorria quando passou em frente ao casarão dos Albuquerque, quase meia hora depois. Estava tão absorto em pensamentos que nem olhou para a construção. Não percebeu Rafael — no parapeito de uma janela na torre mais alta — tentando entender por que seu coração acelerava só de vê-lo passar lá embaixo.

O jardim

Rafael esperou por pelo menos mais trinta minutos, mas o rapaz que tinha entrado na floresta não voltou a aparecer. Não sabia quem era, nunca o tinha visto antes, mas algo nele chamara sua atenção. Uma curiosidade inexplicável, sem causa aparente. Ainda tinha em sua mente aqueles cabelos refletindo à luz do sol enquanto o garoto se embrenhava entre as árvores.

Ao perceber que se aproximava da hora, fungou desanimado e partiu para o banheiro atrelado ao quarto a fim de tomar um banho. Debaixo do chuveiro, tentava criar a vontade de sair com Mariana. Por força do hábito, havia concordado em levar a moça para uma praça no centro da cidade, algo que também foi motivado pelo pai, é claro. Tirou o sabão que cobria seu corpo e enxugou-se. Parou por um momento em frente ao espelho ainda embaçado e apoiou-se na pia de aparência vitoriana, outro dos itens importados usados na decoração e na mobília do casarão.

A imagem que viu refletida ali era ele, mas ao mesmo tempo não era. Rafael não conseguia lembrar ao certo quando tinha começado a se sentir deslocado. Embora fosse popular no colégio, odiava a fama. A maioria dos "amigos" só queria estar ao seu lado por causa de seu *status* naquela sociedade, a qual ele considerava tão superficial. Tinha certeza de que nenhum deles o conhecia de verdade, afinal ele mesmo não se identificava com a pessoa que via no espelho. Desde que tinha começado a ter mais consciência de sua vida e do que acontecia ao seu redor, começara a sentir-se um estranho.

Os outros garotos do colégio só falavam de garotas e de suas aventuras sexuais. Um deles até havia dito que o pai o tinha levado a um bordel e, por isso, contava com detalhes tudo o que tinha acontecido lá. Rafael só conseguia sentir asco daquele tipo de pensamento. A princípio, tinha achado que era por causa do tipo de sexo sujo, mas depois percebeu que era por não conseguir se imaginar em uma vida daquela. Não tinha a mesma vontade que os outros garotos da escola. Todos lhe diziam que era sortudo por namorar Mariana, mas tudo o que sentia era estar sendo empurrado para uma cela apertada e sufocante.

Já tinha pegado a si mesmo distraído observando outros garotos, principalmente um de seus amigos, o Guilherme. Não conseguia explicar por quê, mas seu olhar várias vezes era atraído pela visão de outros rapazes. Sabia que devia sentir aquilo por Mariana, que em pouco tempo seria sua esposa, mas não conseguia evitar os pensamentos. Eles o invadiam e era mais fácil render-se do que tentar rebatê-los.

Para qualquer um que o observasse de longe, Rafael tinha a vida dos sonhos. Ele tinha uma bela casa, família rica, e, ainda por cima, era o herdeiro da empresa mais rica de toda Petrópolis. Estava feito. Não precisaria esforçar-se para nada, pois, como diziam, tinha nascido em berço de ouro. Só que, mesmo tendo tudo isso, não se sentia sortudo. Sentia-se como um estranho dentro de sua própria vivência. Se alguém descobrisse que sentia atração por outros homens, seria a vergonha da sociedade. Como pode o filho do poderoso e influente Mário Albuquerque ser uma daquelas “criaturas”? Era assim que o descreveriam, para começar. Promíscuo. Aberração. Escória da sociedade... Seria daí para pior.

Desde que começara a pensar por conta própria, as coisas haviam piorado. Quando não passava de uma criança, sempre fazia aquilo que os pais queriam; sem questionar, apenas obedecia. Mas, à medida que foi crescendo, tomou ciência de que não vivia a própria vida. Havia algo dentro dele que não se encaixava no formato que tinham escolhido. E o pior era não saber o que fazer para mudar o rumo.

Ao sair do banho, foi ao quarto novamente para se trocar. Colocou uma camisa branca e uma gravata borboleta preta, combinando com a calça e o sapato. Sendo um Albuquerque, tinha que usar as roupas mais finas e caras, como era o esperado. Ai dele se alguém o visse por aí pisando fora da linha e manchando o nome da família! Os pais zelavam muito pelas aparências, em todos os sentidos.

Saiu do dormitório, descendo a escada em caracol, em direção à parte inferior da casa. Quando passava pela sala, já aproximando-se da saída, viu de relance, através da porta semicerrada, a imagem do pai em seu escritório. Mário levantou o olhar de algumas anotações que fazia e fez um sinal para que o filho se aproximasse. Tentando esconder o descontentamento, Rafael bufou e esperou enquanto o homem saía do aposento e entrava na sala.

— Está indo encontrar a Mariana? — Os cabelos bem penteados, os quais começavam a ficar brancos, exalavam o cheiro de algum produto que usava para mantê-los sempre brilhantes.

Rafael assentiu, evitando olhá-lo nos olhos.

— Que cara é essa? — Mário parecia furioso, a julgar pelo cenho franzido e a testa enrugada. Estudava-o com uma expressão dura e raivosa. — Pode tratar de dar um jeito nisso! — Ele segurou o jovem pelos ombros, forçando-o a olhar para si. Arrumou a gravata e observou a aparência do rapaz. Quando deu-se por satisfeito, acenou com a cabeça, deu uma palmada de leve em seu ombro e afastou-se dois passos. Apertou os olhos, analisando a expressão no rosto do filho. Parecia ter encontrado algum outro defeito. Aliás, parecia estar sempre procurando um defeito. Queria o tempo todo moldar o garoto para que agisse exatamente de acordo com seus desejos, como um fantoche. – Ajeita esse rosto! Parece que está indo para um funeral!

– Um funeral seria mais interessante – murmurou Rafael, mas arrependeu-se logo em seguida. As palavras foram mais rápidas do que a ordem de seu cérebro para ficar de boca fechada. Arregalou os olhos, rezando para que não tivesse sido ouvido.

– De novo você com essa, moleque! – Mário segurou-o mais uma vez, o aperto mais firme em seus ombros, causando-lhe um pouco de dor. – Você precisa criar responsabilidade! E uma dessas responsabilidades é se casar com a Mariana!

O sangue subiu-lhe à cabeça. Rafael não aguentava mais ouvir aquele papo. Teria que se casar, unir as famílias, aumentar a fortuna e...

– ... que vai tomar conta da firma quando eu não puder mais! – O pai continuava falando, mas o jovem nem o escutava.

Tudo o que queria era poder sair dali e ir para qualquer lugar, menos para um encontro. Aquela mesma ladainha de seu pai sempre sugava todas as suas energias, e ele faria qualquer coisa para poder escapar dela. Bem, qualquer coisa não. Achou que preferia ficar ali, fingindo que ouvia, a sair com Mariana e passar mais uma tarde com a garota.

– Pai, eu não quero me casar. – Olhou-o nos olhos dessa vez, buscando uma empatia que o homem não possuía. Soou como se estivesse implorando, como já tinha feito diversas vezes antes, porém nunca tinha adiantado. Mário era irredutível. Quando decidia algo, não havia nada no mundo que o faria mudar de ideia. A expressão dura em seu rosto só evidenciava isso. – Você sabe disso. – As palavras saíam em um sussurro. Mas continuou encarando-o, o olhar e o tom na voz suplicantes: – Eu não gosto dela.

Mário suspirou profundamente, fechando os olhos numa tentativa de não perder ainda mais a paciência. Quando tornou a falar, foi de forma pausada, fazendo um grande esforço para não se alterar:

— Acha que eu gostava da sua mãe quando nos casamos? Nem ela gostava de mim. Mas estamos aqui, com vários anos de casamento.

Rafael soltou o ar audivelmente pelo nariz, tentando conter um riso sarcástico.

— Por isso são tão infelizes, né?

Quando percebeu, já era tarde. Não havia como retirar o comentário. Embora acreditasse muito no que houvesse dito, não tinha a intenção de dizer em voz alta. Estava tão incomodado com aquela conversa que o tom agressivo era inevitável. Ele sempre tinha percebido como a família era infeliz. Tão infeliz que se apoiavam no dinheiro como uma maneira de fingir que estava tudo bem. No dinheiro e no *status* social. Queriam mostrar demais aos outros uma perfeição que não existia dentro da grande casa. Tal infelicidade se estendia a ele próprio, que não tinha como escapar de suas garras.

As narinas de Mário expandiam e diminuíam com rapidez. Seu corpo tremia como se estivesse paralisado e fazendo um enorme esforço para tentar mover-se. Rafael viu quando a mão do pai se ergueu no ar, pronta para descer numa bofetada em seu rosto. Ele até fechou os olhos, pronto para receber o tapa que nunca chegou.

— Nunca. Mais. Diga. Isso! — repreendeu, entredentes. Uma veia saltava em sua testa. Ele arfava, a mandíbula pressionada e o rosto vermelho. Uma gota de suor escorreu de seu couro cabeludo. Se não o conhecesse, o garoto diria que o pai estava tendo algum tipo de ataque, mas soube que era só uma tentativa enorme para não descer a mão na sua cara, como já tinha feito antes. Só não apanhou ali, teve certeza, porque Mário não queria deixar a marca de um bofetão na sua pele. Não quando ia sair em público com Mariana. Seria ruim para as aparências. — Anda, saia logo daqui! — ordenou ele, cuspindo as palavras de uma vez.

Rafael não esperou, virou-se e andou em direção à saída. Enxergou a mãe descendo a escada em direção ao hall de entrada espaçoso. Ela carregava um olhar pesaroso que o deixou em dúvida se tinha ouvido aquela conversa ou não. Sem dizer qualquer palavra, o garoto saiu, deixando os pais dentro da casa tão grande, mas tão vazia.

—

Seu humor começou a mudar assim que atingiu o lado de fora da construção. Era o único lugar em que se sentia um pouco melhor. O mar de cores contrastava com os sentimentos cinza que predominavam naquela família. Rafael respirou fundo, sentindo a brisa fresca e o aroma das dezenas de flores e árvores ao seu redor.

O jardim ocupava toda a parte frontal da casa, espalhando as mais diversas cores e espécies de plantas e flores. Rosas, margaridas, tulipas, azaleias, jasmins... Somando-se a elas, vários arbustos e cercas verdejantes postavam-se por toda sua extensão, tal como árvores que absorviam o calor do sol e proporcionavam uma temperatura agradável no verão e um frio congelante no inverno.

Rafael estava quase atrasando-se para o encontro com Mariana, mas não podia deixar de apreciar o jardim que tanto amava. Tinha a mesma idade que ele. Sua mãe tinha contado que o havia encomendado no dia de seu nascimento. Desde que podia lembrar-se, sabia que aquela era sua parte favorita da casa. Claro que os Albuquerque tinham jardineiros profissionais para manter a boa aparência e o cuidado com tudo, mas Rafael amava cuidar das plantas, vê-las florescer, sentar-se embaixo de uma árvore e passar seu tempo ali, em meio àquele pedaço da natureza. Aprendia todos os dias com os jardineiros e alimentava seu hobby pela jardinagem. Em meio à tanta infelicidade na casa, aquele era um ponto que destoava de todo o resto. Talvez por isso gostasse tanto.

Passou a mão gentilmente em um grupo de tulipas roxas, sentindo suas texturas macias, e ajoelhou-se para inalar o aroma das plantas.

Renovou-se por dentro ao sentir o perfume entrando pelas narinas e alojando-se em seus pulmões. Foi nesse momento que percebeu estar sendo observado. Havia alguém do outro lado do portão frontal, na rua, simplesmente parado lá, olhando para ele. Imóvel, com os braços caídos ao lado do corpo, a cabeça um pouco inclinada, como se admirasse uma obra de arte em um museu. Há quanto tempo estaria ali?

Não tinha visto seu rosto antes, mas agora o via claramente. Os olhos estreitos, a pele lisa, a boca rosada destacando-se de modo atraente e os cabelos... Ah, os cabelos inconfundíveis que tinha visto do alto, através da janela de seu quarto. Ele carregava também um saco de lona inchado e aparentemente muito pesado.

O coração de Rafael disparou outra vez, e a garganta pareceu fechar-se. O ar em seus pulmões de repente sumiu. Até mesmo as tulipas pareciam ter se imobilizado, levemente inclinadas na direção do portão, como se estivessem curiosas e segurando a respiração, aguardando o próximo segundo daquele encontro peculiar e inesperado. O que era aquilo? Medo? Susto? Não. Era algum tipo de ansiedade. A simples visão daquele rapaz sem nome, olhando-o, era capaz de causar um rebuliço em seu peito. Por que sentia tanta vontade de ir falar com ele, chegar perto daqueles lábios tão sedutores, se nem o conhecia?

Ficou parado, ajoelhado ao lado das tulipas, incapaz de se mover. Seus olhares ficaram presos um no outro. Os olhos pretos com os olhos castanhos, unidos por uma linha invisível. O tempo congelou, e o jardim era o único espectador daquela cena. O vento parou de soprar e a terra de repente não girou mais. Só havia a indagação no ar. Imaginou o que passava em sua cabeça. Será que estava nervoso como ele ou estaria achando-o estranho por sustentar o olhar enquanto acariciava uma flor?

Não houve tempo para pensar mais. O rapaz do lado de fora ajeitou a bolsa de lona nos ombros e afastou-se, sumindo pela rua, indo em direção à cidade. Então o mundo retornou ao seu ritmo normal. As plantas voltaram a agitar-se com a brisa, e o som longínquo de algum rio entrou pelos seus ouvidos devagar. Rafael ainda ficou ali por mais algum tempo, tentando entender o que tinha acontecido. Não sabia dizer, mas, de algum modo, o aroma das tulipas nunca tinha sido tão doce quanto naquele instante.

Quando saiu, aproximou-se do carro no qual o motorista da família o esperava e entrou no banco de trás. Seu José, devidamente vestido com um uniforme preto formal, olhou-o pelo retrovisor.

— Está tudo bem, senhor Rafael?

O jovem viu seu próprio reflexo no espelho. Tinha uma expressão aérea e a sombra de um sorriso surgindo no rosto.

— Claro, claro — respondeu, tentando disfarçar e mais uma vez ajeitando a gravata borboleta no pescoço, enquanto pigarreava para dar mais firmeza na voz. — Pode seguir para a casa da Mariana, por favor.

— Ah — soltou seu José, abrindo um sorriso. — Agora entendi essa expressão apaixonada no rosto do senhor.

Nenhum dos empregados teria a liberdade para falar assim com seus pais, mas Rafael era diferente. Não os tratava com desdém, simplesmente os via como iguais. Por isso, seu José sentia-se confortável perto do jovem Albuquerque.

— Anda, José! — O rosto enrubesceu, sem graça. A ordem não era para ser rude, era algo como um "cala a boca" que um amigo diria ao outro, sem maldade. Deu um tapa de leve no banco de couro à sua frente antes de ajeitar-se no assento. — Vamos sair logo daqui, por favor.

— Às ordens, senhor.

O motorista deu partida, e o carro saiu. À medida que aproximavam-se do destino, a melancolia e a falta de vontade foram tomando conta de Rafael outra vez.

O menino do jardim

Pietro encarava o garoto no jardim. De pé em frente ao grande casarão, não notou o carro parado um pouco mais à frente; a única coisa que conseguia observar eram as roupas dele perfeitamente ajustadas ao corpo. *Coisas que só ricos conseguiam manter*, pensou.

O rapaz de joelhos ao lado de algumas plantas o encarava de volta com uma expressão peculiar. Parecia ao mesmo tempo nervoso e eufórico. No que ele estava pensando? Será que o tinha reconhecido como o filho de Fernando? Isso é, supondo que o garoto fosse mesmo um Albuquerque. Só podia ser, afinal de contas estava com aquelas roupas de aparência cara e tinha mesmo a postura de gente cheia da grana. O pai dele tinha dado o golpe no de Pietro.

Não percebeu exatamente quanto tempo ficou parado, perdido em pensamentos. Parecia que tudo tinha se silenciado. Era como se o mundo tivesse dado uma pausa. Só que, de repente, tudo voltou ao normal. Quando percebeu o devaneio, Pietro piscou os olhos, ajeitou o saco de lona nos ombros e virou, seguindo seu caminho de volta à cidade e deixando para trás o menino no jardim, que continuava na mesma posição. Estava vivendo o ódio dos pais. Não podia deixar-se levar por aquele sentimento baixo. A história que a mãe lhe contara havia voltado com tudo ao parar para observar o casarão e um de seus donos lá dentro. Relembrou aquele rosto meio perdido olhando-o de volta através do portão e não soube definir o sentimento que borbulhava dentro de seu peito. Só soube que não era ódio, pois ódio não fazia seu estômago gelar de um jeito assustadoramente... gostoso? Sim. Era uma coisa boa que estava acontecendo em seu interior.

Pietro não precisou pensar muito, apenas aceitou que o causador daquilo tudo talvez fosse o Albuquerque do jardim. Deu de ombros enquanto andava conversando consigo mesmo em pensamentos, tão entretido que mal percebeu a sombra de um sorriso iluminando seu rosto enquanto voltava para casa com mais madeira para o trabalho de seu pai.

O filho do marceneiro estava perdido no jardim do casarão mais famoso da cidade. Nunca tinha entrado lá antes e sentia-se em um labirinto, cercado de arbustos altos e bem cuidados. Virou e correu pelos corredores, tentando achar a saída, mas foi incapaz. Cada vez mais, embrenhava-se pelo emaranhado de caminhos que não levavam a lugar nenhum.

— Vem. — Pietro sobressaltou-se quando ouviu a voz bem ao pé de seu ouvido. Virou para encontrar o Albuquerque mais jovem olhando-o com um sorriso no rosto e uma mão estendida para ele. — Eu sei como sair daqui.

Receoso, sentindo o coração querendo pular pela garganta, aceitou a ajuda. Esticou o braço e tocou a palma da mão do outro. No mesmo segundo em que sentiu o toque quente, despertou assustado em seu quarto, quase pulando da cama.

O sonho acabou tão repentinamente quanto tinha começado. Olhou ao redor, analisando o cômodo com apenas uma cama e uma mesinha com papéis e o material da escola em um canto, tentando se lembrar de onde estava. Aos poucos, tudo foi fazendo sentido e Pietro voltou a se acomodar no colchão. A julgar pela cor do céu lá fora – um azul tímido começando a despontar em meio a todo o cinza –, ainda poderia dormir mais um pouquinho antes de ter que se levantar para ir à escola.

Mal tinha fechado os olhos, e o despertador tocou anunciando o horário de acordar. Passou o dia no colégio tentando não se distrair com a imagem do Albuquerque invadindo sua mente. Em um momento estava prestando atenção no que os professores falavam; no outro, estava perdido em meio a visões do rapaz que lhe causavam um frio confortável na barriga. Quando finalmente foi liberado, saiu correndo o mais rápido que podia e chegou em casa para encontrar a mãe preparando o almoço; e o pai, na oficina.

– Que pressa é essa? – Josefa estranhou o filho entrando todo esbaforido na cozinha. Ela colocou as mãos na cintura para observá-lo recuperando o fôlego. – Tudo isso é fome?

– Desculpa, mãe. – Levantou os braços em sinal de rendição, depois apoiou-se nos joelhos, ofegante. – É que eu vim andando da escola. Para manter a forma, sabe?

Lançou a ela um sorriso que esperou ser convincente. Josefa deu de ombros, parecendo dar-se por vencida, e voltou para a pia. Pegou uma faca e continuou cortando uma cenoura que esperava sobre uma tábua de madeira.

– Já tô terminando de preparar o almoço – anunciou a mãe, de costas para o filho. – Vê se não demora muito pra descer, que acho que seu pai vai querer ajuda.

– Pode deixar. – Pietro assentiu e seguiu para seu quarto.

Geralmente tomava um banho mais ao final do dia, após ajudar o pai com os trabalhos, mas tinha outra ideia naquela tarde. Vestiu sua melhor camiseta branca e uma calça preta. Olhou-se no espelho, ajeitando os cabelos suavemente com as pontas dos dedos. Era o melhor que podia fazer. Não tinha nenhuma peça de roupa cara e de qualidade como as do garoto no jardim, então aquelas teriam que ser suficientes.

Aliás, por que estava se arrumando tanto? Por que queria tanto chamar a atenção dele? Seria uma desculpa para sentir-se superior ou era porque preocupava-se com a opinião dele? Tinha que estar com boa aparência se quisesse ser notado outra vez.

Quando voltou à cozinha, encontrou o pai e a mãe sentando-se à mesa. Fernando tinha a cara amarrada, como de costume, e mal levantou o olhar para o filho quando disse, em seu tom autoritário de sempre:

— Vou precisar de você lá no fundo. Vê se come logo.

Pietro refletiu em silêncio. Nunca ousaria contrariar o pai, mas não podia deixar de lado a ideia que tivera. Entre comer e seguir em frente com seu plano, decidiu abrir mão do almoço.

— Eu esqueci uma coisa na escola. — O tom em sua voz era o mais respeitoso possível e tentava esconder o receio. — Vou até lá rapidinho e volto para ajudar o senhor.

Fernando resmungou algo que parecia uma concordância enquanto Josefa olhava desconfiada para o filho. Se tinha percebido alguma coisa, não teve coragem de dizer, apenas deu de ombros e voltou à comida.

— Ah, filho! — a mulher o chamou quando ele começava a se levantar. Ele apertou os dentes, com medo do que viria a seguir. Mas, quando ela voltou a falar, o garoto suspirou aliviado: — Traz um doce pra gente comer mais tarde? Passa na padaria quando estiver voltando. — Pietro sorriu, concordando com a cabeça. — Pega o dinheiro ali na mesinha da sala.

Sem perder tempo, aproveitou a deixa e saiu o mais rápido que conseguiu depois de colocar umas moedas no bolso.

O coração começou a acelerar cada vez mais. À medida que se afastava da cidade, conseguia ver o topo das árvores da floresta surgindo, destacando-se no céu azul. Ao fundo, bem longe, ainda era possível avistar o cume de algumas montanhas esverdeadas. Discerniu o telhado da grande casa cercada pelo muro alto. Hesitou quando percebeu estar parado outra vez em frente ao portão. O jardim estava vazio e silencioso. Não havia nenhum carro parado no meio-fio. O único som que podia ouvir era o do vento agitando as folhas das árvores a poucos metros dali. Respirou fundo por um momento e quase ordenou às suas pernas que dessem meia-volta quando, então, seu olhar foi atraído para o alto.

Em um canto da construção, havia aquela torre destoando do resto. Erguia-se mais alta que qualquer outra parte da casa. Parecia imponente evidenciada contra a coloração azulada do céu. Diferentemente de todo o resto, ela parecia emanar vida, assim como o jardim. Era como se o jardim e a torre tivessem sido costurados ali, mas não pertencessem ao lugar. Entretanto, apesar dessas diferenças, o que chamou a atenção de Pietro foi a silhueta do garoto na janela, olhando-o lá de cima.

O Albuquerque que tinha visto antes abriu um sorriso tímido e ergueu a mão em um aceno temeroso. Pietro partiu os lábios sem conseguir conter uma euforia interna e acenou de volta. Sustentou o olhar – mesmo àquela distância –, porém o garoto na janela pareceu ficar sem graça e recolheu-se, desaparecendo no interior do quarto.

Pietro ainda ficou por mais alguns segundos olhando para a abertura vazia, então virou-se e começou a caminhar de volta. Não viu quando Rafael apareceu outra vez e o observou ir embora com o rosto colado no vidro da janela.

A rotina desse vai e vem ainda se repetiu por mais alguns dias. As visitas após a escola e antes do trabalho foram ficando cada vez mais frequentes. O garoto no alto da torre parecia estar sempre lá, à sua espera, somente para lançar um aceno ou abrir um sorriso. Não tinham chegado mais perto que isso ainda, até o dia em que Pietro encontrou o Albuquerque mais jovem novamente parado em meio às plantas do jardim além do portão da casa enorme.

A princípio, seu coração saltou e ele teve que engolir para forçá-lo a voltar ao peito. Não estava preparado para aquilo. O visual perfeitamente alinhado do rapaz o deixou desnorteado por alguns instantes. Como ele estava... lindo? Sim, era isso. Ele era lindo!

Para terminar de deixá-lo sem jeito, o menino do jardim brilhou ainda mais ao lançar um sorriso para Pietro. Tímido, porém sincero. Afastou-se das flores e caminhou para perto do portão a passos hesitantes através de um caminho de pedras todo ornamentado.

— Acho que já era hora de a gente conversar como duas pessoas civilizadas, né?

O timbre daquela voz espalhou uma eletricidade que percorreu sua nuca. Pietro levou a mão ao local, desconcertado, e sentiu os pelinhos se arrepiando. Em um momento encarava os olhos dele; no outro, sem perceber, descia o olhar para a boca. Uma pontada surgiu em seu peito quando viu a língua dele molhar, ligeira e discretamente, os lábios.

— Eu já estava achando que você era um tipo de princesa, ou príncipe, nesse caso, que vivia trancado na torre — comentou, dando um passo em direção ao portão alto que os separava.

— Basicamente isso. — Ele encarou os pés por alguns instantes, depois voltou a olhá-lo nos olhos, percebendo os detalhes em seu rosto. O cabelo caindo por cima da testa, as sobrancelhas em um tom um pouco mais escuro e a boca com lábios rosados tão sedutores. Pareciam tão macios.

— Então você fica mesmo lá em cima só observando o mundo aqui fora? — Pietro sorriu meio de lado, vendo o menino colocar as mãos nos bolsos da calça, um tanto sem jeito.

Ele mesmo estava estranhando o esforço que fazia para manter o tom casual. Geralmente, não tinha problema em falar com as pessoas e não se lembrava da última vez que tinha ficado sem palavras perto de alguém. Só sabia que lutava para encontrar o que dizer sem parecer um idiota na frente do outro menino.

– Não literalmente... – Riu, envergonhado. Olhou-o de volta; não queria deixar passar nem mais um minuto sem ver aquele brilho castanho em seus olhos. Achou que podia ficar mais tempo somente o admirando que não iria se importar. – Quer dizer, às vezes, eu fico, mas...

Hesitou, e Pietro esperou que ele continuasse, mas um silêncio instalou-se entre os dois. Fosse o que fosse, tinha desistido no meio do caminho e voltado a olhar para baixo, encabulado, como se tivesse dito demais.

– Acho que eu te entendo – emendou Pietro. Chegou ainda mais perto da grade e segurou uma das barras com a mão direita. – Parece que a gente tá meio que preso aqui nessa cidade, né? De vez em quando tenho essa sensação.

O rapaz à sua frente levantou o olhar outra vez, com a boca meio aberta, um brilho novo surgindo em sua expressão. Uma fagulha de quem se identificava com aquelas poucas palavras ditas. Pietro sentiu uma necessidade incontrolável de abrir-se com o garoto, um sentimento que nunca tinha tido com ninguém antes, e percebia que ele sentia a mesma coisa. Entretanto, uma sensação de receio os impedia de contar um ao outro seus mais profundos desejos, separando-os, assim como o portão entre eles.

– Sim, é bem isso mesmo.

Era estranho. Haviam se visto sempre de longe e, naquele momento, nas primeiras palavras que trocaram, pareciam querer dividir suas angústias mais íntimas. O Albuquerque se aproximou um pouco mais do portão e ajeitou a gola da camisa perfeitamente lisa – sem nenhuma marca de amassado – que usava. Pigarreou para limpar a voz.

– Rafael – anunciou ao estender a mão através das grades. Pietro apertou-a de leve, sentindo o calor e a maciez de sua pele. O arrepio em sua nuca intensificou-se, trazendo consigo um carnaval na boca do estômago. – Albuquerque.

Isso eu já sabia, pensou. Claro que você é um Albuquerque.

Uma sensação de que fazia algo errado o invadiu. Pensou na história que a mãe lhe contara sobre o golpe que a família rica tinha dado na dele. Como tinham enriquecido às custas de seu próprio pai. O coração chegou a acelerar ainda mais quando um sentimento de traição correu pelas suas veias. Estava traindo sua família ao estar ali conversando com o outro garoto?

Ao passo que o receio e a culpa tomavam conta, percebeu o olhar de Rafael conectado ao seu. Aqueles olhos o convidavam para um mundo de descobertas tão atraente que era impossível haver algo errado naquilo. Não era?

– E o seu nome? – O rapaz do outro lado do portão sorria ao perguntar. Só então Pietro percebeu que ainda segurava sua mão, por isso soltou-a no mesmo instante e sentiu as bochechas corando. – Você vai me contar ou...?

– Pietro... – Hesitou ele um momento, pensando se valia a pena seguir seu instinto ou se se deixava ser vencido pelo receio de uma rivalidade que nem sua era. Se continuasse, sabia que estaria entrando em um caminho perigoso por diversos motivos. – Pietro Soares.

Encarando o sorriso no rosto de Rafael, mesclado ao brilho nos olhos pretos, o filho do marceneiro teve a certeza de que estava fazendo a coisa certa. Tinha dado o primeiro passo para a mudança tão esperada em sua vida.

Um encontro inesperado

O motorista observava com curiosidade, através do retrovisor, o rosto do jovem patrão, mas decidiu não dizer nada. Enquanto dirigia com tranquilidade pelas ruas calmas, via a expressão apaixonada dele e lembrava-se de si mesmo quando mais novo, na época em que conheceu a própria esposa. O amor juvenil era tão poderoso! Abriu um sorriso discreto e nostálgico. Apostaria seu emprego que o menino estava pensando na noiva, a filha do prefeito.

Rafael não percebeu o olhar de seu José. A última coisa que passava pela mente do rapaz naquele momento era Mariana. Seus pensamentos estavam presos no dia anterior, ou melhor, naqueles olhos castanhos que o tinham encarado do outro lado do portão. Lembrava-se de cada detalhe do rosto de Pietro. O cabelo acastanhado, a pele lisa e a boca destacando-se, rosada e convidativa. Ela o chamava para se aventurar por terras desconhecidas; jamais exploradas, mas muito sedutoras.

Por um momento, imaginou-se numa realidade diferente. Nela, talvez estivesse no banco de trás do carro indo ao encontro de Pietro, e não de Mariana. Sabia que esse pensamento era proibido dentro da casa dos Albuquerque. Afinal, onde já se viu dois homens saindo em um encontro? Seu pai teria um acesso de raiva e o encheria de porrada, com certeza.

Rafael cresceu ouvindo não só a própria família, mas também os colegas da escola, julgando duas pessoas do mesmo sexo que se amavam. Por muito tempo, aquilo o deixou incomodado. Por que era errado? Procurava entender, mas as respostas não lhe eram suficientes. "A Bíblia diz que é pecado", "é uma ameaça para os bons costumes de pessoas de bem", "isso vai destruir a família" e "influenciam as crianças" eram só algumas das explicações que ouvia, porém nenhuma delas fazia sentido algum. Como podia ser errado algo que lhe era tão natural? Algo que mexia com suas estruturas de um jeito tão acolhedor, que pela primeira vez o deixava com a sensação de estar fazendo a coisa certa, que seu coração mandava? O mundo todo dizia que era errado ser assim, mas era o mundo que estava errado.

Para Rafael, naquela realidade alternativa que surgia em sua mente, era tudo melhor. Ele encontraria Pietro e teria mais do que um simples aperto de mãos vindo do outro menino. Poderia abraçá-lo, sentir seu cheiro e passar os dedos entre os fios de seus cabelos, apreciando a textura deles. Seus lábios encontrariam-se em um beijo e ele seguraria aquele rosto entre as mãos para poder observá-lo de perto, sem medo, sem culpa, somente... verdade. Sentimentos sinceros, reais.

Balançou a cabeça, voltando ao banco de trás do carro ao perceber a reação física involuntária. Enrubesceu, torcendo para que seu José não tivesse percebido; em seguida, cruzou as mãos sobre o colo, pressionando-as no meio das pernas numa tentativa de diminuir a ereção.

Já mais calmo, alguns minutos depois, seguiam por um caminho de cascalho na direção de uma casa imponente de um tom amarelo-claro. Alguma figura importante da nobreza portuguesa devia ter morado ali quando os europeus foram instalando-se no Brasil, ele só não sabia — e também não se importava em saber — qual delas. Era ainda maior que sua própria residência, constatava Rafael em todas as vezes que era forçado a passar ali. Tinha três andares e dezenas de janelas pipocando em cada cômodo. O telhado escondia parte do sol quente, formando uma sombra convidativa pelo gramado perto da entrada. Quando o veículo parou em frente à porta principal, Mariana desceu os quatro degraus que a antecediam, sorrindo radiante.

Rafael fechou os olhos por um segundo e inspirou profundamente, tentando encontrar a coragem em algum lugar dentro de si. Soltou o ar pela boca, sem se importar com o barulho, enquanto seu José saía do automóvel e o contornava para abrir a porta de trás para a menina.

— Muito boa tarde, senhorita — disse ele, de uma maneira formal que não usava com Rafael. Soava até um tanto quanto falso, por isso o jovem tentava cortar qualquer formalidade entre ele e os funcionários da casa. Não gostava de ser tratado com todos aqueles cuidados.

Ela entrou no veículo usando um vestido azul — combinando com a cor dos olhos — com listras brancas que deixavam seus ombros descobertos. Os cabelos loiros caíam em cachos bem tratados sobre o busto. Rafael sentiu o perfume dela quando virou-se para olhá-la. Não podia negar que estava linda. Sempre muito bem vestida, o rosto coberto de maquiagem e cheirosa, mas... era só isso. A única coisa que conseguia admirar nela era a beleza física e sua inteligência. Ela era sempre muito perspicaz e observadora, mesmo que quase ninguém notasse. Só que não se sentia conectado à garota de maneira alguma. Não tinham assuntos em comum como um dia já tiveram e não havia qualquer tipo de atração por ela.

Sabia que qualquer garoto da sua idade mataria para conseguir o que ele tinha. Mariana era a garota mais desejada de toda a cidade. Não só pela aparência, mas também pela sua influência social. A filha do prefeito. Seus colegas — tão ricos quanto ele e, às vezes, até mesmo irritantes por ficarem querendo saber o tempo todo como era ser noivo dela – fariam de tudo para conseguir a atenção dela. Mas era justo ele que a tinha. Claro, tudo arquitetado pelo pai e por sua mania de mostrar sempre mais e mais poder e influência.

A alegria dela era perceptível de longe. Os olhos brilharam ao encarar Rafael e refletiram no sorriso perfeito em seu rosto angelical. Ele a encarou de volta, os músculos ao redor da boca quase doendo ao forçar um sorriso sem luz. Mariana inclinou a cabeça de leve, como se estivesse esperando algo, e Rafael percebeu que era seu momento de agir. Aproximou-se dela e tocou-lhe os lábios com os seus. Fechou os olhos, mas não porque estivesse apreciando o momento, e sim para tentar deixá-lo menos difícil. Um beijo vazio, sem vida, sem cor e sem gosto.

– Aonde nós vamos hoje? – perguntou ela, olhando do garoto para o motorista.

Os olhos de Rafael encontraram os de seu José pelo retrovisor, mas no fim foi o menino quem respondeu:

– Pensei em a gente passar um tempo na Praça da Liberdade, lá no centro. O que você acha?

– Qualquer lugar tá bom pra mim. – Mariana segurou a mão dele, entrelaçando os dedos sobre o banco de couro do veículo. – O que importa é que a gente vai passar um tempo junto, só nosso. No colégio é meio difícil a gente ficar sozinho, né?

Graças a Deus, pensou Rafael, olhando de canto de olho para a garota. Ela gostava mesmo dele, e isso o deixava frustrado por não poder retribuir. Sempre que tinha que demonstrar alguma coisa, sentia-se a pior pessoa do mundo. Mariana não merecia ser enganada daquele jeito. Sentia estar sendo um mentiroso mau-caráter ao brincar com os sentimentos dela, mas o que podia fazer se não seguir a vontade do pai e do prefeito?

– Comecei a ler *Orgulho e preconceito*, você já leu? – Ela tentou puxar assunto mais uma vez. Olhava-o com esperança de que o garoto fosse entrar na conversa.

– Não.

Ela estava sempre lendo algum livro, disso ele podia se lembrar desde quando eram menores. Uma vez, tinham lido ao mesmo tempo um exemplar de *Alice no País das Maravilhas*, quando deviam ter uns onze ou doze anos. Adoravam histórias fantásticas e sempre conversavam sobre elas, às vezes encenavam os trechos favoritos dos livros que liam. Teve até vontade de abrir um sorriso ao pensar nessas lembranças. Aquela era a Mariana de que ele gostava, mas agora simplesmente não conseguia enxergá-la do mesmo modo. Gostava da Mariana que era sua amiga de infância, com quem brincava e se divertia; não aquela com quem tinha que sair em encontros românticos e que logo se tornaria sua esposa. Essa realidade simplesmente não se encaixava para ele.

– É claro que não. – Ela riu, olhando para o caminho do lado de fora que passava por eles à medida que o carro andava. – Vocês, meninos, têm muito preconceito com esse tipo de história. Acham que é coisa de menina. – Balançou a cabeça em negação, revirando os olhos.

– E é? – emendou Rafael. Não tinha o menor interesse, só falou para tentar manter o mínimo de conversa e diminuir o desconforto. Pouco ligava para o tema daquele livro.

– Ah, sei lá! – Mariana o olhava com um semblante divertido agora. – É um romance perfeito, e eu estou conseguindo me identificar muito com algumas coisas que acontecem lá. Principalmente porque logo a gente vai se casar. – Ela apertou a mão dele e o encarou com os olhos brilhando de alegria. – Quero que tudo seja tão perfeito quanto no livro.

Ela era bem sonhadora também, ele tinha que admitir. Isso podia ser bom, mas também podia ser muito ruim. Quando menores, Mariana queria porque queria conhecer o "País das Maravilhas" que tinha lido no livro. Sua persistência e personalidade forte, como os pais descreviam, a fizeram conseguir uma festa de aniversário temática em que a casa dela todinha havia se tornado uma réplica, muito bem-feita pelos melhores decoradores da cidade, do lugar onde Alice havia se encontrado ao cair na toca do coelho.

Quando a garota colocava algo na mente, ela fazia de tudo – dentro e fora de seu alcance – para ter o que queria. Rafael admirava a perseverança dela, porém isso também pesava para o seu lado. Agora que tinha crescido e as prioridades tinham mudado, ela se espelhava no romantismo de Jane Austen, sonhando em viver algo parecido. Tal fato o assustava e o repelia ainda mais. Como daria essa vida à garota se a cada dia sentia-se mais diferente e menos atraído por ela ou pela ideia de passar o resto de seus anos em um casamento fajuto sem amor, pelo menos de seu lado?

– Você tá ficando várias noites sem dormir também? – perguntou ela. Olhou-o, esperando a resposta.

Rafael desviou o olhar, observando o espaço entre o banco do motorista e o do passageiro à frente, incapaz de encarar seus olhos.

– Aham. – Foi o máximo que conseguiu dizer ao balançar a cabeça.

Não era de todo uma mentira. Às vezes demorava a pegar no sono, mas não por estar ansiando pelo dia do casório, e sim pelo medo, pela ansiedade e pela incapacidade de fazer algo para mudar sua situação iminente.

A maior parte do resto do trajeto foi em silêncio, com Mariana segurando sua mão no banco de trás e José dirigindo, concentrado. Encostaram próximo a uma grande praça no centro da cidade, com árvores em todos os cantos, um chão gramado e alguns bancos de madeira abrigados nas sombras dos galhos cheio de folhas. Em um canto do espaço, um gazebo de madeira ornamentado e pintado de verde-escuro, construído pela firma dos Albuquerque, deixava tudo ainda mais bonito e digno de um cenário de conto de fadas. O movimento era grande por ali, em especial na padaria que ficava do outro lado da rua onde estavam.

Colado a ela, havia também um barbeiro com alguns clientes sentados à espera de serem atendidos. Carros iam e vinham dos dois lados da rua. Tudo muito satisfatório para a vontade de Mário.

Rafael sabia que aqueles encontros encorajados – ou melhor, impostos – pelo pai eram pretextos para que ele fosse visto com Mariana em público. *Status* social. Tudo girava em torno disso. Quanto mais gente ao redor, melhor. Por isso aquela praça rodeada de comércios abarrotados era o lugar perfeito para que passassem um tempo juntos.

– Eu volto para buscar o senhor e a senhorita daqui umas duas horas, tudo bem? – Seu José virou-se para o banco de trás ao terminar de estacionar. Em seu rosto havia um sorriso, típico do seu bom humor sempre presente.

– Obrigado, José. – Rafael assentiu e desceu do carro, contornando-o para abrir a porta para Mariana, conforme mandava o figurino. Quando ela desceu, o motorista partiu e os dois foram entrando na praça, de mãos dadas.

O garoto começou a sentir olhares em sua direção. Talvez fosse apenas impressão, mas achou que algumas pessoas ao redor os reconheciam e os olhavam de soslaio. Ele não era nenhuma celebridade, mas, por ser um Albuquerque, virava cabeças por onde passava. Somando isso à presença da filha do prefeito, eram como duas estrelas de Hollywood. Pelo menos ali em Petrópolis.

Caminharam mais alguns passos, recebendo cumprimentos de um ou outro pedestre. Seu pai ficaria feliz pelo tanto de atenção que chamavam sem nem ao mesmo fazerem nada. Mariana continuava sorridente quando sentaram-se, abrigados na sombra de uma árvore. No centro da praça, havia uma fonte decorativa que jorrava alguns jatos para o alto somente para deixá-los cair de novo nela. Além dessa fonte, podia-se enxergar a catedral da cidade, ainda em construção, muitas ruas à frente, funcionando como um pano de fundo. Atrás dela, as montanhas verdejantes da serra petropolitana erguiam-se para finalizar o belo cenário.

Observando o movimento ao redor, Rafael viu alguns casais de jovens como eles. A diferença era que todos pareciam estar felizes e queriam estar ali na companhia um do outro. Um rapaz do outro lado da praça abaixou-se em um canteiro, retirando uma flor dali e entregando-a à namorada, que vibrava de emoção. Abraçaram-se como se aquele fosse o gesto mais romântico do mundo. Rafael revirou os olhos.

– Coisa mais fofa esses dois, né? – A voz de Mariana o fez olhar para o lado. Encontrou o rosto dela observando o mesmo casal mais à frente. – Você tem um jardim enorme na sua casa e nunca me deu uma flor. Quando a gente brincava por lá antes, você era mais legal. – Ela riu, deixando evidente o tom de brincadeira na frase, mas algo naquelas palavras diziam a Rafael que ela realmente sentia aquilo.

– Eu... – A verdade era que ele queria se levantar e sair correndo dali. Voltar para casa, se trancar no quarto e gritar por estar se sentindo tão sem saída e sem rumo na vida. – Mariana, você... – Hesitou. Ia perguntar a ela se gostava mesmo dele. Não era possível que não percebesse seu desinteresse e ainda assim insistisse. Entretanto, tudo que conseguiu dizer foi: – Claro. Qualquer dia eu pego uma pra você.

Ela pareceu dar-se por vencida e apertou sua mão. Ele lembrava-se bem de Mariana desde que eram pequenos. Os pais sempre tinham sido muito próximos, e os dois brincavam muito quando crianças. Além das leituras compartilhadas e das encenações das obras de que liam, eles divertiam-se. Sempre tinham usado o jardim de Rafael para brincar de pega-pega ou esconde-esconde. Os arbustos altos e bem cuidados permitiam ótimos esconderijos, assim como as árvores, os bancos e as áreas decoradas totalmente planejadas quando o lugar tinha sido montado. Ainda na infância, ele adorava estar na companhia dela, pois não havia a ideia de romance. Era somente sua amiga com quem gostava de brincar. Ela era engraçada, inteligente e muito criativa. Sempre inventava algum tipo de brincadeira nova, e eles terminavam rindo, jogados ao chão e – na maior parte das vezes – sujos de terra e grama.

Talvez estivessem prometidos um para o outro desde aquela época. Na verdade, não sabia ao certo quando a ideia de casamento tinha surgido. Só sabia que não teve escolha. Apenas tinha sido informado de que assim seria para que a influência das duas famílias continuasse cada vez mais forte. Quando passou a ter noção do que era aquilo de verdade, começou a perceber que as coisas estavam mudando. Não era isso que queria ter com Mariana. Queria manter apenas a velha amizade de infância.

Chegando na adolescência, Mariana mudou. A ideia de juntarem as famílias tornou-se maior do que qualquer coisa, destruindo toda a magia que uma vez houvera entre os dois. Rafael não a via mais como a amiga com quem brincava. Ela não era mais a companhia divertida e agradável de antes. De repente, começava a se portar como uma mulher que pensava no futuro como sendo a esposa perfeita, tendo o marido perfeito e a família perfeita, assim como os livros de romance dos quais estava sempre comentando. Assim como os pais deles. Ou como eles mostram ser para os outros, pensou. Com isso, veio o despertar da sexualidade. Rafael não conseguia sentir um pingo de atração física pela garota – e agora nem mesmo gostava de estar ao lado dela, muito menos de comentar sobre livros porque nem sequer liam as mesmas coisas! Pelo contrário, ele observava outros garotos do colégio sentindo que havia um desejo diferente dentro de si. Algo que lutava para sair e lhe trazia um nó na garganta. Sentia vontade de chorar, às vezes, por sentir-se tão sozinho a ponto de não confiar em ninguém para dividir seus anseios. Mesmo os colegas de classe – não os considerava amigos próximos, de maneira alguma – lhe eram apenas conhecidos que não tinham muita coisa em comum com ele. Se a antiga Mariana – aquela com a qual ele gostava de passar tempo anos antes – não tivesse sido dominada pela vontade dos pais deles, talvez ele conseguisse se abrir com ela e dividir seus medos, seus sentimentos e seus anseios. Mas como poderia, se ela seria uma das maiores prejudicadas por causa deles?

— Vamos tomar um sorvete? — A voz parecia vir de muito longe, trazendo-o de volta para a praça. Sempre que estavam juntos, a mente dele fazia isso. Vagava para longe, numa tentativa involuntária de fugir do momento em que não queria, de jeito nenhum, estar.

Concordando com um aceno de cabeça, levantou-se do banco e cruzou o gramado ao lado de Mariana. Juntos, atravessaram a rua movimentada e seguiram para a padaria logo à frente. A fachada era bem organizada. Um toldo listrado vermelho e branco fazia sombra na calçada, protegendo as pessoas do sol escaldante da tarde. A entrada era apenas uma porta branca de madeira e vidro ao lado da grande vitrine que possibilitava ver a parte de dentro do estabelecimento.

Rafael hesitou um passo, piscando os olhos algumas vezes para ter certeza se o que via era mesmo real. Lá dentro do estabelecimento, na fila de clientes em frente ao balcão repleto de pães e bolos. Ele reconheceria aquela silhueta mesmo de costas. Especialmente de costas. Afinal, fora assim que o tinha visto pela primeira vez alguns dias atrás, apesar de agora estar bem mais perto do que antes.

— Que foi? — Mariana o olhava com o cenho franzido, sem entender. Algumas pessoas passavam por eles pela calçada, e o olhar de Rafael continuava preso na nuca de Pietro, através do vidro. Ele pegava um saco de pães que o atendente lhe entregava.

Seu coração queria saltar pela boca. Sem saber direito o porquê, sentiu a necessidade de fugir. Não queria ser visto por Pietro com Mariana ao seu lado. De mãos dadas! Não era algo que tinha pensado de forma consciente, era só um pensamento que lhe ocorria, mas mesmo assim...

— Por que a gente não vai até a sorveteria? — Puxou Mariana para o lado, tentando se afastar da entrada da padaria. Pietro terminava de pagar pelos pães lá dentro e logo estaria na calçada.

— Mas a sorveteria fica a umas três quadras daqui! — A expressão no rosto dela era de confusão. Virou-se para a porta de vidro e madeira, estendendo uma mão. — Vamos aqui mesmo. Já estamos na porta, vai!

— Mas... — Vasculhava a cabeça, buscando uma desculpa convincente para corroborar seu pedido aparentemente sem pé nem cabeça. Odiou-se pelo que disse a seguir, sabendo ser a mentira mais deslavada que já tinha contado em toda a sua vida até então, mas não viu outra alternativa: — Assim a gente consegue ficar mais tempo um com o outro.

Os músculos em seu rosto pareciam duros como pedra quando forçou um sorriso, diferentemente de Mariana, cujos dentes brancos brilhavam em um sorriso radiante. Não era comum Rafael fazer aquele tipo de comentário, portanto a alegria da jovem podia ser vista de longe. Ela fungou, revirando os olhos e fingindo concordar de má vontade, para fazer graça.

— Tá bom, então, né? — Ela mal havia terminado de falar e Rafael já a puxava com gentileza pelo braço para a esquerda. Tentou ser rápido, mas...

— Rafael? — O tom hesitante e de dúvida de Pietro atingiu seus ouvidos e, por mais que gostasse de sua voz, naquele momento era a última coisa que queria ouvir.

Ele fechou os olhos e pressionou os lábios, como se tivesse pisado em algo sensível e estivesse com medo de ver o que era. Mariana virou para trás antes mesmo dele. Pietro olhava-os com o saco pardo de pães na mão e uma expressão de dúvida; a boca meio aberta e uma sobrancelha erguida.

— O-oi — cumprimentou, involuntariamente soltando o braço de Mariana e dando um passo para longe. Os olhos de Pietro seguiram o movimento discretamente. — O-o que você tá fazendo aqui?

Por mais que tentasse, não conseguia manter a voz firme. Mas que droga! Por que tanta insegurança? Sentia-se como se tivesse sido pego no flagra fazendo algo errado. O coração disparou ainda mais forte no peito.

Mariana, ao seu lado, encarava Pietro com o nariz retorcido, como se estivesse olhando para um animal sujo e fedido. Ou pelo menos era isso que passava na cabeça dela. Não que Pietro estivesse sujo e fedido, mas na concepção da filha do prefeito era isso o que significavam aquelas roupas simples. Ele vestia uma camiseta branca e calças pretas, da mesma cor dos sapatos um tanto quanto gastos nos pés.

O filho do marceneiro notou o olhar enojado da garota e ergueu a cabeça para ela, penetrando seus olhos azuis com os castanhos dele, confrontando-a em silêncio. Não foi preciso muito para que a reconhecesse e entendesse o que se passava ali.

– Vim buscar uns pães para os meus pais – disse, por fim, voltando a olhar para Rafael. – E o que você está fazendo por aqui?

– Eu... – Engoliu o que pareceu ser o coração forçando a saída pela garganta. Não queria dizer que estava com sua... noiva. Uma palavra que nunca tinha dito em voz alta para ninguém. Ele próprio não tinha se acostumado com a ideia ainda.

– Quem é esse? – sussurrou Mariana para o rapaz ao seu lado, agitando a cabeça na direção de Pietro.

– Bom – Pietro resolveu manter a calma e sair antes que xingasse a loira mal-educada –, eu preciso ir. Foi bom ver você, Rafael.

Virou as costas e seguiu seu caminho. Rafael permaneceu imóvel, observando-o se afastar. O olhar perdido e a falta de ação ainda presente.

– Quem é esse? – repetiu Mariana, enlaçando seu braço rudemente no do garoto.

Rafael apenas balançou a cabeça, tentando afastar o assunto da mente dela. Conhecendo a menina como conhecia, sabia que ela não deixaria aquilo passar assim tão fácil. Era observadora, perspicaz.

Quanto menos soubesse, melhor. Até porque não tinha nada para ela saber mesmo, tinha? Ele e Pietro tinham apenas conversado uma vez. Só isso. Não tinha o que temer.

Começou a caminhar ao lado de Mariana na direção da sorveteria. Arrependeu-se de ter sugerido aquilo, pois agora teria que passar ainda mais tempo aguentando a companhia extremamente sem graça da moça que, em um ano, seria sua esposa.

Curiosidade e o gato misterioso

Aquilo tinha sido meio estranho. Ah, se tinha! Pietro voltou para casa e colocou os pães sobre a mesa para o café da tarde. Estava tão absorto nos próprios pensamentos que mal notou a mãe passando um café ao lado do fogão. Caminhou automaticamente para a marcenaria nos fundos da casa, passando pelo quintal enquanto ainda pensava na cena que tinha visto.

Rafael com a filha do prefeito. Ele subitamente soltando o braço dela quando tinha se virado e visto Pietro. Aquilo só podia significar uma coisa. Os dois tinham algo. Eram namorados ou coisa do tipo.

Ora, e por que isso te incomoda?

A voz da consciência falou alto em sua mente quando chegou à oficina de trabalho e encontrou Fernando por lá, cortando um pedaço de madeira com o serrote. Seria ciúme o que ele sentia do Albuquerque? Ou seria apenas uma curiosidade disfarçada? Mais estranho do que o encontro inesperado e a reação de Rafael eram essas dúvidas que então passaram a surgir em sua cabeça. Por que uma coisa tão boba como aquela o estava fazendo ficar tão confuso? O que tinha a ver com aqueles dois? E se fossem namorados? Aquilo não devia significar nada para ele... Devia? Piscou os olhos algumas vezes, desvanecendo os pensamentos intrusivos no ar ao mesmo tempo que a voz entrou pelos ouvidos:

— Me ajuda aqui, filho! — Fernando levantou o olhar do trabalho e balançou a cabeça, intimando o garoto a se aproximar. Pietro chegou mais perto e segurou a madeira para que o pai continuasse a cortá-la.

Passou os olhos ao redor daquela espécie de armazém que eles denominavam oficina. Localizado nos quintais do fundo da casa — que não era tão grande como a dos Albuquerque, mas bastante espaçosa, com três quartos e cômodos largos —, o local de trabalho estava abarrotado de móveis em construção, alguns já prontos, e pedaços de madeira, ferramentas, pregos e cola por todos os lados.

Os Soares ganhavam a vida vendendo móveis mais baratos para as famílias menos afortunadas e fazendo pequenos reparos em peças de madeira. Não se comparavam à grande empresa que os Albuquerque tinham construído, é claro, por isso viviam em condições muito diferentes. Pietro olhou para o pai, totalmente concentrado no corte, levando o serrote para frente e para trás com certa brutalidade. Havia muita raiva dentro daquele homem que já atingia uma certa idade, e o filho podia senti-la só de estar perto. Agora sabia que o pai era frustrado e carregava ódio dentro de si por causa do golpe que tinha sofrido do melhor amigo de infância: Mário Albuquerque.

A madeira que segurava se dividiu em duas quando Fernando terminou o corte. Pietro entregou-a em suas mãos e caminhou para o fundo da oficina. Então parou em frente a uma das paredes, com algumas ferramentas penduradas em um painel. Aquele era o canto que o fazia sentir um calafrio quando chegava perto, e não foi diferente naquele momento. Em meio às ferramentas presas pelos ganchos, estava a espingarda calibre 12mm. Ele nunca a viu sendo usada, mas ainda assim tinha um mau pressentimento sempre que se aproximava dali.

Pietro ainda queria matar um pouco da própria curiosidade quanto a Rafael Albuquerque. Mesmo entendendo que não havia nada de errado em perguntar aquilo, sentia receio de encarar o pai nos olhos. E aquele era o melhor lugar para ficar de costas – fingindo observar, desinteressado, as ferramentas – sem levantar suspeitas.

Em seu âmago, sabia que era bem mais do que uma simples curiosidade inocente. Era um interesse genuíno em saber mais sobre aquele menino do jardim que lhe fisgara de uma maneira totalmente inédita. Tinha despertado sentimentos desconhecidos até então, e ele estava gostando da sensação mista de perigo e empolgação que lhe causavam.

– Pai – começou, tentando manter a voz em um tom neutro e casual –, eu vi a filha do prefeito hoje quando estava na padaria.

Fernando começou a lixar um pedaço da madeira que tinha cortado e apenas resmungou em resposta, insinuando que estava ouvindo.

– É Mariana o nome dela, não é? – perguntou Pietro. Seus olhos percorreram toda a extensão da espingarda. Desde a base detalhada, passando pelo gatilho, até a ponta do cano duplo e longo.

– É, sim. – Fernando parou um momento, erguendo-se ereto e passando a mão direita na testa suada. Virou para o filho, que continuava de costas para ele. – Tá interessado nela, é?

Ele riu com certo escárnio.

– Não vai ter chance com aquela lá, não. – Pietro sentiu-o se aproximando por trás. Continuou imóvel mesmo quando a mão pesada do pai pousou em seu ombro esquerdo. – Gente como a gente não se mistura com eles. Eles têm nojo de nós.

Pietro lembrou-se do olhar enojado que a menina lhe lançara. O nariz contorcido e os olhos azuis desgostosos encarando-o. Completamente diferente do jeito que ele e Rafael tinham se olhado desde a primeira vez que tinham se encontrado. Não sentiu nenhum tipo de julgamento ou desconforto vindo dos olhos escuros do outro. Tudo bem que mal haviam se falado, mas não conseguia enxergar aquela superioridade nele. Rafael, embora pertencesse à classe alta a que o pai se referia, não agia como um deles. Ele era... diferente.

Um frio no estômago causou certo desconforto em Pietro ao pensar no garoto. Mesmo estando ao lado da menina arrogante, eles pareciam completos opostos, se contrastavam em muitos níveis diferentes. Algo invisível aos olhos, mas que ele, Pietro, de algum modo, tinha percebido.

– Você tem que entender, filho – continuou Fernando, ainda com a mão em seu ombro, agora também olhando para o painel com as ferramentas e a arma –, que existem eles e existem nós. E no meio disso tudo tem um abismo enorme que algumas pessoas às vezes conseguem pular...

Ele se interrompeu, e Pietro sabia exatamente que o pai se referia a Mário Albuquerque.

– Aqueles de nós que passam pro outro lado se tornam escória e se esquecem de onde vieram.

– Ela estava acompanhada. – Decidiu mudar o rumo da conversa antes que perdesse a coragem de perguntar o que queria. Se deixasse, provavelmente o pai afundaria em seu próprio poço de raiva e mágoa de uma ferida que, pelo visto, nunca ia se cicatrizar. – Estava com o R...

Engoliu o nome e olhou para Fernando, porém o pai não percebeu, ainda envolto em seu próprio pesar. Aliviado, continuou, tomando cuidado com a escolha das palavras:

– Ela estava com um Albuquerque. O que tem a minha idade, pelo visto.

Fernando fungou, sarcástico. Balançou a cabeça em negação, como se a informação não tivesse sido nenhuma surpresa.

– Mas é claro que estava! – Largou o filho e voltou para perto das madeiras nas quais vinha trabalhando. – Os dois são noivos, oras. Todo mundo fala disso. Parece até que o moleque e aquela menina são celebridades. Ficam andando por aí se exibindo. Tudo ostentação daquele Mário. – A voz ficava mais grave a cada palavra. A raiva guardada projetava-se naquelas frases. – Não bastasse a fortuna que já tem, quer também se juntar com a família do prefeito puramente por influência. Um ladrão e um político. Quer parceria mais suja que essa? São tudo farinha do mesmo saco!

Pietro sentiu um nó na garganta, ignorando todo o resto que seu pai dizia. Parou quando ouviu "noivos". A espingarda à sua frente ficou embaçada e ele percebeu que eram lágrimas tímidas surgindo em seus olhos. Engoliu em seco, desfazendo o nó que apertava a garganta cada vez mais, e segurou as emoções. Respirou fundo, buscando o controle.

Fernando continuava resmungando sobre corrupção, traição e roubos. Nem percebeu o filho saindo pela porta da oficina a passos largos e firmes.

—

O assunto voltou na hora do jantar. Josefa servia uma porção de macarrão com almôndegas no prato do marido enquanto Pietro terminava de colocar os talheres na mesa. Mal tinha se sentado e começado a se servir quando Fernando soltou:

– O Pietro estava de olho na filha do prefeito hoje.

O menino parou o garfo a meio caminho da boca e arregalou os olhos para o pai.

– Não é bem assim. Eu... – Josefa olhou do marido para o filho, sem dizer nada, mas com uma clara expressão de curiosidade no rosto. – Eu só estava curioso porque vi ela na padaria, mas só isso.

– Ela não é noiva daquele menino dos Albuquerque? – A mulher olhou para o marido ao fazer a pergunta.

– É! – Fernando abocanhou um punhado de macarrão ao responder e continuou mesmo com a boca cheia: – São tudo da mesma laia. Essas duas famílias se merecem. E mesmo se não fosse, o Pietro não teria nenhuma chance com ela.

Pietro agitou a cabeça em negação, lançando um olhar questionador – porém respeitoso – ao pai. Não imaginou que a simples pergunta mais cedo pudesse causar tanto alvoroço em casa. Era como se tivesse cutucado uma ferida e ela tivesse voltado a sangrar. Percebeu que qualquer assunto relacionado aos Albuquerque era um gatilho sob aquele teto. O que seu pai diria se descobrisse que ele e Rafael tinham conversado? Se é que aquela pequena troca de palavras em frente ao casarão poderia ser considerada uma conversa de verdade.

– Não se preocupe, meu filho. – Josefa segurou sua mão por cima da mesa, em um gesto de conforto. *Como se eu precisasse disso*, pensou o rapaz. *Estou pouco me lixando pro que essa Mariana acha de mim.* – Vai aparecer alguma menina boa para você, disso eu tenho certeza.

Um frio na barriga anunciou o desconforto que Pietro começava a sentir com aquela conversa. Não queria que aparecesse nenhuma menina para ele. Não conseguia se ver com uma namorada e muito menos casado. A vida dos pais, ou a vida perfeita que a mídia vendia, não fazia parte dos seus desejos para o futuro.

Mais uma vez a vontade de ir embora o invadiu. Durante seus dezessete anos de vida, tinha vivido em Petrópolis. Só que não pertencia àquele lugar, sabia disso. Não sentia que fazia parte. Apenas vivia dia após dia sem perspectiva. Queria mesmo era ir embora para o Rio de Janeiro e seguir seu sonho de trabalhar como ator. Poderia atuar e ser livre. Se libertaria das amarras invisíveis que sentia o prenderem ali.

Não achava que poderia realizar esse sonho caso se casasse. Seguindo a tradição, teria que continuar com a marcenaria do pai, que mal pagava as contas, e viver para sustentar uma casa e filhos; isso se um dia os tivesse. A imagem desse futuro lhe causou um arrepio mórbido. Definitivamente não era aquele o seu destino.

– Não tem nenhuma menina na escola que te interessa? – perguntou Fernando, desfazendo toda a imagem de um futuro com uma carreira brilhante de sua mente. Pietro olhou para o pai. Gentilmente soltou-se da mão de Josefa e continuou a comer, negando com a cabeça. – Ainda tem tempo, mas acho bom você arrumar alguém logo, pois, depois que eu me for, você que vai tomar conta do trabalho. E vai precisar de uma esposa pra cuidar de você e da casa.

O jovem sustentou o olhar de Fernando, torcendo para que o pai não visse o desinteresse em sua expressão. Que merda! Não queria contrariar seus pais nem muito menos abandoná-los, mas tinha receio de dizer que não queria seguir aquele padrão de vida. Não se encaixava nele. O medo e a dúvida falavam mais alto. Contrariar uma ordem de Fernando era como pedir para apanhar. Ele impunha respeito e temor mesmo sem nunca ter batido no filho. Pietro abaixou o olhar para o prato, sem conseguir negar, mas também sem assentir. Concordar só o faria se sentir ainda mais sem saída e temeroso pelo que estava por vir. Porém, sabia que, se quisesse escapar e viver sua própria realidade, teria que deixar tudo para trás um dia. E não em um futuro distante.

A verdade era que ele não sabia muito bem explicar o que se passava dentro de si, e se afastar de tudo aquilo parecia a saída mais sensata. Ainda mais agora que Rafael havia entrado em jogo e tudo parecia ainda mais confuso. Todo aquele interesse repentino e incontrolável despertado nele era algo completamente novo. Nenhuma garota o tinha feito se sentir assim antes. Dificilmente alguma coisa ou alguém o empolgava, muito menos a perspectiva que os pais tinham para seu futuro. Só que aquele encontro com o menino no jardim parecia ter mudado tudo. Estava tão agitado por dentro que mal conseguiu terminar de comer.

Subiu para o quarto alguns minutos depois. A casa, apesar de simples, tinha dois andares. No térreo, ficavam a sala de estar e a cozinha, onde estava a entrada para o quintal dos fundos e para a marcenaria/oficina de Fernando. No andar de cima ficavam os dormitórios e o banheiro, por onde passou para escovar os dentes. Jogou-se na cama pouco depois, ainda pensando na conversa do jantar.

Sem animação para o futuro, sentia que nada naquela cidade despertava seu interesse. Era como uma espécie de zumbi. Seguia com as obrigações dos estudos e do trabalho com o pai, mas não havia vontade alguma. Agia por agir, seguindo protocolos e uma rotina já instalada. Exceto por...

Ah, os olhos escuros que o encararam através do portão eram algo além da conta. Não se lembrava de nenhum outro momento da vida em que sentira, ao mesmo tempo, algo tão real, prazeroso, desconfortável e gostoso. Era um misto de sensações. Nunca ficava nervoso perto de ninguém. Era desinibido e não tinha problemas com as pessoas, mas Rafael tinha despertado algo dentro dele. Um botão que ligava todas as emoções adormecidas em seus dezessete anos. Todas de uma única vez. Não era à toa que, além da excitação pelo pouco contato que tiveram, agora estava com... era raiva? Talvez.

Ele tinha uma noiva! Começava a entender que aquilo lhe incomodava. Rafael não tinha dito nem prometido nada para ele, mas de algum modo sentia-se traído e com ciúme por ele ter um casamento marcado, provavelmente. Imaginou uma grande cerimônia, com toda a sociedade mais influente presente. E aquele encontro – ou encontros, se contasse o da padaria – nada mais seria do que um acontecimento aleatório que logo seria esquecido.

Suspirando, Pietro se levantou da cama e foi até a janela no fundo do quarto. Observou, através do vidro, a oficina fechada engolida pelas sombras no quintal logo abaixo. A lua brilhava fina e quase invisível no céu salpicado de estrelas. Olhou para o alto, fechou os olhos e pediu a qualquer coisa que o estivesse ouvindo para que achasse uma saída e pudesse encontrar um rumo. Ao olhar para baixo de novo, viu um gato cinza no muro que separava sua casa de um terreno baldio tomado pelo mato logo atrás. O felino olhava diretamente para ele, o rabo balançando vagarosamente, como se o estivesse avaliando.

Pietro manteve o olhar, quase hipnotizado, até que o animal lambeu os beiços e pulou para o terreno abandonado, desaparecendo no meio do mato malcuidado. O garoto não sabia ainda, mas aquele gato era parte do pedido que ele tinha acabado de lançar para o alto em uma prece silenciosa e cheia de desejo.

Pelas ruas de Petrópolis

Pietro demorou alguns dias, mas finalmente entendeu o que estava acontecendo. A verdade era que até já entendia, porém só então teve coragem de aceitar. O fato de se sentir incomodado por ver Rafael com Mariana, de ficar pensando nele o tempo todo, de ter aquele desejo maluco de querer tocar e senti-lo de perto, de sentir um frio na barriga que lhe causava arrepios sempre que fechava os olhos e se imaginava com o Albuquerque... Tudo isso se resumia a uma única conclusão lógica: ele estava incontestavelmente atraído pelo garoto.

Quando parava para pensar, tudo se encaixava. Não era algo estranho. De algum modo, sentia que aquilo sempre tinha estado consigo, mas nunca tinha dado atenção para aquele seu lado. Era uma faceta de si mesmo que finalmente tinha resolvido dar as caras e dizer para ele que existia e que estava na hora de se conhecerem. Agora ele finalmente estava se conhecendo e se entendendo de fato. Já tinha sentido atração por garotos antes, mas não havia percebido o que realmente estava acontecendo. Rafael o fazia entender e aceitar que estava tudo bem.

Bom, não exatamente tudo bem. Apesar de se sentir diferente porém tranquilo consigo mesmo, a atração pelo Albuquerque mais novo tinha surgido em um local muito improvável. Pietro tinha feito o máximo que podia para tentar tirar Rafael da cabeça. Já que ele era noivo e provavelmente se casaria em breve, era melhor que cortasse tudo logo no início ou só ia acumular frustrações e desejos que nunca viriam a se realizar.

Independentemente de qualquer coisa relacionada a Rafael, tinha que pensar em si mesmo também. Já tinha ouvido falar de outras pessoas como ele. Gays. Era um assunto que todo mundo evitava, um tabu e um motivo para piadas. Via no colégio. Quando um rapaz chamava o outro de gay, somente para provocar, a fúria vinha na hora. Ninguém queria ser tachado como aquilo. Era como se fosse o pior xingamento do mundo. Bichas, maricas, pederastas, bandidos. Ele sempre ouvia esses comentários a respeito de pessoas tidas como diferentes, simplesmente por não serem um reflexo daquilo que todo mundo era, mas não sabia de onde vinha a ideia, pois nunca tinha visto com os próprios olhos algo que confirmasse esses termos excessivamente pejorativos.

Também já tinha ouvido falar de um lugar, afastado do centro de Petrópolis, no canto oposto ao qual ficava o casarão dos Albuquerque e a floresta, mas ainda assim dentro da cidade, em que "gente daquele tipo" se reunia. Ele mesmo nunca tinha ido até lá, mas sabia sobre as histórias que contavam. Por um tempo, até tinha acreditado nelas, talvez por nunca ter refletido muito antes... Naquele momento, porém, em que parava para pensar, percebia que eram exageradas e tendenciosas. A rua era evitada por todas as "pessoas de bem", como muitos se classificavam, pois nela ficava um bar frequentado por "gays e depravados", como já ouvira do próprio pai. Dizia-se que era um ponto onde havia drogados, estupradores e pedófilos. Mas, não, Pietro não acreditava nisso. Tais comentários não deviam passar de preconceito e maldade de gente que não sabia de nada.

Eu sou gay, pensou.

Estava sozinho em seu quarto, na noite do primeiro sábado após o encontro na padaria, quando a verdade se abateu sobre ele. A sensação foi como a de ter encontrado uma parte sua que estivera perdida por muito, muito tempo. Uma parte que lhe permitia respirar com um pouco mais de alívio e soltava uma trava dentro de seu peito. Fechou os olhos, inspirou e soltou o ar longa e demoradamente, deixando que a revelação se assentasse.

Eu sou gay e não me sinto errado por isso, mesmo que todo o resto do mundo demonstre o contrário.

Bem, nem todo o resto.

Incitado pela maré de pensamentos que lhe invadia a mente, teve uma ideia. Demorou para pegar no sono aquela noite, mas estava decidido a colocá-la em prática já no dia seguinte.

O despertador na mesinha de cabeceira soou muito mais cedo do que o normal naquele domingo pela manhã. Pietro abriu os olhos, dando um salto na cama, assustado com o barulho. Logo, pegou o pequeno relógio e o fez parar de tocar. Eram 4h30. Viu o céu ainda escuro através da janela e sentou-se na cama o mais silenciosamente possível, tomando todo o cuidado para que o estrado não rangesse abaixo do colchão. Aprumou a audição, ouvindo, atento, os sons pela casa. Seu quarto ficava no fim do corredor, mas temia que seus pais tivessem escutado o despertador. Quando teve certeza de que era o único acordado, levantou-se e se vestiu, colocando uma jaqueta de couro para se proteger da brisa fria da madrugada. Pegou os sapatos na mão e caminhou descalço para que seus passos não fossem ouvidos. Só os calçou quando já estava do lado de fora. As ruas estavam desertas e frias. A única iluminação vinha dos postes, trazendo uma coloração amarelada às calçadas de cimento e pedra.

Não estava acostumado a acordar tão cedo e muito menos a sair naquele horário. Embora conhecesse os caminhos perto de sua casa muito bem, sentia-se um tanto receoso de estar por ali sozinho, sentindo o ar frio – porém bem-vindo – da madrugada. Mas uma coisa era maior do que o frio na barriga que sentia por estar saindo de casa escondido dos pais em um domingo às quatro da manhã: a curiosidade. Pietro não ia ficar tranquilo enquanto não visse por si mesmo a verdade.

Nunca tinha ido até a região antes, mas sabia exatamente como chegar lá, afinal, conhecia praticamente a cidade inteira como a palma da própria mão. Seus pais acordavam por volta das oito da manhã aos domingos, então ele tinha tempo mais do que suficiente para ir e voltar para casa. Caminhou por quase trinta minutos, observando os comércios fechados e as casas apagadas pelo trajeto. Não conseguiu evitar pensar em Rafael ao passar pela padaria onde tinham se visto pela última vez, porém tentou afastar de sua mente a imagem do encontro e seguiu andando.

Deixou-se admirar pela Catedral de São Pedro de Alcântara, que estava em construção desde que Pietro podia se lembrar. Mesmo assim, ela já começava a tomar forma, e sua imponência podia começar a ser vista por quem passasse. Sob o céu da madrugada e iluminada pelos postes, o prédio parecia até mesmo assustador. De aparência imperial, sua fachada tinha uma grande porta de madeira emoldurada por um arco e longos vitrais coloridos com desenhos de anjos e santos. Pequenas torres despontavam dos cantos da fachada. Havia boatos de que uma torre maior seria erguida ali, mas a prefeitura sempre atrasava a obra.

Talvez o prefeito esteja ocupado demais preparando o casamento da filha, Pietro riu com o próprio pensamento sarcástico.

Ao continuar andando, passou em frente a uma igreja menor – mas tão magnífica quanto a principal que ainda estava em obras – que atendia às necessidades religiosas de uma população majoritariamente cristã. Pietro não se importava com isso. Nunca tinha parado para pensar, mesmo seus pais sendo católicos. Ele mesmo não se sentia atraído por nenhuma religião. Não acreditava nas histórias bíblicas. Ainda olhando para a catedral pequena, imaginou se seria ali que Rafael ia se casar com Mariana. Trocariam os votos, se beijariam na frente da multidão e viveriam uma vida tradicional sem graça...

Pare de pensar nele!

Não podia deixar que os desejos crescessem em sua mente. Rafael e ele nunca poderiam ter alguma coisa. Primeiro porque ele era filho do maior inimigo de seu pai; segundo, porque ele era noivo da filha do prefeito! Não noivo de uma garota comum, mas da filha de uma das maiores autoridades da cidade. Entrar naquele terreno era como pedir para levar um tiro por invasão de propriedade. Tinha que parar de pensar em Rafael e de criar, mesmo que contra a própria vontade, possibilidades em sua cabeça. Se tudo isso não bastasse, ainda havia o fato, é claro, de ele ser outro garoto. Nunca que dois garotos poderiam ficar em paz diante de uma sociedade tão... diferente deles. Pietro realmente não conseguia se encaixar quando parava para pensar no modo de vida daquele povo. Portanto, tinha que cortar o quanto antes qualquer tipo de pensamento que envolvesse aquele bendito menino da torre!

Seguindo o próprio conselho, balançou a cabeça e continuou o caminho até se aproximar do destino. Parou em uma esquina, em frente a um estabelecimento fechado, provavelmente uma sapataria, e observou de longe. A rua à frente era iluminada e havia um ou outro veículo parado junto ao meio-fio. O lugar que realmente procurava estava logo ali em seu campo de visão. Um toldo roxo estendia-se acima da porta de entrada escura e com dois círculos de vidro que possibilitavam uma visão do interior. Acima do toldo, uma placa dizia "*Vênus*", com letras desenhadas e uma taça de alguma bebida ao lado do título. Na parede de tijolos do comércio, um pouco mais para o lado da entrada, dois homens estavam encostados. Um deles segurava o outro pela cintura, colando-o em seu corpo, enquanto o segundo tinha as mãos enlaçadas no pescoço do primeiro. Beijavam-se com um desejo evidente, e Pietro sentiu um frio na barriga ao vê-los ali. Não estranhou, apenas se sentiu tão fixado na visão que mal percebeu alguém se aproximando por atrás.

– Aqueles dois sempre ficam ali se engolindo. – A voz potente e um tanto rouca o tirou do transe.

Quando se virou, Pietro avistou a mulher mais fabulosa que já tinha visto em toda sua vida. Não conseguiu assimilar todas as informações de uma só vez. Registrou primeiro a roupa: um vestido amarelo que brilhava sob a iluminação dos postes. Depois percebeu, ao redor do pescoço e caindo elegantemente sobre os ombros, a echarpe de pelos (também brilhantes) da mesma cor. Os cabelos pretos e crespos coroavam a cabeça, e o rosto negro maquiado com cílios longos e elegantes demais para serem de verdade exibia um sorriso amigável.

O garoto ficou sem reação, apenas olhando para a mulher... Não, achou que era um homem travestido. Homens que se vestiam de mulheres e... uau! Aquela artista estava realmente maravilhosa.

– O que um menino bonito como você está fazendo aqui a essa hora? E sozinho, ainda por cima... – indagou ela, com a voz poderosa que penetrou seus ouvidos como trovões. – Dá pra ver na sua cara que nunca veio aqui antes, não é? Está perdido?

– Eu... – Ainda lutava para encontrar as palavras. – Eu... é... – Dificilmente ficava sem reação, mas ainda estava estonteado com a mulher à sua frente. – Não tenho o costume de vir aqui.

Ela lhe lançou um sorriso complacente e Pietro sentiu-se menos nervoso como em um passe de mágica. Algo naquela expressão o acalmou e passou-lhe uma sensação de que estava seguro ali. A mulher segurou seu queixo gentilmente e ergueu seu olhar para que pudessem se encarar. O batom vermelho em seus lábios era tão forte, Pietro notou. Os olhos dela o penetraram e foi como se ela lesse sua mente.

— Aaah! — Uma interjeição ao mesmo tempo de compreensão e nostalgia saiu de sua boca. — Eu me lembro de quando tinha sua idade. Já tive essa mesma curiosidade que estou vendo em seu rostinho.

Ela falava como uma mãe carinhosa, e Pietro de repente sentiu uma leve vontade de chorar. Josefa nunca tinha falado com ele de um modo tão amável como aquela desconhecida numa rua esquecida pelo resto da cidade.

— Não precisa ter medo — continuou. — Vai ficar tudo bem. Aqui você está em casa.

Ela soltou seu rosto e mexeu na pequena bolsa prateada coberta de glitter, tirando de lá um papel dobrado que entregou em suas mãos. Pietro abriu-o e viu um anúncio de um show. Havia uma foto dela — segurando um microfone e usando luvas vermelhas na imagem —, e, acima em letras garrafais e amarelas, lia-se:

VENHA CONHECER O SHOW DE RAMONA,
A MAIOR CANTORA DE PETRÓPOLIS!

Pietro nunca tinha ouvido falar naquela cantora, mas estava encantado. Sorriu, ainda olhando para o papel em suas mãos.

— Eu me apresento todo sábado e domingo — informou Ramona, agora olhando para os dois rapazes que ainda se beijavam na porta do bar. — Eles sempre assistem e ficam se agarrando depois do show.

Pietro os olhou novamente, e uma imagem de Rafael invadiu seus pensamentos. Imaginou-se ali, naquela mesma parede, beijando-o como faziam aqueles dois homens.

— Meu show de hoje já acabou — emendou ela, quebrando a cena na imaginação do jovem. — Estou voltando para buscar uma coisa que esqueci, mas... — Ela fez uma pausa, encarando-o firmemente.

Tocou o panfleto que ele segurava com unhas longas e pintadas de amarelo. – Você pode vir me assistir qualquer dia. Tenho certeza de que vai se sentir em casa.

Dito isso, Ramona se afastou elegantemente, o salto alto batendo na calçada criando uma melodia no ritmo de seu andar. Pietro ainda a seguiu com os olhos até que ela entrou no bar.

Os dois homens ainda se beijavam.

O garoto guardou o papel no bolso de trás da calça, abriu um sorriso e virou-se para voltar para casa. Ao que parecia, a "rua gay" da cidade escondia muita coisa interessante, que não condizia com o que era falado por aí. E ele mal via a hora de poder descobrir seus segredos. Só que tudo ficaria ainda melhor se tivesse companhia. Uma ideia então lhe ocorreu, enquanto caminhava de volta. Bem, podia pelo menos tentar, não? Que mal tinha? O máximo que poderia acontecer era não ser correspondido.

Ah, Rafael, o que é que você está fazendo comigo?

Imprudente e insano

– Me conta mais, Rafa! Como é a Mariana?

Ele encarou o colega. Franziu o cenho e acenou com a cabeça, sem entender a pergunta. Jonas tinha o cabelo loiro liso penteado para trás em um grande topete sobre a cabeça, o brilho do gel resplandecendo. Rafael também tinha assentado o próprio cabelo em um penteado parecido, pois era assim que praticamente todo e qualquer jovem devia se apresentar em público, ou pelo menos era isso que parecia, devido ao padrão entre eles. O fato de estarem usando o uniforme do colégio os deixava bastante parecidos. A camisa branca com uma gravata vermelha terminava com um suéter listrado com o brasão da escola e um paletó preto, da mesma cor da calça.

– Não se faça de bobo! – insistiu Jonas, dando uma cotovelada de leve nas costelas do amigo e lançando um riso para os dois outros rapazes que caminhavam com eles.

Murilo era alto e magro. Diferente dos colegas, tinha um corte rente à cabeça e vestia o uniforme com o nó da gravata desfeito, deixando-a pendurada ao redor do pescoço em duas tiras. Logo atrás dele, vinha Guilherme, ou o James Dean brasileiro, como era chamado por algumas pessoas. Parecia-se muito com o famoso ator e arrancava suspiros das garotas do colégio. Os cabelos loiros naquele topete e os olhos azuis penetrantes tiravam o equilíbrio de muitas delas, e ele sabia disso. Usava da sua artimanha para conseguir tudo o que queria. Algumas vezes, até mesmo Rafael via-se olhando para o amigo com certo desejo, mas sabia que era só imaginação e que nada aconteceria entre eles.

Jonas continuou insistindo, arrancando risos de Murilo e Guilherme, que concordaram com a cabeça. Murilo pulou nas costas de Rafael e por um momento se equilibrou em seus ombros. Pego de surpresa, o garoto quase se desequilibrou e os dois lutaram para não rolar pelo chão juntos. Acabaram recuperando o equilíbrio, rindo da quase queda. A aula tinha acabado pouco antes, e os rapazes passavam pela rua detrás do colégio, seguindo para uma área afastada onde sempre se uniam para passar algum tempo juntos. Era uma extremidade da floresta que ladeava o casarão de Rafael, porém longe o suficiente para que não fossem pegos por ninguém.

— Conta logo, Rafael! — Guilherme segurou o ombro do amigo, caminhando ao seu lado.

— É, como ela é... — Murilo hesitou, um sorriso malicioso estampado no rosto. — Fazendo aquilo. Você sabe... na cama? — Lançou um olhar maroto aos outros quando o asfalto da cidade começava a se tornar terra e grama. Logo, passavam entre árvores à medida que se embrenhavam cada vez mais na mata.

Jonas se sentou numa pedra grande o suficiente para ele e para os outros. Guilherme postou-se ao seu lado enquanto Rafael e Murilo ficaram de pé um pouco à frente. Ele tirou um maço de cigarro do bolso interno do paletó e acendeu-o com um isqueiro que pegou da calça.

— Para. — Rafael baixou os olhos, encarando os sapatos pretos muito bem cuidados, padrão exigido pelo colégio onde somente a elite de Petrópolis estudava. Às vezes ele se perguntava por que andava com aqueles garotos. As únicas coisas que tinham em comum eram serem filhos de pais ricos e estudarem na mesma turma. Ele até tentava se enturmar, mas se via cada vez mais distante. Eles só queriam fumar escondidos ali e falar de garotas e sexo. – Isso é um assunto meu e dela.

Sentiu o rosto esquentar e tentou virar para que não o vissem enrubescendo. O maço de cigarro estava passando de mão em mão até que todos estivessem fumando. Guilherme jogou o pacote na direção de Rafael, que tentou segurá-lo por reflexo, mas acabou deixando cair no chão gramado. Enquanto se abaixava para pegar, ouviu Jonas rindo.

– Ah, não! – Havia um tom zombeteiro em sua voz. – Quer dizer que vocês ainda não chegaram aos finalmentes?

Rafael apertou o maço entre as mãos e tirou um cigarro mais por raiva do que por qualquer outra coisa. Não gostava de fumar, mas às vezes ia na onda dos colegas só para que o deixassem em paz. Só para que se sentisse menos excluído. Tomou o isqueiro da mão de Murilo e acendeu o próprio cigarro.

– Não, né? – Tentou soar o mais natural possível. Deu uma tragada que ardeu em sua garganta antes de continuar: – A gente vai se casar. A Mariana é muito tradicional e de família. Óbvio que isso não vai acontecer antes do casamento.

Guilherme apontou para ele com a mão que segurava o cigarro, acomodando-se na pedra.

– Isso mesmo! – Assentiu com a cabeça. – Tem que escolher bem com quem vai se casar. Não pode ser com qualquer uma.

– Mas isso não quer dizer que você precisa esperar também! – Murilo riu da própria piada. Os outros se juntaram a ele, menos Rafael.

– Com certeza, Murilão! – Jonas olhava para o colega com uma expressão de divertimento. – A Ana também tem essa de só querer depois do casamento, mas meu pai já me levou lá no Madame Rosé.

– De novo com essa história, Jonas? – Guilherme levou as mãos à testa, fingindo estar cansado daquilo. – Você já contou essa umas oitenta vezes!

— Não, mas eu não contei todos os detalhes! — Jonas estava tão empolgado que tinha esquecido a pergunta que dera início a toda a conversa. Desembestou a contar como a namorada, Ana, era a mulher perfeita para casar, mas que ele, como homem, devia praticar, pois aparentemente era uma prioridade da classe masculina ter muita experiência. Por esse motivo, o pai o tinha levado ao bordel que muitos conheciam, mas fingiam não conhecer: o *Madame Rosé*.

Enquanto Jonas repetia todos os detalhes, Rafael sentiu alívio por terem esquecido que falavam de Mariana. Não era segredo que todos a achavam atraente. Sempre queriam saber dela e o enchiam de perguntas daquele tipo. Se ele realmente se interessasse pela moça, talvez daria um basta naquele tipo de conversa e sentiria ciúme por falarem assim de sua noiva, mas a verdade era que não ligava. Olhou para os colegas, rindo, fumando e trocando experiências que tiveram com outras garotas, enquanto ele via que nada daquilo fazia parte de seus desejos. Não tinha a mínima vontade de ter intimidade com uma mulher do modo como seus colegas falavam. Simplesmente não conseguia querer, por mais que já tivesse tentado. Entretanto, certos pensamentos já tinham invadido sua mente e ele tinha se sentido encabulado só por tê-los tido. Desde quando começou no colegial e conheceu Guilherme, algumas vezes — em sua cabeça — se viu fazendo coisas com o rapaz que nunca teria coragem de compartilhar com ninguém em voz alta.

Com o passar dos meses, sua quedinha pelo colega foi diminuindo, até que tivesse se acostumado com a companhia dele. E agora, quando pensava em algo do tipo, só conseguia se lembrar de Pietro. Por mais que se esforçasse em tentar pensar em Mariana daquele jeito, era difícil. Mas com Pietro era diferente. Não era preciso forçar nada. Os pensamentos vinham leves, rápidos, naturais, como se tivessem estado ali o tempo todo e só então tivessem despertado. Era ao mesmo tempo estranhamente assustador e excitante.

— ... e ela tinha peitos que, nossa, eram os melhores que eu já vi em toda minha vida! — Jonas terminava a narrativa fazendo um movimento com as mãos como se estivesse segurando uma mulher imaginária à sua frente. Não parecia ter nem um pouco de timidez ao falar daquele jeito. Típico de seu jeito "machão", pensou Rafael, balançando a cabeça.

— A Mariana também deve ser assim, né? — Guilherme ainda ria quando olhou para Rafael, direcionando a pergunta a ele.

Já cansado daquilo, em vez de responder, o garoto apenas jogou o cigarro no chão de terra e grama e pisou nele para apagá-lo.

— Por que você mesmo não vai lá e pergunta? — O tom saiu mais rude do que pretendia. — Por que essa fixação toda nela? Pelo amor de Deus!

Apesar de achar aqueles comentários sobre garotas algo nojento e totalmente fútil vindo da boca deles, estava mais irritado por perguntarem o tempo todo a respeito dela do que realmente pelo que pensavam. Aquele bombardeamento de perguntas e insinuações o deixava possesso, pois o fazia confrontar a si mesmo e aos pensamentos que só pertenciam a ele e a mais ninguém. Muito menos àqueles idiotas que, por falta de opção, chamava de amigos. Além disso, a Mariana tinha sido sua amiga de verdade um dia. Ouvi-los falar daquele jeito dela o deixava furioso.

— Nossa, desculpa! — Guilherme levantou as mãos em sinal de rendição, embora não parecesse nenhum pouco arrependido. Pelo semblante, estava claro que ele segurava a risada. — Não quis deixar você com ciúme.

— É, Guilherme! — Jonas o empurrou da pedra, e o rapaz rodopiou um pouco para não perder o equilíbrio. — Respeita a noiva dele!

Murilo apenas ria, observando tudo enquanto tragava mais um pouco do cigarro. Guilherme se recompunha, ajeitando a roupa amassada, mas também achava graça na brincadeira.

— Desculpa mesmo, Rafa — pediu, aproximando-se do amigo e dando um tapa de leve em seu peito. — É só que... você sabe, né? Todo mundo te acha muito sortudo por ter a Mariana. Ela é o maior pitéu.

Rafael revirou os olhos.

— Vou indo nessa — anunciou quando começou a caminhar para trás, na direção do caminho de onde tinham vindo. — Preciso... — Hesitou, pensando numa desculpa plausível para escapar. — Tenho que resolver umas coisas com esse pitéu aí que vocês tanto dizem.

O alvoroço se instalou nos rapazes, que exclamaram e riram ao mesmo tempo.

— Uuuuh, vai lá, garanhão! — Murilo colocou as mãos em concha em frente à boca ao falar.

— Guarda um pedacinho pra gente! — Guilherme parecia não estar nem um pouco ressentido pelos comentários, mesmo levando outra cotovelada de Jonas.

Achava engraçado o comportamento deles. Na frente das pessoas, mostravam-se respeitosos e garotos exemplares, exercendo seus papéis como bons cidadãos de Petrópolis. Uma cópia daquela sociedade que era feita mais de aparências do que de qualquer outra coisa. Porém, quando estavam sozinhos, não passavam de bobalhões que ficavam fazendo comentários ridículos, como aqueles que tinha sido obrigado a ouvir. Antes, ele até tinha tentado ser como os ditos amigos, mas rapidamente descartou a ideia ao perceber como era forçado e não encaixava-se com sua própria personalidade.

Rafael virou as costas, ignorando as zombarias dos amigos, e caminhou para sair da floresta e seguir pelas ruas. Podia ter a carona de sempre do motorista particular da família, o seu José, mas na maioria das vezes preferia voltar da escola a pé e sozinho. Assim podia pensar e ficar um pouco longe das garras dos pais. Gostava de ir devagar pelas calçadas de Petrópolis, observando os comércios, as vitrines das lojas e o movimento dos carros e pedestres pela cidade. De vez em quando, olhava para o céu, vendo a imensidão azul expandindo-se infinitamente e sentindo-se apenas um grão inútil de poeira em todo o universo.

Sua família tinha tanto, mas ele não tinha nada. Apesar de possuir uma fortuna imensa, uma casa de dar inveja e ser noivo da garota mais desejada e mais bonita de toda a cidade, Rafael não se sentia nem um pouco afortunado. Queria gostar da vida que tinha, queria estar satisfeito e feliz com Mariana; ele queria, sim. Só que não adiantava.

Com as mãos no bolso do uniforme do colégio, continuou caminhando pelas ruas até parar em frente à vitrine da mesma loja cheia de televisões que Pietro estivera há poucos dias. Para a realidade de Rafael, os preços das televisões nada custavam. Em uma das telas, passava um filme do James Dean – o real, não a sósia brasileira que era seu amigo Guilherme – atuava com o clássico jeito galanteador. Mal sabia que, exatamente no mesmo lugar, Pietro passara algum tempo distraído, observando os programas enquanto imaginava sua vida como um ator de sucesso – bem longe de Petrópolis.

Ao voltar a andar, o garoto veio-lhe à mente. Pensou na última vez que tinham se visto em frente à padaria. Abafou um riso encabulado ao pensar em como tinha simplesmente se afastado de Mariana sem nem ter planejado. Como tinha sido automático dar um passo para o lado para que Pietro não o visse tocando a garota. Era como se algo em seu inconsciente quisesse gritar que não queria estar com ela e deixar isso claro. Para que Pietro não se assustasse com a cena.

Você nem sabe o que se passa na cabeça dele, Rafael se repreendeu. *Não sabe se ele tem interesse em você como você tem nele.*

Desse modo, foi remoendo os pensamentos e falando com a própria consciência até que chegou em frente ao casarão. Quanto mais matutava, mais ansioso ficava. Se pensasse no futuro que teria com Mariana, começava a sentir um desespero incontrolável querendo dominar seu corpo. Se pensasse em Pietro, o coração acelerava de empolgação ao imaginar que talvez algo – qualquer coisa – pudesse acontecer entre os dois. Mas poderia mesmo?

Parou no grande jardim que fronteava a casa, já depois de ter passado pelo portão. Se continuasse pensando, ficaria louco. Decidiu, então, caminhar por entre as flores. Com suavidade, sentiu-as roçando na calça do uniforme, enquanto deixava as mãos caídas, tocando primeiro as tulipas com a ponta dos dedos. Quando chegou nas rosas, vermelhas como sangue e com pequenas gotas-d'água ainda em suas folhas, abaixou-se para sentir seu perfume. Então fechou os olhos e as inalou profundamente, enchendo-se com uma energia invisível que só ele sentia.

Era tão conectado àquele jardim que jurava ser capaz de sentir cada uma das flores ou árvores que faziam parte dele. Desde que fora construído, sentiu o elo surgindo dentro de si. Ao soltar o ar pela boca, parecia ter limpado seu interior. Os pensamentos já não o incomodavam mais. Estava renovado. Vazio.

Aproximou-se, então, das margaridas amarelas com uma pequena eletricidade eriçando seus pelos. Sorria. Já não existia mais Mariana nem casamento. Não tinha mais pais. Até mesmo Pietro deixou de existir. Não havia medo do futuro. Só havia o momento presente. Seria capaz de ficar ali para sempre, apenas apreciando as sensações transcendentais que as flores lhe causavam. Ele e o jardim eram um só.

Porém, assim como o êxtase tinha surgido, acabou. O portão tinha sido aberto, e seu José entrava com o veículo, trazendo seus pais no banco de trás, e passava pelo caminho de cascalho até estacionar em frente à entrada da casa. Antônia desceu junto com Mário. O homem acenou para o filho, chamando-o.

Rafael suspirou. Já sabia o que o pai queria. Mais um momento em que lhe ensinaria sobre o negócio da família, pois, como o pai dizia, logo Rafael seria um homem e teria que saber como tocar os negócios dali para frente.

Com muito pesar, afastou-se das flores e seguiu na direção da porta de entrada.

—

Mesmo que tivesse passado grande parte de seu tempo livre à espera dele, pelos dias que se seguiram não o viu mais. Rafael dividia sua rotina entre ir para o colégio pela manhã, passar algumas horas com o pai no escritório aprendendo sobre documentos e gerenciamento da empresa e debruçar-se no parapeito da janela em seu quarto na esperança de que Pietro passasse por lá como tinha feito outras vezes.

Na primeira vez que o tinha notado entrando pela floresta logo após o terreno do casarão, foi no período da tarde. O que será que o garoto ia fazer quando passava para lá? Tinha notado o saco de lona que carregava, mas não fazia ideia do que tinha lá dentro. Aliás, não sabia nada sobre Pietro a não ser seu nome. Como podia estar tão fascinado por alguém que nem mesmo conhecia? Culpa daquele cabelo castanho e daquela boca rosada que tanto queria sentir a textura. Em suas mãos, em seus lábios...

Estava apoiado mais uma vez no parapeito, olhando para fora do alto da torre. Dali, podia ter uma visão parcial do jardim abaixo, do portão e da floresta. Quase uma semana completa já havia se passado desde o encontro acidental na padaria, e não tinha visto nem Pietro nem – *graças a Deus*, pensava – Mariana, a não ser no colégio. Só a veria em um encontro, no final da semana, algo pelo qual não ansiava de maneira alguma. Será que tinha assustado ou passado alguma impressão errada a Pietro naquele dia? De qualquer jeito, não haveria motivo para que ele ficasse bravo. Afinal, por que haveria de...

O coração deu um salto e por pouco não lhe escapou pela garganta. Avistou, mais acima na rua, na direção oposta à da floresta, vindo da cidade, o que estivera esperando havia dias. Ele carregava a bolsa de lona nos ombros. Mais alguns passos e logo estaria passando em frente à casa.

Rafael congelou onde estava, o nariz colado ao vidro da janela embaçando a superfície com a respiração. Só conseguiu reagir quando Pietro, então em frente ao portão, levantou o olhar diretamente para a torre onde estava e parou. Os segundos se estenderam pelo que pareceram ser horas, nos quais os dois se encararam de longe, apenas o som do silêncio zumbindo vagamente em algum lugar dentro de seu ouvido.

Em câmera lenta, ou pelo menos pensou que fosse assim, viu Pietro erguer uma mão – assim como tinha feito nas primeiras vezes que tinham trocado olhares – e acenar para ele, chamando-o para descer. A informação o pegou de surpresa, e Rafael ainda demorou alguns instantes para conseguir se movimentar e acenar de volta, pedindo ao outro que esperasse lá embaixo. Afastou-se da janela e ia saindo pela porta do quarto quando decidiu voltar correndo para o banheiro. Olhou-se no espelho, ajeitando o cabelo que já estava perfeitamente alinhado e alisando as roupas: um colete de lã vermelho por cima de uma camiseta branca. Respirou fundo e só então sentiu-se pronto.

Por sorte – ou destino, talvez –, os pais tinham saído com seu José, então não teria que se explicar para ninguém. No hall de entrada, quando atingiu o pé da escada, Rafael passou por dona Maria, uma das funcionárias da casa. Lançou um olhar sorridente para ela, que retribuiu com um aceno de cabeça cabisbaixo e um sorriso receoso. Em um outro momento, falaria para ela não o tratar como fazia com seus pais, como se fosse superior, mas a afobação o fez continuar correndo e sair pela porta da frente para a área externa.

Desceu os degraus que fronteavam a saída, seguindo o caminho de cascalho que levava direto ao portão; o jardim gigante cercando-o dos dois lados, com as flores balançando ao vento e as árvores cantarolando baixo ao agitarem as folhas. Era como se estivessem se sentindo tão eufóricas quanto ele indo ao encontro do garoto que o esperava mais à frente.

Desacelerou o passo para não parecer tão desesperado, mas não conseguiu conter o sorriso ao vê-lo, uma mão segurando a alça do saco de lona sobre os ombros. Pietro retribuiu o sorriso e, mesmo ainda distante, Rafael conseguiu perceber que ele não estava bravo por tê-lo visto com Mariana, pelo menos não naquele momento.

Parou ao atingir o gradeado e só o que conseguiu dizer foi:

– Achei que nunca mais fosse te ver passando por aqui.

– Cheguei a pensar nisso... – Pietro olhou para os sapatos por um segundo antes de levantar a cabeça de novo. – Mas ou eu vinha ou meu pai ia acabar com a minha raça.

Rafael levantou uma sobrancelha, esperando uma explicação. Como não veio, questionou:

– E por que ele faria isso? Aliás, o que é que você faz indo nessa floresta?

– Você não tem ideia mesmo de quem eu sou, né? – Pietro observou a expressão confusa que o encarava de volta, e então continuou: – Bom, nem todo mundo é tão famoso quanto um Albuquerque.

Se qualquer outra pessoa tivesse dito aquilo, Rafael se sentiria entediado ou furioso. As pessoas geralmente falavam coisas do tipo para puxar o saco ou por odiarem sua família. Entretanto, vindo do garoto à sua frente, não percebeu qualquer tipo de arrogância, ódio ou bajulação. Tinha um quê genuíno em seu tom de voz. Algo que chegava perto de curiosidade.

– Não, nem todo mundo é um Albuquerque – respondeu, abrindo um sorriso de lado que dizia mais do que suas palavras. – E já que eu não te conheço, *Pietro* – enfatizou o nome, para mostrar que era só aquilo que tinha dele –, por que você não se apresenta para mim?

O rapaz do lado de fora comprimiu os lábios, considerando a ideia em uma expressão teatral.

– Você tem certeza de que quer me conhecer? – Agora o tom era sério e um tanto temeroso, mas com uma euforia disfarçada. – Pode ser um caminho sem volta.

– Eu quero. – Sem pensar muito, apenas agindo por impulso, Rafael abriu o portão e saiu para a calçada.

– Bom – com a mão, Pietro indicou as árvores, a poucos metros dali –, eu preciso ir até lá. Se você quiser me acompanhar, vamos ter tempo mais do que suficiente.

Sendo um Albuquerque, Rafael sabia que ir para a floresta sozinho com um estranho que carregava um saco de lona nas costas era algo totalmente imprudente. Se seus pais sequer imaginassem que ele estava fazendo aquilo, correria mais perigo levando uma bronca de Mário e Antônia do que sendo sequestrado por um possível maníaco.

É claro que, seguindo seu coração, ele escolheu aquilo que para seus pais seria a coisa mais insana a se fazer. Assim, fechou o portão e começou a caminhar com Pietro na direção da mata. Um pouco de emoção era tudo o que precisava para animar sua vida chata.

A floresta

Pietro até tinha tentado afastar Rafael da mente, mas, após o encontro com Ramona algumas noites antes, acabou por mudar de ideia. Realmente, não custava nada tentar. Ou deixar as coisas acontecerem sem tentar impedir. Na quarta-feira da semana que se sucedeu àquela madrugada de aventuras pela cidade deserta, Pietro mais uma vez seguia em direção à floresta com o saco de lona pendurado nas costas para buscar mais madeira para o pai poder trabalhar.

Só de se aproximar do casarão dos Albuquerque, seu coração deu saltos no peito. Será que ele estaria lá, na janela no alto da torre ou no jardim, como nas outras vezes? Atingiu o quarteirão exclusivo para o terreno da casa e foi seguindo próximo ao muro até chegar ao portão. Não o viu pelo jardim, mas foi só levantar o olhar que o enxergou na janela da torre lá em cima, o nariz colado no vidro fechado. Acenou, chamando-o para baixo, quase que de modo automático. Se tivesse pensado mais um pouco a respeito daquilo, talvez tivesse desistido e continuado seu caminho.

Só que lá estavam ele e Rafael, minutos depois, passando por um pequeno declive de terra e grama e se embrenhando na mata, cercados pelas árvores altas e a vegetação da floresta. Ali dentro estava um pouco mais fresco, pois as folhas no alto filtravam a luz do sol, que brilhava como se estivesse picotada pelo ar.

Pietro seguia confiante pela trilha, com Rafael ao seu lado. Já tinha andado tantas vezes por ali que poderia encontrar o local até mesmo de olhos fechados. E naquele momento, cercados pela vida vegetal, os dois garotos sentiram como se tivessem adentrado uma dimensão paralela. Era como se a atmosfera tivesse se transformado. Tudo o que os acompanhava era um silêncio que, de vez em quando, era quebrado apenas pelo som de pássaros ou grilos.

– Então, o que você tanto vem fazer nesta floresta? – perguntou Rafael, desviando-se de uma pedra no chão. Enfiou as mãos nos bolsos da calça, a cabeça baixa, atento ao caminho à frente. Evitava olhar diretamente para o outro menino, pois cada vez que tentava, sentia o coração acelerar. O máximo que conseguia fazer era fitá-lo meio de lado.

– Como sabe que eu venho sempre aqui? – devolveu Pietro, em um tom divertido. Viu as bochechas de Rafael corarem e o garoto encarar o chão da trilha por um momento. – Tô brincando. Eu sempre passo na frente da sua casa, é óbvio que você deve me ver por lá.

O garoto assentiu, ainda um pouco envergonhado.

– Aham, te vi algumas vezes lá da janela do meu quarto. – Sorriu pelo canto da boca, levantando o olhar para frente. Era estranho estar ali, mas ao mesmo tempo sentia uma euforia gostosa agitando seu estômago.

– Aquela janela na torre é onde fica o seu quarto? – Viu Rafael confirmando com um aceno de cabeça, ainda olhando adiante, e continuou: – Entendi. Bom, respondendo à sua pergunta...

O chão naquele momento estava em um nível plano outra vez, e os dois podiam ver as árvores começando a ficar mais espaçadas. Havia uma clareira um pouco mais à frente, e o som de uma correnteza atravessava o cenário até alcançá-los.

— Eu ajudo meu pai. Ele tem uma marcenaria e, às vezes, eu venho cortar madeira para levar pra ele.

Rafael o olhou de canto de olho mais uma vez, tímido demais para virar o rosto por completo. Devia ser um trabalho pesado cortar madeira e carregar tudo nas costas de volta até a cidade. Não era por acaso que Pietro tinha um porte admirável. Mesmo por baixo daquelas roupas, era possível perceber os músculos definidos devido ao esforço físico. Sentiu uma agitação abaixo do umbigo e tentou se concentrar na trilha à frente para tirar da mente a imagem do corpo do outro.

Pietro percebeu que estava sendo observado e segurou um sorriso. Rafael era um pouco mais baixo que ele e mais magro, mas não muito. A imagem dos dois homens se beijando em frente ao bar, que tinha visto alguns dias antes, veio-lhe à cabeça de repente, e ele se imaginou beijando Rafael, passando a mão por seu corpo, sentindo o calor de sua pele...

— E por que você vem buscar direto aqui? — A pergunta cortou seu pensamento. — Por que seu pai não compra o material pronto? A empresa da minha família vende.

Pietro riu por dentro, tomando cuidado para não transparecer nem parecer sarcástico. Será que, se contasse a verdade, Rafael iria odiá-lo e deixá-lo sozinho no meio do mato? Ou será que o xingaria por não ter lhe contado antes quem era? Fosse o que fosse, era melhor falar logo. Já estava afundando naquele mar de complicações, então quanto antes se livrasse dos obstáculos, menos chances tinha de dar errado.

— Meu pai é o Fernando — anunciou, esperando uma reação que não veio. Parou de andar, e Rafael o imitou, sem entender. Pietro o olhou e acenou com a cabeça, como se dissesse "E aí? Cadê o surto?". Ao perceber a expressão de dúvida em seu rosto, acrescentou: — O marceneiro. Fernando Soares.

— Isso deveria significar alguma coisa para mim? — Rafael franziu o cenho, ainda mais confuso.

Então ele não deve saber, Pietro pensou. Afinal, o próprio filho de Fernando só tinha descoberto a inimizade das famílias havia pouco tempo. Não era algo que os pais comentassem à mesa do jantar todo dia. Pelo menos, não os pais de Rafael. Deviam estar tão bem de vida por conta do golpe que tinham dado nos Soares que nem sequer devia passar por suas cabeças, muito menos a vontade de compartilhar a informação com o filho.

– É, imagino que não. – Retomou a caminhada, acenando para que o outro o seguisse. – Bom... – Atingiram a clareira, uma área com vários troncos de árvore caídos no chão. Como tinham caído ali, Pietro nunca tinha se perguntado. Só aproveitava que aquilo facilitava seu trabalho. Aproximou-se de alguns amontoados em um canto e soltou a bolsa de lona com as ferramentas ali. Sentou-se, encostando-se na madeira, e encarou Rafael, de pé à sua frente. – Senta aqui.

Tocou a grama ao seu lado, e o garoto sentou-se com um palmo de distância entre os dois. Rafael olhou para o pequeno espaço que o separava de Pietro e depois para o menino, que voltou a falar:

– Meu pai era amigo do seu, até onde sei. – Rafael ergueu uma sobrancelha, surpreso. – Acho que cresceram juntos, pelo que me contam.

– Sério? – A surpresa era evidente em seu tom de voz. – Será que ainda têm contato? Porque não me lembro dos meus pais mencionando os seus ou até mesmo você...

Dessa vez Pietro não conseguiu conter um riso. Escapou-lhe entre os dentes. Mas não era um riso feliz. Era mais como se risse da peça que o destino lhe pregava. As famílias que se odiavam, mas cujos filhos agora estavam sentados juntos no meio do mato, conversando de modo amigável. Uma coisa bem ao estilo Shakespeare, pensou. A diferença era que ele mal conhecia o garoto ao seu lado, escorado no tronco caído.

Não conhecia, mas queria conhecer. Virou o rosto para ele e seus olhos se cruzaram no mesmo momento em que um pássaro piava em alguma árvore. Observou a imensidão preta que havia por detrás daquele olhar. Percebeu uma certa tristeza em Rafael, mas viu um pouco de luz se acendendo ali. Teve uma súbita vontade de se aproximar e segurá-lo pelos cabelos, puxando-o para si e travando seus lábios em um beijo, porém, antes que pudesse fazer qualquer coisa, o Albuquerque abaixou o olhar para os dedos, que se entrelaçavam em seu colo.

— Não — falou Pietro, observando o nervosismo de Rafael. A ideia de compartilhar com ele o antagonismo entre os ex-amigos de repente não lhe parecia mais tão boa. Havia algo que o incomodava. Vira isso em seus olhos. Fosse o que fosse, não queria ser ele a lhe entregar outra bomba. — Não se falam mais hoje.

— Uma pena, porque a gente também poderia ter crescido junto. — Lançou um sorriso de lado, mas sem virar o rosto.

Milhares de pensamentos passaram pela cabeça de Rafael em um segundo. Como teria sido sua vida se tivesse crescido com Pietro e não com Mariana? Será que os pais teriam organizado o casamento com a garota do mesmo jeito? Ou estaria sentindo-se mais livre sem aquela pressão de um futuro indesejado?

Só percebeu que apertava os dedos nervosamente quando a mão de Pietro recaiu sobre as suas em seu colo. O calor do garoto de repente acalantou sua pele e fez a ansiedade e o nervosismo diminuírem. Os olhos fixaram-se na mão que calmamente segurava as suas, espalhando uma onda reconfortante por todo seu corpo.

— Calma — ele disse. O contato físico o acalmava, mas ao mesmo tempo acelerava sua respiração. Sentimentos conflitantes cresciam em seu peito, mas teve uma única certeza: não queria que Pietro recuasse. — Não precisa ficar nervoso.

— Eu não... — Não conseguia pensar em que palavras dizer. Por isso, continuou encarando o próprio colo. — É só que eu...

Rafael queria colocar tudo para fora. Dividir com alguém a angústia que o corroía por ser quem era. Queria contar a Pietro que não queria se casar com Mariana e que a pressão dos pais em cima dele o deixava maluco. Queria dizer que se sentia como uma marionete, controlado por outras pessoas, mas que ele mesmo não tinha controle algum sobre a própria vida. Queria ter a coragem de abrir o peito e vomitar tudo aquilo que pesava em seu interior. Dizer que odiava carregar o fardo daquele sobrenome e a pressão de continuar o legado de Mário. Uma vontade de gritar e se soltar de tudo aquilo que o prendia e o impedia de saber, por si próprio, o rumo que queria tomar dali em diante. Qualquer um que fosse, mas definitivamente não o que estava seguindo. Porém, não conseguiu. Por mais que sentisse aquela ânsia de se abrir, não foi capaz de dizer mais nada.

— Eu preciso pegar um pouco de madeira — disse Pietro ao perceber o silêncio que se estendeu por mais algum tempo. Colocou-se de pé, a mão se descolando da de Rafael. — Você pode ficar aí enquanto isso ou pode me ajudar.

Abaixou-se perto do saco de lona e dele tirou um machado e um serrote. Sorriu para o garoto sentado e se aproximou de um dos troncos caídos com o machado na mão. Ergueu a ferramenta com os dois braços e desceu com toda a força na madeira, causando uma pequena chuva de lascas. Rafael ficou ali, apenas o olhando em silêncio.

O ar sumia de seus pulmões por alguns segundos, principalmente quando Pietro erguia os braços e era possível ver parte da sua barriga exposta abaixo da camiseta. Sentiu o calor nas bochechas coradas quando novamente a reação física involuntária surgiu entre as pernas cruzadas. Pietro estava focado demais no trabalho para reparar, e Rafael usou toda a concentração que tinha para tentar reverter a ereção, torcendo para que passasse antes que tivesse de se colocar em pé.

Mas, pensou, seria muito difícil com a visão que tinha à sua frente. Estava hipnotizado pela beleza do filho do marceneiro.

Golpistas

Ele ainda conseguia ver a imagem de Pietro trabalhando na floresta sempre que fechava os olhos. Sentia uma palpitação no peito que reverberava por todo o corpo através do sangue bombeando nas veias. Era inevitável não se lembrar dos poucos momentos que tinham passado juntos. E, deitado em sua cama, na noite seguinte, Rafael estava no escuro, repassando na mente cada detalhe de que conseguia se lembrar do outro garoto.

Sua pele macia, o suor que lhe escorria pela testa enquanto preparava a madeira, a camiseta branca colada ao corpo que se levantava quando ele erguia os braços. Mas o que mais tinha lhe impactado fora o toque. Pietro tinha apenas encostado nas mãos de Rafael. A paz que tinha sentido naquele instante fora algo totalmente novo, e Rafael não sabia quando a tinha encontrado pela última vez, se é que já tinha.

Fechou os olhos com mais afinco sob o breu do aposento no topo da torre, rememorando o momento na floresta com tanta avidez que foi capaz de sentir a pele de Pietro sobre a sua de novo. Apertou as mãos, imaginando-o consigo na cama. Se ele estivesse ali, o puxaria para perto e, juntos, se enrolariam debaixo dos seus lençóis macios. Ah, como queria beijá-lo! Tocar seus cabelos, acariciar seu rosto e passar os lábios por toda a extensão de seu corpo tão, mas tão atraente!

Envolto em um desejo incontrolável, Rafael desceu as mãos suavemente pelo próprio corpo, mas, em sua mente, era Pietro quem descia por ali, passando pelo peito e lhe provocando um arrepio na nuca. Descendo pela barriga, beijando cada parte exposta, despertando célula por célula e as fazendo explodir de excitação...

Com a mão ocupada, Rafael suspirava sozinho em seu quarto, a respiração acelerando com a intensidade de sua vontade em ter Pietro em cima de si no cômodo tão alto da casa. Conseguia vê-lo perfeitamente, imaginar sua silhueta um tanto iluminada pelos raios lunares que invadiam através do vidro da janela. Podia até mesmo senti-lo, seus lábios quentes – os quais nunca havia nem sequer tocado, mas era assim que os imaginava: calorosos... E então veio a explosão de cores, sabores e sensações que levou toda a cena pelos ares, a fazendo se perder em meio ao gemido preso em sua garganta. O corpo todo tremeu e ele achou que tinha até mesmo sido elevado da cama por alguns segundos.

Foi voltando a si aos poucos, percebendo as pernas e braços amolecidos enquanto relaxava no colchão, um acalanto tão macio acariciando cada um dos seus sentidos. Não poderia dizer de onde vinham todos aqueles pensamentos, toda aquela ânsia. Pietro simplesmente entrava em sua cabeça sem ser convidado. Seria invasivo, até, mas Rafael não se importava. Gostava de tê-lo ali, entrando numa área antes inexplorada. Se fosse procurar um motivo para aquilo tudo, não conseguiria explicar. Só sabia que, mesmo se tentasse, seria impossível negar aquele desejo. Cada partícula de seu corpo o queria como nunca antes havia desejado alguém.

Rafael respirou fundo, soltando o ar longamente enquanto se perguntava se um dia poderia sentir tudo aquilo com Pietro de verdade ao seu lado.

O café da manhã na residência dos Albuquerque era, como qualquer outra refeição, em silêncio. Isso é, as refeições só eram quietas e sem sabor quando não havia nenhum convidado importante, como o prefeito, algum possível cliente milionário ou um potencial patrocinador para os negócios de Mário. Era exatamente por isso que, naquela manhã com o tempo nublado, estavam todos os membros da família calados ao redor da grande mesa na sala de jantar.

O cômodo era tão espaçoso que seria possível dar uma festa somente ali. Em um canto, havia um armário de madeira com portas de vidro que guardava utensílios de louça. Um pouco afastado dele, uma mesa retangular se estendia pelo centro do aposento, e cadeiras de madeira da melhor qualidade com um estofado esverdeado nos assentos providenciavam um conforto inquestionável, mas não para Rafael. Apesar de fisicamente estar bem, sua cabeça ainda era acometida por milhões de sensações. Pietro estava na maioria delas, obviamente. O encontro na floresta, sua beleza, as coisas que ele lhe tinha contado sobre os pais...

Aquilo ficou martelando em algum canto de sua mente desde o dia anterior, quando tinham voltado da floresta. Após praticamente desfalecer na cama depois de ter acalmado os hormônios em fúria, a memória daquela conversa tinha ganhado ainda mais força. Havia algo a mais, podia sentir. Pietro não lhe contara tudo, e o único jeito de saber seria perguntando ao próprio pai. Conhecendo Mário, sabia que poderia despertar algum tipo de raiva ou desconfiança, portanto precisava ter cautela. A última coisa que queria era seu pai desconfiado de que ele estivesse mexido por um rapaz.

Já vestido com a gravata vermelha, a camiseta branca, o paletó e calça pretos do uniforme do colégio, Rafael mordeu um pedaço de torrada, trazendo-lhe um pouco de conforto ao estômago vazio. Dona Maria, a responsável pela cozinha, acabava de depositar uma jarra com leite à sua frente. Rafael lhe deu um sorriso em agradecimento, e ela devolveu com uma expressão amorosa e um afago no ombro. Mário, na cabeceira da mesa, próximo do filho, ignorou totalmente a presença da mulher, assim como a mãe, sentada logo adiante.

O patriarca da casa tinha um jornal dobrado em uma das mãos enquanto, com a outra, erguia a xícara de café. Dona Maria se retirava da sala de jantar e Rafael parecia ter sido o único a notá-la. Ergueu os olhos para os pais, observando seus comportamentos. Antônia tinha toda sua concentração na refeição que fazia, ao passo que Mário exibia uma expressão satisfeita devido a alguma notícia que lia.

Aquela cena era comum. A família mostrava uma imagem perfeita para o mundo lá fora, mas, ali dentro, eles estavam quebrados. Nem todo o dinheiro que possuíam era capaz de emendar a rachadura nos laços afetivos entre aqueles três, nem de comprar uma felicidade que Rafael não conseguia enxergar nos pais – ou nele mesmo. Por isso, calculava bem o momento certo para falar sem levantar suspeitas.

– Vocês tinham muitos amigos quando eram mais novos? – questionou, enquanto tomava um gole do leite com café quente na xícara à sua frente na mesa, olhando para os pais por cima do recipiente com uma expressão de falsa curiosidade.

Mário abaixou o jornal e encarou o filho com uma sobrancelha arqueada. Ele não costumava puxar assunto, muito menos durante o café da manhã. Antônia pousou a própria xícara na mesa, formando a sombra de um sorriso nos lábios. Seus olhos miravam Rafael, e ele conseguiu enxergar o brilho de uma lembrança nostálgica naquela expressão. Por um segundo, não a reconheceu, pois a tristeza usual que quase sempre emanava vacilou por um momento.

– De onde veio isso? – Mário agora não prestava mais atenção no jornal. Estava genuinamente interessado no assunto.

Rafael deu de ombros, passando os olhos do pai para a mãe e depois o contrário.

— Eu estava pensando... — Mordeu mais um pedaço da torrada que tinha em mãos. — Fiquei curioso em saber um pouco mais. Nunca conversamos sobre isso antes.

Nunca conversamos sobre nada, pra dizer a verdade, foi o pensamento que lhe passou pela mente, mas apenas encarou os pais, esperançoso.

— Eu tinha — falou Antônia, com a voz distante, ainda imersa naquela bolha nostálgica invisível, porém perceptível no brilho em seu olhar. Ela cruzou as mãos sobre a mesa, abrindo um sorriso tímido para o filho. — Na verdade, não muitos. Mas tive uma grande amiga na minha juventude.

Rafael escutou prestando bastante atenção, lançando um sorriso encorajador para a mãe. Ela quase nunca expressava outra emoção que não fosse um desânimo ou uma tristeza que tentava esconder por trás de expressões duras ou de falsa alegria. Ele nunca a tinha visto tão empolgada. Podia ver que seu corpo reagia às lembranças. Era como se ela não conseguisse controlar a euforia e ficar parada. Seus dedos passavam pela costura da toalha na mesa, numa tentativa de gastar a súbita explosão de energia dentro de si.

— Sim, praticamente crescemos juntas. Vivemos muitas coisas e dividíamos tudo. Éramos como irmãs.

Mário a olhava de canto de olho, com o cenho franzido numa clara expressão de desagrado, mas Antônia, pela primeira vez desde que Rafael podia se lembrar, parecia não se importar com o que o marido pensava. Estava totalmente perdida em um passado mais alegre e menos sombrio do que a vida que tinha.

— Ela era minha vizinha. Brincávamos na rua onde morei a maior parte da minha infância. Tínhamos muitas coisas em comum, íamos para a mesma escola e dividíamos tudo uma com a outra. Aí, ficamos adolescentes e nos tornamos ainda mais inseparáveis. Queríamos sair desta cidade um dia e conhecer o mundo. Esse era o nosso maior plano. Prometemos uma à outra que nada ia separar a gente, nem mesmo...

Antônia parou de falar subitamente, toda a euforia morrendo de uma só vez. Virou o rosto para Mário, ao seu lado, encolhendo-se sob o olhar penetrante do marido, porém os dedos continuaram passando pela costura da toalha branca.

— E vocês se afastaram? — Quis saber Rafael. Estava realmente interessado em saber a continuação daquela história, embora tivesse uma boa ideia do que a mãe diria a seguir. "Nem mesmo um homem". As suposições em sua cabeça ficaram a mil. — A gente já conheceu outros países, saímos da cidade várias vezes... — Hesitou, lançando um olhar cauteloso ao pai, mas a curiosidade falou mais alto. — Você nunca mencionou essa sua amiga.

— É porque elas não se falam mais hoje em dia! — Mário pousou a xícara na mesa com mais força que o comum, um pouco de café espirrando e manchando o tecido branco.

— Por que não? — Rafael mal conseguia se conter.

Antônia encarava o marido com uma mescla de medo e arrependimento por ter se deixado levar pelas emoções do passado. Balançou a cabeça para o filho, pedindo para que o assunto se encerrasse ali, porém o homem mesmo respondeu, numa voz grave e autoritária:

— Porque, Rafael, algumas pessoas não são feitas para o sucesso! — Então olhou para a esposa com fagulhas nos olhos.

As sobrancelhas unidas pela expressão de fúria a fez abaixar a cabeça como uma criança que leva um sermão e sabe que está errada. Antônia mergulhou outra vez em seu mar de tristeza e desânimo.

O menino arqueou uma das sobrancelhas, desconfiado e furioso. Podia sentir no ar a tensão e o controle que o pai exercia sobre tudo e todos debaixo daquele teto. Porém, naquele momento, estava mais interessado em terminar a conversa e descobrir o que não estavam lhe contando. Estava prestes a gritar para que parassem de falar em códigos e lhe contassem a história toda de uma vez quando o homem voltou a falar:

— Você tem que entender — Mário fitou-o com uma expressão dura, a mesma que usava toda vez que o ensinava a respeito do gerenciamento da empresa. Seu tom de voz estava mais firme e com um quê a mais de superioridade, se é que isso era possível — que o mundo é dos espertos. Existem pessoas que nascem para ficar sempre na miséria, e outras, como a gente, que nascem para crescer e dominar a sociedade. É assim que as coisas funcionam.

O estômago de Rafael embrulhou ao ouvir aquilo. Como podia uma pessoa ter um pensamento tão mesquinho e supremacista? Vivera com Mário durante seus dezessete anos, sabia muito bem a índole do pai e já o ouvira falar coisas terríveis, mas era surpreendente a capacidade que ele tinha de sempre se superar.

— O que você quer dizer com isso? — perguntou, sem saber se queria mesmo ouvir a resposta. — Que a amiga da mãe não foi esperta o suficiente para vocês?

Antônia soltou um gemido baixo de lamento, o qual tentou disfarçar ao tomar um gole da bebida em sua xícara. Agora que Mário tinha começado a falar, iria até o fim.

— Eu também tive um amigo — continuou. — Ele se casou com a Josefa, a amiga da sua mãe. Depois disso, abrimos a firma juntos. Mas eu percebi que ele não tinha nascido para o poder, ao contrário de mim. — Mais um gole de café. Mário recostou-se na cadeira como se estivesse numa conversa casual sobre o tempo, e não sobre quem era superior e quem não era. — Percebi que, se quisesse crescer e prosperar, precisava me livrar dele. Ele só ia me puxar para trás, e os negócios não iam sair do lugar.

A antipatia que Rafael tinha pelo pai só crescia a cada palavra. Talvez estivesse arrependido de ter entrado no assunto, mas já não tinha mais volta. Mário falava mais para si mesmo do que para responder à curiosidade do filho. Antônia ouvia, os olhos marejados como se aquelas lembranças lhe causassem dor.

— O que você fez? — Rafael de repente ouviu-se perguntando, mais uma vez a curiosidade tomando conta.

— Eu tive que tirá-lo da jogada. — Mário deu de ombros, como se aquela fosse a resposta mais óbvia. — E foi a melhor coisa que fiz. Não é à toa que hoje estamos aqui — então, ele estendeu os braços com as mãos abertas, indicando o espaço ao redor, referindo-se à casa e a toda riqueza acumulada —, e ele está lá nos cafundós da cidade, com uma marcenaria velha e mal conseguindo manter a própria família.

A raiva se aflorou dentro de Rafael, subindo-lhe pelo pescoço até que sentisse o rosto enrubescer e esquentar. O pai falava sem remorso algum sobre como tinha descartado um amigo que o ajudara a começar os negócios. Simplesmente o tinha chutado para escanteio para que pudesse subir e conquistar toda a influência sozinho. Como ele podia ser tão mau-caráter? Tão frio a ponto de não sentir uma pitada de arrependimento? A fúria piorou ainda mais quando pensou em Pietro. O marceneiro com certeza era o pai do garoto, e ele de fato não lhe contara toda a história. Toda sua vida de riqueza e luxo era baseada em um golpe sujo. Tinham construído tudo passando outras pessoas para trás. A vontade que tinha era de jogar aquela xícara de café bem no meio do rosto de Mário.

— Ora, Rafael! — A voz grave ecoou pela sala de jantar. O punho desceu à mesa numa porrada, causando um tremor que balançou toda a louça nela e fez Antônia se encolher um pouco. — Não me olha com essa cara, não! Isso, inclusive, faz parte do seu aprendizado. Você tem que entender que a gente só cresce na vida assim. — Seu tom se tornou suave, porém seguro, como um professor dando uma lição a um aluno. — Ninguém conquista o poder sem algumas baixas pelo caminho. É um mal necessário. Acho bom você anotar isso se quiser manter a honra do nome da nossa família.

Que bela honra, pensou, apertando os dentes e respirando aceleradamente para tentar conter a raiva. Desviou o olhar, pois, se continuasse olhando para o homem, era capaz de perder a paciência e cuspir na cara dele toda a indignação e raiva acumuladas em seu peito por tudo o que ele representava. Sentiu-se ainda mais sujo por ser um Albuquerque e ter o sangue daquela família correndo em suas veias. Como podia falar daquele jeito, de maneira tão casual? Não tinha um pingo de ressentimento?

Quando sentiu a mandíbula começando a doer devido à pressão que fazia para não explodir, Rafael decidiu que não poderia aguentar mais ouvir aquele monte de besteiras. Empurrou a cadeira para trás com o corpo e levantou-se. O grito do móvel sendo arrastado pelo chão se espalhou pelo ar. Ou xingava o pai e corria o risco de levar um tapa ou inventava qualquer coisa para sair dali o mais rápido possível.

— Preciso chegar mais cedo no colégio — disse, colocando a cadeira de volta perto da mesa. As mãos tremiam, e ele as colocou no bolso para disfarçar. — Marquei com o Jonas de terminarmos um trabalho.

Passou atrás do assento de Mário e lançou um último olhar à mãe. Antônia tinha os olhos tão marejados que as lágrimas iam cair a qualquer segundo. Era uma represa prestes a estourar. Rafael sentiu uma súbita compaixão pela mulher. Ela era sempre tão quieta que às vezes se apagava. Quis abraçá-la, porém não fez nada. Era evidente que toda aquela história de golpe vinha exclusivamente de Mário, e Antônia — como a esposa perfeita que era obrigada a ser para manter a imagem da família — apenas acatava tudo. Havia perdido uma amiga e, com ela, parte dos seus sonhos e da sua alegria. Nem mesmo todo o dinheiro do mundo era capaz de mudar aquilo.

Rafael saiu do aposento com a certeza cada vez mais crescente de que não queria, de maneira alguma, uma vida sequer parecida com a dos próprios pais. Tudo que queria era se livrar das garras de um destino sufocante imposto sobre ele.

A casa do marceneiro

Rafael organizava o material dentro da pasta após a sineta anunciar o fim da aula de português naquela manhã. O aglomerado de alunos saindo da sala para aproveitar o horário do intervalo causava um alvoroço na porta minúscula. Jonas e Murilo estavam na fileira ao lado, também organizando os próprios livros em suas bolsas. Guilherme estava mais a frente, sentado em uma mesa e conversando com Letícia, uma garota de olhos verdes e longos cabelos pretos. O James Dean do colégio arrancava risos da menina e a seduzia com seu sorriso de galã.

Espremendo-se entre os alunos que saíam pela porta, alguém entrou fazendo o caminho contrário, abrindo espaço ao empurrar um ou outro para o lado. A empolgação com que guardava o material de repente se desfez, e Jonas e Murilo – que riam das próprias piadas sem graça, como sempre – ficaram mudos ao perceberem Mariana se aproximando com uma expressão séria no rosto.

Ela passou entre Guilherme e Letícia como se eles não estivessem ali, direcionando-se até Rafael a passos duros. Vestia a versão feminina do uniforme do colégio, que consistia numa camisa branca, uma jaqueta preta com o logo da instituição e uma saia da mesma cor. A meia-calça branca cobria toda a extensão das coxas e das pernas, terminando em uma sandália de couro nos pés. A menina colocou as mãos na cintura, encarando o noivo como se esperasse uma reação dele. Ele a olhou, aguardando, mas Mariana apenas permaneceu parada.

— Bora ali fora ver uma coisa? — Murilo deu um cutucão de leve no braço de Jonas e os dois partiram em direção à saída. Ao passarem por Guilherme e Letícia, os levaram também, deixando Rafael e Mariana sozinhos na sala de aula agora vazia.

— O que foi? — soltou o garoto. Já estava começando a ficar irritado com a expressão carrancuda no rosto da menina, que parecia ter virado uma estátua naquela mesma pose.

— "O que foi?" — repetiu ela. Nunca a tinha visto tão brava. Sua pele estava sempre tão lisa e carregada de maquiagem que Rafael estranhou ao ver as rugas no cenho franzido em fúria. — O que foi, Rafael Albuquerque? — Seu tom era de indignação. — Eu é que pergunto! O que foi?

Por um segundo, o coração do menino disparou, e ele sentiu aquela sensação estranha, como se o coração quisesse pular garganta afora. Milhares de possibilidades podiam passar pela sua mente sobre o motivo daquela fúria repentina, mas a única que pensou foi: ela o tinha visto com Pietro na floresta. Tinha visto os dois tocando as mãos. Mas não era possível... Era?

— Faz dias que você não me faz UMA ligação sequer! — A voz dela agora era estridente. Apontava um dedo para o peito do rapaz e o fuzilava com os olhos. Mais um passo e era capaz daquele mesmo dedo abrir um buraco em sua pele com a unha bem-feita. — Eu estudo na sala ao lado e você nem mesmo passa na minha sala para me ver!

Um alívio tirou toda a tensão que ele sentia. Os músculos relaxaram e a respiração saiu toda de uma vez. Graças a Deus não era nada do que ele pensava. Ela só estava brava porque ele simplesmente tinha se esquecido de atuar naquele teatro de noivado a que os pais o forçavam. Menos mal. Porém, ainda assim, ruim.

— Eu que tenho que vir atrás de você sempre? — Agora ela estava a um passo dele, praticamente o beijando.

— Ai, Mariana... — Deu um passo para trás, encostando-se na mesa, para se distanciar. Era ainda mais difícil ficar próximo da garota depois de ter ficado tão perto de Pietro. O sentimento era inversamente proporcional. Na floresta, só queria que o toque do rapaz em sua mão nunca acabasse, mas ali, naquela sala de aula, tudo que desejava era estar o mais longe possível da menina à sua frente. — Eu só estive muito ocupado. Desculpa. Não foi minha intenção.

Ela urrou, olhando para o alto. Deu uma volta ao redor de si mesma, em uma tentativa de buscar o autocontrole. Rafael só ficou ali, parado, lamentando por ter que viver uma situação daquelas. Sentiu pena dela. Não queria ser o causador de toda aquela frustração, mas o que poderia fazer se não tinha escolha nenhuma?

— Rafael, você acha que eu não percebo seu desânimo toda vez que a gente sai? — Os olhos azuis brilharam ao encarar os seus. As lágrimas se acumulavam, lutando para sair. — Eu queria...

Ela hesitou, fungando profundamente. Fez uma pausa, mordeu o lábio inferior, um músculo tremendo em seu rosto perfeito, mesmo quando a enxurrada de lágrimas ameaçava acabar com a maquiagem.

— Mariana... — Ele tentou cortar o assunto, pois tinha uma noção do que viria a seguir e queria fugir daquele assunto. Era melhor não falarem daquilo, assim ele não teria que mentir mais um pouco. Se não tocassem nele, menos chance de os dois sentirem-se ainda mais infelizes.

— Não, Rafael! — A exclamação ecoou pela sala vazia. A firmeza no tom talvez tivesse sido mais para ela mesma do que para ele. Estava claramente fazendo um esforço descomunal para continuar: — Eu preciso perguntar.

Agora as lágrimas rolavam pelo rosto de Mariana, os olhos avermelhados devido ao choro. Rafael sentiu uma súbita vontade de chorar também, sem saber ao certo se era por si mesmo, pela pressão ou por ver o sofrimento genuíno na menina que, ele sabia, nunca seria capaz de fazer feliz. Estava fadado a viver um casamento como o dos pais, talvez ainda pior.

– Você gosta mesmo de mim?

A pergunta ficou no ar por mais tempo do que ele podia lembrar-se. Não foi capaz de encará-la. Baixou os olhos, mirando os próprios sapatos pretos. Um aperto no peito o fez ficar sem ar por alguns segundos e de repente a dor que segurava explodiu na forma de uma lágrima que desceu pelo seu olho direito, estourando no chão quadriculado da sala de aula.

Sentiu a mão de Mariana, quente e suada, pegar a sua própria, fria como gelo. Ela envolveu seus dedos com as duas mãos e puxou-os para perto da boca, selando com um beijo molhado. Rafael levantou o olhar, sentindo os músculos do rosto tensos começando a doer pelo esforço que fazia ao pressionar a mandíbula fechada. O olhar suplicante de Mariana o fez se sentir ainda pior. Ele queria – queria de verdade! – poder dizer que, sim, gostava dela. Queria ter sentimentos por ela, ser o homem que todos esperavam que fosse. Ser capaz de replicar aquele padrão de vida sem sentir uma infelicidade como a que o assolava.

Porém, tudo que conseguiu fazer foi soltar suas mãos das de Mariana, pegar a bolsa na cadeira e sair da sala, ouvindo os soluços da garota chorando sozinha. Deparou-se com Jonas e Murilo no corredor, esperando por ele, mas fez um sinal para que o deixassem sozinho e correu para o banheiro. Trancou-se em uma cabine, recostando-se à parede e apoiando a cabeça ali, olhando para cima. Passou as mãos pelos cabelos, puxando os fios para trás a ponto de quase sentir dor. Queria poder gritar e botar para fora toda a dor e raiva que o corroíam, mas não podia.

Então chorou em silêncio e debateu-se, tomando todo o cuidado para não emitir som algum. O grito que saía de sua boca era mudo, pois era assim que ele tinha que sofrer. Sozinho, sem fazer barulho.

O mundo não precisava saber de sua dor, pois não devia manchar o nome dos Albuquerque.

Rafael geralmente gostava de caminhar pelas ruas da cidade, observando a bela arquitetura de casas que às vezes se pareciam com castelos, ou então os comércios sempre bem movimentados. Apesar de tudo, quando andava sozinho, apenas observando o movimento, se sentia um pouco mais livre. Afastava a mente de seus próprios problemas ao observar a população de Petrópolis e distraía-se com a vida dos pedestres, tentando imaginar o que se passava na cabeça de cada um.

Só que, ao fim daquele dia escolar, quis fazer diferente. Mais cedo, tinha combinado com seu José, quando estava indo para o colégio, de ir buscá-lo no horário da saída. Antes de ir para casa, queria passar em um lugar para ver por si só a respeito do que o pai tinha falado durante o café da manhã. Evitou Mariana pelo resto do dia após a conversa dramática, e os amigos não ousaram perguntar o que houve depois de vê-lo sair com o rosto inchado e os olhos vermelhos do banheiro. Se perguntassem, sabiam que teriam uma resposta grossa ou seriam simplesmente ignorados, por isso mantiveram a rotina o mais normal possível.

Ao passar pelo portão de saída, seguiu direto para o carro estacionado do outro lado da rua e sentou-se no banco de trás do veículo. Viu Mariana na calçada, próxima ao portão, olhando para ele com uma expressão de tristeza, e desviou o olhar, ordenando ao seu José que desse partida no veículo.

– Tudo bem, senhor Rafael? – Os olhos escuros do motorista fitavam o jovem patrão pelo retrovisor, como fazia muitas vezes. Seu José tinha o cabelo branco rareando na cabeça coberto por um chapéu preto, o qual fazia parte de seu uniforme. A pele enrugada denunciava a idade avançada naquele homem que tinha uma voz sempre calma.

Rafael quis chorar outra vez, mas conteve-se. Que droga! Estava carente demais e odiava aquilo. Como podia uma simples pergunta de um motorista deixá-lo emocionado? Talvez fosse o fato de que ele queria genuinamente saber se estava tudo bem, se havia acontecido alguma coisa. Porque talvez realmente enxergasse aquilo que ninguém mais em sua família – muito menos seu próprio pai – via: o que Rafael sentia de verdade. Podia ver além das aparências e perceber que algo tinha acontecido na escola.

– Você tem filhos, seu José? – A tentativa de mudar de assunto foi a única alternativa que encontrou para não desabar em lágrimas no banco de trás. Esfregou os olhos tentando empurrar as lágrimas para dentro de novo.

– Ah, não! – Dessa vez o homem foi quem pareceu murchar. Embora fosse o motorista da família desde antes de Rafael nascer, o garoto nunca tinha perguntado sobre sua vida pessoal. Para os Albuquerque, os empregados nada mais eram do que míseros subordinados. – Eu e minha esposa nunca pudemos ter. Coisas da vida, sabe?

Ele deu de ombros, e Rafael decidiu não insistir. Em vez de continuar no assunto, inclinou-se entre os bancos da frente como uma criança curiosa e pediu:

– Seu José – abaixou a voz como quase num sussurro, como se estivesse fazendo algo errado –, vou te pedir para passar em um lugar, mas não quero que comente sobre isso com meus pais, tudo bem?

O motorista o olhou preocupado através do retrovisor.

– Não é nada de mais. – Rafael balançou a cabeça. Ele mesmo teria ido a pé se soubesse a localização exata, mas era mais fácil pedir uma carona. Além do mais, só queria dar uma olhada e depois voltar para casa. – Eu só quero passar, ver de longe e aí vamos embora, tá bom?

– Ai, ai, olha lá onde você vai me enfiar, hein! Não quero encrenca com o seu pai.

– Fica tranquilo. Vai dar tudo certo.

Recostou-se novamente no assento de couro e pediu para irem até a marcenaria do pai de Pietro. Seu José estranhou o pedido, mas não questionou. Até mesmo a liberdade que tinha com Rafael tinha seus limites.

O carro parou do outro lado de uma rua simples. O solo de paralelepípedos fez o veículo balançar um pouco mais que o normal até estacionarem. Havia algumas casas lado a lado, bem menores do que a mansão onde Rafael morava, todas com portões baixos e muros que, se alguém quisesse, poderiam facilmente ser pulados. A simplicidade do bairro trouxe um pouco de alegria para o jovem no banco de trás, que estava sempre cercado de posses e pessoas que adoravam ostentar.

A última construção, do fim da rua, era um sobrado com muros descascados e um portão preto manchado de ferrugem em alguns pontos. Era possível ver uma pequena área que fronteava a casa e um corredor lateral que levava aos fundos. Por trás, montanhas destacavam-se contra o céu claro, indicando que a partir dali começava uma área campada que levaria à vegetação que cercava a cidade. Colada a um dos muros, uma placa de madeira feita à mão indicava ser o local que procurava.

MARCENARIA DO FERNANDO

CONSERTO, VENDO E FAÇO MÓVEIS POR ENCOMENDA

Rafael engoliu em seco, se lembrando do que o pai tinha lhe dito durante o café da manhã. Aquele Fernando tinha ajudado a construir toda a fortuna de que hoje os Albuquerque desfrutavam. Em algum lugar dentro daquela casa estaria o homem, a mulher que fora a melhor amiga de Antônia e o filho, por quem Rafael se sentia indubitavelmente atraído.

O que Pietro estaria fazendo? Será que estava pensando nele do mesmo jeito? Será que também tinha pensado nele quando se deitou sozinho na cama de noite? Qual tinha sido a sensação que ele teve ao tocar sua mão na floresta? Sentira-se atraído tanto quanto Rafael? Daria tudo para poder ler a mente do outro rapaz. Daria tudo para simplesmente poder ter outro encontro, um pouco mais de tempo junto com ele...

Os olhos que observavam através da janela do veículo de repente se arregalaram ao vê-lo se aproximar pela calçada. A princípio, Pietro não tinha notado que estava sendo observado. Caminhava confiante em direção à última casa na rua, vestindo o uniforme do colégio. Rafael reconheceu ser da escola pública da cidade, pois a roupa era mais simples. Uma camiseta branca com o nome da instituição e calças pretas. Pietro mesmo assim continuava lindo e com o físico ainda mais em evidência com a camiseta justa, destacando suas curvas bem definidas.

O coração de Rafael fazia uma festa em seu peito e deu um salto ainda mais alto quando Pietro virou o olhar para ele e seus olhos se encontraram. Ele parou de andar, exibindo uma expressão de surpresa que o deixou ainda mais lindo. Parecia pensar no que fazer a seguir, se deveria se aproximar ou continuar seu caminho. Virou discretamente a cabeça para seu José, no banco da frente apenas observando os arredores, e depois fixou-se em Rafael outra vez.

O jovem abriu um sorriso e acenou para a frente, torcendo para que Pietro entendesse o gesto. Queria dizer que agora não era seguro, mas que, sim, queria vê-lo outra vez. Não seria nada bom se ele se aproximasse e dissesse algo que levantasse no motorista alguma suspeita. O filho do marceneiro, por sua vez, devolveu o sorriso e assentiu. Acenou com a mão direita, passou os dedos nos cabelos para afastá-los da testa e depois continuou andando até entrar na casa e fechar o portão atrás de si. Rafael o seguiu com o olhar ao vê-lo passar pelo corredor lateral em direção aos fundos.

Suspirando aliviado, se recostou no assento e cruzou as mãos sobre as coxas, rindo para elas sem um motivo aparente. Talvez fosse porque era a única parte do corpo que tinha sentido o toque de Pietro.

– Quem era aquele, senhor Rafael? – A voz de seu José o fez levantar a cabeça e encarar o motorista pelo retrovisor. Viu o próprio sorriso no rosto e tentou apagá-lo, mas percebeu que não conseguia. Era mais difícil do que pensava.

– Um conhecido meu – respondeu, fingindo coçar o rosto para esconder a alegria ali contida. – Vamos, podemos voltar.

– Hmmmm. – Seu José estreitou os olhos, dando partida no carro. Parecia desconfiado de alguma coisa, mas seu tom era amigável, carinhoso como o de um pai deveria ser. – Ele deve ser um amigo e tanto, né?

Rafael apenas negou com a cabeça, as bochechas corando, e aproximou-se do vão entre os assentos dianteiros de supetão, agora falando com mais firmeza. O motorista deu um pulo, assustado pelo movimento brusco.

– Por favor, não comenta com o meu pai! – pediu, mal contendo o tom alto de urgência na voz. Olhou para trás, vendo a casa de Pietro se distanciar ao fundo. Quando voltou a olhar para frente, tinha um semblante ainda mais assustado. As mãos segurando o estofado do banco dianteiro o apertando ao perceber a gravidade da situação caso Mário descobrisse onde estivera. Seria trágico tanto para ele quanto para o motorista. – Ele não gosta muito do marceneiro que mora ali. Não ia gostar de saber que passamos por aqui.

– Como quiser, senhor. – Seu José piscou um olho para ele e virou a esquina. Logo estavam passando pelas movimentadas avenidas no centro de Petrópolis. Passaram em frente à catedral em frequente construção, depois da pequena igreja onde Rafael sabia ser o local escolhido pelos pais para seu casamento com Mariana. Seu estômago embrulhou só de se lembrar de sua realidade.

— Já falei que não precisa me chamar de senhor — rebateu, tentando mudar o rumo de seus pensamentos. Sempre que pensava no pai ou em qualquer coisa que o envolvia, começava a ficar ansioso de um jeito que não gostava.

Seu José abriu um sorriso para o garoto e deu de ombros.

— Força do hábito.

O resto do trajeto foi em silêncio. Rafael observava o cenário pela janela, os pensamentos deixando-o um pouco zonzo. Torcia para que Pietro tivesse realmente entendido a mensagem. Não estava raciocinando direito, apenas seguia algum instinto ainda desconhecido dentro de si. Não sabia o que falaria ou o que faria, mas ele estava morrendo para poder encontrá-lo outra vez. Precisava, cada vez mais, fugir de suas obrigações, e Pietro era o caminho que havia encontrado para se safar delas.

Confidências

O que ele estava fazendo ali?

Era a pergunta que ribombava em sua cabeça enquanto atravessava o corredor lateral ao lado de sua casa. Por que Rafael estava de tocaia na porta de sua casa em plena luz do dia? Pietro tinha até pensado em ir até o carro e perguntar o motivo daquela visita inesperada, mas pensou melhor e decidiu não se aproximar. O motorista seria uma testemunha de que haviam conversado, e sabe-se lá o que podia acontecer se seus pais — ou até mesmo os de Rafael — descobrissem que ele estava se encontrando (aquilo era um encontro?) com o filho do casal que dera o golpe neles. Pior ainda, se descobrissem que ele estava tendo desejos pelo garoto.

Desde que tinham se encontrado de verdade pela primeira vez na floresta, não conseguia parar de pensar na maciez da pele de Rafael sob seus dedos. O calor de suas mãos, que tremiam e de repente tinham se acalmado com o toque, ainda causava uma sensação tão gostosa em si que ele ansiava poder tocá-lo de novo. Aliás, fora isso que Rafael tinha indicado com aquele aceno de cabeça lá fora? Será que queria encontrá-lo outra vez e aquele gesto era um convite para ir até sua casa de novo?

Ao atingir o fundo da casa, os pensamentos se desanuviaram com a cena que viu. Atrás do pequeno galpão que servia de oficina, avistou Fernando subindo em alguns entulhos de madeira para poder enxergar o outro lado do muro, onde começava o terreno baldio que levava direto à mata aberta. O homem se apoiava na divisão e segurava a espingarda firme com os dois braços, mirando em alguma coisa no meio da vegetação.

O que ele está fazendo?

O garoto franziu o cenho enquanto se aproximava, ouvindo Fernando praguejar, visivelmente irritado com alguma coisa.

— O que tá acontecendo, pai? — Pietro colocou-se na ponta do pé, tentando ver o outro lado, mas não conseguiu enxergar muito. Só viu o mato alto e as montanhas despontando ao longe.

— Tem um gato maldito que toda hora aparece aqui! — Fernando desistiu e desceu, segurando a arma apontada para o chão. Pietro encarou-a, sentindo o arrepio que sempre lhe acometia quando estava perto dela. Uma vez o pai até tinha tentado lhe ensinar a atirar, mas ele tinha tanta aversão a qualquer tipo de arma que deu graças a Deus quando não conseguiu aprender e os dois desistiram daquelas lições sem sentido. — Entrou na oficina durante a madrugada e fez a maior bagunça. Acabei de ver ele aqui no muro e fui pegar a espingarda para dar um fim nele de uma vez por todas, mas o miserável sumiu como fumaça.

— Não precisa matar o coitado, pai! — O garoto olhou para o alto, como se o gato ainda pudesse estar ali. Lembrou-se da noite em que o tinha visto da janela de seu quarto, logo acima, e de como pareciam ter se encarado. Era só mais um gato de rua, mas, mesmo assim, não era motivo para que matasse o bicho. — Ele só deve estar com fome. Se ele aparecer de novo, eu pego pra mim e cuido, mas, por favor, não atira no coitado.

— Então melhor você achar antes! — esbravejou o homem. Com o cenho franzido, as rugas evidenciavam-se ainda mais. — Se eu achar primeiro, vou me livrar dele sem dó!

Saiu caminhando a passos pesados para a oficina. Lá dentro, pendurou a arma no painel onde sempre a colocava e entrou em casa pela porta dos fundos, seguido pelo filho. Josefa terminava de colocar os pratos na mesa quando viu os dois entrando e abriu um sorriso ao vê-los.

– Não teve sorte? – perguntou ao marido.

A resposta veio em forma de resmungo enquanto sentava-se à mesa para comer. Durante o almoço, tudo que se podia ouvir era o tilintar dos talheres, até que Fernando apontou para o rádio sobre o balcão do armário e soltou outro resmungo com a boca cheia. Josefa aparentemente entendeu e ligou o aparelho, que emitia o programa local de notícias.

"*...tro confronto na Rua das Bromélias*", a voz metálica do radialista ecoou pela cozinha, e Pietro subitamente se interessou pelo que estava sendo dito. Aquela rua era o local onde ficava o bar que tinha visitado – bem, pelo menos até a esquina – quando escapara de madrugada. O bar onde Ramona cantava. Ele pensou no papel que ela tinha lhe dado, guardado bem escondido no fundo de seu guarda-roupa, e aprumou a audição para continuar escutando. "*... não é a primeira vez que isso acontece. Vênus, um bar que prega os maus costumes e é frequentado por gente mal-encarada! A polícia diz que entrou para investigar uma denúncia e que foi recebida com violência, por isso tiveram que revidar. A noite terminou com duas pessoas presas e outras feridas, mas os policiais dizem que...*"

– É lá que é cheio de bichas, não é? – Fernando balançou a mão que segurava a coxa de um frango para o rádio, referindo-se à Rua das Bromélias.

Pietro encarou o prato e enfiou uma garfada cheia de arroz na goela para que não respondesse. O rádio só podia estar mentindo. Maus costumes? Gente mal-encarada? Ele não se enxergava assim, nem mesmo os dois rapazes que tinha visto naquela noite. E muito menos Ramona.

— Sim — concordou Josefa, ainda de boca cheia. — Vive tendo essas brigas por lá. É um lugar bem perigoso.

— Tem que descer a porrada mesmo! — Fernando soltou o garfo no prato com tanta força que o tilintar foi mais alto que o normal. Com a mão esquerda, segurava a faca. Enquanto falava, brandia-a de um lado para o outro, apontando ou para a esposa ou para o filho, quando virava de um para outro. — Onde já se viu uma coisa dessas? Homem com homem! Uma safadeza dessas tem que acabar mesmo. E, quanto mais porrada o cara levar, melhor! — Seus olhos estavam arregalados. Pietro conseguia sentir e ver a fúria do pai. A cada palavra, gotículas de saliva saltavam de sua boca, pousando na comida à sua frente. — Nasceu homem, então que seja homem! Tem essa de querer ser mulher, não!

Pietro engoliu em seco, abaixando o olhar para a comida e segurando-se para não revidar. Queria dizer ao pai o quão absurdo ele soava, mas limitou-se a mastigar em silêncio, sem ter coragem de enfrentá-lo. A vontade que tinha era de mandá-lo calar a boca e parar de falar asneiras ofensivas como aquelas, só que o medo de revelar tudo ali na mesa era maior do que a raiva. Ele sabia que, se abrisse a boca para contrariá-lo, tudo só ia piorar e teria que dizer toda a verdade. Não poderia contar daquele jeito, não quando ainda não tinha um plano concreto em mente. Mesmo se tivesse, não queria nem imaginar a reação de Fernando ao descobrir que o próprio filho era uma daquelas "bichas" que ele tanto odiava. Sabendo de seu temperamento explosivo, com certeza não seria nada pacífico.

Virou a cabeça para a mãe e a viu comendo, cabisbaixa, com certo receio da explosão de raiva do marido. Era sempre assim. Quando ele falava, Pietro e Josefa ficavam em silêncio ou então apenas concordavam. Tudo para evitar aumentar uma fúria ainda maior.

— Estou sem fome, com licença. — Tentou falar do modo mais ameno possível e levantou-se da mesa, se sentindo pesaroso por ter que deixar a mãe ali enquanto Fernando matraqueava.

Em seguida, subiu para o quarto, onde trancou-se e tentou se acalmar. As palavras do pai ricocheteavam em sua cabeça. Como é que teria esperanças de ser livre e ficar em paz naquele lugar se os próprios pais falavam aquelas coisas terríveis? Já seria ruim o bastante descobrirem que ele era gay. Seria o fim do mundo, então, se contasse que o interesse dele não era por nenhuma garota do colégio, mas sim por Rafael Albuquerque, o rapaz mais bonito e atraente que já tinha visto em toda a sua vida e filho de seus arqui-inimigos.

Não conseguia enxergar uma realidade na qual contasse aos pais. Ele conhecia Fernando, e não havia maneira de fazê-lo entender que era assim. Só de imaginá-lo descobrindo sobre Rafael, sentia temores que se traduziam em palpitações em seu coração. Ele já odiava os Albuquerque, e saber que seu filho estava se aproximando de um deles – e daquele modo diferente – o faria explodir de ira. O medo, travestido de um respeito imposto, o deixava paralisado e o distanciava de Fernando. Nunca poderia se revelar a ele. Seria uma vergonha para o pai, com certeza.

A fim de diluir o ódio, Pietro pegou roupas limpas, uma toalha e se colocou embaixo do chuveiro. Com a água alisando seu corpo, decidiu fazer a única coisa que parecia certa para ele, mas que, com certeza, Fernando e Josefa desaprovariam com todas as forças: se encontraria com Rafael de novo e, daquela vez, tiraria toda e qualquer dúvida que havia entre eles. Precisava saber o que o outro sentia, pois não ia aguentar sofrer com aquele questionamento na cabeça também.

Com a desculpa de que precisava ir à biblioteca para fazer a pesquisa de um trabalho da escola, Pietro saiu de casa e começou a fazer o caminho que conhecia mesmo de olhos fechados. Passou por alguns comércios no centro, observando rapidamente a vitrine cheia de televisões da mesma loja de sempre. Naquela hora, mostravam a cidade do Rio de Janeiro, e sua mente ativa rapidamente imaginou-se vivendo lá, com aquelas praias bonitas e, quem sabe, Rafael ao seu lado. Poderiam andar pela areia, apreciar a vista e sentir o cheiro do mar pelo ar.

Tal pensamento o fez andar ainda mais rápido. Se ficasse parado, estaria perdendo tempo. De repente, uma vontade súbita de mudar o rumo de sua vida tomou conta. Rafael tinha aquele poder, mesmo sem nem ter feito nada. A faísca em seu interior sempre estivera lá, criando sonhos e desejos, mas foi somente ao conhecer Rafael que ela pareceu evoluir para um pequeno fogo maior que acendia uma chama de esperança. Tinha uma perspectiva agora.

Quando conseguiu enxergar claramente as árvores da floresta despontando e a construção da grande casa dos Albuquerque, Pietro viu o carro da família vindo em sua direção, com aquele mesmo motorista ao volante. Por um momento, pensou que ia cruzar com Rafael e que sua caminhada até ali teria sido em vão. Mas, quando o veículo passou ao seu lado pela rua, percebeu duas pessoas no banco de trás: um homem e uma mulher, provavelmente os pais dele. Os que um dia tinham sido amigos de seus pais.

Eles mal o notaram. Estavam tão entretidos em alguma conversa no interior do transporte que não o perceberam parado acompanhando seus movimentos com a cabeça. Depois que já tinham sumido de vista, Pietro retomou a caminhada e parou em frente ao portão da casa. Era como se tivessem combinado. Rafael estava sentado no chão do jardim, com uma pequena pá na mão mexendo em algumas plantas. Estava de costas para ele, então o garoto se aproximou da grade e disse:

— Espero que eu tenha entendido direito hoje mais cedo.

Rafael virou-se no mesmo instante, os olhos arregalados de susto logo se mesclando a uma expressão de alegria que se completou com o sorriso em seu rosto. Largou a pá ali mesmo ao lado das plantas e se levantou.

– Não sei como, mas entendeu. – Chegou mais perto e o observou através da barreira entre os dois. – Achei que fosse me confundir com um psicopata maluco que fica te perseguindo.

Pietro não conseguiu conter uma risada.

– Até achei que poderia ser, mas aí lembrei que eu também vim aqui algumas vezes só para te olhar do lado de fora, então... – Deu de ombros, arrancando um riso alto de Rafael. O som foi como uma massagem para seus ouvidos. Olhou para os lados. Mesmo sabendo que provavelmente estavam sozinhos por ali, como uma medida de segurança, quis se certificar. – Acho que estamos quites. Quer dar uma volta?

Rafael olhou para trás, para o casarão. Os pais haviam acabado de sair, mas dona Maria devia estar em algum lugar lá dentro, provavelmente na cozinha. Ela não notaria sua ausência e, mesmo se notasse, sabia que não ia questionar. O problema eram os pais. Precisava estar em casa antes que eles voltassem. De qualquer maneira, estivera esperando por aquele encontro ansiosamente. Precisava conversar com Pietro, só não podia ser ali, onde estavam totalmente expostos.

– Quero – respondeu, por fim. Abriu o portão e saiu. – Mesmo lugar de ontem?

Rafael nunca entrava na floresta, mas acabou por decorar o caminho até a clareira com os troncos caídos. Devia seguir pela trilha com folhas secas pelo chão até encontrar uma pedra bem no meio dela. Depois, era só continuar mais um pouco que encontraria o espaço aberto com a grama e o sol brilhando sem obstáculos por ali. Haviam caminhado em silêncio, de vez em quando trocando alguns olhares e sorrisos sem graça. Rafael teve vontade de pular naqueles lábios e beijá-los com uma avidez que nunca tinha sentido antes com ninguém. Porém, é claro, continuou apenas olhando-os. Tinha mais outra coisa que martelava em sua cabeça. Só conseguiu entrar no assunto quando estavam escorados no mesmo tronco caído do dia anterior.

— Você sabia? — Foram as únicas palavras que conseguiu proferir. A voz saiu num sussurro, cautelosa.

Pietro o olhou com uma sobrancelha arqueada, e as borboletas em seu estômago de repente fizeram um alvoroço ao encará-lo tão de perto. Os olhos castanhos dele eram tão convidativos!

— Do que você tá falando? — perguntou, confuso.

— Sobre nossos pais. — Ajeitou-se no chão, virando o corpo para sentar-se de frente para ele. — Que... — Hesitou, sentindo a culpa que devia ser de Mário. Pertencer à família Albuquerque nunca tinha sido tão grotesco para ele como naquele momento. — O que o meu pai fez ao seu. Você sabia da história completa?

Pietro suspirou e desviou o olhar, encarando a grama sob suas pernas, que também estavam cruzadas. Quando levantou a cabeça de novo para Rafael, tinha uma expressão pesarosa ao balançá-la em sinal afirmativo.

— Por que não me contou ontem? — Se ele sabia, devia ter contado a história toda. Aliás, não devia nem estar ali falando com ele. Tinha visto a situação em que viviam do outro lado da cidade. A culpa daquilo tudo era de sua família, principalmente de seu pai. Por que não tinha raiva dele? Por que estava ali conversando, sentado à sua frente? Seria algum tipo de plano de vingança? De repente, Rafael sentiu as mãos começarem a suar e entrelaçou os dedos uns nos outros, apertando-os. A perna direita balançava em um vai e vem ansioso. As palavras saíam rápidas, quase tudo de uma vez só: — Você podia ter me falado o que aconteceu. Foi muita covardia do meu pai! O que ele fez foi horrível.

— Eu... — Pietro olhou para os dedos dele, porém dessa vez não os segurou. Tinha as mãos nos próprios joelhos. — Eu não queria que você... – Mais uma vez, a dificuldade de encontrar as palavras o acometia. Não se sentia assim com ninguém, mas aquele mar preto nos olhos de Rafael o deixava perdido. – Não queria perder a chance de... conhecer você melhor. – Respirou fundo, vendo o rosto do garoto enrubescer de leve. – Não queria que você me odiasse, sabe? Nossos pais se odeiam, e eu não queria...

– Te odiar? – Rafael sustentou o olhar agora, vendo a sinceridade no outro garoto. – Você é quem devia me odiar! Meu pai passou por cima do seu e sabe-se lá de quantas outras pessoas para ter o dinheiro que tem hoje. Se alguém aqui tem culpa de alguma coisa, é a minha família!

Pietro ouviu sem interromper, apenas deu de ombros enquanto Rafael continuava:

– Se eu fosse você, ia querer meter um soco na minha cara agora mesmo!

Pietro riu alto, jogando a cabeça para cima e deixando o som escapar do fundo da garganta. Um riso sincero e leve. Não havia um pingo de raiva, remorso ou violência ali. Somente leveza.

– É impossível te odiar com esse rostinho que você tem. – Soltou, sem pensar muito, mas já não se importava. A frase ficou no ar por alguns instantes e viu que ela tirou as palavras da boca do outro rapaz. Suas bochechas brancas coraram e ele abriu e fechou a boca algumas vezes, sem emitir som algum. – Essa briga não é nossa, Rafael. Nossos pais se odeiam, mas isso não é motivo para a gente se odiar também.

Um sorriso tímido partiu seus lábios, porém continuou apenas ouvindo.

– Eu acho que a gente tem muito mais em comum do que a gente pensa, não é? – Pietro encarou-o com a sobrancelha arqueada mais uma vez, esperando uma resposta. Rafael inspirou profundamente, tencionando os músculos dos ombros para depois relaxar enquanto soltava o ar.

– Eu odeio a minha vida.

Falar aquilo em voz alta foi como tirar um caminhão de suas costas. Até mesmo as árvores ao redor pareciam aliviadas. As folhas se agitaram com uma brisa súbita. Agora que tinha começado, uma vontade avassaladora de colocar para fora tudo que tinha guardado por tanto tempo o invadiu.

– As pessoas devem me olhar de longe e achar que eu tenho a vida dos sonhos. E em comparação com a delas, parece mesmo. – A cada palavra botada para fora, o coração acelerava. Não sabia que precisava daquilo até ter começado. O sangue corria nas veias, causando uma palpitação por todo o corpo. Toda a angústia acumulada saía como um processo de catarse. Olhava para Pietro, mas quando falava, era como se estivesse conversando consigo mesmo. Estava sendo honesto por completo pela primeira vez em anos. – Só que ninguém sabe como é viver dentro daquela casa. Ninguém sabe a pressão que eu sofro, as responsabilidades que simplesmente foram jogadas em mim sem nem me perguntarem se eu queria ou estava pronto para elas. Ninguém sabe o peso que é carregar a droga do meu sobrenome!

A última frase terminou quase em um grito, e as lágrimas acumularam em seus olhos. O mundo ao redor ficou embaçado por alguns momentos, até que ele piscou e elas desceram pelas bochechas e se encontraram na ponta do queixo. Pietro entrou em foco outra vez, o encarando em silêncio.

– Eu nunca tive escolha na minha vida! – continuou, sem se importar de estar chorando na frente do outro rapaz. Tudo que queria era libertar-se. Contar para alguém. – Sempre fui a merda de um fantoche para os meus pais, principalmente para o meu pai. Minha mãe nunca teve atitude nenhuma. Às vezes eu sinto que... – Parou para respirar fundo, fungando pelo nariz em meio ao rosto molhado de lágrimas. – Eu sinto que não sou nada além de um meio que meu pai encontrou de manter os negócios. Ele não me enxerga como um filho, só como a pessoa que vai continuar levando o legado imbecil dele para frente!

— Você já contou para ele como se sente? — Pietro falou pela primeira vez, num tom de voz cuidadoso, como se ao menor vacilo pudesse quebrar Rafael ao meio.

— Ele não me escuta. — O garoto abaixou o olhar, rememorando todas as vezes que tentara dizer ao pai que não queria seguir aqueles planos. Aliás, Rafael mal sabia o que queria da vida. Sempre tivera todas suas ações escolhidas por outras pessoas e, por isso, não tivera tempo para decidir por si só o rumo que tomaria. A única certeza que tinha dentro de tudo aquilo era que, inquestionavelmente, desejava seguir por um caminho que não fosse o escolhido para ele. — Ele é tão paranoico com o poder que me forçou ficar a noivo. E eu nem ao menos gosto da Mariana!

Então aquele era o nome da garota, pensou Pietro. Sentiu-se mal pela pontada de esperança que o invadiu ao ouvi-lo dizer que não gostava da noiva. Só conseguia imaginar o quanto devia ser horrível viver com toda aquela pressão. Ele próprio se sentia pressionado em sua casa, mas Rafael estava numa situação muito, muito pior.

— Eu tentei, juro que tentei! — Seu rosto estava retorcido de dor. E, se é que era possível, ele continuava lindo mesmo assim, a pele brilhando pelas lágrimas que deslizavam por ali. — Mas eu simplesmente não consigo. Eu não consigo gostar dela. Não consigo nem dar um beijo nela sem me sentir mal.

Sua voz tremeu e o choro aumentou. Os dedos entrelaçados apertavam de nervoso sobre o colo.

— Eu não consigo pensar nela do mesmo jeito que eu... — interrompeu-se mais uma vez, desviando os olhos para o topo das árvores sobre sua cabeça. Então, aos poucos foi se acalmando, mas não o suficiente para se calar. O calor do momento o incentivou a continuar: — Eu não consigo pensar nela do mesmo jeito que eu penso em vo...

Nunca terminou a frase e mal percebeu como aquilo aconteceu, tão de repente que foi. Pietro selou sua boca ao pressionar os lábios contra os de Rafael. Não ponderou muito, apenas seguiu um instinto que gritou em seu interior, dizendo-lhe que era o momento. Dando ouvidos à voz, o filho do marceneiro se inclinou, apoiando as mãos nos joelhos do garoto à sua frente, e o beijou.

Por uma fração de segundos, os dois congelaram, assustados demais para fazer qualquer movimento, então veio a explosão de cores e sensações, tudo ao mesmo tempo. A floresta ao redor parecia ter ficado em uma outra dimensão. Tudo o que Pietro conseguia ver e sentir era Rafael e os lábios quentes tocando os seus. Ao mesmo tempo que tomava fôlego, levou uma mão para o canto do rosto dele e o segurou firme, encaixando o espaço entre o polegar e o indicador na base de sua orelha.

Rafael fechou os olhos, sentindo o calor da mão de Pietro no canto de seu rosto, e o agarrou pela nuca, enlaçando seus dedos nos fios de cabelos castanhos. A textura deles era tão macia quanto tinha imaginado. Todos os problemas, toda a pressão e todo o resto do mundo sumiram. Só conseguia focar em Pietro e nas sensações daquele beijo. Então era assim que um beijo de verdade devia ser. Com os arredores girando, o chão desvanecendo e sua alma subindo para algum lugar e se perdendo entre as estrelas no espaço sideral. Todos os sentidos do seu corpo despertaram de uma só vez. O tato; o olfato (ah, como ele estava cheiroso!); a visão (mesmo de olhos fechados, era capaz de ver milhares de cores se misturando); a audição, que era capaz de ouvir os sons da mata vindos lá de longe, de outra dimensão; e o paladar... meu Deus, como os lábios dele eram saborosos. Tinham gosto de nada e tudo ao mesmo tempo. Nenhum gosto específico, mas tão sedutores e gostosos que não queria mais sair dali.

Pietro saboreou a maciez da boca de Rafael tocando a sua e um arrepio subiu-lhe pelas costas, despertando novamente cada sentimento adormecido em seu corpo. O sangue bombeou pelas veias e seu coração batia tão alto que era capaz de ser ouvido até mesmo lá na cidade. Ergueu a outra mão e firmou o rosto do garoto quando o beijou com mais força, apertando os lábios contra os dele e indo além. As línguas se encontraram e entrelaçaram-se, causando uma explosão de luz que ele enxergou em sua mente, mesmo de olhos fechados. Quando Rafael soltou um suspiro, Pietro se mexeu e ficou de joelhos. Rafael o puxou para si, e eles caíram rolando no gramado, ainda conectados.

Nenhum dos dois tinha sentido tanto desejo, tanta ânsia e tanto frenesi em um beijo antes. Pietro, deitado por baixo, puxou pela cintura o corpo de Rafael contra o seu, arrancando do outro um suspiro de prazer. Não pensaram muito, apenas libertaram-se de toda e qualquer amarra que os prendia. Seguiram seus instintos, tão naturais e tão puros. Nunca tinham sido tão sinceros consigo mesmos quanto naquele gesto de carinho.

—

Pietro sentia a grama pinicar suas costas. A imensidão azul-clara do céu em contraste com as nuvens brancas que pareciam sólidas era tudo que se podia ver além do topo verdejante das árvores da floresta. Estava deitado no chão, o peito subindo e descendo com a respiração tão tranquila como se estivesse dormindo. Só que ele estava acordado. *Bem* acordado. Os lábios formigavam e estavam quentes, reflexo dos beijos calorosos de Rafael. Virou a cabeça lentamente para o lado e o encontrou mirando seu rosto também, com um sorriso inocente e satisfeito.

As mãos se tocavam no chão. Somente as pontas dos dedos, quase que imperceptíveis, mas perto o suficiente para uma eletricidade passar da pele de um para a do outro. Rafael levantou a mão livre e a passou pelos lábios. Não fosse o formigamento agradável que sentia naquela região, diria que o beijo tinha sido uma alucinação. Mal podia acreditar que estava deitado ao lado de Pietro e que o tinha beijado. Tinha beijado outro garoto. E foi a melhor sensação que já sentira em toda a vida. Ele não era mais um Albuquerque, não tinha mais o peso que lhe jogavam nas costas. Ali, deitado na grama, ele era o Rafael que queria ser. Sua existência importava. Não havia problemas e nada mais existia além dos dois e daquela floresta cercada pelos sons da natureza. Cachoeiras ao fundo, pássaros piando entre os galhos e o silêncio da paz interior que nunca tinha experimentado.

— Eu também me sinto deslocado nessa cidade, sabia? — A frase repentina o arrancou de seus devaneios. Pietro virou de lado, se deitando sobre o próprio braço, e continuou encarando-o enquanto continuava a falar: — Quer dizer, não que eu tenha uma vida horrível, sabe? — Deu de ombros, abrindo um sorriso triste. — Mas não gosto muito do rumo que as coisas estão tomando. Lá em casa, a gente vive com medo do meu pai, praticamente. Além de tudo, mal tenho amigos no colégio ou em qualquer outro lugar. No máximo, tenho só colegas. O mais perto de um amigo que tenho é um garoto de doze anos. — Soltou uma risada leve ao lembrar do menino que morava na sua rua e com quem às vezes ia andando junto para a escola.

Rafael deitou-se de lado, na mesma posição, e assentiu em concordância.

— Mas a sua situação tá muito pior que a minha... — concluiu.

— Obrigado pelas palavras encorajadoras — interrompeu Rafael, num tom de gracejo, rindo da própria sorte.

— Não. — Pietro enrubesceu, sem graça, e passou uma mão pelo braço do outro garoto, arrancando um arrepio que percorreu cada canto de seu corpo. Seu toque era como mágica. Ativava instintos ainda inexplorados por ele. — Não foi isso que eu quis dizer. Desculpa.

— Eu sei, tô brincando com você. — A vontade que tinha era de acariciar aquele rosto perfeito à sua frente e avançar para beijá-lo outra vez, porém conteve-se e esperou a continuação da conversa.

— Eu sinto que minha vida não está aqui, entende? — Pietro o olhava nos olhos, mas seus pensamentos não estavam ali. Via pelo brilho neles que estava perdido em lembranças. — Eu queria muito ir embora para o Rio.

Rafael permaneceu em silêncio, o rascunho de um sorriso fazendo seus lábios tremerem. Ouvi-lo falando sobre seus sonhos causava uma espécie de agitação em seu âmago.

— Queria trabalhar como ator. — Os olhos de Pietro brilharam ainda mais. Era possível ver o reflexo da floresta e de algumas árvores nas íris castanhas. — Eu nunca tive uma TV em casa, mas queria muito trabalhar com isso, sabe? Deve ser incrível. Imagina só morar numa cidade grande, trabalhar atuando e...

Ele hesitou e sua voz morreu. Piscou os olhos como se voltasse de um sono profundo e encarou Rafael outra vez. Sentou-se e olhou para baixo, um semblante triste substituindo o brilho esperançoso de alguns segundos atrás.

— Mas não posso — confessou. — Não se eu continuar aqui. Não vivendo a mesma vida que meus pais. Não quero parecer ingrato, mas...

— Você não se encaixa — Rafael completou. Também se sentou e segurou as mãos de Pietro. Agora estavam de pernas cruzadas, frente a frente, os dedos se entrelaçando outra vez. Uma súbita onda confortante os envolveu. — Eu sei exatamente como é. Parece que a gente só está passando pelos dias. Arrastando-se de um pro outro, mas sem perspectiva, sem progresso nenhum. Eu só queria sair disso, desse ciclo infinito.

Os olhos de Pietro brilharam outra vez. Ele se empertigou, como se tivesse acabado de ter uma ideia. Na verdade, ela já estivera ali há um tempo, mas só naquele momento apareceu com toda a força.

— Rafael — começou, apertando sua mão com mais força —, eu acho que sei de um lugar que pode ser legal pra gente.

— Que lugar? — Levantou uma sobrancelha, genuinamente curioso.

— Eu posso te mostrar, mas a gente vai ter que sair bem tarde para evitar que alguém conhecido nos veja. O que você acha?

Aquele sentimento de imprudência e de uma loucura o invadiu de novo. De algum modo, aquela pontinha de rebeldia que surgia lhe era muito bem-vinda. Era como se a vida inteira tivesse vivido pelos outros, mas pela primeira vez algo que era inteiramente seu, que ele — e só ele — queria, estivesse despontando em seu coração. Qualquer ato de desobediência aos padrões impostos por sua família seria ainda mais empolgante ao lado de Pietro. Abriu um sorriso para o garoto à sua frente e balançou a cabeça em afirmação.

— Tô dentro.

Sem combinar, sem ensaiar, simplesmente seguindo seus instintos, os dois avançaram um para o outro ao mesmo tempo. Encontraram-se como dois animais selvagens que partiam para um duelo, mas se enroscaram em um abraço e se beijaram como se suas vidas dependessem daquilo.

Escolhas

Se dependesse da vontade dos dois, eles se encontrariam todos os dias. Estariam deitados na grama sob o sol novamente já no dia seguinte. Ou melhor, passariam a noite... Não, não a noite... Passariam o resto da vida vivendo na floresta, longe das responsabilidades e dos deveres impostos por pessoas que nada sabiam sobre quem aqueles jovens eram de verdade, ou sobre quem queriam ser.

Mas não dependia. Tiveram que voltar às suas respectivas realidades depois de passarem parte da tarde juntos. Com muito esforço, deram os últimos beijos e caminharam de volta pela trilha em direção à saída. Decidiram, cheios de pesar, que teriam que esperar mais alguns dias até se encontrarem de novo, para não levantarem suspeitas. Então, obviamente, tiveram que encontrar uma maneira discreta de trocar mensagens.

Pietro foi quem deu a ideia. Conhecia alguns garotos mais jovens que estavam sempre brincando pelas ruas perto de sua casa, e um deles seria a solução perfeita. Até estudavam na mesma escola, além de serem vizinhos, então seria fácil manter contato com ele. Em troca de um ou outro trocado, poderia agir como o mensageiro mais eficiente de todo o país.

Com o plano perfeito em mente, Rafael chegou em casa, e Pietro continuou seu caminho. Já dentro do casarão, não encontrou os pais por lá. Suspirou aliviado. A casa ficava menos triste sem eles por ali, mas ainda assim com aquela aura de lamentação e melancolia espreitando em cada canto. Quando subia a escada no grande hall de entrada, dona Maria passou por um arco vindo da ala onde ficava a cozinha. Vestia roupas pretas e tinha o cabelo já quase tomado pelos fios brancos presos em um coque.

— Ah, é o senhor. — A senhora esfregou as mãos enrugadas uma na outra e depois apoiou uma delas no peito, aliviada. — Estou terminando de preparar o jantar. Deseja alguma coisa em específico? Ainda posso acrescentar no cardápio.

O garoto deu meia-volta, soltando o corrimão que segurava para subir, e olhou para a senhora. Sorriu para ela e recebeu um olhar de carinho em retribuição. Lembrava-se de dona Maria desde sempre. Ela, além de cozinheira, muitas vezes tinha sido sua babá enquanto crescia. Com os pais quase sempre fora de casa, ele tinha criado mais laços com ela do que com a própria mãe, que, por sua vez, era sempre tão distante e triste.

— O que a senhora fizer está ótimo — respondeu. — Sabe que eu adoro sua comida, não sabe?

Ela riu, os olhos brilhando, e balançou a cabeça em um gesto de modéstia.

— O senhor é sempre tão gentil. — Ela juntou as mãos novamente, provocando um barulho de palmas que ecoou pelo hall. — Bom, vou voltar ao trabalho. Seus pais devem chegar logo e vão querer jantar. Se me der licença...

Ela se retirou, seguindo pelo arco de onde tinha vindo.

Rafael subiu para a torre e entrou em seu quarto. Deitou-se na cama, a cabeça zunindo com um turbilhão de pensamentos. Ainda conseguia sentir o cheiro de Pietro em suas roupas. Uma essência tão fraca, mas que ainda assim tinha o poder de fazê-lo arrepiar-se e se lembrar de cada toque em seu corpo, da textura daqueles lábios nos seus, do sabor do beijo. Nunca tinha experimentado algo tão saboroso em toda a vida. Não sabia que era possível um beijo ter sabor; os de Mariana eram tão vazios e tão sem gosto...

Mal percebeu o tempo passando, pois era assim sempre que estava com Pietro ou pensava nele. As horas passavam tão rápido que não tomava ciência disso. Só constatou que já era noite quando ouviu uma batida no alçapão que dava para a escada em caracol, que subia até a torre. Olhou pelo vidro da janela para enxergar o céu escuro salpicado de estrelas. O luar prateado provocava uma nesga de luz através do vidro quando a abertura no chão se abriu lentamente após ele mandar que a pessoa batendo entrasse. Para sua surpresa, era sua mãe, ainda usando um vestido longo e com os cabelos arrumados. Pelo visto, tinha acabado de voltar.

— Mãe? — estranhou. Não era comum receber visitas dela no quarto. Nem ela nem ninguém costumava subir até ali, a não ser os empregados responsáveis pela limpeza do cômodo. — Tá tudo bem?

— Tudo certo. — A voz de Antônia era baixa, sem entonação nenhuma, assim como ela. Parecia morta por dentro. — Acabamos de chegar da firma.

Rafael se sentou na cama, e a mãe se acomodou em uma cadeira de madeira em frente a uma escrivaninha paralela ao filho, próxima da janela. Ela passou os olhos pelo quarto, analisando as paredes, a porta que dava para o banheiro, o guarda-roupa em um canto, a janela e até mesmo o chão feito de tábuas de madeira. Ela suspirou, expelindo parte de seu pesar junto com o ar que se espalhou. Não se sentia confortável em ser obrigada a ter aquela conversa com o filho, mas, se não fosse ela, seria o marido, e sabia como ele poderia ser radical muitas vezes. Uma pena que Rafael tinha que agir daquele modo, piorando a situação e tirando ainda mais a tranquilidade que a mulher mal possuía.

— Passamos na casa do prefeito também, na volta — falou, com a voz baixa e sem firmeza.

Antônia observou o filho com um olhar preocupado e um brilho de temor em seus olhos. Não era medo dele, mas era algum tipo de receio, sim, disso Rafael teve certeza. Agia como se qualquer movimento que fizesse pudesse causar alguma reação adversa. Como se estivesse presa dentro de si mesma. Rafael encarou as tábuas no chão, já imaginando aonde aquela conversa ia levar. Poderia ser pior, pensou, se fosse Mário sentado à sua frente naquela cadeira.

— Imagino que alguma coisa aconteceu lá, não foi? — Ao que ela apenas continuou a olhá-lo, adicionou: — Você nunca vem aqui em cima, então, pra estar aqui, só poder ter acontecido algo. — Deu de ombros.

— Sim. — Antônia assentiu. As mãos cutucavam as barras do vestido um pouco abaixo dos joelhos. — E era o seu pai quem queria ter essa conversa com você, mas como eu o conheço, decidi vir eu mesma. Para evitar uma briga. Eu sei como ele pode ser bem duro com você às vezes.

— Às vezes? — Rafael soltou um riso sarcástico pelo nariz. — Ele só finge ser gentil quando tem alguém importante por perto. E só pra não manchar a imagem perfeita que a gente tem por aí.

— Não fala assim — pediu a mulher. — Ele só...

Mas ela não completou. A frase ficou solta no ar. *É claro que não tinha como defender Mário*, pensou o rapaz. A mãe era só mais uma de suas marionetes. Usada como a mulher perfeita. Exibida como um troféu.

— A Mariana comentou com os pais dela que vocês tiveram uma discussão no colégio. — Antônia voltou a falar, dessa vez ajeitando suavemente a tiara que tinha na cabeça. Rafael revirou os olhos. Sabia que aquele momento talvez chegasse, mas mesmo assim era um porre. Mais cobranças. Mais broncas. Mais pressão. — Seu pai está preocupado.

O prefeito disse que a Mariana está em dúvida se você gosta mesmo dela ou não. Você não pode fazer com que ela se sinta...

— Mas eu não gosto dela! — A voz saiu mais alterada do que pretendia. Não queria gritar com a mãe. Não era para ela aquela raiva em seu tom, e sim para a situação da qual nunca conseguia se livrar. — Vocês sabem disso! Os dois! Eu não quero me casar. Eu só consigo olhar pra Mariana e ver uma amiga, nada mais que isso...

— Filho, eu sei que pode parecer assustador no começo, mas é por uma boa causa.

— Boa causa para quem? — Rafael se levantou e caminhou até a janela. Apoiou as mãos no parapeito, olhando para fora. Enxergou o jardim lá embaixo e o topo das árvores da floresta mais à frente, agora tão escuras como a noite. — Pra mim é que não é.

— Quando eu me casei com seu pai, a gente mal se gostava e... — A voz da mulher morreu a meio caminho da frase. Tinha entrado em um terreno de que não gostava. Apesar de estar sempre ali, ela nunca falava daquilo em voz alta. Era evidente que tinha uma vida frustrada.

— E até hoje vocês não se gostam. — Rafael ainda estava de costas quando falou. Olhava para a mãe através do reflexo no vidro à sua frente. Viu que ela estava apreensiva e se sentiu mal consigo mesmo por estar descarregando a própria frustração nela. Porém, agora que tinha começado, não conseguia parar com tanta facilidade. — Você até perdeu sua melhor amiga por causa dele. Não percebe que ele quer que todo mundo só faça a vontade dele, sem se importar com o que a gente realmente quer?

— Rafael, não é bem assim. O seu pai só quer o que é melhor pra nossa família. — Sua entonação revelava que ela não acreditava em nenhuma daquelas palavras.

— Mãe — ele virou para poder vê-la diretamente. Então encostou a base das costas contra o parapeito da janela —, você sabe que isso não é verdade.

Mesmo com Mário não estando presente ali, os dois podiam sentir as consequências de suas ações de maneira clara. Rafael tinha certeza de que nada do que o pai fazia era pelo bem da família. O homem era egoísta, mesquinho e frio demais para ter qualquer atitude altruísta. Tudo que fazia era com uma ambição exagerada, pensando em expandir a própria influência e aumentar ainda mais a fortuna exacerbada que vinha acumulando há anos. Só tinha tudo aquilo por causa de seus atos sujos e calculistas, que causavam asco no garoto.

Antônia abaixou os olhos, fitando os dedos que ainda passavam pela costura na barra do vestido. Deu-se por vencida, afinal não havia mais como rebater. Ela sabia que o filho tinha razão, mesmo que nunca admitisse aquilo em voz alta para ninguém, nem para si mesma.

— Mãe? — Rafael a chamou depois de alguns segundos de silêncio. — Você teve escolha? — Ela levantou a cabeça, e sustentaram o olhar por alguns instantes. — Você teve escolha quando se casou com o pai?

O garoto achou que ela não fosse responder. O silêncio permaneceu no quarto por mais algum tempo. Entretanto, Antônia inspirou profundamente e expirou, depois se levantou.

— A gente sempre tem uma escolha — disse, por fim. Ajeitou o tecido do vestido com a mão, mesmo ele já estando perfeitamente alinhado, sem nenhum amassado. — Por mais difícil que ela seja. Eu só... — Nesse momento, um brilho tomou seus olhos, e as lágrimas que ameaçaram cair não foram fortes o suficiente para vencer a força dela em manter os sentimentos guardados. — A única coisa boa que veio da minha escolha foi você, meu filho.

Rafael sentiu um nó na garganta. Se ele já estava sofrendo por antecipação antes de entrar em um casamento indesejado, mal conseguia imaginar a dor da mãe ao passar quase vinte anos vivendo algo que não queria. E o pior de tudo era que ela não tinha ninguém com quem se abrir.

— Mãe... — A voz saiu embargada. Não estava acostumado a ter aquele tipo de conversa com ela. Mas queria que ela entendesse, de algum modo, que podia falar com ele, mesmo os dois sendo tão distantes. Não era tarde para estreitar aquele estranho relacionamento de mãe e filho. — A senhora é feliz aqui?

Antônia se virou, levando as mãos aos olhos e dando as costas ao filho para que ele não visse as lágrimas que enxugou. Ela parecia querer dizer algo. Abriu a boca para falar, mas acabou desistindo. Podia estar pensando em se abrir, dizer para ele que, se quisesse, não teria que entrar em um casamento indesejado. Mas, é claro, isso era o que Rafael achava que se passava na cabeça da mãe. Porém, nunca saberia realmente, pois Antônia se fechou outra vez, as lágrimas secas nas mãos parecendo nunca terem existido. Caminhou até o alçapão ao canto, ainda aberto desde que tinha entrado, e o fitou. O olhar em seu rosto era novamente o da mulher que parecia anulada, apagada e carcomida por dentro pelos sentimentos que cultivava, sem nunca os deixar sair.

— Faz um pouco de esforço com a Mariana, tudo bem? — As palavras não pareciam ser dela. Era como se o próprio Mário a tivesse mandado falar aquilo. Não daquele jeito, é claro. Se fosse o pai falando, com certeza seria num tom mais autoritário, mas, ainda assim, a mensagem era a mesma: apenas obedeça. — Seu pai é muito mais radical, então não dê motivos a ele.

Antônia tinha seguido por um caminho que não queria, e as consequências daquilo estendiam-se mesmo quase vinte anos depois. Rafael não queria enveredar-se por estradas sombrias como aquela. Sentia a cabeça latejando, a ponto de explodir. O estresse fazia o sangue bombear com muita pressão ali. Ele estava em um beco sem saída e totalmente escuro. Na verdade, pensou na única pessoa que parecia trazer um pouco de luz para todo aquele breu. A única pessoa que o alimentara com o mínimo de esperança. Uma faísca minúscula e inocente que crescia em seu coração. Pietro.

A gente sempre tem uma escolha.

Se não pensasse em si mesmo, quem pensaria? Mário era um egoísta arrogante que só queria poder. A mãe estava perdida em si mesma, e Rafael estava tão perdido que mal conseguia se ajudar, quem dirá tirá-la daquele labirinto tomado por tristeza. Somente ele podia se ajudar, e o melhor jeito de começar era colocando suas prioridades à frente. Seguir por um caminho que lhe parecia empolgante, mais iluminado e certo.

— Desculpa, mãe — disse, deixando os ombros caírem, cansado. — Eu não consigo mais fingir. Não dá mais.

Antônia pareceu realmente abatida e triste com aquela resposta. Não pelo filho não querer a noiva, mas porque teria que contar a Mário o resultado da conversa. Não era o que queria levar a ele. Pelo bem do próprio Rafael, desejou que o filho tivesse dito outra coisa. Tudo o que fez foi respirar profundamente, abaixar a cabeça e, sem dizer uma única palavra, começar a descer a escada em caracol.

Rafael ainda ficou parado na mesma posição por mais alguns minutos, tentando imaginar a discussão feia que teria pela frente com o pai. Mais uma batalha a enfrentar por ser um Albuquerque.

Jantar em família

Mesmo indo contra toda a sua vontade, Rafael não teve escolha. Quando chegou do colégio ao fim da manhã de sexta-feira, foi surpreendido com um aviso de dona Maria. Tinha acabado de entrar em casa, e a mulher o encontrou no hall, com o mesmo sorriso carinhoso de sempre.

— Boa tarde, senhor Rafael — cumprimentou-o em seu tom mais educado possível.

— Dona Maria, não precisa me chamar de senhor — emendou ele, ajustando a mochila no ombro.

Olhou para a direita, vendo parte da grande sala de estar vazia. Procurava por Mário ou Antônia, mas não os viu por ali.

— Tudo bem — concordou a mulher, com as mãos cruzadas em frente ao corpo, numa pose profissional que nunca deixava de lado. Apesar disso, tinha o semblante amigável no rosto, cujas rugas revelavam a idade, e ajeitou a barra do avental que usava. — Mas terá que parar de me chamar de dona também.

— Combinado, então.

Rafael sorriu e a tocou de leve no ombro. Ia perguntar sobre os pais quando a senhora anunciou:

– Seus pais saíram, mas avisaram que o prefeito, a esposa e a senhora Mariana virão jantar aqui hoje à noite. – Ele se segurou para não revirar os olhos e bufar. Belo jeito de começar o final de semana. – Pediram que o senhor... quer dizer... que você se arrumasse para recebê-los.

Sorrindo, mas dessa vez sem empolgação, Rafael assentiu.

– Obrigado por avisar. Vou para o meu quarto.

– O almoço está pronto. – Dona Maria o seguiu com os olhos quando ele começou a subir a escada no centro do hall. – Quer que eu leve lá em cima?

– Não precisa. – Tentou não mostrar o descontentamento na voz. – Tô sem fome. Eu desço depois para comer algo. Obrigado.

Subiu para o segundo andar e seguiu por um corredor ladeado de portas fechadas de cômodos que ele nunca usava. A maioria devia ser quartos de hóspedes ou salas inteiras para guardar roupas, toalhas e sabe-se lá mais o que a fortuna dos Albuquerque podia comprar. Ao final do caminho, enveredou-se pela escada em caracol e levantou o alçapão que desembocava diretamente no chão de seu quarto. Jogou a mochila de couro sobre a cadeira e caiu de bruços na cama, afundando o rosto no travesseiro.

Enquanto voltava caminhando da escola, estava até pensando no almoço que dona Maria tinha feito, mas a notícia de que teria que passar parte da noite em um faz de conta com a família do prefeito e seus pais tirou todo o seu apetite. Sem forças para se mexer, sua mente viajou para uma realidade na qual seria a família de Pietro e ele próprio que o visitavam. Todos se entendiam, riam e conversavam ao redor da grande mesa de jantar lá embaixo. Os pais ainda eram amigos, e talvez até tivessem a empresa juntos. Ele teria crescido com Pietro e os dois viviam um romance que ninguém julgava. Não havia medo nem cautela em serem vistos juntos. Apenas viviam e eram. Eram livres. Eram despreocupados. Eram felizes.

Não falava com Pietro desde que tinham se beijado na floresta. Esperou por algum bilhete ou até mesmo vê-lo passando em frente ao seu portão, mas não o viu. Já estava achando que ele tinha desistido, que sua aventura em meio às árvores tinha sido apenas aquele episódio e nunca mais o veria.

Se ele não mandar notícias até amanhã, eu vou procurá-lo, pensou. Tudo bem que tinham combinado de não se verem por alguns dias, mas o pouco que tinha experimentado da sensação que era estar junto dele – de ser mais leve, mais solto – era o suficiente para fazê-lo querer mais. Escapar da responsabilidade de ser um Albuquerque e ser simplesmente o Rafael, sem o peso daquele sobrenome.

Passou a tarde inteira trancafiado em seu quarto. Só decidiu tomar um banho e se arrumar no fim da tarde. Como sempre, vestiu o terno com gravata borboleta preta que era usado em ocasiões especiais; e receber a visita do prefeito era uma delas – pelo menos para os pais do garoto. Desceu para o térreo, onde encontrou a mãe sentada na sala de estar, também totalmente a caráter, com um vestido verde, um colar de pérolas e o cabelo penteado e preso por um lenço florido. Ela estava de costas para o hall, sentada no sofá enquanto lia um livro, mas se virou quando percebeu a presença do filho chegando ao pé da escada.

– Como está bonito, Rafael! – Sorriu ao vê-lo, e o menino sentiu que o elogio era uma das poucas coisas sinceras que ela dizia.

– Obrigado. – Entrou no cômodo, abrindo um sorriso de gratidão, enquanto ela pousava o livro sobre uma mesinha de canto ao lado do sofá. – Cadê meu pai?

– Está no escritório resolvendo umas coisas – respondeu ela, sua expressão mudando para algo que Rafael supôs ser um certo receio. – Você pensou no que eu te disse? Faz um esforço no jantar de hoje, tá bom?

Ela o fitou com olhos suplicantes. Rafael assentiu, evitando encará-la. O problema não era a mãe, mas a insistência de Mário que refletia nos pedidos dela. Não ia adiantar rebater, pois sabia que Antônia não tinha o poder de mudar qualquer coisa nem se quisesse. Só lhe restava aceitar e tentar manter a calma até o fim da noite.

— Tá bom, mãe — confirmou, sem muito ânimo, mas com respeito o suficiente para que ela ficasse mais calma. — Vou dar uma passada no jardim antes do jantar, tudo bem?

— Vai lá. — Antônia acariciou seu braço direito e sorriu de forma amigável para o filho. Ele enxergou um brilho de alívio em seus olhos antes que ela voltasse a se acomodar no sofá, pegando o livro na mesinha para continuar lendo.

Rafael caminhou para o lado de fora da casa, a fim de aproveitar seus últimos minutos em paz. Passou pelos campos de flores e por alguns arbustos bem podados e sentou-se em um banco de madeira ornamentado abaixo de uma grande árvore. Na brisa da noite, sob o abrigo daquelas folhas, sentiu um pouco de frio e um leve arrepio eriçando seus pelos. Fechou os olhos e inspirou profundamente. Como sempre acontecia quando estava ali, inalou a energia invisível vinda de toda vida vegetal. Se contasse a alguém, nunca iriam acreditar na sua ligação com o jardim. Era como se cada flor, árvore, folha e cada grão de terra fossem uma extensão de seu próprio corpo. *Eu queria mesmo ser uma árvore agora*, divagou em pensamento. *Aí não precisaria sair daqui e fingir estar tudo bem quando não está.*

Abriu os olhos vários minutos depois, somente quando ouviu o barulho de um motor se aproximando e o carro do prefeito passando pelo caminho de cascalho que levava até a entrada do casarão, um pouco mais à frente de onde estava. Seu José fechava o portão enquanto o motorista dos futuros sogros estacionava o carro bem em frente aos degraus que antecediam a porta principal da construção. Será que, se ficasse em silêncio ali nas sombras, sentiriam sua falta? Se não se mexesse, talvez pudesse ser engolido pela escuridão e assim não teria que lidar com ninguém. Desejou que pudesse, mas seus devaneios foram por água abaixo quando ouviu Mariana chamando seu nome. Levou o olhar na direção do som e viu a menina parada ao lado do carro, acenando para ele e sorrindo, ansiosa.

Rafael desamassou o paletó, ajeitou os cabelos, tirando uma mecha teimosa da frente, e caminhou na direção da garota. O prefeito Henrique e a esposa Claudete estavam vestidos como se a ocasião fosse o maior evento da cidade e não um simples jantar. Ele usava um terno preto e gravata roxa, sapatos tão bem engraxados que refletiam à luz das lâmpadas nos postes espalhados pela área externa da casa. A primeira-dama usava um vestido vermelho que combinava com suas unhas de mesma cor e o chapéu escuro. Já Mariana estava com sua cor favorita: um vestido azul, um colar de pérolas que devia valer muito dinheiro e os cabelos loiros em um penteado que formavam ondas sobre seus ombros.

Ela estendeu a mão ao garoto assim que ele chegou perto. Sem opção, Rafael a segurou e caminhou para dentro com os convidados. Seus pais já os esperavam na porta. Foram recebidos com uma alegria que Rafael nunca via em Mário quando estavam sozinhos.

Após sentarem-se à mesa, conversando sobre política e sobre as eleições que viriam dali a dois anos – Henrique tinha certeza de que seria reeleito, ainda mais com a ajuda de Mário –, dona Maria entrou discretamente trazendo o jantar para servi-los.

– Pode trazer um champanhe pra gente, Maria – ordenou Mário depois que a mulher serviu o último prato na mesa. – Hoje temos muitos motivos para comemorar.

Um alerta ligou no interior de Rafael, e ele arqueou uma das sobrancelhas. Passou os olhos por todos os presentes na mesa. Até mesmo Mariana parecia sorrir, empolgada, esperando por alguma coisa. Aparentemente, ele era o único que não sabia o motivo da comemoração.

– Ah, é? – perguntou, curioso e receoso.

— Com certeza. — Quem respondeu foi a primeira-dama, sentada diretamente à sua frente. Ao lado dela, estava o prefeito. Mariana estava à direita de Rafael, Mário estava na ponta da mesa e Antônia, no primeiro assento ao seu lado direito. — Quer contar para eles, amor?

Henrique ajeitou a gravata no momento em que a empregada voltava a entrar na sala de jantar trazendo uma garrafa de champanhe já aberta. Ela serviu as taças vazias e retirou-se tão discretamente quanto havia entrado. O prefeito se aprumou, preparando-se como se fosse dar um dos seus usuais discursos. Encarou Rafael ao ver o futuro genro o observando com uma expressão curiosa.

— Como vocês todos já sabem — começou —, falta pouco menos de um ano para o casamento acontecer. A data já está reservada na igreja e os preparativos para a festa na minha casa estão indo muito bem. E, é claro, minha filha merece do melhor, por isso vamos presentear vocês dois com uma lua de mel em Paris.

Mariana soltou um gritinho de alegria e bateu palmas. Que legal! Até mesmo a lua de mel dos dois já tinha sido escolhida sem que ele — a porra do noivo! — conseguisse opinar se queria ou não ir para lá. O discurso do político ainda não parecia ter chegado ao fim:

— E o melhor nem é isso! — Ergueu a taça de champanhe, e todos na mesa o imitaram, menos Rafael. Depois de receber um olhar fuzilante do pai, percebeu o atraso e fez o mesmo, ainda sem entender o motivo de tanto fuzuê. — Eu já conversei com o Mário aqui e, assim que a viagem acabar, o Rafael terá um lugar no meu gabinete para começar a aprender mais sobre política.

É o quê?! Agora teria que seguir carreira política também?

— Além de seguir aprendendo os negócios da firma — emendou Mário —, você também vai aprender diretamente com o melhor prefeito que a cidade já teve e, quem sabe, estar no lugar dele um dia!

— Quem diria? — Antônia parecia emocionada de verdade. Olhou-o com um sorriso e um brilho nos olhos, agradecendo-o com aquele gesto por estar fazendo o que tinha prometido mais cedo. – Meu filho tendo um cargo tão importante.

– Um brinde! – Henrique ergueu ainda mais a taça, e o tilintar delas se batendo ecoou pela enorme sala de jantar. Rafael nem sequer tinha movido a sua, mas sentiu outras batendo ali e derrubando algumas gotas de champanhe pela mesa.

– Não – deixou escapar. Abaixou a taça e encarou Henrique, depois se virou para o pai e para a mãe. Ela balançou a cabeça em negação, espremendo os olhos. A alegria temporária em seu semblante sumiu, sendo substituída por uma tensão invisível. – Eu não quero...

– Ora! – Mário o interrompeu de maneira ríspida, porém discreta. Levou a mão livre ao seu ombro e apertou a ponto de causar uma pontada de dor. – Está nervoso, é claro. Mas vai dar tudo certo, filho.

A última afirmação soava totalmente teatral. Talvez porque não estivesse acostumado a falar daquele jeito com ele. Estava fingindo ser um pai preocupado na frente do prefeito e da primeira-dama para não estragar a reputação que tinha. O aperto em seu ombro ficava cada vez mais forte, uma espécie de ameaça para que ele ficasse de boca fechada e não criasse nenhum constrangimento.

Dando-se por vencido, Rafael engoliu o ódio que o fazia tremer e virou a taça de champanhe de uma vez, olhando para o pai com olhos de fogo por cima do recipiente.

– Vamos beber – disse Antônia, soltando o ar como se estivesse segurando a respiração naquele momento tenso. Os convidados beberam e, em seguida, começaram a comer, conversando sobre amenidades das quais Rafael foi obrigado a participar para não libertar a fúria de Mário.

Como era costume em todos os jantares com aqueles convidados, Rafael e Mariana saíram para caminhar pelo jardim enquanto os pais continuavam conversando. Era como seguir um roteiro. Os dois precisavam passar aquele momento sozinhos. Tudo arquitetado para sair conforme Mário planejava.

Assim como Rafael, as flores se sentiam incomodadas. A brisa da noite as balançava de vez em quando e provocava um farfalhar das folhas das árvores e de alguns arbustos, entretanto seus movimentos eram mais fortes do que o ventinho que açoitava a pele do rosto do garoto. Ele não pensava de forma consciente sobre aquilo, mas sentia a insatisfação da flora com a presença da menina por ali.

– O que você acha de Paris? – perguntou Mariana quando se aproximaram do mesmo banco em que ele estivera sentado mais cedo.

A pergunta tinha a mesma entonação das várias outras que ela já tinha feito algum dia ali naquele mesmo lugar: "quer brincar de esconde-esconde?", "o que achou do livro?", "que tal a gente fazer assim...?". A alegria dela era a mesma que tinha quando eram crianças e brincavam juntos, mas o interesse tinha mudado. Queriam coisas diferentes.

– Já fui lá com meus pais – respondeu, sentando-se ao lado dela com uma certa distância entre os dois. A menina olhou para o espaço no assento e se ajeitou para chegar mais perto.

– Tá, eu também – replicou ela, pousando a mão sobre a dele. Tudo que Rafael sentiu foi a frieza de sua pele. Tão diferente da de Pietro... – Mas o que eu quero dizer é: imagina nós dois lá. Vai ser tão romântico! Eu tô lendo um livro que se passa em Paris, e é tudo tão maravilhoso. Podemos fazer o mesmo roteiro que o casal da história está fazendo. O que você acha disso?

Rafael respirou fundo e a olhou com desconfiança. Mariana agia como se nada tivesse acontecido. Simplesmente fingia que uma discussão não havia acontecido na última vez que tinham se visto. Tentou entender o que se passava na mente da garota, mas, como sempre, era uma incógnita.

— Mariana, você não tá chateada pela nossa última conversa? — perguntou.

Ela era tão inteligente. Não era possível que estivesse mesmo agindo daquele modo. Não condizia com a menina que ele conhecia. Pensando melhor, deveria ter alguma coisa por trás daquele comportamento. Mariana não deixava nada passar batido. Às vezes, ele até ficava com medo das coisas que ela poderia fazer se chegasse a um ponto de frustração elevada.

A garota sorriu e balançou a cabeça. Fez um sinal com a mão como se mandasse ele esquecer aquilo.

— Já passou. — Seu tom de voz não expressava tanta segurança. Parecia uma criança querendo convencer a si mesma de que estava tudo bem, de que o monstro embaixo da cama não era real. — Deixa pra lá. O que importa é que daqui pra frente vai dar tudo certo, né?

Ele engoliu em seco, sentindo como se tivesse um caroço enorme na garganta. Aquele ponto de negação da realidade chegava a ser perigoso e lhe causava arrepios. Todo mundo ao seu redor ignorando os sinais que ele não conseguia mais esconder. Será que achavam que era só fingir que estava tudo dentro dos conformes? Será que a garota acreditava no que diziam, sobre uma mentira que, contada mil vezes, se torna uma verdade? Pois parecia que era isso. Pelo que Mariana demonstrava, na cabeça dela, ignorar os problemas talvez fosse a melhor solução.

Mariana se inclinou no banco, encostando o corpo contra o do garoto. Rafael mal se mexeu, retesando os músculos em uma postura desconfortável. Sentiu as ondas do cabelo louro da moça roçando seu paletó e o hálito dela invadiu suas narinas. O coração disparou, mas não do mesmo modo de quando estava com Pietro. A sensação ali era ruim, uma aceleração afobada que causava claustrofobia, mesmo estando a céu aberto e cercado pelo jardim que tanto amava.

Ela pousou a mão em sua bochecha, forçando-o a olhar em sua direção. O frio de seus dedos era como um mau presságio que penetrava seus músculos e se estendia até engolfar seus ossos. Mariana aproximou ainda mais o rosto, puxando o dele para um beijo. Os lábios dela davam a sensação de que ele estava beijando um pedaço de borracha ou qualquer outra coisa. Não havia sabor, não havia explosões de luzes nem sensações que despertavam cada parte de seu corpo. Era como se ele estivesse morto por dentro, ou pelo menos era essa a impressão que tinha. Não gostava dela. Não a amava e não sentia nenhuma atração. Qualquer um dos seus colegas poderia fazê-la muito mais feliz, se fosse isso que ela queria. Mas não ele.

Mariana o empurrou de repente, porém não forte o bastante para derrubá-lo, apenas o suficiente para que suas costas atingissem o encosto do banco. Ela se colocou de pé, rugindo, frustrada, como sempre fazia quando estava nervosa. Aquela era a Mariana que conhecia, com personalidade forte e uma determinação que a levava até o fim quando queria alguma coisa. Girou em torno de si mesma, abrindo os dedos como garras, parecendo uma criança birrenta quando era contrariada. Talvez tivesse tido tudo a vida toda e, agora que encontrara algo que fugia de sua vontade, não soubesse como lidar com aquilo.

— Mas que saco, Rafael! — Virou para lançar a ele um olhar furioso. O garoto apenas continuava imóvel no banco, olhando-a com uma mistura de pesar e raiva. Pesar por não ser capaz de ajudá-la, e raiva pelo escândalo. — Você não ajuda também, né?

— Mariana, eu não...

— A gente tem que fazer isso dar certo! — interrompeu-o. — Eu quero fazer dar certo. Por favor...

Voltou a se sentar ao lado dele e pegou suas mãos. Rafael as puxou de volta, colocando-as entre as coxas para fugir do frio dos dedos da menina. Balançou a cabeça negativamente.

— É difícil pra mim, desculpa. — Foi só o que conseguiu dizer. Não teve nem a coragem de encará-la.

Mariana se levantou de supetão. Olhou-o com o cenho franzido e os lábios tremendo pela força que fazia para segurar o choro. Ele não a olhou de volta, mas sabia que o rancor nos olhos da menina era evidente. Afinal de contas, era inevitável que isso acontecesse. Até conseguia entender o lado dela, mas não havia nada que pudesse fazer para mudar o que sentia. A garota se virou de repente e se afastou, batendo o pé pela trilha de cascalho em direção à entrada da casa. Para piorar a situação ainda mais, pensou Rafael, os pais dela e os seus desciam os degraus da curta escada frontal em direção ao carro em que o motorista do prefeito os aguardava.

– Filha? – Claudete a observou com o rosto franzido em questionamento. Mariana entrou no banco de trás do carro, batendo a porta com tanta força que o barulho estourou no terreno silencioso dos Albuquerque.

– Vamos embora logo! – ordenou, enxugando as primeiras lágrimas que caíam.

Henrique olhou para Mário, que lhe deu um sorriso sem graça, mas assentiu, em uma comunicação muda. O prefeito e a primeira-dama entraram no carro enquanto seu José se aproximava pelo canto da casa, vindo da entrada dos fundos, na cozinha. Seguiu em direção ao portão e abriu para que eles saíssem. Assim que o veículo passou pela abertura e o barulho do motor morreu aos poucos, Mário virou o rosto para Rafael, ainda sentado nas sombras da árvore. Mesmo no escuro, o garoto sabia que o pai conseguia enxergá-lo. E ele, por sua vez, também conseguia vê-lo parado com as mãos nos bolsos da calça, fitando-o fixamente, uma expressão de puro ódio nos olhos. Antônia abraçou a si mesma, tentando conter o ar gelado do fim de noite, mas também por medo, pois sabia que aquilo não era nada bom.

Mário estava furioso. Virou e entrou em casa sem trocar uma única palavra com o garoto. Rafael sabia que aquilo era muito mais sério do que uma explosão de raiva. Só podia significar uma coisa.

Uma punição calculada estava por vir. Algo muito pior do que gritos. Muito pior, até mesmo, do que uma bofetada no rosto.

Mário Albuquerque não deixaria que sua imagem fosse manchada por causa da vontade do filho.

Prisão

Na próxima vez que fosse encontrar Rafael, Pietro queria que fosse no bar onde Ramona cantava.

Sentado na cama em seu quarto, na noite após o primeiro beijo com o garoto, Pietro observava o papel dobrado que a cantora lhe entregara em sua visita noturna à rua onde ficava o estabelecimento. VÊNUS, dizia o título da propaganda com a foto da artista segurando um microfone. Era lá que esperava aproveitar mais alguns momentos com Rafael, sem ter que se esconder no meio das árvores.

Aqui você está em casa.

A frase de Ramona tinha ficado em sua mente desde então. Quando beijou Rafael, teve a sensação de que a frase fazia sentido. Foi ainda além. Não simplesmente casa. Naquele beijo, Pietro entendeu o significado da palavra lar. Não era uma construção. Lar podia ser uma pessoa, e ele achava que tinha encontrado o seu. Por isso, queria levá-lo ao Vênus. Ansiava por aquele momento.

O coração palpitou e uma vontade incontrolável de levantar e sair correndo ao encontro do garoto por pouco não o fez cometer uma loucura. Escondendo-se atrás de um travesseiro ao pressioná-lo contra o rosto, Pietro sorriu e o apertou com a ponta dos dedos. Queria mesmo era estar sentindo a textura da pele de Rafael contra a sua em vez do tecido macio. Acomodou-se no colchão, soltando um longo suspiro frustrado ao se dar conta de que teria que esperar até um próximo encontro, por mais difícil que fosse.

Embora Rafael estivesse grudado em seus pensamentos o tempo todo, outros assuntos em casa tomaram parte de sua atenção nos dias que se seguiram ao encontro.

Fernando parecia mais estressado do que nunca. Embora estivesse cheio de trabalho, eles mal estavam conseguindo pagar as contas. O pai aumentava ainda mais sua carga de tarefas para que pudessem dar conta de tudo e ainda assim pegarem serviços extras a fim de aumentar os ganhos. Pietro estava pregando o encosto de uma cadeira recém-cortada quando ouviu o miado vindo de algum lugar de fora da oficina no fundo da casa.

– Esse gato maldito de novo! – urrou Fernando, cessando o corte que fazia em um pedaço de madeira e retirando os óculos protetores que usava no rosto. O homem largou o serrote com um estrondo metálico no chão e se aproximou a passos duros da espingarda na parede. – Agora eu mato esse filho da puta pra não vir mais me encher o saco!

– Não, não, não! – Ainda com o martelo em mãos, Pietro colocou-se na frente do pai, erguendo os braços para que ele parasse. – Deixa que eu... – Encarou o olhar furioso do pai, as sobrancelhas se emaranhando no rosto suado e cansado. – Deixa que eu cuido dele. Ele só deve estar com fome. Não o mate, não.

– Vai logo, então! – disse Fernando, gotas de saliva pulando de seus lábios. – Mas vê se vai logo pra terminar o serviço aqui!

Pietro não esperou. Saiu o mais rápido que pôde da oficina e o viu. Em cima do muro que separava a casa do terreno baldio que havia atrás, o bichano acinzentado o encarava desconfiado. Ele miou mais uma vez, abrindo a boca e exibindo as presas afiadas.

— Você tá com fome? — perguntou o menino, aproximando-se vagarosamente. O animal respondeu com um miado ainda mais alto. — É perigoso para você ficar vindo aqui. Meu pai é meio doido e pode te machucar.

Pietro subiu em alguns restos de madeira perto do muro para ficar na mesma altura. Ergueu cautelosamente uma mão e foi se aproximando do gato para poder acariciá-lo. O bicho olhou para seus dedos meio de lado e encolheu-se. O pé do menino deslizou em um pedaço de entulho e quase escorregou, causando um barulho que assustou o animal e o fez pular para o outro lado do muro, em meio à vegetação malcuidada.

— Droga! — Pietro se ajeitou e se encarapitou no muro. Viu o gato no chão do outro lado, o observando e agitando o rabo no ar. Indo e vindo. Indo e vindo. Parecia querer hipnotizá-lo. — Não vou te fazer mal.

Pulou para o solo do terreno abandonado, e o bicho se afastou mais um pouco. Mas parou a alguns metros e se sentou para olhá-lo de longe. Parecia mais estar brincando de pega-pega do que fugindo de medo. Miou outra vez, o rabo balançando. Indo e vindo. Indo e vindo. Indo e vindo...

Foram seguindo nessa dança por mais alguns minutos, se aprofundando no matagal que ficava cada vez mais alto, atingindo as canelas do menino agora. Porém, era possível ver o movimento do gato entre as folhas. Se continuasse descendo o barranco do terreno ainda mais, logo estariam entrando no campo aberto. Ao longe, as montanhas verdejantes completavam o cenário naturalístico daquele canto de Petrópolis.

O barulho assustou tanto o animal quanto Pietro. Fernando ligou alguma serra elétrica lá atrás, na oficina, mas o ruído atravessou todo o espaço. Pietro pulou e olhou para trás, sobressaltado. Quando se deu conta do que era, voltou para o gato, mas viu o bicho se embrenhando cada vez mais no mato. Tentou ir atrás, porém logo o perdeu de vista. Parou e observou seus arredores, com as mãos apoiadas na cintura.

Que estranho.

Era como se ele tivesse simplesmente evaporado. Só podia estar escondido no meio do mato, pois, se tivesse saído dele, teria sido visto no campo aberto mais à frente. Pietro ainda deu uma última olhada e afastou parte da vegetação com as mãos, mas não o enxergou. Por fim, deu de ombros e desistiu. Pelo menos o pai não tinha atirado no coitado do bichano.

Voltou na direção do barulho da oficina. Ainda teria um dia longo de trabalho pela frente.

O gato sumiu de sua mente pelo resto do dia. Foi só à noite, quando já estava em seu quarto, que o viu em cima do muro de novo. Olhou através da janela para a escuridão no terreno e balançou a cabeça em negação. Antes que pudesse pensar em descer para pegá-lo, o animal olhou para o alto outra vez, balançou o rabo e se jogou na escuridão do matagal ao fundo, desaparecendo em meio ao breu.

Ah, seu danado!

O dia tinha sido tão cansativo que suas mãos doíam de tanto trabalhar. Seus pés também pareciam pedir por um pouco de descanso. Mesmo depois de ter tomado banho, o cansaço não diminuíra. Pelo contrário, só tinha aumentado. Seu corpo implorava por uma boa noite de sono, mas ele tinha mais uma coisa a fazer antes de dormir.

Sentou-se perto da escrivaninha em um canto do dormitório apertado, ao lado do guarda-roupa. Pegou uma folha de papel em branco de um dos cadernos que usava na escola e o apoiou na mesa. Tirou um lápis da mochila perto de seus pés e mordeu a ponta, pensando em como poderia começar.

"Querido Rafael..."

Começou a escrever, mas apagou logo em seguida. Querido?! Sério? Não. Aquilo soava muito forçado. Era só escrever o convidando para irem juntos até o Vênus em uma noite qualquer. Qual era a dificuldade nisso? Talvez fosse porque estivesse muito cansado e mal conseguia formar frases completas. Mas tinha que continuar, porque o plano era entregar a carta a um dos moleques – já até imaginava qual deles – que moravam pelas redondezas já na manhã do dia seguinte. Só precisava decidir como começar a mensagem...

Sobressaltou-se na cadeira, de repente, quando ouviu o barulho abafado de algo pesado caindo no quarto dos pais, mais para frente no corredor. Outro ruído igual atravessou as paredes, e o seu coração já batia acelerado. Antes que pudesse pensar em qualquer outra coisa, veio o som das vozes discutindo. As paredes entre os cômodos dificultavam que Pietro discernisse as palavras sendo ditas, mas uma certeza ele teve: quem falava alto era Fernando. Embora não entendesse nada, o tom de raiva era evidente.

Pietro sentiu um arrepio pelo corpo. Quando era pequeno, já tinha ouvido os pais brigando feio como estavam fazendo naquele momento, porém fazia muito tempo que uma cena como aquela não acontecia. Lembrava-se de muitas vezes se encolher naquele mesmo quarto, quando era muito menor, e ouvir as discussões. Fazia tanto tempo que não brigavam que as lembranças tinham sido jogadas para o fundo de sua mente. Ele não se recordava de todos os detalhes, só sabia que a sensação de medo era sufocante, e talvez por isso seu cérebro os tivesse escondido.

Agora, com dezessete anos, o sentimento foi o mesmo, misturado ao congelamento. Não conseguiu se mexer. Apenas escutou os gritos e os barulhos como se as coisas estivessem sendo jogadas no chão do quarto ao lado. Ele nunca tinha se metido naquelas brigas, sabia que não era seu lugar. Fernando nunca tinha batido nele, mas Pietro tinha certeza de que, se tentasse se meter, ia acabar apanhando. Era assim que ele impunha respeito e autoridade. Não precisava levantar um dedo, mas a áurea impositiva o circundava.

Ainda segurando o lápis na mão com o papel em branco na mesa, ouviu a voz abafada da mãe. Não conseguiu saber o que dizia, mas era em tom de súplica. Depois veio o silêncio. Haviam terminado. Ele ainda ficou paralisado por mais alguns minutos, tentando imaginar o que acontecia dentro daquele quarto. Será que estavam indo se deitar, como se nada tivesse acontecido? Sentiu pena de Josefa. Dormir com Fernando devia ser medonho. Assustador. Apavorante. Sentimentos que Pietro nem sabia que tinha, de repente, vieram à tona. Uma espécie de pavor adormecido se espalhou em ondas por todo seu corpo. Era aquele medo que lhe deixava paralisado quando criança. A mesma sensação de impotência mesclada à vontade de se levantar e fazer os pais pararem de brigar, colocando um fim na grosseria de Fernando. Porém, assim como em sua infância, naquele momento Pietro só conseguia permanecer colado na cadeira, incapaz de reunir a coragem necessária para sair do lugar.

O arrepio que percorreu sua nuca o fez despertar dos pensamentos. Por quanto mais tempo teria que aguentar permanecer naquela vida, preso naquela ameaça invisível de um falso respeito que nada mais era do que medo? Não por muito. Respirou fundo e finalmente começou a deslizar o lápis pelo papel o mais rápido que pôde, sem se preocupar com a letra. Só queria sair dali o quanto antes.

Rafael era sua válvula de escape.

Terminou de vestir a camiseta branca do uniforme às pressas e calçou os sapatos pretos que descansavam aos pés da cama. Pietro sempre saía da cama cedo, mas, na manhã seguinte, perdeu a hora e estava a ponto de se atrasar caso não se apressasse. Ao abrir a porta do quarto correndo, porém, estacou no corredor ao ver e a mãe saindo do dormitório ao fundo.

Josefa tentou esconder o ferimento ao puxar a manga da camisa que vestia, mas Pietro o viu antes que a mãe completasse a ação. Uma mancha roxa escura que se assemelhava a dedos. De Fernando. Ele ia dizer algo, mas se conteve. Aproximou-se casualmente e decidiu por perguntar:

— Tudo bem, mãe?

Ela assentiu e o empurrou de leve para frente, mandando-o continuar o caminho para a cozinha.

— Tudo, sim. Você não está atrasado pra escola?

— Onde ele tá? — perguntou, lançando um olhar por cima do ombro para o corredor de onde tinham saído, como se fosse encontrar Fernando ali.

— Seu pai foi na padaria. — A mulher abraçou a si mesma, segurando os braços com as próprias mãos em um gesto tímido. — Mas eu posso fazer alguma coisa pra você comer antes de ir.

Tinham chegado na cozinha. Pietro parou no arco que a separava da sala de estar e olhou para a mãe. Ela tinha uma expressão abatida e olheiras enormes. Era como se tivesse ficado a noite inteira acordada. Fazia tempo que não a via daquele jeito. Lembranças esquecidas de sua infância pipocaram em sua mente outra vez.

— Eu ouvi vocês brigando ontem à noite. — Decidiu ser direto.

— Não foi nada. — Josefa fez um aceno com a mão, que dizia para que não se preocupasse. Evitava encará-lo. Seus olhos corriam para todos os lados do aposento, fingindo procurar algum utensílio para preparar o café da manhã. — Seu pai só estava nervoso por causa do estresse com as contas, e o trabalho mal dando para pagar tudo e...

— Isso não é desculpa para ele fazer isso com você — ele disse, e acenou com a cabeça para o braço da mãe, que fingiu estar surpresa ao olhar para o local. Abriu um sorriso triste que pouco convenceu o garoto.

— Isso? Ah, não! — disse, com um timbre estranhamente fino, forçado. — Eu tropecei e bati na penteadeira. — Ergueu o olhar para o filho, tentando manter o sorriso falso no rosto, mas seus lábios mal se moveram. Pietro percebeu os olhos inchados dela carregados de tristeza e medo. As rugas que começavam a surgir na pele contribuíam ainda mais para a aparência exausta de alguém que há muito tempo aguentava mais do que demonstrava. — Não foi seu pai...

— Corta essa, mãe! — Sua voz saiu mais alta que o costume. Estava com raiva de Fernando, e raiva dela por tentar esconder a verdade. Ele não era mais uma criança que não sabia o que estava acontecendo. Estava mais claro do que nunca. — Ele faz isso desde sempre, não é? Eu não tinha percebido antes porque era muito criança, mas depois do que ouvi ontem...

Josefa pareceu se dar por vencida. Não tinha forças para continuar fingindo que estava tudo bem. Suspirou e olhou ao redor da cozinha, que continha apenas uma mesa redonda, uma geladeira, uma pia e um armário com um rádio em cima do balcão.

— Antes de você nascer, era muito mais frequente — disse ela. Parecia conversar mais consigo mesma do que com o filho. — Depois que você veio, foram poucas as vezes. De algum modo você o deixou mais calmo. — Pietro ia falar algo, mas a mulher continuou: — Ele não faz por mal. Só perde o controle quando está muito nervoso. Ele nunca encostou a mão em você, e is...

— Isso não muda nada! — Pietro interrompeu depois de ouvir tudo com a mandíbula pressionada de raiva. — Mãe, o que ele faz com você é horrível.

— Mas eu já estou acostumada...

— Você não tem que ficar acostumada! — Não conseguiu se controlar. A voz saiu praticamente em um grito. Deu um passo em direção à mãe. – Isso é inadmissível e o que ele faz com a gente também é! A gente vive com medo. Nós nunca podemos contrariá-lo. É como se estivéssemos pisando em ovos. Um passo em falso e tudo dá errado!

– Filho – disse ela, colocando uma mão no ombro do garoto. Tentou acalmá-lo. Como ela podia ficar tão calma depois daquilo? O sangue dele fervilhava de raiva. – Fica calmo. Não é bem assim.

O garoto se desvencilhou das mãos da mãe e deu alguns passos em direção à porta de saída, na sala de estar. Virou-se para ela de longe e perguntou, tentando manter a voz calma:

– Por que você nunca o largou?

Josefa deu uma risada curta e triste. Abanou a cabeça em negação.

– Eu não tenho pra onde ir – disse. – Nunca tive. Seus avós morreram antes de eu me casar e minha única amiga... – Hesitou, lágrimas crescendo em seus olhos. – A gente se afastou. Você sabe da história.

Pietro a olhou, vendo o semblante triste e as lágrimas prestes a cair.

– Ele não foi sempre assim, sabe? – Josefa retomou. Seu olhar estava perdido, fixo em algum ponto na parede. – Quando a gente se conheceu, ele era um verdadeiro cavalheiro. Fez de tudo para me conquistar... – Ela suspirou, mergulhada em um passado que havia muito desaparecera. – E conseguiu. Em pouco tempo eu estava tão apaixonada que até a Ant... – interrompeu-se, franzindo o cenho, como se a palavra fosse proibida. – Até a minha melhor amiga ficou surpresa por me ver daquele jeito.

Fez uma pausa, na qual continuou encarando o espaço à frente. Os olhos marejados brilhavam, e Pietro tentou se colocar no lugar da mãe. Um passado que parecia promissor tinha se tornado aquela prisão na qual vivia.

– Eu não sei o que foi que aconteceu. – A voz da mulher saiu baixa e tristonha. O garoto sentiu o ímpeto de abraçá-la, mas, antes que pudesse se mexer, a porta atrás de si foi aberta de supetão e Fernando entrou, carrancudo e com um saco de pães nas mãos. Josefa virou e limpou os olhos discretamente antes de começar a pegar duas xícaras no armário para colocar na mesa.

— Você ainda tá aqui? — perguntou o homem rispidamente, olhando para Pietro.

— Já estou de saída — respondeu o garoto de maneira curta.

Encararam-se por alguns segundos, a raiva crescendo dentro de seu peito. Sentiu as mãos começarem a tremer e se conteve para não se revoltar contra o pai ali mesmo. Olhou mais uma vez para Josefa e a viu cabisbaixa, colocando a mesa para que pudessem comer. Inspirou de maneira profunda antes de passar por Fernando a passos duros em direção à saída.

Saiu sem se despedir. A vontade de ir embora de Petrópolis só aumentou. Pensando melhor, deixar Fernando para trás não seria tão difícil. O que mais o deixaria com pesar seria abandonar a mãe nas mãos daquele homem. Quando o momento chegasse, ele teria que partir, mas daria um jeito de voltar para ajudá-la. Prometeu a si mesmo que voltaria.

Ao chegar na esquina, encontrou Benjamin, um dos meninos mais novos que morava naquela rua. A pessoa mais próxima que Pietro tinha de um amigo. O menino o olhava com admiração sempre que iam juntos para a escola. Enxergava-o, talvez, como a imagem de um irmão mais velho que ele não tinha. Era um garotinho de doze anos com cabelos escuros e a pele bronzeada pelo sol, de tanto ficar na rua. Estava com o mesmo uniforme de seu colégio, também indo apressado para não perder a hora.

— Se atrasou também, Benja? — perguntou Pietro, começando a caminhar ao seu lado.

— Claro, né? — respondeu o menino, em tom de divertimento. — Fiquei acordado até tarde ontem. Quase não saio da cama hoje.

Pietro bagunçou o cabelo dele e depois ajeitou a mochila nos ombros. Juntos, atravessaram o cruzamento, seguindo em direção ao centro da cidade. Os carros passavam nas ruas, e as pessoas iam e vinham, iniciando mais um dia. O sol brilhava e iluminava as construções com um quê imperial da cidade.

– Quer ganhar uns trocados? – Pietro mexeu no bolso da calça e tirou o bilhete dobrado que tinha escrito para Rafael. Os olhos de Benjamin brilharam com a possibilidade de ganhar umas moedas.

– E você ainda pergunta? – Sorriu, exibindo os dentes ainda tortos de criança. – O que eu preciso fazer?

– Só entregar isso pra uma pessoa. – Mostrou o papel dobrado entre os dedos. – Vou confiar em você pra não ler, hein! Só entregar.

– Eu só quero meu dinheiro, cara. Passa logo isso pra cá e diz pra quem entregar.

Rindo, os dois ainda conseguiram chegar a tempo no colégio. A partir daquele dia, Benjamin se tornou o mensageiro oficial de Pietro e Rafael.

Madame Rosé

O fim de semana após a briga com Mariana no jardim foi tenso. Rafael fez de tudo para não sair do quarto, pois sabia que veria Mário em algum momento, e queria evitar o encontro a qualquer custo. O pai também não o procurou e, mesmo se sentindo um pouco grato por isso, Rafael ficou preocupado. Alguma coisa maior viria por aí. Não era comum o homem ser afrontado e ficar calado. Durante o jantar na sexta, Rafael o deixara encabulado duas vezes. Não sairia ileso.

A única coisa que o tranquilizou no fim de semana foi ver o garotinho em frente ao seu portão, olhando por entre as grades de modo curioso. Do alto da torre, conseguiu discernir que ele devia ter uns doze ou treze anos. O menino o enxergou lá em cima e levantou uma mão, mostrando um papel dobrado. O sorriso foi involuntário ao entender o que aquilo significava. Logo, desceu apressado e saiu pela porta no térreo, nem ligando se veria ou não o pai pelo caminho. Por sorte, não encontrou nenhuma alma viva até chegar ao portão. Deviam ter saído.

— Mandaram te entregar — disse o menino, passando o papel para ele.

Rafael abriu com entusiasmo, mal contendo a alegria ao ver a caligrafia apressada escrita a lápis de Pietro. Queria se encontrar com ele de novo, naquela mesma noite, para que fossem a um bar chamado Vênus. Já tinha ouvido falar daquele lugar. O coração acelerou de nervosismo, ponderando se seria uma boa ideia, mas então se lembrou de Pietro, de seus olhos, de seus lábios, de seu beijo, do toque de suas mãos, do encontro de seus corpos deitados na grama da floresta... Qualquer ideia era uma boa ideia se estivesse com ele.

— Cê vai escrever alguma coisa pra eu mandar de volta ou... — O menino do lado de fora apontou na direção da cidade, começando a ficar impaciente.

Antes que Rafael pudesse responder, ouviram o som de um motor se aproximando e o veículo dos Albuquerque despontou no fim da rua. Seu José provavelmente trazia os pais de volta. Não haveria tempo de escrever nada antes que eles chegassem.

— Só diz para ele que sim — falou, apressado, ainda olhando para o veículo que se aproximava. Guardou o bilhete amassado no bolso de trás da calça. — Ele vai entender.

O garoto mais novo assentiu e começou a caminhar de volta. Rafael jogou um "obrigado" no ar e voltou correndo para dentro de casa, torcendo para que os pais não o tivessem visto no portão para não gerar perguntas indesejadas. Ele tinha um encontro marcado com Pietro para as dez horas daquela noite.

Ou teria tido, se Mário não tivesse estragado tudo. Rafael tinha acabado de sair do banho. O plano era sair de casa escondido depois que todos tivessem ido dormir e se encontrar com Pietro no centro da cidade. Já de banho tomado, escolheu as roupas que usaria no encontro e as deixou separadas em um canto do guarda-roupa. Fechou a porta e se surpreendeu com o alçapão sobre a escada sendo aberto sem nem ao menos uma batida.

A primeira coisa que o surpreendeu, mas não muito, foi a entrada sem aviso de Mário. A segunda foi sua visita no cômodo. Nunca – nunca mesmo! – ele subira até ali. Não tinham conversas de pai e filho com frequência, a não ser nos jantares especiais diante de outras pessoas ou sobre assuntos da empresa e do casamento planejado. Por isso, o garoto chegou a ficar até mesmo sem reação. Abotoou a camisa de seu pijama de seda preto e permaneceu imóvel em frente ao guarda-roupa enquanto Mário, vestido com suas roupas usuais – uma camisa branca, um paletó e uma calça pretos –, dava pequenos passos em direção ao filho.

– Que bom que te encontrei aqui – disse, as mãos atrás do corpo numa postura formal. O tom em sua voz era áspero e autoritário, como sempre. – Vai se trocar, nós vamos sair.

Ia virando para sair do dormitório quando Rafael o interrompeu:

– Espera! Como assim? Aonde vamos? – Percebeu o tom agitado mesclado ao receio na própria voz e limpou a garganta quando terminou de falar, ajeitando a postura para que não parecesse tão desesperado diante do homem.

Será que o pai tinha inventado mais um encontro com Mariana e os pais dela? Justo naquela noite? Não podia sair. Já tinha combinado com Pietro. Ele era a única pessoa que queria ver, que ansiava por ver.

Mário virou a cabeça, ainda de costas, encarando o filho meio de lado. Tomou ar para falar.

– Você tá precisando aprender algumas coisas antes do seu casamento. – As mãos continuavam cruzadas atrás de si. – Seu comportamento no último jantar não foi nem um pouco aceitável. Vamos fazer um passeio de homens. Já passou da hora de você começar a agir como um.

Rafael franziu o cenho. Não estava gostando nada daquilo. A vingança do pai não viria em forma de gritos ou uma surra. De algum modo, aquela punição silenciosa era muito mais dolorida do que qualquer outra. Se ele o contradissesse e se recusasse a sair, seria muito, muito pior.

— Vá se vestir — disse Mário, mais uma vez. — Te encontro lá embaixo em dez minutos.

Retirou-se. Rafael caiu sentado na cadeira de sua escrivaninha. Soltou o ar pela boca, preocupado. Arrancou a camisa do pijama e a arremessou do outro do lado do quarto com um urro de raiva. *Que droga! Merda!* Mas e se… e se fugisse do pai e saísse mesmo assim? Não, não era uma boa ideia. Teria que passar por ele, que o esperava lá embaixo. E outra: teria que explicar seu sumiço repentino. Seria bem pior. Não havia escolha.

Por mais doloroso que fosse, teria que dar um bolo em Pietro.

Observava a cidade através da janela no banco de trás do carro. Seu reflexo fraco aparecia na superfície do vidro, mas ele o ignorava. Se o olhasse, veria a expressão de descontentamento misturada com o ódio, a frustração e o sentimento de impotência. Ao seu lado, próximo à outra janela, Mário Albuquerque ajeitava a gola do paletó e olhava para frente, concentrado, a barba perfeitamente alinhada e o cheiro do gel no cabelo quase grisalho se espalhando pelo ar. Ao volante, seu José dirigia com o semblante concentrado e em silêncio. Não ousaria puxar conversa com o patrão logo atrás.

Rafael via as luzes dos postes pintando o cenário de um amarelo alaranjado. As construções que muitas vezes se assemelhavam a castelos e davam um ar europeu à pequena Petrópolis passavam e desapareciam. Algumas pessoas andavam pelas ruas, apesar da noite estar em seu auge. Ele não sabia para onde estavam indo. Mário só havia dito para que entrasse no carro e não tinha dado nenhuma informação. Só avisou que, quando chegassem ao destino, ele saberia.

— Por que a mãe não vai com a gente? — o garoto perguntou mais cedo, quando estava saindo do casarão e seguindo em direção ao veículo.

– Já falei. É um assunto de homem. Ela não precisa ir.

Isso tinha encerrado a conversa desde então e, naquele momento, passavam em frente à igreja onde em breve aconteceria o fatídico casamento. Era uma construção bonita, com torres apontando para o céu e cruzes lá no alto. Uma grande porta dupla de madeira e janelas compridas com vitrais coloridos retratando momentos da Bíblia. Rafael tentou se imaginar entrando pelo corredor no dia do casório e sentiu náuseas. Suspirou aliviado quando o carro continuou seu caminho e outros comércios e residências foram tomando conta da vista.

Onde estaria Pietro? Imaginou o garoto saindo de casa naquele momento. Estava quase na hora de se encontrarem, conforme tinham combinado por meio do mensageiro. Um aperto em seu peito lhe causou incômodo quando pensou nele à sua espera, sozinho, na rua. Quanto tempo ficaria lá até perceber que tinha levado um bolo? Provavelmente se irritaria com Rafael. E teria toda razão. *Tudo culpa de Mário.*

Que ódio!

Perdido em pensamentos, Rafael mal se deu conta dos minutos passando. Só notou que o carro havia parado quando a porta do lado de Mário foi aberta por seu José, e o pai desceu. O garoto não esperou que o motorista viesse até seu lado e saiu para a rua por conta própria. Viu, do outro lado da calçada em que estava, o rio que cruzava a cidade, separando as duas vias da avenida onde estavam. Conectando as duas extremidades, uma ou outra ponte com parapeitos de madeira vermelhos passavam acima d'água. Os portões das construções do outro lado estavam fechados e a maioria das luzes, apagadas. Somente as árvores enterradas em sombras davam as caras por ali.

Mas o destino estava logo atrás de si, na calçada. Antes mesmo de se virar, Rafael conseguiu ouvir o som abafado que vinha do lado de dentro. Vários carros estavam parados próximos ao meio-fio, e ele soube que seus donos estariam dentro do prédio para o qual agora olhava a fachada. As paredes eram pintadas de um roxo-escuro, e a entrada era uma porta em formato de arco três degraus acima do nível da rua. Uma construção em estilo imperial como muitas outras da cidade, que devia ser visitada por turistas e também muitos petropolitanos. Ele mesmo nunca tinha entrado, mas já tinha passado em frente diversas vezes. E, é claro, seu colega Jonas não parava de falar de quando tinha estado ali. Por isso Rafael arregalou os olhos de surpresa ao ver a placa acima da entrada, em letras cursivas bem desenhadas, dizendo MADAME ROSÉ. Virou a expressão espantada para o pai.

— Aguarde no carro, seu José — ordenou o patrão, seguindo em direção ao estabelecimento.

Rafael permaneceu imóvel, chocado demais para mover um só músculo.

— Eu não vou entrar aí. — As palavras escaparam de sua boca. Olhou para o motorista e encontrou uma expressão de piedade em seu rosto, coisa que nunca via no rosto de seu próprio pai. Seu José dizia, com os olhos tristes, que entendia a dor do menino, que sentia muito, mas não tinha coragem de dizer algo na frente de Mário.

O pai já estava subindo os degraus quando voltou e se aproximou do filho, o encarando com um semblante duro e autoritário. Segurou-o pelo braço, apertando-o com uma força que impunha ordem. Ou ele entrava ou ele entrava. Não tinha escolha.

— Você vai entrar comigo agora. — Os dentes cerrados do homem demonstravam que sua paciência estava se esgotando, e era melhor não o desafiar. O aperto se intensificou, causando uma pontada de dor no braço do garoto. O gesto dizia mais do que as próprias palavras. Ele que não ousasse desobedecê-lo e desafiá-lo no meio da rua. Se tivesse um pingo de juízo, era melhor não resistir e se dobrar à vontade do patriarca.

Sob o olhar cabisbaixo de seu José, Rafael e Mário passaram pela entrada e seguiram por um corredor mal iluminado. Um único segurança mal-encarado, que apenas acenou com a cabeça para o Albuquerque mais velho, controlava a entrada e a saída dos visitantes.

Adentraram em um salão também escuro, mas com luzes roxas pelo teto e em algumas paredes dando uma atmosfera boêmia e sensual ao local. Ao lado direito, havia um balcão de madeira escuro. Além dele, algumas mulheres serviam bebidas a homens que estavam nos bancos espalhados por toda sua extensão. Atrás delas, prateleiras lotadas de garrafas das mais diversas bebidas dominavam a parede. Seguindo para o outro lado do salão, Rafael viu, nos cantos, sofás de um veludo vermelho formando pequenos separadores, com uma mesa pequena no centro de cada – como se fossem os cubículos de lanchonetes. No meio do espaço, um palco iluminado era a atração principal. Havia uma barra de ferro, no qual uma mulher seminua dançava de modo a seduzir os clientes do comércio. Ela só usava uma calcinha fina preta, e os peitos à mostra pareciam empolgar vários homens que estavam colados no palco, erguendo as mãos numa tentativa de tocá-la ou jogando notas de dinheiro.

A música alta vinha de algum aparelho que Rafael não conseguia enxergar. Mário o conduziu pelo mar de gente em direção a um dos sofás que estava vazio. No caminho até lá, cruzaram com outras mulheres também seminuas que lançaram sorrisos sensuais ao garoto. Uma delas até mesmo tocou seu queixo e lhe jogou um beijo pelo ar. Rafael se assustou com seu toque e se afundou no sofá, se retraindo. Desejou que pudesse afundar no veludo vermelho e sumir.

Uma das garçonetes – se é que garçonetes serviam os fregueses sem usar nada na parte de cima – se aproximou com uma bandeja cheia de drinks coloridos em copos de vidro. Mário pegou dois e disse a ela:

– A Margarida, por favor.

A mulher pareceu entender e se retirou rebolando de um jeito que Rafael achou exagerado demais para ser natural. Devia estar forçando para chamar atenção. Mas é claro que estava. Ali era um bordel, oras!

– Não estou gostando da sua atitude com a Mariana. – Mário entregou um copo a Rafael, que o segurou de modo automático, e depois sorveu um gole de sua própria bebida. Antes que o filho tivesse a chance de dizer algo, continuou: – Meu pai me trouxe aqui quando eu era ainda mais novo que você. Ele me ensinou como ser um homem de verdade.

Uma pausa para mais um gole. Rafael apenas segurava seu copo, os dedos gelando por causa da temperatura da bebida. Sentia o cheiro forte de álcool mesmo de longe.

– Eu estive ocupado demais pensando em trabalho e acabei deixando passar. Falha minha. – Olhou para o filho e acenou para o copo em sua mão, mandando-o beber. O garoto hesitou, mas deu um gole fraco. Como sempre, Mário comandava cada ação ao seu redor. – Acho que por isso ultimamente você tem agido dessa forma.

O gosto amargo ainda estava em sua língua quando o coração de Rafael acelerou. Era óbvio o que o pai queria ao levá-lo para aquele lugar. Só havia uma coisa que os homens procuravam ao ir para lá. Pensar nisso o fez sentir ainda mais nojo de Mário Albuquerque. Ele parecia muito familiarizado com o ambiente. Até mesmo sabia o nome das mulheres ali. O cretino devia ser um cliente assíduo. Enquanto Antônia vivia uma vida de infelicidade, ele transava com outras.

Rafael virou o copo, dessa vez por vontade própria, tentando afogar a decepção e o medo de entrar em uma vida cheia de infortúnios como a dos pais.

– Você precisa tratar a Mariana melhor – disse Mário, o encarando fixamente. Coçou a barba e se inclinou para frente, chegando mais perto. – Pelo menos até que o casamento esteja consolidado. Aí você pode fazer como quiser.

Riu enquanto bebia mais um pouco. Rafael sentiu o rosto esquentar de raiva. Era melhor que ficasse calado ou então falaria algo que não agradaria a Mário e seria muito pior. Cada vez que sentia o ímpeto de dar uma resposta malcriada, bebia o líquido amargo e o forçava garganta abaixo.

— Acho que depois de hoje, você vai ficar um pouco mais empolgado com esse casamento — emendou o homem. — Vai conhecer o que é estar com uma mulher, e aí, sim, vai ser um homem de verdade.

Rafael tremia. De raiva, de medo, de frio. Tudo ao mesmo tempo. Apenas sustentou o olhar de Mário por alguns segundos. O pai parecia querer desafiá-lo a dizer algo. Encarava-o fixamente com um semblante provocador, instigando-o a rebater. Era como se procurasse por uma briga.

A tensão foi cortada com a chegada de uma mulher alta de cabelos loiros no mesmo tom dos de Mariana, a diferença era que os da mulher eram mais encaracolados. Era a tal Margarida que o pai tinha pedido para chamar. Também vestia quase nada. O sorriso dela foi direto para Rafael, como se já tivesse sido instruída do que fazer.

— Oi, meu amor — falou em uma voz arrastada e meio rouca, tentando soar sensual. Sentou-se ao lado do menino e se inclinou para ele. Os peitos dela estavam tão perto que Rafael se sentiu desconfortável. — Não precisa ficar nervoso. Vou cuidar muito bem de você.

As mãos da mulher desceram suavemente pelo rosto dele e pararam em seu tórax. Devia estar sentindo as batidas estrondosas do coração dele. Mário tirou a carteira do bolso da calça e estendeu para ela algumas notas. Pela quantidade de dinheiro ali, Rafael imaginou que ou a moça era muito cara ou o pai estava pagando muito a mais. Era provável que fosse a segunda opção. Ele não perdia uma oportunidade de mostrar o poder aquisitivo dos Albuquerque.

— Pode ir com ele — disse, depois que Margarida pegou o pagamento.

Ela o puxou pela mão direita. Rafael hesitou, mas se deixou levar, ainda segurando o copo de bebida. Seu olhar não escondia o espanto e o nervosismo. Estava em um beco sem saída. Se recusasse, seria obrigado a enfrentar o pai; se apenas se deixasse levar... bom, não saberia muito bem como agir dali em diante, mas era menos ruim do que lidar com a fúria do homem. De novo, a sensação de impotência e incapacidade de tomar decisões ou de ter vontade própria lhe impediram de fazer qualquer outra coisa senão ir atrás da mulher.

Ela, sorridente, o conduziu pelo bordel. Seguiram na direção de um corredor nos fundos enquanto Mário apenas os olhava de longe, parecendo satisfeito enquanto bebia sem pressa. Rafael deu uma última olhada no ambiente, com vários homens – a maioria mais velhos – sentados aos beijos com garotas seminuas. Alguns até mesmo não escondiam a excitação e passavam as mãos pelos seus corpos. Não conseguia evitar o nojo no semblante ao observá-los. Não era por serem velhos ou por ele não se sentir atraído por mulheres, mas sim pelo clima invisível que conseguia captar no ar. Uma atmosfera pesada, sombria e infeliz. Quando se deu conta, tinha puxado todos aqueles sentimentos ruins para si, e então uma enorme vontade de virar as costas e sair correndo para longe o invadiu.

Por fim, atingiram o corredor, que tinha portas dos dois lados e se estendia até terminar em uma parede lisa. As luzes arroxeadas também faziam parte daquele canto. Mais uma vez, Margarida o puxou de leve pela mão. As palmas dele suavam e o coração causava um batuque ensurdecedor em seus ouvidos. Achou que fosse desmaiar, mas continuou seguindo sem ter muita certeza do que estava acontecendo. A mulher abriu uma porta, revelando um quarto simples com uma cama de casal e uma cômoda de madeira com três gavetas paralela ao móvel.

Rafael terminou sua bebida em um único gole desesperado, sentindo o álcool descer pela garganta, em uma tentativa de deixar sua situação um pouco menos difícil.

Não tinha a mínima ideia do que fazer.

O copo jazia vazio, virado no chão aos pés da cama. Margarida empurrou Rafael no colchão de um modo que todos os seus clientes sempre gostavam e ficavam excitados já naquele ato, mas o menino apenas caiu de costas, ainda olhando assustado para ela.

Não era o primeiro inexperiente que passava em suas mãos. Era muito comum os pais levarem seus filhos ao Madame Rosé para terem sua primeira transa com ela ou qualquer uma das outras garotas. Todos eles exibiam aquele olhar assustado e suavam de nervoso – ou então estavam tão afobados que agiam com pressa e as moças fingiam estar tendo prazer com aqueles toques e beijos esfomeados.

Só que aquele era diferente. Ele estava com mais medo e nervosismo do que todos que já tinham passado por ali. Tentou acalmá-lo ao deitá-lo na cama e subir sobre sua cintura. Em uma situação comum, a maioria dos outros homens ou garotos já estariam com um volume nas calças, que ela sentiria. Mas Rafael, não. Seus olhos arregalados a fitavam, como que pedindo por piedade ou socorro. As gotas de suor escorriam por sua testa e se perdiam nos fios escuros de cabelo nas laterais da cabeça. Margarida começou a massagear o tórax dele e seus ombros.

– Tá tudo bem – o reconfortou soando como uma professora que fala com um aluno que tirou nota baixa. – Fica tranquilo. Vai dar tudo certo.

Não vai, não, Rafael pensou. Não queria transar com aquela prostituta, mas também não queria encarar a fúria do pai. Ia ter que encarar uma coisa ou outra. Não tinha jeito. Não sabia se era o álcool que tinha ingerido ou o nervosismo, mas sentia que estava prestes a desmaiar. Se não estivesse deitado, com certeza teria caído duro no chão. O mundo parecia girar ao seu redor, literalmente.

Margarida se curvou sobre ele, beijando a bochecha e se aproximou dos lábios dele. Sentiu o gosto forte da bebida em seu hálito e desceu as mãos que estavam no tórax, passando pelo abdômen e parou no meio das pernas. Apertou de leve, mas nada.

Rafael fechou os olhos e tentou se lembrar de Pietro. Precisava ter uma ereção e acabar logo com aquilo o mais rápido que podia. Apertou ainda mais as pálpebras e visualizou o beijo na floresta com o garoto. Seus corpos rolando na grama, entrelaçados em um abraço e conectados pela boca, as línguas se emaranhando. Forçou-se a se lembrar a sensação de sua pele de encontro com a dele, seu calor tão reconfortante...

Mas de nada adiantou. Somente o suor aumentou, e as batidas do coração aceleraram ainda mais. Será que era possível ter um ataque cardíaco assim? Como Jonas e qualquer outro homem conseguiam fazer aquilo? Era tão difícil. Ali com Margarida. Com Mariana. Com qualquer mulher que fosse. Para ele, não daria certo. Não quis abrir os olhos, pois sentiu as lágrimas se formando por dentro. Tentou segurar, mas foi em vão. Elas caíram mesmo com os olhos fechados, escorregando pelos cantos do rosto e pousando em suas orelhas.

Quando abriu as pálpebras novamente, viu a imagem borrada de Margarida acima de si. Ela já tinha tido vários tipos de cliente. Violentos, tímidos, afobados, fanáticos por sexo, alguns que sabiam muito bem o que fazer, outros que não tinham a mínima noção do que estavam fazendo e achavam que estavam arrasando... Mas nenhum deles era tão peculiar quanto aquele garoto. Ele era novinho, podia ver em seu rosto. Não devia ter muito mais que dezoito anos, mas não era só isso que o tornava diferente. Agora que o via chorando, a mulher sentiu que ele não estava bem.

— Ei. — Ela saiu de cima dele e sentou ao seu lado. As lágrimas vinham aos montes agora, e ele tentava se controlar desesperadamente, passando as costas das mãos pelo rosto. Virou-se para que ela não visse e se sentou de costas, com as pernas cruzadas sobre o colchão. — Calma.

— Me desculpa, eu... — o menino tentou dizer, mas a voz foi engolida pelos soluços. O ar lhe faltou, e ele nunca se sentiu tão envergonhado na vida como naquela hora. Chorando na frente de uma completa estranha seminua em cima de uma cama. Em um bordel.

Se o pai soubesse daquilo, iria lhe arrancar o couro. – Eu não consigo. Me desculpa...

Sentiu Margarida tocar seus ombros por trás e não se esquivou, pois era um toque diferente. Não era mais sensual. Agora era como uma mãe tentando confortar um filho. Era algo mais maternal, sem nenhuma maldade. Ele não pareceu desconfortável daquela vez, então a mulher se aproximou e o puxou para um abraço. Sem pensar muito, Rafael se aconchegou em seus braços e deixou que as lágrimas continuassem caindo. O gesto pareceu funcionar, e o choro foi diminuindo aos poucos.

– Tá tudo bem. – Margarida acariciou seus cabelos e apertou a cabeça dele contra seu corpo. – A gente não precisa fazer nada se você não quiser.

Ficaram assim por alguns minutos, até que ela suavemente deitou a cabeça dele sobre um travesseiro. Foi até a cômoda e pegou uma camiseta de uma gaveta. Vestiu-a e voltou a se sentar ao lado do garoto.

– Assim fica melhor. – Deu um sorriso a ele e acariciou seus cabelos de novo. Rafael a olhava, agora mais calmo, mas ainda com um olhar perdido. A situação toda parecia uma espécie de sonho. – Mas, mesmo assim, eu vou ficar com o dinheiro que seu pai pagou.

Ela riu, jogando a cabeça para o alto. Rafael imaginou como seria viver sendo Margarida. Tendo que ter relações com pessoas que não queria só para ganhar dinheiro. O que, de certo modo, até podia comparar com sua própria vida. O pai o forçava a se casar e, consequentemente, a ter relações com Mariana. Tudo para aumentarem ainda mais a fortuna e a influência dos Albuquerque.

– Por mim, pode ficar com tudo que eu não ligo. – O tom saiu mais áspero do que pretendia. Não era dirigido a ela, mas sim ao pai, de quem estava cada vez com mais raiva. – Desculpa, não quis ser rude com você.

– Meu amor, você não sabe o que é ser rude. – Ela balançou a cabeça. – É cada um que me aparece aqui que você ficaria surpreso.

– Imagino.

Ficaram em silêncio por alguns instantes, apenas se olhando, até que Margarida soltou:

– Você tá bem?

Rafael se sentiu estranho de novo. Era a segunda vez que alguém lhe perguntava aquilo e, além de tudo, alguém que ele de fato sentia ter um interesse genuíno. A primeira fora seu José, quando saía da escola uns dias antes. E então Margarida. Duas pessoas que supostamente não eram próximas, mas que conseguiram desestabilizá-lo com um simples questionamento. Isso só provava como ele não estava bem.

– Eu acho que não. – Era a primeira vez que falava com sinceridade em voz alta, para si mesmo ou para outra pessoa. – Eu não consigo fazer... – hesitou, corando um pouco. – Você sabe, isso que a gente veio aqui pra fazer. – Ao ver que ela apenas o olhava, se apressou a acrescentar: – Não é nada com você, não me leve a mal. É só que...

Parou. Pietro invadiu seus pensamentos outra vez. Será que ainda o esperava para o encontro? Teria ido sozinho para o bar ou teria voltado para casa? O que pensaria dele por não ter aparecido e tê-lo deixado plantado lá feito um idiota?

– É que tem outra pessoa... – Como desejou estar perto do garoto naquele instante. Queria beijá-lo e tocá-lo de novo. Sentir sua mão em contato com seu corpo, ou então somente ficar ao seu lado, o olhando, admirando a beleza surreal que nunca tinha visto em mais ninguém, que somente ele conseguia ter sem fazer qualquer esforço. – Eu não sei se consigo fazer isso, porque acho que gosto del... – interrompeu-se, olhando para a mulher, que apenas esperava. Ainda hesitou um pouco antes de continuar, mas percebeu em seu olhar um interesse tão genuíno e inocente que se sentiu mais seguro para falar, como se tivesse, finalmente, encontrado alguém com quem pudesse se abrir, mesmo que ocultando alguns detalhes. — Eu acho que gosto dessa outra pessoa e não...

— Tá tudo bem. Você não precisa se explicar. — Margarida segurou sua mão, rindo para ele. Ela era bonita, os cachos loiros lhe caíam muito bem. — Essa pessoa sabe que você gosta dela?

— Eu... — Rafael ponderou. Eles tinham se beijado, estavam querendo se encontrar. Mas será que Pietro ia querer vê-lo depois do bolo daquela noite? Bom, teria que dizer a verdade e contar com a compreensão dele. — Talvez.

— Então, meu amor — continuou Margarida —, vai em frente. Não deixa esse rapaz passar.

Rafael travou, olhando-a assustado. Rapaz? Não tinha dito em nenhum momento que a "outra pessoa" era um garoto. Ou tinha?

— Como você...?

Margarida deu de ombros, sorrindo de lado.

— É só uma intuição. — Piscou um olho para ele. — Eu sei que você vai passar por muita coisa para poder viver esse amor.

O olhar dela agora estava distante, perdido em lembranças a respeito das quais Rafael não ousou perguntar.

— Um amor como o seu por esse outro garoto incomoda as pessoas. — Margarida respirou fundo. — Mas, se você sente que é de verdade, vocês dois vão ter forças para confrontar todos. O amor merece uma chance.

Rafael sorriu pela primeira vez desde que tinha entrado no estabelecimento. Uma brisa de alívio acariciou seu peito por dentro e desfez um pouco do nó que vinha crescendo em sua garganta há muito tempo. Aquelas palavras lhe trouxeram o resquício de uma sensação da qual nem se lembrava mais como era: tranquilidade. Era tão pequena, mas foi o suficiente para fazê-lo soltar um suspiro, liberando um pouco da tensão em seus músculos. Falar sobre Pietro, em voz alta, mesmo que sem citar seu nome, com outra pessoa era como tirar um grande peso de seus ombros. Estava mais leve do que quando tinha recebido a visita do pai no início daquela noite.

O olhar de Margarida continuava perdido, então ela piscou e voltou à realidade.

— Não deixa seu amor passar como eu deixei o meu. — Ela acariciou o rosto dele, sorrindo com tristeza. Depois, bagunçou seus cabelos com os dedos e o segurou pelo queixo, virando sua cabeça de um lado para o outro, analisando-o. — Pronto. Acho que assim a gente consegue convencer seu pai de que alguma coisa aconteceu aqui.

Ela piscou para ele em cumplicidade.

— Obrigado. — Rafael se colocou de pé, respirando aliviado. Margarida fez o mesmo. Aproximou-se dele ao passar ao redor da cama. — Não vai contar nada sobre essa conversa pra ele, vai?

— Não vou contar se você não contar.

Sorriram um para o outro e deram as mãos, prontos para sair do quarto e mentir para Mário Albuquerque.

Ataque em Vênus

Ele desistiu. Foi o que Pietro pensou ao ouvir o sino da igreja no centro da cidade bater onze badaladas. Estava sozinho encostado em um muro perto do portão de entrada do Palácio de Cristal, um famoso ponto turístico e um dos cartões-postais de Petrópolis. Era uma construção que se assemelhava a um palácio em escala muito menor, com uma área central e outras no entorno que formavam pequenas salas, todas com paredes de vidro que davam a sensação de realmente serem cristais. O telhado abobadado finalizava a estrutura, que estava totalmente no escuro àquela hora da noite. O garoto era a única alma viva perambulando por aqueles lados da cidade. As casinhas com o mesmo tom imperial da rua também tinham suas luzes apagadas, e os únicos sons que podia ouvir agora eram o do sino e alguns carros passando pelas vias adjacentes.

Tinha combinado de encontrar Rafael exatamente naquele ponto, às 22h. Sabia com certeza que não tinha errado a hora nem o lugar porque relera pelo menos quatro vezes a mensagem que tinha enviado a ele através de Benjamin, procurando algum erro. Segundo o mensageiro mirim, ele tinha aceitado o convite e dissera que, sim, iria ao seu encontro. Por isso, tinha tomado banho mais cedo, arrumado o cabelo e até mesmo passado um produto para deixá-lo brilhante e cheiroso. Vestiu uma calça preta, uma camiseta amarela sem estampa e uma jaqueta de couro por cima. Depois de se sentir satisfeito com a aparência, tinha deixado sua casa com a maior discrição possível a fim de não acordar os pais e, por fim, chegara ao local onde estava naquele momento.

Rafael já estava uma hora atrasado. Primeiro, resolveu esperar porque imaginou que o jovem Albuquerque tivesse tido dificuldade para sair de casa sem ser visto. Além disso, ele morava mais longe e o caminho até ali poderia levar mais tempo. Mas então, a cada badalada do sino indicando serem 23h, Pietro aumentava sua certeza de que ele não iria aparecer.

Ele desistiu, pensou mais uma vez, sentindo a frustração cortando a euforia que sentia por ter mais um encontro com Rafael. Olhou ao redor, com um resquício de esperança faiscando no coração. Talvez fosse vê-lo se aproximando por uma das esquinas, passando por alguma das poças alaranjadas que as luzes dos postes formavam em alguns pontos da calçada.

Mas não havia ninguém.

Cabisbaixo e se sentindo bobo por ter criado expectativas, Pietro fechou o zíper da jaqueta para se proteger da brisa fria e começou a caminhar de volta para casa. Talvez fosse melhor assim.

Estava decidido a descobrir se tinha levado um bolo ou se algo tinha acontecido, impedindo Rafael de encontrá-lo. Escreveu mais um bilhete na manhã de segunda-feira antes de sair para a escola. Diferente da outra vez, não encontrou Benjamin pela rua, nem no intervalo do colégio. O menino ou não tinha ido ou então estava metido em algum lugar fora de vista. Será que valia a pena ir até o casarão dos Albuquerque para tentar descobrir alguma coisa? Talvez devesse mesmo voltar por lá...

Passou a manhã toda sem prestar atenção nas aulas, pensando em um jeito de falar com Rafael sem a ajuda de Benja. Quando voltasse para casa, na hora do almoço, ia se oferecer para buscar mais madeira na floresta, assim teria a desculpa perfeita para sair sem levantar suspeitas. Estava mesmo chegando ao momento que era necessário repor o material.

Após o sinal da última aula tocar, Pietro fez todo o trajeto até sua casa ainda matutando quanto as suas possibilidades. Estava tão absorto em seus planos que por pouco não avistou o carro parado na esquina da rua vizinha à sua. O veículo não devia ter lhe chamado atenção, mas a sensação de déjà-vu o fez parar e observar o motorista. Um senhor mais velho, com cabelos brancos já rareando, usando um uniforme preto e um chapéu na cabeça. Reconheceu o homem no mesmo instante, pois já o tinha visto antes. Era o motorista de Rafael. Seus olhos automaticamente correram para o banco de trás, mas não viu o garoto lá. Estava vazio. O que mais um empregado dos Albuquerque poderia estar fazendo ali se não por causa de Rafael? Será que haviam descoberto alguma coisa e tinham ido tirar algo a limpo com os Soares? Não, não podia ser. Nunca que aquela família ia querer ter qualquer tipo de contato com a dele. Ou o contrário. Era capaz de Fernando sair atirando se qualquer um deles chegasse perto da casa em que moravam. Mas então por que o carro...?

— Bom dia — disse o homem em um tom educado, tocando levemente a aba do chapéu. Encarava-o através da janela aberta da porta. O garoto não se mexeu, apenas encarou o homem com o cenho franzido, ainda perdido nas suposições de sua estranha presença ali. Nunca perdia as palavras, mas a confusão em sua mente era tanta que não conseguiu responder. — Ou melhor, boa tarde. Já são quase 13h.

Ele riu amigavelmente, mas Pietro se esqueceu de todas as regras de etiqueta e educação e apenas assentiu com a cabeça antes de continuar seu caminho, virando a esquina para entrar na rua de sua casa. Então o viu.

Parado um pouco mais à frente, na parede de uma outra casa. Os cabelos escuros refletiam a luz do sol e os olhos estavam apertados por conta da claridade. O uniforme do colégio estava impecável. A gravata vermelha combinava perfeitamente com a camisa branca abaixo do paletó escuro e com seu tom de pele claro.

Quando Rafael o viu chegar, desencostou-se do muro da casa no qual se apoiava e se virou para ele. Levantou a mão em um aceno e abriu um sorriso tímido. Pietro se aproximou vagarosamente, como se fosse um animal perigoso. Todo o seu plano de pedir para buscar madeira na floresta foi por água abaixo. Olhou por cima do próprio ombro e viu a fachada de sua casa, que parecia estar vazia. Os pais deviam estar lá dentro; Fernando trabalhando e Josefa talvez terminando de preparar a mesa para o almoço, como era rotina.

Sendo assim, parou em frente a Rafael e viu aqueles olhos escuros o encarando de volta. Lá dentro, não soube como, enxergou um pesar muito grande, corroborado pelo semblante triste e tímido do garoto. A frustração e o resquício de raiva que sentira por ter sido deixado sozinho na noite do encontro desapareceram. Simplesmente se desfizeram com a visão diante de si.

– Você deve estar me odiando, né? – Rafael abaixou o olhar e colocou as mãos nos bolsos. Encarou os sapatos e chutou uma pedrinha para o asfalto, encabulado.

– Eu não diria odiando. – Pietro acompanhou a pedrinha escapulindo e rolando pelo chão com os olhos. – Mas estou curioso para saber por que você não apareceu.

– Eu tentei, mas não consegui escapar do meu pai. – O modo como Rafael tornou a olhar para Pietro o deixou desconcertado. O filho do marceneiro percebeu como o outro estava afetado por alguma coisa que tinha acontecido. Havia uma grande carga emotiva por trás daquele rosto lindo que o encarava. — Juro que não queria ter te deixado esperando. Me desculpa.

— Você quer conversar sobre o que aconteceu? — Esperou a resposta por alguns instantes, mas tudo que recebeu de volta foi um suspiro cansado.

— Eu não tenho muito tempo — avisou Rafael. — Pedi pro seu José, o motorista da minha família, parar na outra rua para que ninguém visse a gente aqui...

— A gente tá literalmente no meio da rua. — Pietro riu. — É bem capaz de alguém ver a gente aqui.

— É... — Rafael sorriu, um brilho no semblante que só acendia quando estava perto de Pietro. — Mas eu precisava vir falar com você. Não consegui parar de pensar nisso.

Ficaram em silêncio apenas se olhando pelos segundos que se seguiram. Pietro sentiu o ímpeto de puxá-lo para um abraço ali mesmo e enchê-lo de beijos. No rosto, na bochecha, no nariz, na boca. Beijá-lo sem o menor controle. Porém, segurou seus impulsos quando Rafael continuou:

— Meu fim de semana foi horrível. Briguei com a Mariana de novo, para variar, e aí meu pai ficou puto com isso e, como uma forma de castigo, me levou ao Madame Rosé.

— O Madame...? — As palavras se atrapalharam para sair. A boca aberta e os olhos arregalados de Pietro denunciavam sua surpresa. Rafael assentiu, envergonhado. — O bordel? — Arqueou as sobrancelhas, ainda custando a acreditar no que tinha ouvido. — Você teve que...

Antes que a pergunta terminasse, o outro garoto negou com a cabeça avidamente. Só de pensar na ideia do que poderia ter acontecido, ficava enojado.

— Não! — Negou com as mãos também, as abanando com as palmas abertas de um lado a outro. — É uma longa história, mas eu acabei só conversando com a Marga... – Riu ao se lembrar da mulher e se interrompeu. – Com a moça que estava lá. Ela foi superlegal e compreensiva.

Pietro franziu a testa, confuso. Rafael o encarava com a sombra de um sorriso partindo os lábios.

– Interessante. – O tom de piada em sua voz terminou por desvanecer toda chateação e preocupação que estivera sentindo pelo sumiço do outro. – Ainda vou querer ouvir a história completa.

– Eu posso contar. – Rafael estreitou os olhos, fingindo pensar, o olhar fixo em Pietro. Levou uma mão ao queixo e coçou a pele. – Mas só se você me deixar te levar ao Vênus. Dessa vez, sem furo – acrescentou ao ver que Pietro abria a boca para falar.

– Já estou curioso para saber tudo sobre essa tal moça do Madame Rosé. – Olhou para os lados, se certificando de que a rua continuava deserta, e depois seus olhares se encontraram outra vez. A imensidão castanha de Pietro colidindo com o universo escuro das íris de Rafael. O filho do marceneiro pegou uma mão dele entre as suas, apreciando a textura da pele macia em contato com seus dedos. Como gostava de sentir as ondas de calor que ela emanava e o peso dela em suas palmas! – Só não me deixa sozinho de novo.

– Prometo que não. – Encarou-o com uma visível alegria no olhar. Pequenas rugas apareceram ao redor dos olhos quando ele não conseguiu conter o sorriso. Era tão natural que nem percebeu o que fazia. – Nem que eu tenha que pular da janela do meu quarto.

– Vai ter que criar asas antes. – Pietro franziu o cenho, imaginando a cena. – Caso contrário o máximo que vai acontecer é você se esborrachar no chão e eu vou ficar de novo esperando sem a menor chance de você aparecer.

– Eu crio asas, mas vou!

– Gostei do tom confiante.

Ficaram parados rindo um para o outro. Se era sorte, destino ou imaginação, não souberam dizer, mas era como se a rua toda tivesse sumido e congelado no tempo para que eles tivessem mais uns segundos sozinhos ali. Era perigoso. Podiam ser vistos de mão dadas e olhando bobamente um para outro, mas o instinto de ficarem juntos era maior do que o medo. Naquele momento, Rafael realmente acreditou que, se fosse preciso, poderia criar asas e ir até Pietro. Tudo o que queriam era aquela proximidade.

— Sábado, no mesmo horário, em frente ao Palácio de Cristal? — Rafael perguntou. Baixou os olhos para as mãos que se abrigavam entre as de Pietro, se sentindo tão seguro e acolhido naquele gesto que quase derreteu ali mesmo. Todas as suas inseguranças e medos pareciam insignificantes ao lado daquele garoto que o observava com os olhos e o sorriso mais lindos de toda a face da Terra.

— Estarei lá, esperando a Rapunzel descer da torre para me encontrar. — Pietro riu da própria piada e apertou a mão do rapaz entre as suas, com carinho. Puxou-as para perto de seu peito quando seus olhares se encontraram de novo. O coração mal cabia em si de tanto que pulava. A eletricidade percorrendo por todo o corpo logo ia explodir e ele teria que abraçar e beijar o garoto ali mesmo se não fizesse algo para se controlar. Era difícil demais ficar longe quando o tinha assim, tão perto.

— Bobo. — Rafael desviou o olhar, tímido, mas com um sorriso partindo os lábios. — Então a Rapunzel e o príncipe têm um encontro marcado. — E com isso ele espremeu os lábios, tentando conter a animação, mas era impossível deixar de sorrir ao lado dele. — Te vejo lá.

Embora a vontade de ficar ali, juntinhos, fosse maior, tiveram que se separar. Com muito pesar e com uma euforia crescente no peito, Rafael seguiu para a rua ao lado, onde o carro o aguardava. Pietro ficou parado na calçada, olhando-o se afastar, até que o garoto virou a esquina. Mas não sem antes olhar para trás e se despedir com um olhar ao mesmo tempo encantado e pesaroso.

—

O coração de Pietro deu um salto quando viu Rafael virar a esquina. Esperava-o no mesmo lugar da outra vez, em frente ao portão fechado do Palácio de Cristal. Tinha passado a semana inteira ansiando por aquele momento e mal pôde acreditar quando o viu se aproximando com as mãos no bolso da calça, incapaz de segurar um sorriso.

– Por que a cara de surpresa? – indagou Rafael quando parou em frente a Pietro.

Rafael tinha o cabelo seco com os fios pretos propositalmente um pouco bagunçados. O penteado rebelde o deixava ainda mais bonito.

– Não é surpresa. – Pietro percebeu que tinha a boca aberta, impressionado com a beleza do garoto. – É só que você tá... – Sentiu o coração pular mais alto ainda e engoliu, tentando forçá-lo a caber dentro do peito. – Você tá lindo.

Viu as bochechas de Rafael corarem sob a luz do poste logo atrás dele. O som de um grilo perdido pela noite ecoou, quebrando o silêncio que se seguiu ao elogio.

– Obrigado. – Então encarou Pietro e lambeu os lábios sem notar. – Você também não tá nada mal.

Pietro não pensou, apenas se deixou levar pela vontade avassaladora que estava em surto em seu interior. Enlaçou Rafael pela cintura e o puxou contra si. Com os corpos colados, puxou o garoto pela nuca e beijou seus lábios com afinco. A princípio, o outro menino travou, assustado, mas logo relaxou e devolveu o beijo, colocando as duas mãos por trás do pescoço de Pietro.

Soltaram-se, quase sem fôlego após o beijo caloroso, e Rafael olhou para todos os lados da rua, como se procurasse algo desesperadamente. Pietro só conseguiu encará-lo com um sorriso bobo estampado no rosto.

— A gente tá ficando doido! — Rafael olhava para o fim da rua atrás do garoto à sua frente enquanto tirava uma mecha do cabelo da testa. — E se alguém passasse por aqui? Ou pior — virou para a casa do outro lado da rua, totalmente apagada e com o portão fechado —, e se alguém estiver vendo a gente por trás das janelas?

— Calma. — Pietro apertou sua mão, o encarando. Achougraça no semblante assustado. — Não tem ninguém aqui. Fica tranquilo.

Rafael olhou para a própria mão, sentindo o calor envolvente da pele do outro garoto, e foi se acalmando. Era como mágica. Talvez Pietro fosse algum tipo de feiticeiro, divagou consigo mesmo. Estar perto dele — sentindo o toque dele — era algo surreal demais para ser racional. Ele tinha a capacidade incrível de tirar todo seu medo, suas angústias e, é claro, sua sanidade.

Esquecendo o receio de ser visto, sem se importar com o que falariam ou com as consequências de seus atos, Rafael ignorou todos os avisos de sua consciência e se deixou levar pela insanidade. Soltou um "foda-se" praticamente inaudível e puxou Pietro novamente para um beijo, dessa vez mais forte e tempestuoso que o anterior. Mordeu seus lábios, apertou seu corpo contra o dele e sentiu as mãos do garoto descendo pelas suas costas até pousarem em suas nádegas, por cima da calça. O calor interior explodiu ainda mais quando Pietro o pressionou com os dedos, colando-o ainda mais junto de si.

Como que alguém poderia julgar aquele instinto tão natural e tão difícil de resistir? Não podia ser errado demonstrar o desejo pelo outro garoto daquele modo tão singelo, tão puro e tão sensível.

Não conseguiu evitar um suspiro quando os lábios descolaram, ainda sem se afastar. Observou o rosto de Pietro tão de perto, sorrindo, e sentiu a respiração dele em sua pele.

— Gostei desse Rafael corajoso. — Um riso escapou pelo nariz de Pietro. — Mas será que agora podemos ir andando? Desse jeito a gente vai acabar perdendo o show.

– Desculpa, então. – Rafael riu em um tom brincalhão, sem sentir um pingo de culpa ou arrependimento. Ergueu os braços, ainda enrolado no abraço do outro garoto em sua cintura. – Da próxima vez, vou deixar os beijos pra depois, assim a gente não se atrasa.

Pietro arqueou uma sobrancelha, rindo com satisfação. Sentiu os dedos do outro garoto se enlaçarem aos seus e começaram a caminhar pela calçada da rua deserta.

Naquele momento, eles eram fortes e confiantes. Poderiam enfrentar o mundo todo caso fosse preciso, e não deixariam aquela emoção ir embora nunca mais.

Teria sido muito melhor se a coragem durasse pelo resto da noite, mas foi só virarem a esquina para encontrarem mais movimento pelas ruas. As mãos, com muito pesar, se soltaram uma da outra e penderam ao lado do corpo como roupas vazias penduradas em um cabide.

Não poder demonstrar seu amor por alguém em público, por temer, doía muito mais do que qualquer dor física.

—

Ao chegarem na entrada do Vênus, quase tiveram que dar a volta e ir embora. Passaram ao lado da parede de tijolos onde Pietro tinha visto o casal se beijando da primeira vez que tinha ido até a Rua da Bromélias. O toldo roxo sobre a cabeça deles impedia que a luz do poste batesse diretamente na entrada do estabelecimento, mas a porta preta com apenas dois círculos de vidro permitia a visão das luzes no interior do bar. Ao lado dela, um homem alto e forte guardava o portal. Seu cabelo estava raspado, e seus olhos tinham uma maquiagem amarela e brilhante nas pálpebras.

– Pois não? – perguntou, com uma voz grave em um tom divertido, ao ver os dois garotos se aproximarem.

— A gente veio pro... — Pietro enfiou a mão no bolso da jaqueta e retirou um papel amassado. Mostrou-o ao segurança como se fosse um ingresso. — Pro show da Ramona. Ela me convidou tem uns dias.

O homem riu e pegou o papel da mão dele. Rafael observou calado, um pouco nervoso. Não estava gostando daquela atitude. Será que ele o reconheceria como um Albuquerque? E se contasse a seus pais que ele estava ali? Ir para o Madame Rosé com Mário seria a menor de suas preocupações caso a notícia se espalhasse.

Pietro percebeu o nervosismo do menino e pegou sua mão, enrolando os dedos nos dele. Apertou-a de leve numa tentativa de tranquilizá-lo, mas nem mesmo seu olhar foi capaz disso. Ainda mais quando o homem devolveu o papel, dizendo:

— Só acredito que ela te convidou se ela mesma confirmar isso. Preciso de um documento de vocês. Só podem entrar se tiverem idade. — Apontou para uma plaquinha de metal pendurada ao lado da porta que dizia: ENTRADA AUTORIZADA SOMENTE A MAIORES DE 18 ANOS.

Como não tinha pensado naquilo antes? Pietro se xingou mentalmente por ter se esquecido daquele detalhe crucial. Estava com seu documento no bolso, mas ainda faltava um pouco para ter os dezoito anos de idade. Trocou um olhar preocupado com Rafael e estava pronto para se desculpar e ir embora quando uma voz surgiu de trás dos dois:

— Eles estão comigo, Carlos. Tá tudo bem.

Pietro reconheceu aquele tom meio rouco e forte mesmo antes de se virar. Ramona se aproximava com sua presença tão triunfal como da primeira vez que a tinha visto. O vestido amarelo-brilhante, a maquiagem ao redor dos olhos e os cabelos crespos com um lenço da mesma cor o enfeitando. Abriu um sorriso ao parar entre os garotos e apoiou uma mão no ombro de cada.

— Pode deixá-los entrar. Vieram para o meu show, é claro. — Piscou para Pietro enquanto Rafael a observava com a boca aberta em admiração e espanto. Pietro riu, pois aquela devia ser a cara que ele mesmo tinha olhado para a cantora ao conhecê-la.

Carlos, o segurança, deu de ombros e segurou a porta aberta para que passassem. Um pequeno hall se dividia em dois caminhos: um para a esquerda e outro para a direita. Na parede que ia para a esquerda, uma pequena placa com os dizeres "lar, doce lar" e o desenho de uma casinha simples indicava o caminho com uma seta.

— Fiquei feliz que decidiu vir — disse Ramona quando estavam sozinhos no pequeno espaço. O barulho abafado de uma música podia ser ouvido vindo do interior do bar. Ela sorriu para os dois e sustentou o olhar por um pouco mais de tempo na expressão ainda abismada no rosto de Rafael.

— Sim. — Pietro sorriu para ela. — Obrigado por salvar a gente ali na entrada.

— Estão vendo essa placa aí? — Ela indicou a inscrição com "lar, doce lar" no caminho da esquerda. — Está aí porque aqui, no Vênus, é o lar de todos nós. Pessoas como a gente. O medo lá de fora não tem vez aqui.

Os olhos de Rafael brilharam ao ouvi-la falar. Pietro tampouco conseguia tirar o sorriso do rosto. Era como se estivessem na presença de alguma divindade. Ou uma divindade gay, pensou, segurando uma crise de riso que cresceu em sua garganta.

— Mesmo quando tentam derrubar a gente, como já aconteceu muitas vezes, eles não conseguem. — Os dois garotos se lembraram das vezes em que o bar foi invadido pela polícia para tentar fechá-lo. Ela devia estar se referindo a tais acontecimentos. — A gente vai sempre se reerguer. Por isso, não poderia deixar vocês do lado de fora, sem poder entrar. Tão jovens... O mundo lá fora pode dizer que estão errados e tentar apagar quem vocês são, mas aqui dentro são sempre bem-vindos. Eles — apontou para fora, através da porta fechada — não vão ganhar da gente.

Ramona acariciou o rosto dos garotos com as mãos, como uma mãe carinhosa, e sorriu.

— Eu vou para cá. — Indicou o caminho da direita com a cabeça. — Fiquem à vontade no bar. Espero que gostem do meu show.

Dito isso, se afastou, deixando os garotos sozinhos. Eles se olharam e só conseguiram rir um com o outro, felizes como se tivessem finalmente encontrado um lugar em que pudessem ser quem eram sem preocupações. Então, deram as mãos e seguiram pelo caminho da esquerda. Ali dentro não havia opressão; até mesmo Rafael se sentia mais confiante. Ali, no Vênus, os dois estavam em casa e não precisariam soltar as mãos por medo de alguém os ver.

A impressão que tiveram foi a de realmente estar em outro planeta ao seguirem pelo corredor da esquerda. Obviamente nunca tinham ido até Vênus de verdade, mas o bar com o mesmo nome os fez sentir como se tivessem pisado em uma dimensão totalmente diferente. Não estavam mais em Petrópolis.

Chegaram no interior do estabelecimento e não sabiam para onde olhar primeiro. As pessoas ali eram dos mais variados tipos, alturas, cores e estilos. Diversas artistas travestidas andavam de um lado para o outro, exibindo roupas exuberantes, maquiagens chamativas e cabelos coloridos. Havia casais com dois homens e outros de mulheres sentados às mesas, comendo e bebendo sem se importarem com a multidão que enchia o bar. Pessoas brancas, negras; cabelos curtos, longos, loiros, pretos e até alguns já grisalhos passavam por entre as mesas, conversando e dançando com inegável alegria ao som da música que tocava no ambiente.

A luz que vinha de lâmpadas no teto era de um roxo-azulado e de vez em quando se tornava rosa e vermelha. Mudavam em intervalos de segundos, revelando diferentes nuances do cenário. Ao fundo do espaço, Pietro notou, estava um pequeno palco com um piano e um microfone prateado em um pedestal esperando pela estrela da noite: Ramona. Atrás dele, cortinas vermelhas fechavam a entrada por onde ela passaria. Rafael notou, ao seu lado direito, um balcão de madeira com alguns bancos em sua extensão. Na parte de dentro, um rapaz com cabelo raspado fazia algumas bebidas utilizando garrafas que pegava de uma grande prateleira repleta delas logo atrás de si.

Os garotos não conheciam nenhuma daquelas pessoas. Eram completos estranhos, mas, de algum modo, se sentiram à vontade ao redor delas. A energia que captavam no ar era totalmente diferente da que tinham ouvido quando as pessoas falavam sobre o Vênus. Não eram "gente mal-encarada" e não havia nada de errado com seus frequentadores. Só viviam sua vida, perto de seus semelhantes, sem uma sociedade ignorante para julgá-los.

— Uuuuuuuh, tem carne nova no pedaço! — A voz chegou poucos segundos antes do estralar do leque que a artista travestida abriu de modo teatral em frente aos garotos. Ela se aproximou de um canto, seus cabelos pretos e encaracolados coroando a cabeça. Ao ver a cara sorridente deles, acrescentou: — Tô brincando com vocês! A Ramona comentou sobre uns convidados dela e, pela cara, já sei que são vocês. — Ela gargalhou, o som que saiu de sua boca quase passando o da música ambiente, e jogou a cabeça para trás, liberando uma alegria contagiante. — Meu nome é Rhanna, eu trabalho aqui. Venham comigo.

Virou, acenando para que a seguissem. Passaram pelo meio do bar, entre as mesas e outras pessoas, até que Rhanna os acomodou em uma mesa do lado direito do palco. Foi só quando se sentaram que perceberam a cabine fotográfica com uma cortina vermelha na porta e um fotógrafo que a manuseava. Rafael já tinha visto aquela estrutura quando estivera viajando com os pais pela Europa. As pessoas pagavam alguns centavos, entravam na cabine e faziam algumas poses. Depois, podiam levar uma tirinha com as fotografias de lembrança.

— Fiquem à vontade, meninos! — ofertou Rhanna. — Qualquer coisa de que precisarem, podem pedir no bar ou pra uma de nós que vamos passando pelas mesas.

Atrás dela, espalhadas por todo o bar, os garotos viram outras artistas passando entre as mesas, servindo alguns clientes ou apenas conversando com eles. As cores dos cabelos, das roupas brilhantes, e a combinação de suas maquiagens eram as mais variadas que já tinham visto. Cada uma tinha seu próprio estilo, e aquela diversidade liberava uma alegria contagiante.

— Obrigado — agradeceu Rafael enquanto Rhanna se afastava. Virou o rosto para Pietro, abrindo um sorriso e apertando sua mão. — Que lugar incrível!

— Acho que vai ficar ainda melhor quando começar o show da Ramona — emendou Pietro.

— Com certeza. — Rafael olhou ao redor, um semblante preocupado surgindo em seu rosto. Então passou o olhar pela cabine fotográfica perto do palco e, em seguida, observou o balcão no qual duas mulheres se encostavam e dividiam alguns drinks coloridos. Procurou entre o rosto das pessoas, que se espalhavam entre as mesas. Ninguém parecia prestar atenção nele. Cada um dos frequentadores estava distraído, rindo no seu grupinho de amigos, bebendo, comendo ou balançando o corpo no ritmo da música que tocava. Mas, mesmo assim, não conseguia deixar de pensar no medo que matutava no fundo de sua cabeça. — Só fico com medo de... — A voz falhou, saindo em um sussurro tão baixo que Pietro teve que inclinar na mesa para ouvir. — De alguém me reconhecer e a notícia de que eu estive aqui chegar até os meus pais.

De forma gentil, Pietro acariciou sua mão, produzindo aquele calor que só ele conseguia. O contato de pele com pele deu uma certa tranquilidade ao garoto preocupado.

— Fica calmo — orientou, sem tirar os olhos dos seus. — Se alguém que você conhece estiver por aqui, essa pessoa também teria algo a esconder, né? Então vocês estariam quites.

Pietro abriu um sorriso e seu coração deu um solavanco ao ver o rosto de Rafael mais calmo. Estendeu a mão e a encaixou na nuca do garoto, puxando-o por cima da mesa para um beijo. As bocas se encontraram em pleno ar e foi como se estivessem sozinhos em meio àquele mar de gente. Beijaram-se como se estivessem protegidos em meio às árvores da floresta, assim como fora naquela primeira vez. A explosão de sabores os tomou, engolfando os dois, separando-os de todo o resto. Ninguém ao redor sequer os olhou, cada um envolto em suas conversas, bebidas, danças ou pensamentos. Essa era a melhor parte de se sentir livre. Poder ser quem eram sem que ninguém lhes lançasse olhares tortos.

Em meio à adrenalina, os garotos perderam um pouco a noção do tempo enquanto estendiam o beijo após puxarem as cadeiras para mais perto um do outro. Só foram perceber que os minutos tinham passado quando Rhanna subiu ao palco, em frente ao microfone, e a música foi silenciada. Só o que se ouvia, então, era sua voz anunciando:

— Atenção, atenção! — O vozerio dos clientes diminuiu e todos prestaram atenção na artista de cabeleira preta. — Vocês já a conhecem. Ela é a rainha desse lugar, sempre arrasa nas performances e hoje não poderia ser diferente. Com vocês... RAAAAAAAMONA!

Os aplausos explodiram em meio ao público, e Rafael e Pietro se viram tomados pela empolgação, se colocando em pé e batendo palmas junto a todos os outros. Assovios e gritos ecoaram pelo ar quando a cortina foi aberta e Ramona assumiu no palco, tão deslumbrante como sempre, acenando para a plateia. Ela se posicionou atrás do microfone e o segurou com as duas mãos.

— Todo dia é dia de celebrar o amor! — disse, os aplausos ainda ecoando diminuindo aos poucos. — Principalmente o nosso amor. — Esticou o braço direito com a palma da mão erguida e fez um movimento de meia-lua, indicando todos que a assistiam. Pietro passou os olhos pela multidão e se viu sorrindo para os diversos casais e grupos de amigos assistindo à cantora, todos felizes e com um brilho nos olhos que ele conseguia enxergar com bastante facilidade. — Nosso amor, que tanto tentam derrubar todos os dias. Tentam nos apagar, tentam nos matar!

Murmúrios de aprovação ecoaram entre os expectadores, e a voz de Ramona continuou:

— Mas não vão conseguir! Porque nós vamos resistir e vamos lutar contra qualquer tipo de intolerância! — As palmas se intensificaram outra vez, causando um tremor encorajador no ar. — Por isso, o show de hoje é dedicado inteiramente ao amor. Especialmente ao amor juvenil.

Pietro encontrou o olhar da cantora naquele exato momento. Ela deu uma piscadela para ele e Rafael, que se entreolharam, sorrindo, e começou a cantar. Sua voz forte, poderosa, afinada e rouca no tom certo para deixar a música ainda melhor. Ele já tinha ouvido aquela canção no rádio antes, mas, embora não soubesse falar inglês, notou que havia alguns trechos modificados na versão de Ramona.

And they called it puppy love
Oh, I guess they'll never know
How a young heart really feels
And why I love him so

(E eles chamaram de amor adolescente
Acho que eles nunca vão saber
Como um coração jovem se sente de verdade
E por que eu o amo tanto)

O público entoou, cantando junto. Algumas pessoas se levantaram das mesas e dançaram no ritmo da música, enquanto Pietro e

Rafael permaneceram no mesmo lugar, observando a cantora, com as mãos tão entrelaçadas que até suavam, mas não se soltaram nem um segundo. Aquele momento era só deles. Não queriam nunca mais se separar nem sair daquele oásis, localizado em meio a tanta terra hostil do lado de fora.

And they called it puppy love
Just because we're seventeen
Tell them all
Oh, please tell them it isn't fair
to take away my only dream

(E eles chamaram de amor adolescente
Só porque temos dezessete anos
Diga a eles todos
Ah, por favor, diga a eles que não é justo
Tirar de mim meu único sonho)

Rafael apoiou a cabeça no ombro de Pietro. Sentiu os dedos do garoto gentilmente acariciando seus cabelos e fechou os olhos, apreciando o toque, a companhia e a música. Nunca tinha sentido tantas sensações boas ao mesmo tempo. O amor que vinha daquele gesto simples, da ponta dos dedos enveredando pelos fios pretos, era algo surreal e maravilhoso.

Pietro encostou a própria cabeça sobre a de Rafael enquanto Ramona se empolgava entoando o resto dos versos na sua voz angelical; então, depois puxou o queixo do garoto com o polegar e o indicador, forçando-o a olhá-lo nos olhos. Conectados como se uma energia invisível os prendesse um ao outro, se aproximaram e se beijaram outra vez. As mãos de Rafael apertaram a cintura de Pietro contra si, e um calor espalhou por cada canto de seu corpo, dos pés ao último fio de cabelo.

Oh, how can I ever tell them?
This is not a puppy love

(*Ah, como posso dizer a eles*
Que esse não é um amor adolescente?)

A música acabou, sendo engolida por uma onda de aplausos do público empolgado. Ramona emendou outras canções àquela, conversando entre uma e outra com a plateia. Os garotos pediram uma bebida – "sem álcool para vocês", repreendeu Rhanna em tom de brincadeira ao lhes entregar dois copos de refrigerante e uma porção de batata frita – e degustaram o resto da apresentação.

Se Pietro fosse fazer uma lista dos melhores momentos de sua vida, com certeza aquela noite estaria quase no topo dela.

– Quase no topo porque – explicava a Rafael após dividir seu pensamento com ele – sabe qual momento estaria em primeiro lugar?

Rafael bebericou um gole de seu refrigerante pelo canudo, os olhos levantados para Pietro com um sorriso estampado no rosto e no brilho em sua expressão.

– Não – mentiu. Na verdade, ele tinha, sim, uma ideia de qual seria, mas queria ouvir diretamente da boca de Pietro. Lambeu os lábios, descendo o olhar para a boca hipnotizante do garoto. O vermelho contrastava com a pele de uma maneira tão sensual que o fez morder o canudinho a fim de se controlar. – Qual?

– O dia em que eu beijei um rapaz aí no meio do mato. – Pietro deu de ombros, fingindo indiferença. Seus olhos deslizaram para o palco, assistindo a apresentação impecável de Ramona, depois voltaram a se fixar no garoto ao seu lado. A expressão sugestiva estava carregada de um convite silencioso ao encará-lo. Arrancou uma gargalhada de Rafael, que não conseguiu mais se conter: mostrou a língua para ele e o puxou pelo colarinho da jaqueta para um beijo gelado por causa da temperatura das bebidas.

— Seu bobo — brincou ao soltá-lo, já ficando sem fôlego outra vez. Aquele, na sua opinião, foi o beijo gelado mais gostoso de sua vida.

O barulho de algo se quebrando contra a parede ao seu lado foi o que ouviu primeiro e o que o fez se agachar por reflexo, puxando a manga da jaqueta de Pietro consigo. Em seguida percebeu o som do motor do carro passando pela rua e seu coração acelerou ainda mais quando viu um dos passageiros no banco de trás com o corpo inclinado para fora, já se preparando para atirar outra vez.

Tinham acabado de sair do bar para ir embora e passavam pela calçada ao lado da parede de tijolos quando aconteceu o ataque. O primeiro ovo que tinham tacado se espatifou na parede e escorreu ali mesmo e, enquanto Rafael se abaixou e puxou Pietro para baixo, reconheceu o colega de classe, Jonas, como sendo o atirador. Ele já se preparava para fazer o segundo arremesso quando o garoto se virou de costas e se encolheu com medo de ser reconhecido.

— Bando de boiolas safados! — Ouviu a voz do colega vindo do carro quando o segundo ovo estourou contra a parede acima de sua cabeça. Pietro se postou ao seu lado para se proteger, e mais uns dois ou três ovos passaram por cima da cabeça deles. Um chegou a acertar o ombro do segurança, Carlos, que quase os tinha impedido de entrar mais cedo.

O homem gritou de volta, agitando os braços no ar, com raiva, ao perceber a roupa preta melecada de amarelo por causa da gosma do ovo. Podre, a julgar pelo cheiro que se ergueu no ar.

— Vão se foder, seus filhos da puta! — A voz grave seguiu o veículo que acelerou, cantando pneu, virando a esquina e sumindo de vista. — Covardes!

— Você tá bem? — Pietro se ajoelhou ao lado de Rafael, que ofegava de olhos arregalados, sentado de frente para a parede de tijolos. — Rafael, fala comigo. Você tá pálido!

Ele o encarou, branco como uma folha de papel, e balançou a cabeça em negativa.

— Um deles... — Puxou o ar, tomando forças para controlar a ansiedade. Os olhos arregalados denunciavam o desespero, juntando-se ao corpo trêmulo e à boca aberta, por onde respirava acelerado. Apontou para a esquina deserta antes de voltar a falar, num tom baixo: — Um dos caras no carro é um colega da minha sala. Será que ele... será que ele me viu aqui?

— Calma. — Pietro o puxou para um abraço, sentando-se no chão de pernas cruzadas ao seu lado. Envolveu-o em seus braços e beijou o topo de sua cabeça. Sentiu-o tremendo e o apertou mais forte em uma tentativa de acalmá-lo. Pelo jeito, funcionou. A respiração de Rafael foi ficando mais lenta até voltar a um ritmo normal. — Você estava de costas e se abaixou quando eles passaram. Eles estavam indo muito rápido. É muito provável que nem viram. Só estavam querendo encher o saco mesmo.

— Isso é comum por aqui, amigo. — Carlos tinha se aproximado. Falava com eles, mas olhava com nojo para a meleca do ovo escorrendo em sua roupa. — Esses babacas da cidade gostam de pegar no nosso pé. E, se a gente revida, a polícia cai matando dizendo que a gente começou a confusão. Vê só se pode uma coisa dessas! São uns filhos de uma puta mesmo!

— Pensa pelo lado bom — emendou Pietro, acariciando a cabeça de Rafael —, a gente podia estar fedendo a ovo também. Ainda bem que nenhum acertou a gente, né?

O comentário tirou uma risadinha sem humor de Rafael que sentia o coração acelerado e um resquício de medo ainda causava um leve tremor em suas mãos. Pietro o ajudou a se levantar, tentando passar uma segurança que não tinha tanta certeza de que possuía. O aperto firme e o calor da palma de Pietro ajudou Rafael a relaxar um pouco mais e, quando seus dedos se entrelaçaram e e eles começaram a caminhar, por um instante, a preocupação sumiu. Os dois se perderam mais uma vez naquele mundo particular que só eles tinham acesso quando estavam juntos. Os dois garotos se concentraram em sentir um ao outro pelo toque e, de repente, Jonas tinha sumido da mente de Rafael por completo.

Só que o sossego durou pouco.

No topo do mundo

Jonas só voltou a preocupar Rafael novamente na segunda-feira pela manhã. Enquanto seguia para a sala de aula por um corredor do colégio, ele viu o colega parado na porta, junto de Guilherme e Murilo. Os três riam de algo, animados, enquanto alguns alunos passavam reto por eles e outros entravam na sala.

Rafael engoliu em seco, respirou fundo para tomar coragem, ajeitou a mochila nos ombros e seguiu em frente, disposto a superar o nervosismo. Aproximou-se dos colegas e os cumprimentou com um olhar e um aceno de cabeça. Murilo e Guilherme o responderam com um tapinha no ombro e um aperto de mão, respectivamente, mas Jonas só o encarou por mais alguns segundos, sem nada dizer, com curiosidade.

– Do que vocês estavam falando? – perguntou Rafael, fingindo desinteresse, mas na verdade queria mesmo saber a respeito do que os colegas conversavam. Precisava tirar dos ombros o peso do medo em ter sido visto no Vênus e das consequências que aquilo podia trazer.

– Do fim de semana – Murilo respondeu, abrindo um sorriso malicioso. As batidas aceleraram no coração de Rafael. O olhar investigativo de Jonas sobre si o incomodou, deixando-o ainda mais nervoso, a ponto de começar a sentir o suor brotando lentamente na testa. – O Jonas tava contando que meteu o barato lá naquele bar das bichas.

Guilherme riu como se a piada fosse a mais engraçada do mundo, mas Rafael não prestou atenção. Seu olhar estava fixo em Jonas, que continuava o encarando igualmente sério. O som dos colegas conversando ao redor ficou abafado, como se alguém os tivesse colocado dentro de uma redoma. Tudo que ele via era o garoto à sua frente, estudando-o com um ar de superioridade. As gotas de suor agora passavam entre os fios de cabelo próximos à têmpora. Um frio cresceu em seu corpo, de dentro para fora.

– Tacou uns ovos podres neles! – Guilherme gargalhou e passou as costas da mão esquerda no olho para limpar uma lágrima. – Disse que acertou uns três deles que estavam lá. Foi, né, Jonas?

O colega abriu um sorriso falso e assentiu ao dizer:

– Acho que devia ter voltado e atirado mais uns. – Rafael sentia o músculo da bochecha tremer e a pele esquentar. Tinha certeza de que estava ficando vermelho, mas sustentou o olhar do outro garoto. Será que ele realmente o tinha visto? – Mas conta você agora, Rafael... O que você fez no fim de semana? Saiu com alguém? Com a Mariana, talvez?

Rafael piscou algumas vezes, tentando manter a postura e não se entregar pelo nervosismo. Balançou a cabeça em negativa, jogando os cabelos para o lado a fim de afastá-los do rosto, e passou o olhar de um colega ao outro até voltar a Jonas.

– O prefeito Henrique e a família toda dele jantaram lá em casa na sexta – respondeu no tom mais casual que conseguiu. Deu de ombros. – Nada de mais, coisa de rotina.

– E vamos ter uma despedida de solteiro antes do casamento? – Murilo lançou, dando uma cotovelada de leve no amigo, que se encolheu. Guilherme também ria, sem perceber a tensão entre Jonas e Rafael.

– Ainda faltam vários meses pra isso – respondeu ele, subitamente ficando nervoso ao perceber que faltava bem menos de um ano para o evento. A data prevista era dezembro, e já estavam entrando em junho. Engoliu em seco.

— Mas e no sábado? — Jonas insistiu.

— Que que tem no sábado? — Guilherme lançou um olhar confuso a ele.

— O que você fez no sábado à noite, Rafael? — perguntou, o fuzilando com o olhar.

— Sei lá, Jonas! — Começava a perder a paciência. — Fiquei em casa o resto do fim de semana todo. Que diferença isso faz?

Jonas ergueu as mãos em sinal de rendimento e balançou a cabeça.

— Nada, não. Só perguntando.

Mas não parecia estar satisfeito. Embora Murilo e Guilherme não tivessem percebido nada, Rafael havia notado as perguntas invasivas. Ele o tinha visto. Só podia ser isso. Mal conseguiu prestar atenção nas aulas, observando o colega de soslaio. De vez em quando, seus olhares se encontravam e ele logo desviava, fingindo desinteresse para não levantar mais suspeitas. Começou a pensar em uma desculpa qualquer para dar caso Jonas o confrontasse com a verdade, mas estava tão temeroso que não conseguia formular nada. O medo era do que Jonas podia fazer com aquela informação, caso a levasse adiante. Se ela chegasse até seus pais, não queria nem imaginar o que Mário seria capaz de fazer.

Quando o sinal do intervalo tocou, Jonas se levantou e, com pressa, saiu da sala. Não olhou para trás e deixou Murilo e Guilherme com olhares de paisagem um para o outro, sem entender o motivo de tanta correria. Rafael não se preocupou e enfiou o material na mochila de qualquer jeito, para depois sair se espremendo entre o mar de estudantes deixando a classe.

Ao chegar no corredor, olhou para os dois lados, tentando enxergar Jonas em meio às filas de alunos que iam e vinham, obstruindo sua visão. Teve um vislumbre da cabeleira loira cheia de gel do colega saindo pela porta no final do lado esquerdo, que dava direto ao pátio. Não sabia bem o motivo, mas sua intuição dizia que Jonas estava tramando alguma coisa, então era melhor segui-lo e enfrentá-lo antes que ele abrisse a boca para alguém.

Quando conseguiu alcançar a abertura para o lado de fora, Rafael tinha novamente perdido o colega de vista. Era uma área a céu aberto com árvores, mesas e bancos espalhados, o que deixava o local muito parecido com um parque. Caminhou buscando entre os rostos para ver se reconhecia o colega, até que, pouco depois, o enxergou ao longe, aproximando-se de uma das mesas com um grupo de três garotas.

Rafael engoliu em seco ao ver que Mariana era uma delas. As outras duas eram amigas dela, que quase sempre estavam ao seu lado. De onde estava, não conseguia ouvir o que diziam, mas seu coração saltou ainda mais rápido quando Jonas disse algo a ela, e as amigas assentiram antes de se afastarem e deixá-la a sós com o rapaz.

Filho da mãe!

Começou a andar mais rápido, dando passos mais largos, sem tirar os olhos dos dois à frente, que começavam a conversar. Mariana franziu o cenho, com uma expressão primeiro incrédula e depois reflexiva. Ele conhecia muito bem aquele semblante. Ela ruminava os pensamentos, formulando ideias e analisando os fatos. Já a tinha visto daquele jeito muitas vezes: quando crianças, quando brincavam de charadas e, mais recentemente, quando o olhava tentando descobrir o que se passava dentro de sua cabeça.

— Ei! — ouviu a exclamação ao mesmo tempo que sentiu o impacto ao bater com um garoto que passou em sua frente. Os dois se enrolaram e quase caíram ao chão, conseguindo restaurar o equilíbrio no último minuto e parando lado a lado. Não sabia o nome dele, mas reconheceu o rosto de vê-lo passando pelo colégio várias vezes. — Cuidado aí, cara. Vai matar alguém correndo desse jeito!

— Foi mal! — Rafael deu um tapinha de leve no ombro dele e voltou a atenção para Mariana e Jonas. O garoto atropelado balançou a cabeça em negação e continuou seu caminho.

Com as batidas cardíacas ecoando nos ouvidos, tampando qualquer outro som ao redor, Rafael chegou ao seu destino, parecendo ter corrido uma maratona, e Mariana se virou para ele antes de Jonas. Os dois o encararam com um olhar assustado, mas o da garota tinha um tom mais questionador. Seus olhos estavam semicerrados, estudando-o como se estivesse tentando encarar a luz do sol diretamente.

Agora que estava ali, frente a frente, não soube o que falar. Apenas ficaram se entreolhando por alguns momentos. Rafael deslizou os olhos de Mariana para Jonas e de volta para a menina. Ela estava quieta demais, estudando-o com curiosidade, e aquilo o deixou ainda mais preocupado. O que Jonas tinha conseguido dizer naquele tempo?

— Vou deixar vocês a sós. — O garoto deu as costas e saiu andando. Rafael teve uma súbita vontade de dar um chute em Jonas e vê-lo caindo ao chão por ser tão fofoqueiro e invasivo.

— Tá tudo bem? — Mariana chamou, colocando as mãos na cintura, ainda encostada contra a mesa. Tinha uma sobrancelha arqueada, esperando sua resposta.

— S-sim — respondeu ele, engolindo em seco outra vez. Sentiu sede de repente, e respirou fundo para tentar manter a calma e não se entregar. Talvez Jonas não tivesse dito nada. Talvez nem o tivesse visto no Vênus, e todo aquele medo fosse fruto de sua imaginação. — Sobre o que vocês estavam conversando?

Mariana riu, soando um tanto debochada.

— E por que tanto interesse agora, hein? — Ela se desencostou da superfície e se aproximou dele, de modo ameaçador. — Da última vez que a gente se viu, você parecia a droga de um boneco de pano, Rafael!

— Mariana, eu... — Eu o quê? Não tinha nem uma desculpa plausível para rebater. Mal conseguia organizar as palavras na mente para falar. As mãos suavam frio e ele as esfregava uma na outra, incapaz de controlar a aflição. A dúvida e o medo brigavam para descobrir qual era o maior e qual o levaria ao colapso primeiro. O garoto se viu abrindo e fechando a boca algumas vezes antes que pudesse formular uma frase, ainda assim nada confiante do que dizia. – Desculpa, eu tenho andado com a cabeça muito cheia ultimamente.

Ela apenas o olhou de volta, assentindo, estudando sua expressão. Cada segundo o deixava mais desconfortável. Sentiu-se pequeno e vulnerável diante da pose imponente de Mariana. A sombra de um sorriso de superioridade riscou levemente os lábios dela.

– Enfim – a garota finalmente falou –, ele tava perguntando sobre a festa junina do final de semana.

Rafael demorou para entender, a cabeça tão perdida e o medo ainda borbulhando em suas veias. Mal tinha se dado conta de que a data já estava tão próxima. Todo ano a prefeitura fazia uma festa na Praça da Liberdade, no centro da cidade e, especialmente naquele ano, Mário tinha entrado como um patrocinador para alavancar ainda mais o nome da empresa e, é claro, se destacar em um evento público ao lado do prefeito Henrique. Óbvio que ele teria que estar lá para se mostrar ao lado de Mariana. Não poderia perder a oportunidade, né?

– Ou vai me dizer que se esqueceu disso também? – questionou ela, o fuzilando com os olhos.

– Não – mentiu. Na verdade, até achou que seria uma boa oportunidade para apaziguar um pouco qualquer desconfiança que tivesse levantado nela ou em Jonas. Um evento público daquele poderia servir como disfarce para seus encontros secretos com Pietro, até que as coisas se acalmassem mais um pouco. – É claro que não.

– Que bom. – Mariana virou para trás, olhando para as amigas, que tinham se distanciado e estavam a alguns metros dali, sentadas em outra mesa. Acenaram para ela antes que voltasse para Rafael outra vez, dizendo: – Pensa bem em como vai me tratar por lá.

O tom em seu pedido era mesclado com algo diferente. Ameaça? Ordem? Ou era só um desejo de atenção que ela sempre tinha da parte dele? Rafael não conseguiu distinguir. Sua mente estava nebulosa. Não conseguia raciocinar, estava com medo e confuso. Não falou nada, apenas observou Mariana se afastar e ir em encontro às amigas, sem olhar para trás.

A dúvida era muito mais cruel do que saber a mais difícil das verdades.

O flash da câmera o deixou temporariamente cego. Rafael teve que piscar algumas vezes até que pudesse enxergar com clareza outra vez. Parado no meio do gazebo de madeira, ele conseguia enxergar a Praça da Liberdade já ficando lotada.

– Podem chegar um pouco mais pra direita? – pediu o fotógrafo, não muito mais velho que ele, à sua frente.

Então o rapaz se inclinou, com a enorme câmera fotográfica nas mãos, e fez um gesto para que Rafael chegasse mais perto de Mariana. A garota estava bela como sempre. Os cabelos bem-arrumados e uma roupa comprada só para a ocasião.

O casal se aproximou, e Mariana ajeitou a mão de Rafael ao redor de sua cintura, para que posassem para a foto. Abriram um sorriso convincente e o reluzir da luz da câmera tomou a visão deles mais uma vez.

– Perfeito – agradeceu o fotógrafo, parecendo satisfeito dessa vez. – Muito obrigado pelo tempo de vocês.

Enquanto o rapaz se afastava do gazebo para explorar outros lugares da praça, Mariana se virou para Rafael. O garoto se apoiou em uma das beiradas que cercavam a construção de madeira para olhar o movimento.

— Será que vão colocar a gente na primeira página do jornal? — perguntou ela, com um sorriso no rosto que não escondia a vontade de sair nas manchetes como o casal do ano.

Ele deu de ombros, desinteressado. Porém, logo tentou retomar a postura. Desde o começo da semana, depois da estranha conversa com Jonas, Rafael estava tentando não parecer tão alheio aos interesses da garota. Não sabia o que o colega tinha contado a ela, e também não tinha coragem de perguntar. O medo de saber a verdade era tão grande quanto o de confrontá-la, então a única saída que tinha achado era manter tudo sob controle, como achava que estava fazendo.

Aquele sábado à noite estava sendo de muitas estrelas. Rafael observou as pessoas chegando de todos os lados da praça, vestidas com roupas xadrez, calças jeans rasgadas, chapéus de palha e rostos pintados com bigodes e barbas falsos. Algumas das mulheres tinham os cabelos trançados; outras, presos em rabos de cavalo. Por vários locais do espaço aberto, barracas de comidas e bebidas típicas se espalhavam. Paçoca, quentão, pamonha, maçã do amor e outras coisas de que ele tanto gostava, mas que, naquele momento, não lhe despertavam o menor interesse.

— É só o que falta pra gente virar um tipo de celebridade na cidade, né? — tentou fazer graça para disfarçar o nervosismo que o acompanhava havia dias, e Mariana soltou um sorriso convincente. Ou estava acreditando ou fingia muito bem, pensou.

— Você se lembra das festas juninas que a gente vinha por aqui quando era criança? — Ela se apoiou ao seu lado, encostando o ombro esquerdo no direito dele.

Pelos alto-falantes instalados em alguns cantos da praça, podiam ouvir uma canção sanfonada típica de São João.

— Todo ano a gente era o noivo e a noiva da quadrilha. — Rafael abriu um sorriso genuíno ao se lembrar daquele tempo de inocência, onde sua única responsabilidade com a garota era fazer a coreografia correta e se divertir durante o festival.

— Uma previsão do futuro. — Mariana observava um local um pouco mais à frente do gazebo. Um palco havia sido providenciado ali no meio. Um tripé com um microfone no centro e, ao fundo, uma estrutura com uma faixa da prefeitura dando as boas-vindas à quermesse de Petrópolis daquele ano. Abaixo, estavam descritos os patrocinadores do evento em parceria com a prefeitura. É claro que o nome de Mário Albuquerque estava em evidência. — Noivos de quadrilha no passado para noivos de verdade no presente. Dá pra acreditar que faltam menos de seis meses?

Infelizmente, sim.

Preferiu não verbalizar nenhuma resposta, para não trair a si mesmo, e só acenou com a cabeça. Aquele fingimento todo embrulhava seu estômago e o corroía de dentro para fora. Rafael apertou a borda do gazebo na qual se apoiava, sentindo a pressão na ponta dos dedos. Por um momento, achou até mesmo que seria capaz de quebrar a madeira de tanta frustração por estar se sentindo obrigado a ceder àquele teatro de namorado preocupado.

— Vou buscar algo pra beber, você quer? — perguntou, tentando mudar o rumo da conversa. Então se desencostou da borda do gazebo e começou a caminhar até os degraus de saída.

— Traz algum doce pra mim — pediu Mariana, o olhando com uma expressão indecifrável. Rafael desistiu de tentar adivinhar os pensamentos dela, ou então ele mesmo ficaria maluco. — Algum pé de moleque ou qualquer outra coisa, desde que tenha açúcar. — Ela riu, e o garoto se afastou, embrenhando-se em meio aos habitantes da cidade que começavam a lotar a praça. Viu alguns rostos conhecidos ali, recebeu alguns cumprimentos, os quais retribuiu sem se importar com quem falava, e se aproximou das barracas.

Quando chegou sua vez, pediu um copo de quentão e alguns doces para Mariana. Enquanto esperava, olhou em volta, procurando por ele. Não tinham se visto nem se falado desde o encontro no Vênus, e agora descobriu por que tinha passado a semana sentindo certa ansiedade para a festa junina. Não era pelo evento, óbvio. Muito menos por causa da... noiva – ainda não tinha se acostumado com a palavra. Era porque ali teria uma chance de ver Pietro, mesmo que de longe. Só que não o enxergava em lugar nenhum.

Com os olhos, varreu as aglomerações e encontrou, ao longe, Jonas com Murilo e Guilherme, bebendo embaixo de uma árvore e rindo alegremente. Como eles podiam estar sempre rindo feito idiotas? Rafael não entendia a graça que eles viam em coisas tão estúpidas. Balançou a cabeça em negação quando a música foi silenciada por um instante e as pessoas se voltaram para o palco.

Henrique, o pai de Mariana, foi recebido com aplausos quando pegou o microfone. Deu as boas-vindas ao público e começou uma falácia sobre estar fazendo aquele evento para o povo, pois eles mereciam, e que, como prefeito, era sua obrigação zelar pelo bem-estar da população de Petrópolis.

– E este ano, a prefeitura teve ajuda de uma grande personalidade já conhecida por vocês! – acrescentou, apontando para a faixa logo atrás e acima de si. – Uma salva de palmas para Mário Albuquerque.

Enquanto a multidão explodia em aplausos, Rafael revirou os olhos e deu as costas para o palco. Seus pais estavam em algum lugar na primeira fila, com o único propósito de receber atenção. Ele só tinha conseguido escapar com a desculpa de que ia curtir a festa junto com Mariana, o que pareceu deixar Mário e Antônia satisfeitos.

A moça que tinha pego seu pedido entregou o copo de quentão e um saquinho de papel com os doces de Mariana dentro. Rafael agradeceu e pagou. Quando virou para voltar ao gazebo, ouviu o prefeito falando das conquistas desde que seu mandato tinha iniciado e dos planos que tinha para os próximos anos. Claro que tudo aquilo – a festa, a música e a preocupação com o bem-estar do povo – não passava de mais uma jogada para manter a popularidade e conseguir ganhar a próxima eleição.

Ainda a alguns metros do destino, sentiu um puxão na manga de seu braço direito. Por pouco não derrubou a bebida quente por cima da própria roupa. Estava pronto para xingar quem quer que tivesse feito aquilo quando fechou a boca, engolindo um sorriso. Reconheceu o garoto que devia ser, agora, o mensageiro oficial dele e de Pietro. O menino mais novo estendia um papel dobrado em sua direção.

— Foi difícil te achar no meio dessa multidão, hein — comentou ele. — Acho que eu merecia ganhar um doce por isso.

Eufórico por dentro, mas tentando manter a calma por fora, Rafael abriu o saquinho de doces que tinha comprado para Mariana e entregou uma paçoquinha ao menino. Olhou rapidamente para o gazebo e viu que a garota estava distraída com o discurso do pai. Ótimo.

— Qual é o seu nome? — perguntou enquanto pegava o papel dobrado da mão do menino. Ele enfiou a paçoca inteira na boca. Quando respondeu, farelos de amendoim voaram para todo lado.

— Benjamin.

Mas Rafael quase não o ouviu. Sua mente estava perdida na caligrafia de Pietro.

Mesmo lugar. Sábado às nove da noite. Tenho uma surpresa. Use sapatos confortáveis.

O sorriso estampado em seu rosto foi inevitável. Levantou o olhar e varreu todos os lados da praça de novo. Dessa vez, o enxergou em um dos bancos, perto de uma árvore decorada com bandeiras coloridas de festa junina. Ao lado dele, um homem mais velho e uma mulher comiam segurando pratinhos de papelão. Aqueles deviam ser seus pais, os antigos amigos de Mário e Antônia. Só que Rafael logo se esqueceu deles, pois mesmo de longe seu olhar encontrou o de Pietro, e todas aquelas pessoas entre eles pareciam insignificantes.

Quis correr até ele, tirando todas elas do caminho, e agarrá-lo ali mesmo. Beijar seus lábios, sentindo sua pele roçando na dele e a textura de seus cabelos se perdendo entre seus dedos enquanto o acariciava. Mas tudo que pôde fazer foi sorrir com olhos e acenar discretamente com a cabeça. Não podiam fazer mais que isso com tanta gente ao redor. Não podia nem mesmo fazer um sinal com a mão nem muito menos se aproximar e falar com o garoto. Era duro demais lutar contra o ímpeto de largar tudo e disparar na direção de Pietro para se perder em seus braços e se emaranhar em sua boca... Ela era tão convidativa! Mas, ali – com tantos olhos em todos os lados, o prefeito em um palco, os pais não muito longe e Mariana a apenas alguns metros –, a única coisa que podia fazer era enviar um recado através de Benjamin. Ao mesmo tempo que estava solto na praça a céu aberto, se sentia preso e limitado.

– Diz pra ele que sim. – Rafael olhou para Benjamin. Deu um tapinha em seu ombro. O menino já estava se virando quando ele o chamou de novo. – Benjamin!

Mexeu nos doces que tinha comprado para Mariana e entregou a ele um pé de moleque. Benja sorriu como se tivesse recebido uma barra de ouro.

– Obrigado!

Saiu correndo e se perdeu na multidão enquanto Rafael voltava para o gazebo. Mariana se virou para ele e o recebeu com um sorriso e um beijo no rosto. Rafael entregou a ela o saquinho – com dois doces a menos agora – e discretamente guardou no bolso de trás da calça a mensagem dobrada de Pietro.

– Quem era aquele menino? – perguntou ela. O prefeito ainda falava alguma coisa no palco, mas agora não tinha mais a atenção da filha.

— Que menino? — Rafael franziu o cenho, o coração já disparando outra vez. Não era possível que ela tivesse percebido. Ele a tinha visto e Mariana estava olhando para outra direção!

— Aquele que foi falar com você — insistiu Mariana. Seu semblante exibia aquela expressão de quando estava tentando descobrir algo. Ele já a tinha visto assim diversas vezes durante suas brincadeiras de infância. — Até te entregou um negócio. Você guardou aí no bolso. O que ele te deu?

O coração do garoto quis saltar pela garganta. Respirou fundo, tentando pensar em qualquer história para não ter que contar a verdade.

— Ele só queria vender umas coisas — surpreendeu a si mesmo com a rapidez com que conseguiu pensar em algo para dizer. — Aí eu acabei dando uns doces pra ele não encher o saco.

Mariana abriu o saquinho que tinha recebido há pouco e olhou lá dentro, desconfiada. Depois, sorriu e pegou uma paçoca. Mordeu um pedaço, ainda sem tirar os olhos de Rafael.

— Tinha que pegar logo dos meus? — Balançou a cabeça em desaprovação. — Depois eu vou querer mais, então.

Ela virou novamente na direção do palco, apoiou os cotovelos na borda da estrutura, e continuou mastigando em silêncio. Rafael se colocou ao seu lado, observando-a de canto de olho. De vez em quando, ela lhe lançava um olhar, mas não dizia nada.

Parecia examiná-lo, e ele não gostou nada daquilo.

O ônibus passou por um buraco na estrada e o mundo todo balançou. O barulho foi tão alto que parecia que o veículo ia se partir em milhares de pedaços. Rafael se agarrou à barra de aço no encosto do banco à frente e olhou preocupado para Pietro, ao seu lado. O outro garoto riu tanto que chegou a cair uma lágrima de seu olho direito ao ver a expressão de terror em seu rosto.

— Não é engraçado, não! — protestou, ainda agarrado à barra de aço à frente. Estavam na última fileira do ônibus para terem um pouco mais de privacidade, mas não que precisassem. Não havia mais nenhum passageiro utilizando o transporte àquela hora da noite. O corredor tinha uma luz velha que piscava e iluminava as filas de bancos vazios até os dois garotos sentados ao fundo.

— É, sim! — rebateu Pietro, olhando-o de lado com um semblante cômico. — Sua cara de assustado é um barato.

Rafael bufou, mas acabou cedendo e rindo junto. Agora o ônibus parecia estar trilhando por um terreno mais tranquilo. Soltou a barra de aço e olhou pela janela fechada. Do lado de fora, via a cidade aos poucos começando a dar lugar a paisagens arborizadas e campadas. Mesmo sendo noite, era possível ver as silhuetas de morros e montanhas ao fundo destacando-se contra o céu azul-marinho salpicado de estrelas.

— É sério que você nunca tinha pegado um ônibus na vida? — perguntou Pietro de novo. Já tinha perguntado quando eles haviam embarcado, há uns vinte minutos, mas ainda não conseguia acreditar que alguém nunca tivesse tomado um transporte coletivo nenhuma vez. Bom, talvez um Albuquerque como ele não deveria ser de se estranhar. — De verdade?

— Te disse que não — repetiu Rafael, envergonhado. Evitou encarar o outro garoto ao dar de ombros. — Nunca tive motivos antes pra pegar um, então...

— Mas você é muito rico mesmo — comentou Pietro, com o olhar distante.

Rafael enrubesceu e olhou para os pés. Havia alguns papéis amassados no chão empoeirado. Desde pequeno, fora criado tendo tudo às suas mãos. Até mesmo o que não queria. Mas, apesar de estar se sentindo dentro de um furacão a cada buraco que o ônibus passava, estava gostando da experiência de andar em um pela primeira vez.

Ou talvez só estivesse gostando por causa de Pietro ao seu lado. Não importava. Só sabia que se sentia eufórico de repente.

— Foi mal, eu... — Pietro o olhava com cautela ao perceber seu silêncio. — Eu não quis ofender.

— Eu não tô ofendido. — Rafael abriu um sorriso genuíno ao olhá-lo. Suas realidades eram totalmente diferentes. Dois universos distintos que se colidiam e se tornavam um só. Quando estavam juntos, o abismo enorme entre eles era insignificante. Não havia diferença nem para um nem para o outro. A vontade que tinham de ficar juntos lhes dava asas que os faziam cruzar e quebrar qualquer imposição da sociedade que os separava. — Você não mentiu mesmo. — Deu de ombros. — Mas eu tô gostando da experiência. Tanta coisa legal que eu devo ter perdido por ter nascido na minha família.

Pietro riu alto, jogando a cabeça para trás e arrancando um olhar do motorista idoso lá na frente, que os encarou pelo retrovisor, mal-humorado. Parecia estar de saco cheio de dirigir para dentro e fora da cidade todos os dias. Rafael percebeu o olhar do homem e ponderou acerca do que se passava na cabeça dele. Conteve uma risada ao imaginá-lo freando, jogando as mãos para o alto e abandonando o ônibus no meio do nada, dizendo "tô fora! Pra mim já deu!".

— Andar de ônibus é a coisa menos divertida que você deve ter perdido, eu te garanto. — Pietro levou a mão até a de Rafael, pousada em seu joelho, e a apertou de leve. A onda que só ele era capaz de produzir correu por sua pele, e o garoto sentiu que aquela noite tinha tudo para ser uma das melhores de toda a sua vida.

— E o que mais tem de divertido que eu perdi, então? — O garoto abriu um sorriso, provocando pequenas rugas no canto dos olhos.

A alegria por estar vivendo aquele momento refletiu no brilho em seu olhar. Sentia que havia perdido muita coisa por ser um Albuquerque e viver sob uma redoma da sociedade que não se misturava com classes menos favorecidas financeiramente. Porém, estar naquele ônibus barulhento, velho e sujo ao lado de Pietro lhe dava a certeza de que ele queria vivenciar novas experiências. Não importava a fortuna de sua família, tudo que ele queria era viver de verdade. E viver tudo aquilo junto com o filho do marceneiro da cidade.

– Uma dessas coisas eu vou te mostrar hoje mesmo. – Pietro apertou sua mão e se inclinou de leve para deixar, em sua bochecha, um beijo carregado por uma corrente elétrica de excitação que se espalhou por cada canto da pele de Rafael.

Depois de um tempo, desceram em um ponto deserto no meio de uma rua de terra batida e toda esburacada. O abrigo de madeira que formava um pequeno telhado sobre o banco era a única coisa bem-cuidada daquele pedaço. Logo atrás, a margem gramada da estrada terminava em um rio cheio de pedras, e a água batia ferozmente nelas, explodindo em várias gotas e jatos espumosos antes de continuarem seu curso.

– Onde fica esse lugar? – perguntou Rafael, olhando ao redor. Apesar de deserto, o local tinha alguns postes de luz que lhes possibilitavam enxergar.

– Por aqui. – Pietro o puxou pela mão e seguiu por uma trilha que margeava o rio. Andaram por alguns minutos na terra e depois cruzaram uma ponte de madeira por cima da água. – Colocou sapatos confortáveis, como eu pedi?

– Mas é claro! – Rafael ergueu um pé, mostrando os tênis mais leves que tinha. Quase nunca os usava, pareciam ter sido comprados há pouco tempo.

– Ótimo, porque a gente vai andar.

A maior parte do trajeto era subida, mas de vez em quando também passavam por alguns trechos planos. A impressão que Rafael teve foi a de que nunca tinha andado tanto em sua vida. Era cansativo, mas a brisa refrescante da noite e a companhia de Pietro tornavam tudo muito melhor. Várias vezes, sua mente viajou, mesmo seu corpo seguindo mecanicamente os movimentos do garoto à frente. Não conseguia desgrudar os olhos, da pele tão perfeita e das curvas em seu corpo. Sentiu o coração batendo na garganta e jurou ouvir o próprio sangue correndo pelas veias, causando um carnaval de tambores em seus tímpanos.

— Eu nunca tinha ouvido falar desse lugar antes — comentou Rafael enquanto passavam por outra ponte, após uns quinze minutos de caminhada. — Não dava pra gente ter descido mais perto, não?

— Não. — Pietro parou por um momento, observando a água correndo sob o piso de madeira. A luz da lua e das estrelas refletia, ondulante. — Na verdade, é um lugar meio escondido. Eu fui lá uma vez com uns colegas da escola um tempo atrás. As pessoas geralmente vão lá pra acampar ou fazer alguma coisa diferente fora da cidade.

— Mas o que tem de tão especial?

— Ah, se eu falar, vou estragar a surpresa, né? — Puxou-o para mais perto e deu um selinho em seus lábios. Rafael sentiu os joelhos falharem. Meu Deus! O que aquele menino tinha que conseguia deixá-lo assim sem fazer qualquer esforço? — Vem, estamos quase lá.

O caminho foi se tornando cada vez mais instransponível, até que em um momento subiram uma encosta tão íngreme que estavam praticamente escalando. Antes de atingirem o topo, Rafael conseguiu enxergar alguma coisa despontando contra o céu. Dali, não conseguiu discernir muito bem do que se tratava, só via uma forma escura contrastando com o luar prateado. Quando por fim pararam de subir e o chão se nivelou, percebeu que a forma era, na verdade, uma espécie de portal de pedra construído ali por mãos humanas. Era como se o limiar de uma porta feita de rocha estivesse parado no meio do nada.

— Bem-vindo ao meu lugar favorito da cidade. — Pietro abriu um sorriso, ficando de costas para o portal e olhando a expressão curiosa no rosto de Rafael.

Para além do portal que servia de entrada, se estendia literalmente um vale. O espaço natural se assemelhava a um parque dividido em diferentes ambientes. Para a direita, havia uma escada entalhada em pedra que levava a uma área com um lago e alguns bancos. A única forma de vida daquele lado eram os peixes na água que, mesmo no escuro, percebia-se serem de um azul-claro límpido.

Seguindo em frente pela trilha, passaram por outros níveis do lugar. Viram esculturas de pedra, altares improvisados criados por alguns visitantes que estiveram ali antes deles e até mesmo uma minipirâmide amadora feita de várias pedrinhas equilibradas na altura de seus joelhos. Pietro correu até uma delas e a derrubou com um chute de leve. Rafael soltou uma exclamação, assustado, e o olhou sem entender. Pietro começou a rir, ainda espalhando os pedaços das pedras pelo chão.

– Por que você fez isso? – Rafael o encarava, incrédulo.

– Ué – Pietro deu de ombros –, estou ajudando a pessoa que construiu a pirâmide.

– Como assim?

– Você nunca ouviu a superstição? – Como tudo que recebeu foi um olhar de paisagem, Pietro continuou: – Algumas pessoas sobem até aqui pra fazer pirâmides com essas pedras. Empilham umas nas outras e fazem um pedido. E então, deixam elas por aqui. Quando alguém aparecer e derrubar – se aproximou de outra delas e a espalhou pelo chão, com a mão dessa vez –, o desejo dessa pessoa se realiza. Ou seja, eu acabei de ajudar duas pessoas a realizarem seus desejos.

– Nunca tinha ouvido falar nisso. – Rafael caminhou alguns passos, seguindo pela trilha. Tudo que se podia ver ao olhar para aquele lado era um rio que corria e desaparecia no meio da vegetação. O garoto se ajoelhou ao lado de mais uma escultura improvisada e a desfez, sorrindo. – Espero que os desejos desse povo sejam algo bom.

— Quer fazer uma? — Pietro parou ao lado dele, olhando-o de cima. Como era possível ele continuar tão bonito mesmo sendo visto de baixo?

— Eu faço e aí você a derruba logo em seguida. — Levantou, se aproximando dele. Enlaçou-o pela cintura e tocou-lhe os lábios.

— Assim não vale! — respondeu, após se afastar lentamente do beijo. — Tem que ser espontâneo. Não pode ser combinado.

Rafael se abaixou novamente, soltando Pietro. Pegou algumas pedrinhas soltas e foi empilhando-as com cuidado. Enquanto sua pirâmide ia tomando forma, só tinha um pensamento em mente. Queria poder mudar seu destino. Pediu, com todas as forças, a qualquer divindade que o ouvisse naquele momento. Queria que algo acontecesse para impedir seu casamento com Mariana. Não queria ter que assumir aquela responsabilidade. Desejou que pudesse ir embora com Pietro da cidade. Ir para um lugar onde os dois pudessem ser felizes e viver suas vidas sem medo de darem as mãos nas ruas, sem terem que sair para o meio do mato para poderem se ver em paz. Desejou que todos os lugares fossem como o Vênus, onde ele poderia se sentir livre e bem acolhido. Colocou um último pedregulho na ponta, fechando os olhos e inspirando fundo, emanando ao universo toda a sua vontade e torcendo, no fundo de seu coração, que pudesse ser ouvido.

— Esse pedido aí me envolve? — A voz de Pietro o fez abrir os olhos. Ficou de pé ao seu lado, admirando a pirâmide a seus pés.

— Não posso falar, senão não acontece. — Deu de ombros, abrindo um sorriso tímido ao encará-lo. Estavam tão perto que até sentia seu calor. Poderia beijá-lo ali mesmo em meio às pirâmides que carregavam desejos. — E eu não quero estragar a chance que tenho de realizá-lo.

— Verdade — murmurou Pietro, baixando o olhar para a boca de Rafael, que estava tão próxima da sua. Era incapaz de resistir ao tê-la tão próxima, tão convidativa. — Mas então... Se você não se mexer nos próximos dois segundos, o risco de eu te agarrar e a gente cair em cima dessas pirâmides e derrubar tudo é muito grande. A não ser que isso faça parte do seu pedido.

Rafael riu, finalmente conseguindo se libertar do efeito hipnótico que Pietro tinha sobre ele.

– Não vou mentir e dizer que não está incluso. – Apertou os olhos, numa expressão pensativa. – Mas será que assim o resto do desejo se realiza também?

– Eu não me importaria em tentar descobrir, mas... – Olhou ao redor, como se procurasse algo. – Acho que tem um lugar melhor pra gente poder cair no chão se enrolando um no outro. – Dito isso, lançou um sorriso de lado antes de continuar: – Vem, a melhor parte tá lá em cima.

Puxou-o pela mão outra vez e, juntos, seguiram pela trilha do vale. Mais à frente, ela fazia uma pequena curva para a direita e subia um pouco mais. Permaneceram nela, e assim que chegaram ao nível mais alto, tiveram a vista mais extraordinária do lugar. Era um campo aberto que fora decorado como se fosse um tipo de igreja a céu aberto. Dos dois lados, bancos de pedra haviam sido postados como se fossem assentos enfileirados. E, bem no centro, um espaço vazio servia de corredor. Seguindo por ele, lá na frente, uma espécie de altar, também de pedra, formava algo parecido com duas cruzes sobrepostas, ladeadas por duas plantas altas. Atrás dele, a área terminava em um abismo.

Foi para lá que Pietro conduziu Rafael. Ao se aproximarem da beira, puderam ver algumas montanhas ao longe se destacando contra o céu. Mas o que mais chamava atenção era a vista abaixo. Estavam tão altos que podiam ver tudo de maneira minúscula, porém ainda assim era lindo. A cidade de Petrópolis brilhava ao longe, e os garotos conseguiram até mesmo discernir as torres pontudas de alguns prédios que eram enormes, mas que, de onde estavam, se resumiam a pontinhos na noite. Viram as ruas pelas quais tinham percorrido, indo da cidade até ali, como se fossem linhas que se perdiam entre a vegetação tão presente em alguns pontos e, no alto, os encabeçando como a pedrinha que tinham usado para fazer aquelas pirâmides dos desejos, a lua lançava sua seda prateada.

Rafael fechou os olhos e inspirou profundamente, inalando todo o poder da natureza que o cercava. Seus pelos se arrepiaram e ele abriu os braços, deixando o peito exposto. Estava no topo do mundo. Sentiu-se o ser mais poderoso de toda a Terra, ingerindo cada vez mais poder à medida que cada partícula de ar entrava por suas narinas.

A sensação de poder entrou em combustão quando sentiu o corpo de Pietro se encaixar perfeitamente atrás de si. Seus braços se enrodilharam em sua cintura e o queixo se encaixou na omoplata, eriçando ainda mais – se é que era possível – cada um de seus pelos.

Pietro pressionou-se contra suas costas, e Rafael se contorceu para ficar meio virado na direção do filho do marceneiro. As bocas se encontraram. Seus dedos se engalfinharam nos fios de cabelo da nuca do garoto, o puxando para mais perto, sem nunca deixarem os lábios se descolarem. Não conseguiu mais se conter e se virou por completo, agora de frente para Pietro. Sentiu as mãos o apertando forte na cintura e se jogou para cima dele no mesmo momento em que Pietro o segurou pelas coxas, o elevando alguns centímetros.

Deu uns passos para trás, as mãos firmemente presas em suas pernas. Rafael manteve o beijo sem soltar a nuca dele. E então, caíram no corredor de grama entre os assentos de pedra. Os risos foram inevitáveis. Rafael sentado sobre Pietro, que ria jogado ao chão. Não souberam ao certo como foi que começou, mas quando perceberam estavam atracados aos beijos outra vez. E, em um movimento ágil, Pietro arrancou a camiseta de Rafael e logo estava sem a sua também.

Rafael quis sentir Pietro de todas as maneiras possíveis. Desejou-o além do toque dos lábios. Sentiu as mãos dele desenhando em suas costas enquanto a língua invadia sua boca. Com a respiração ofegante, desceu o beijo para o queixo liso, percorreu sua mandíbula com a boca e explorou seu pescoço. Quando ouviu Pietro suspirar e se contorcer por causa do toque, uma confiança súbita tomou conta de seu corpo e ele continuou, beijando-o no peito e deslizando lentamente pelo estômago até chegar à braguilha da calça. Notou o volume ali dentro, e a visão trouxe emoções que explodiram dentro de si. O coração quis saltar pela boca. Ele nunca tinha feito algo assim antes, mas, de algum modo, sabia exatamente como prosseguir.

Desabotoou a calça de Pietro, expondo a roupa de baixo e destacando ainda mais sua empolgação. Olhou para cima, como que pedindo permissão, e encontrou os olhos do garoto o fitando do alto, com um sorriso estampado na face. Um sorriso cheio de desejo e aprovação. Os cabelos dele caíam para os lados, colados ao rosto um pouco suado. Pietro assentiu, e Rafael não voltou a hesitar. Puxou a cueca de Pietro, liberando seu pênis enrijecido e o colocou na boca.

Pietro se contorceu no chão, agarrando a grama abaixo de si quando sentiu a boca de Rafael o envolver. Não conseguiu ficar com os olhos abertos, mas, mesmo assim, tudo que enxergou foi um emaranhado de cores que explodiram em sua mente. Não imaginou que existisse uma sensação tão boa quanto aquela, e com certeza não haveria outra pessoa que seria capaz de produzi-la. As mãos desceram automaticamente para a cabeça de Rafael, a segurando com os dedos perdidos entre seus fios de cabelo e apenas seguindo o movimento de vai e vem que lhe fazia derreter. Não soube ao certo como foi capaz de se manter no solo em vez de se desfazer na terra.

Rafael sentiu Pietro o puxar gentilmente para cima e se deixou levar. Encarou os olhos dele no mesmo nível agora, tão perto que podia se enxergar dentro deles. Encontraram-se em um beijo agitado outra vez e então as posições foram invertidas. Agora Pietro é quem estava por cima, e a grama atrás de si pinicava as costas nuas.

– Minha vez.

E a partir daí mal conseguiu organizar os pensamentos. Só soube que sua calça foi arrancada do corpo e que de repente estava nu sob o céu estrelado naquele cenário paradisíaco, acima de toda a cidade. Então veio a sensação entre as pernas quando Pietro o engoliu. O gemido escapou por entre seus lábios antes mesmo que conseguisse entender o que estava acontecendo. Não lutou mais, apenas deixou-se levar pelas combustões espontâneas que cada toque do garoto abaixo de si causava em seu corpo.

Em um momento estavam no chão, enrolados um no outro e aos beijos, completamente sem roupa. Embora estivesse uma brisa fresca, era como se suas peles emanassem um fogo que esquentava um ao outro, os envolvendo em uma bolha de calor imune ao frio. No instante seguinte, estavam sobre um dos bancos de pedra, Rafael deitado de costas enquanto Pietro se encaixava sobre si, em meio a suas pernas abertas. O corpo do garoto sobre o dele o cobriu por completo quando o de cima se inclinou para beijá-lo mais uma vez, as línguas travando um duelo onde não haveria vencedor. Rafael fincou a ponta dos dedos nas costas de Pietro, sentindo seus músculos emitirem sinais elétricos que entraram por suas mãos e eletrocutaram cada uma de suas células.

— Tá tudo bem? — Ele afastou uma mecha do cabelo castanho e o olhou de cima. O céu se destacava atrás de seu rosto perfeito.

— Tudo, sim. — A voz saiu num sussurro ofegante. Ele queria mais. Não queria parar. Queria Pietro para si. Queria apertá-lo tão forte e beijá-lo com tanta avidez que teve medo de assustá-lo, por isso tentava não se deixar levar pelos desejos avassaladores, mas era tão difícil. — Eu quero você dentro de mim.

As palavras ficaram penduradas no ar por alguns segundos, nos quais os dois apenas se olharam, respirações ofegantes e corpos suando. De súbito, então, Pietro avançou para cima dele, os dedos deslizando pelas coxas nuas com afinco. Rafael ergueu a cabeça, perdendo o ar por uns instantes quando Pietro abriu suas pernas, se forçando com delicadeza entre elas. O coração corria uma maratona e bombeava sangue por cada veia a mil por hora, mas ele não queria parar. Queria continuar.

Pietro foi cuidadoso. Não tirou os olhos de Rafael abaixo de si. Em certo momento ergueu a cabeça por um instante, suspirando e com a boca aberta, mas logo voltou a encará-lo. Daquele jeito era muito melhor. Os olhos pretos conectados com os castanhos de novo, com uma linha invisível os segurando ali. Os traços em seu rosto eram tão perfeitos que o garoto teve vontade de beijá-lo em todas as partes ao mesmo tempo. Sentia-o sob si, relaxando, clamando por ele. Forçou-se um pouco mais para frente, tomando cuidado para não ir com tanta força, e não conseguiu conter um gemido que se misturou com o de Rafael no ar.

Sentir Pietro em si não foi nem um pouco dolorido, como imaginou que seria. Pelo contrário, Rafael nunca tinha sentido uma sensação tão gostosa como aquela. Foi muito além do contato físico. Desejava aquilo, queria tanto e, pela primeira vez na vida, alguma coisa que somente ele queria, sem intervenção de ninguém, estava acontecendo. Não soube se os gemidos que ouvia se perderem no ar eram seus ou do garoto acima de si, que fazia movimentos ritmados. Teve a impressão de que sua alma saiu do corpo, pois em algum momento achou que estavam flutuando. Não sentiu mais o banco de pedra sobre o qual estava deitado, apenas Pietro o segurando contra si e indo e vindo, sem tirar os olhos dos seus.

Pietro se inclinou sobre ele, as bocas se encontrando num beijo outra vez, e ao mesmo tempo uma das mãos o segurando entre as pernas. Os movimentos ficaram mais rápidos. A viagem astral se projetou ainda mais longe e os gemidos dos dois se emaranharam e se perderam no céu estrelado. Rafael achou que não ia mais aguentar e ia gritar a qualquer momento. Pietro parecia grunhir, o suor quase pingando de todo o corpo despido. Se continuassem assim por mais um pouco, tudo ia...

O mundo explodiu e girou ao redor dos dois numa sincronia praticamente perfeita. Rafael viu tudo rodar enquanto ouvia Pietro gemendo e ofegando caindo em cima de si. Ele mesmo demorou alguns instantes para voltar à realidade. Fechou os olhos, mas ainda assim tudo rodava. Parecia que estava caindo do céu, girando, girando, girando...

— Aaaah. — Pietro se deitou sobre seu peito, descansando o corpo suado nele. Rafael teve a impressão de que se mexia em câmera lenta ao erguer um braço e pousá-lo no garoto em cima de si. Passou os dedos pelas costas dele, acariciando a pele macia e molhada. Sentir os fios de cabelo castanhos descansando em contato com seu corpo e seu peso sobre si lhe trazia uma sensação reconfortante de segurança. Ainda não estava acostumado a senti-la, mas tinha certeza de que era umas das sensações mais gostosas que já tinha experimentado. — O que foi que aconteceu?

Rafael não respondeu, apenas continuou o acariciando. Pietro se mexeu sobre ele, afundando o rosto em sua barriga e lentamente beijando a região em vários pontos diferentes. Eram beijos tão leves e carregados de carinho que lhe causaram cócegas e arrepios por todos os lados. O corpo estava amolecendo e ele já conseguia sentir o banco de pedra no qual estavam deitados. Tentou se conter, mas não conseguiu. Uma vontade maluca de rir tomou conta de seu corpo e, quando percebeu, estava às gargalhadas, balançando Pietro com os movimentos de seu estômago.

— Que foi? — Ele se sentou no banco e o olhou, curioso, mas logo estava rindo também. — Foi tão ruim assim que virei um tipo de piada pra você?

Rafael se sentou também, cruzando as pernas e ficando de frente para o garoto. Ele estava com os cabelos desgrenhados, suado e ofegante, mas ainda conseguia ser lindo. Mais lindo. Se é que isso era possível. Passou a palma das mãos pelas pernas nuas de Pietro, apreciando o fervor macio que sua pele lhe proporcionava.

— Larga de ser bobo! — Empurrou-lhe de leve com uma mão, depois apertou a coxa do garoto. Não percebeu, mas lançou ao outro um sorriso apaixonado que se mesclava com o brilho satisfeito em seus olhos escuros. — Eu tô rindo porque... sei lá, eu tô meio estranho. Tô leve. Tô livre.

Ergueu o olhar para o alto, se perdendo na imensidão do céu estrelado. Sentiu Pietro se aproximar e enlaçar os dois braços ao redor de sua cintura. Fechou os olhos, apreciando o toque e a sensação que estar ao lado dele lhe causava.

— Eu também.

Rafael abaixou a cabeça, acariciou a bochecha de Pietro e o puxou para um beijo lento, carinhoso. Fagulhas invisíveis explodiram entre os dois de novo e, por um momento, Pietro achou que a energia que os abraçava fosse capaz de incendiar todo o vale. O pensamento provocou uma crise de risos que acabou os separando do beijo.

— Ah, pronto — disse Rafael, balançando a cabeça em negação. — Agora o doido rindo é você.

— Só tô feliz. — Parou de rir. E os dois ficaram apenas se olhando por uns momentos, ouvindo a brisa, um grilo distante e o choro fantasmagórico de um rio correndo pela noite. — Eu gosto de você, Rafael.

O garoto não respondeu de imediato. Ficou olhando Pietro, que ria, sem piscar. Aquelas palavras foram mais poderosas do que qualquer contato físico que tinham tido até então. Rafael pegou as mãos de Pietro entre as suas, se aproximou dele e lhe deu um selinho. Não se afastou após o carinho. Ficaram com os rostos colados, testa com testa, nariz com nariz, seus hálitos se encontrando em frente às bocas.

— Eu também gosto de você.

Beijaram-se mais uma vez. Até que Pietro se afastou, ficando em pé de supetão. Então puxou Rafael para o seu lado e disse:

— Se gosta mesmo, então dança comigo!

— O quê?

— Se é verdade que você gosta de mim, dança comigo!

— Tá doido? — Rafael o olhava, querendo rir.

— Anda, dança comigo. — Pietro o puxou para um abraço, prendendo-o entre seus braços. — Eu tô tão feliz que quero dançar.

— Mas a gente não tem música e nós estamos pelados, caso você não tenha notado.

Pietro deu de ombros e começou a se mexer de um lado para o outro, puxando Rafael consigo, o forçando a seguir em um passo de dança desengonçado.

— Dizem que dançar pelado faz bem!

Soltou-o do abraço, jogando-o para frente, mas ainda o segurava pelas mãos, o conduzindo. Rafael riu, soltando o ar, e entrou na onda. Começou a mexer os ombros e os pés, imitando Pietro em um passo de dança de uma canção inaudível. A ideia já não parecia mais tão maluca. Era engraçada e fazia todo o sentido. Riam e se beijavam entre um movimento e outro. O garoto achou que estava louco, mas teve a impressão de que uma melodia soava no fundo de sua mente e, de repente, não estava mais em silêncio. Sua própria música particular ecoava e somente eles podiam ouvi-la, dançando como se não houvesse amanhã. Sem roupas, sozinhos e felizes no topo da cidade.

Como se estivessem no topo do mundo.

Eternos

Pietro nunca tinha trabalhado com tanta alegria quanto na semana que se seguiu ao encontro no topo da cidade. Na quarta-feira, estava na oficina, pregando o pé de uma cadeira quebrada a fim de consertá-la para um dos clientes de seu pai. Se por um lado os dias estavam mais brilhantes para o filho, para Fernando parecia ser totalmente o oposto. O homem parecia ter ficado ainda mais mal-humorado e cortava pedaços de madeira com tanta raiva que um deles voou de sua mão e se espatifou na parede, provocando uma chuva de xingamentos.

O garoto levantou a cabeça com o martelo em pleno ar e apenas observou, se abstendo de comentar. Queria distância daquela áurea obscura que crescia a cada dia ao redor do pai. Desde que vira as marcas no corpo da mãe, uma antipatia crescia em seu peito. Fernando era seu pai, sim, mas não conseguia olhá-lo com bons olhos. Ele sempre tinha mantido a casa, o criara com tudo que pôde, mas isso não lhe dava o direito de agir daquele modo: descontar a raiva na esposa e impor um respeito que na verdade era mais medo do que qualquer outra coisa.

De todo modo, tudo que passava pela cabeça de Pietro era estar com Rafael outra vez. Nunca tinha ficado tão íntimo com alguém e acabou surpreendendo a si mesmo com a facilidade com que tudo aconteceu. Foi como se cada peça tivesse se encaixado com fluidez, sem esforço algum, como se uma experiência adormecida tivesse, enfim, despertado. Talvez aquele fosse o verdadeiro sentido de conexão. Embora tivesse sido a primeira vez para os dois, souberam exatamente o que fazer, como se tivessem sido feitos um para o outro e aquele momento houvesse confirmado isso da maneira mais singela possível. Eles haviam apenas seguido seus instintos e se deixaram levar pela euforia, o que tornou tudo perfeito. Pietro mal via a hora de se encontrarem de novo. Em qualquer lugar, só importava a companhia do menino.

Podia estar se precipitando com todos aqueles pensamentos fervilhando em sua mente, mas não conseguia evitá-los. Estava mexido demais pelo outro garoto; eles vinham automaticamente. Não sabia muito bem aonde aquilo ia dar. Um relacionamento entre os dois nunca seria bem-visto por nenhuma das famílias, mas não queria deixar que nada nem ninguém se colocasse em seu caminho. Sua mente, ao mesmo tempo em que martelava o pé da cadeira outra vez, formulava uma possibilidade de mudar o rumo de sua vida. Só precisava tomar coragem e dividir seus planos com Rafael.

O Vênus estava menos lotado naquele sábado pela noite, mas ainda assim bastante cheio. Ramona se preparava no camarim ao fundo enquanto os frequentadores assíduos se espalhavam entre as mesas em frente ao palco ou pelo balcão do bar, esperando pela entrada da atração principal.

Rafael e Pietro tinham se encontrado, mais cedo, e agora passavam pela porta e seguiam pelo centro do estabelecimento. Rhanna os viu de longe enquanto servia uma mesa com dois hambúrgueres e algumas bebidas e acenou para eles, com um sorriso enorme no rosto, evidenciado pelo batom preto nos lábios, combinando perfeitamente com a cabeleira encaracolada.

Os garotos se aproximaram e, sem pensar muito, se sentaram à mesma mesa que da primeira vez, ao lado do palco e da cabine fotográfica. O fotógrafo estava parado ao lado dela, com um olhar de tédio perdido no público. Mal pareceu notar que estava sendo observado com curiosidade.

— Quer? — Rafael olhou para o lado e encontrou Pietro o encarando com um sorriso sugestivo. Agitou a cabeça na direção da cabine. — Tirar umas fotos lá. Assim a gente pode guardar esse dia pra sempre.

Mal haviam se sentado e já se levantaram outra vez. O fotógrafo os recebeu com empolgação quando Rafael lhe estendeu uma nota para pagar pelas fotos. Entraram no espaço apertado da cabine, onde havia apenas um pequeno assento estofado vermelho e a cortina que fecharam ao passar. À frente, a lente da câmera apontava para os dois através de uma abertura na estrutura.

— Podem ficar à vontade que eu vou tirando algumas fotos de vocês. — A voz do fotógrafo veio do outro lado.

Pietro e Rafael se entreolharam, um pouco encabulados agora que estavam ali dentro. Era tão apertado que mal cabiam juntos e tiveram que se espremer para conseguirem sentar juntos no assento. Nunca tinham ficado coladinhos em um espaço tão pequeno. Ao mesmo tempo que aquilo os deixava sem graça, sentiam uma empolgação crescendo em forma de frio na barriga. Tentaram se ajeitar de várias maneiras, mas só o que conseguiam era rir um para o outro ao tentarem encontrar um lugar para colocar as mãos sem transparecer a vontade louca que os assomava de se engolirem em meio a toda aquela tensão sexual que só crescia desde o encontro no lugar favorito de Pietro na cidade.

Por fim, acharam uma posição confortável e aceitável para a pose, mordendo os lábios para segurar os risos apaixonados que lutavam para sair deles. Ao sinal da primeira foto, os dois sorriram para a câmera, com as mãos enlaçadas nas cinturas um do outro.

— Vão mudando a pose que vou fazer uma fileira de fotos — pediu o homem que operava a câmera. — Se soltem, meninos!

Ele riu, e os garotos começaram a ficar mais à vontade. Do lado de fora, puderam ouvir o anúncio de que o show de Ramona estava para começar. Os aplausos para a diva da noite soaram forte quando Rafael se inclinou e tocou os lábios de Pietro, fechando os olhos para saborear o gosto que — puta merda! — o estava deixando viciado. Tudo que queria era sentir aquele toque em sua boca todos os dias de sua vida.

Por um momento, se esqueceram de que estavam dentro da cabine e com uma câmera apontada para eles. Pietro logo puxou Rafael por cima de si mesmo, o colocando em seu colo com uma mão sobre suas costas. Com a outra, apertou sua nuca, pressionando seus rostos em um beijo demorado e cheio de cores.

Rafael deslizou a mão pelo peito do outro garoto, sentindo as curvas de seu corpo, enquanto se conectavam pelas bocas coladas. Os dedos que seguravam Rafael pela nuca desceram suavemente pela lateral de seu corpo e pousaram na coxa, onde Pietro pressionou, causando um suspiro involuntário no garoto.

O *flash* da câmera piscou mais algumas vezes, e só então os dois pareceram se lembrar de onde estavam, se soltando e rindo sem graça. O fotógrafo anunciou o último clique quando eles se sentaram lado a lado novamente. Ainda com um sorriso estampado no rosto, Rafael apenas encarou a lente à frente, as bochechas e os lábios rosados. Pietro o olhava, os lábios partidos com um riso apaixonado ao observar cada detalhe do menino ao seu lado. Sua mente funcionaria como a câmera fotográfica, pois ele soube naquele momento que nunca seria capaz de apagar da cabeça os traços de

Rafael ou como ele o fazia se sentir quando estavam juntos. Aquele garoto, seus beijos, seus toques, sua pele, seu calor, sua boca, absolutamente tudo que vinha dele... estaria guardado pelo resto de sua vida em sua memória, ficando eles juntos ou não. Seria incapaz de esquecê-lo, mesmo se quisesse.

Inclinou-se para mais perto e beijou sua bochecha, uma mão o enlaçando pelo pescoço. Rafael apenas alargou ainda mais o sorriso no rosto, sentindo a quentura da mão de Pietro contra sua pele e seus lábios viciantes molhando de leve seu rosto. Mesmo quando o flash piscou pela última vez na cabine, ele ainda permaneceu parado por alguns segundos, desejando que aquela sensação calorosa e aconchegante nunca deixasse seu coração.

Pouco depois, estavam de volta à mesa de sempre. Rhanna os serviu com dois hambúrgueres e dois copos enormes de refrigerante enquanto Ramona interpretava os versos de uma música dançante. Vários frequentadores do Vênus agora estavam de pé, dançando em grupos, duplas ou mesmo sozinhos.

Pietro mordeu o sanduíche, e o molho escorreu pela ponta, pingando no prato. Levantou o olhar sobre a mesa para encontrar Rafael o observando com uma expressão engraçada, seu próprio lanche ainda intocado na mesa.

– Que foi? – perguntou, mastigando e rindo ao mesmo tempo. – Tem molho na minha cara?

Passou os dedos pelo rosto, procurando, e Rafael respondeu:

– Não, só tô achando um absurdo você continuar tão lindo mesmo se lambuzando todo de molho.

Pietro semicerrou os olhos, o encarando com malícia e um sorriso de canto de boca.

— Não me dê ideias.

Rafael corou, mas não conseguiu deixar de rir e sentir aquela sensação gostosa que só Pietro conseguia causar dentro de seu estômago. Pegou o próprio lanche e começou a comer.

— Até que não seria má ideia — soltou, olhando para o palco, tímido demais para encarar Pietro nos olhos.

— Tá anotado aqui pra gente fazer isso na próxima vez. — Pietro o fitou mastigando, se perdendo por um minuto naqueles olhos pretos e brilhantes. Podia enxergar neles um garoto cheio de amor, carinhoso, mas ao mesmo tempo via o medo e a tristeza. Naquele momento, esses dois últimos estavam distantes, mas ainda assim presentes. Algo dentro de si dizia que, juntos, poderiam mudar o rumo das coisas. Rafael não teria que seguir em frente com aquele casamento forjado pelos pais e ele, Pietro, não teria que levar uma vida igual à de sua família. Se tivessem um ao outro, poderiam ter o que bem entendessem e finalmente poderiam se libertar das amarras que os prendiam a um lugar onde não queriam realmente estar.

Passar aqueles preciosos momentos no Vênus o ajudava a perceber a sensação de liberdade que havia lá fora. O bar era o único lugar onde podiam ter o gosto de uma vida livre. Só que sentir Rafael somente ali, dentro daquelas paredes ou perto daquelas pessoas, não lhe era suficiente. Pietro queria ser livre o tempo todo, onde estivesse e quanto quisesse. Não queria ter momentos nos quais podia ficar à vontade e outros nos quais tinha que fingir ou se apagar apenas para se adequar. A verdadeira liberdade tinha que ser constante e não em determinados momentos da vida.

— Rafael, eu... — começou. A ideia era ousada, mas devia colocá-la em jogo se quisesse realmente mudar. O menino o observava do outro lado da mesa, sugando um gole de refrigerante pelo canudo. Ramona terminou uma canção sob aplausos naquele momento. — Eu tive uma ideia.

A próxima música iniciou com um instrumental que ecoou pelo espaço, e mais algumas pessoas que estavam sentadas se levantaram para dançar. Rafael desviou o olhar por um momento, abrindo um largo sorriso para o palco ao perceber o que Ramona começava a cantar.

– Eu adoro essa música – disse, depois virou novamente para Pietro. A expressão em seu rosto era tão alegre que desconcertou o filho do marceneiro por alguns segundos. – Desculpa, o que você ia falar?

Pietro não conseguiu conter a própria felicidade quando o viu o olhando daquele jeito. Balançou a cabeça. Seus planos podiam esperar mais um pouco. O que não podia era desperdiçar aquele momento único que viviam.

– Vamos dançar. – Levantou-se, pegando Rafael pela mão, a expressão alegre em seu rosto cedendo a uma de surpresa. – Dessa vez com uma música de verdade tocando.

Sem resistir, o garoto o seguiu até o meio do bar, onde algumas pessoas já dançavam. Só que eles pouco se importaram com os outros. Fecharam-se novamente naquela bolha de seu mundinho particular. Só havia espaço para eles. O bar se esvaziou naquele instante. Só havia os dois, as luzes no alto e a voz de Ramona vindo de algum lugar cantando a canção de Little Willie John, na versão da cantora Peggy Lee.

Never know how much I love you
Never know how much I care
When you put your arms around me
I get a fever that's so hard to bear
You give me fever

(Você não sabe o quanto eu te amo
Nunca sabe o quanto me importo
Quando você me abraça

Eu sinto uma febre que é difícil de aguentar
Você me deixa com febre)

Rafael jogou suas mãos ao redor do pescoço de Pietro, que o enlaçou pela cintura, enganchando o corpo um no outro. Seus rostos estavam tão próximos que suas respirações se misturaram no ar à frente. Unidos como se fossem um só, dançaram ao som da música. O mundo todo que se explodisse, eles estavam juntos e eram capazes de incendiar qualquer coisa que entrasse em seu caminho para impedi-los.

I light up when you call my name
And you know I'm gonna treat you right

(Eu me acendo quando você chama meu nome
E você sabe que vou te tratar direito)

Balançando ao ritmo da música, Rafael pousou sua testa na de Pietro, realmente sentindo um calor subindo por todo o seu corpo. Cada célula sua se acendeu naquele momento e ele até começou a suar. A sensação era a de que estava em chamas.

Romeo loved Juliet
Juliet, she felt the same
When he put his arms around her
He said, "Juliet, baby, you're my flame"

(Romeu amava Julieta
Julieta sentia o mesmo
Quando ele a abraçou,
Disse: "Julieta, você é minha chama")

Rafael beijou Pietro com toda a chama que acendia dentro de seu peito. O garoto sentiu o calor entrar em seu corpo ao tocarem os lábios. Puxou-o ainda para mais perto, espremendo o corpo um no outro e se beijando como se o mundo todo estivesse acabando naquele momento. E podia muito bem estar, pois estavam juntos.

O mundo podia acabar naquele mesmo instante que eles não se importariam.

Eles estariam dançando como um só e nada seria capaz de destruir a chama queimando em seus corações.

— Não se esqueçam da foto! — O fotógrafo se aproximou da mesa para onde os garotos haviam voltado após a dança. Colocou sobre ela uma tirinha com as fotos que tinha tirado na cabine e se retirou.

Rafael a pegou na mão, sorrindo enquanto Pietro se inclinava para observar. As poses eram as mais diversas. Na primeira foto, eles sorriam para a câmera. Nas outras, estavam aos beijos, se agarrando em várias posições. Na última, Rafael olhava para a frente com uma expressão tão leve que mal reconheceu a si mesmo. Os olhos brilhando, a boca aberta num sorriso contente. Pietro o puxava para si pelo pescoço, pressionando os lábios contra sua bochecha. Não tinham percebido antes, lá na cabine, como ficavam diferentes quando estavam na companhia um do outro.

— Estão lindas — disse Pietro, observando o último quadrinho.

— Porque você está nelas, por isso. — Rafael se inclinou sobre a mesa e o beijou na bochecha.

Pietro segurou seu queixo com a ponta dos dedos e virou seu rosto para tocar seus lábios com um beijo leve. Fecharam os olhos e permaneceram parados por uns segundos, a tirinha de fotos ainda na mão de Rafael.

— Guarda essas fotos com você. — Pietro acariciou o braço do outro menino, ainda com o rosto colado ao dele. — Até que a gente possa ficar juntos de verdade.

Houve um silêncio entre eles, quebrado apenas por outra música que a artista cantava ao fundo. Rafael olhou para a tirinha de fotos, a acariciando com o polegar enquanto sentia a carícia de Pietro na própria pele. A noite estava quase terminando e eles logo teriam que sair dali, se privando da liberdade de poderem estar juntos sem medo e sem as responsabilidades que não queriam.

— Vou guardar. — Suspirou. — Vou guardar comigo para sempre.

Ergueu o olhar para Pietro, que acariciou seu rosto, escorregando os dedos até seus lábios.

— Desse jeito, seremos eternos, né?

O filho do marceneiro abriu um sorriso. Aproximou-se e as pontas do nariz deles se tocaram.

— Sim — murmurou. — Eternos.

E foi assim que se sentiram pelos próximos dias. Embora passassem a maior parte da semana de volta para suas rotinas, a ligação criada entre os dois garotos se fortalecia cada vez mais. Mesmo longe um do outro, só conseguiam pensar em seus momentos juntos e em como tanto tinha acontecido em tão pouco tempo. Desde que tinham se visto em frente ao casarão, a aproximação gradual, o primeiro beijo na floresta, a primeira noite juntos no alto da cidade e as visitas ao Vênus. Aqueles breves momentos — porém tão intensos para eles — foram o suficiente para fazê-los entender que não havia dúvida. Queriam continuar juntos.

Rafael estava novamente tão perdido em pensamentos que por um momento até esqueceu sua preocupação com o fato de Mariana estar desconfiada de algo. Até mesmo porque ela parecia ter deixado a ideia de lado, ou era isso que demonstrava sempre que estavam juntos. Apenas comentava sobre os preparativos do casamento ou sobre questões do colégio, o que o deixou mais tranquilo até onde era possível.

Jonas aparentemente também havia dado uma trégua com a perseguição e os comentários ácidos, e Rafael não reclamou, apenas agradeceu pelo assunto estar esfriando. Voltou a passar tempo com ele, Guilherme e Murilo no colégio para entrar novamente no personagem do teatro que era sua vida como um Albuquerque.

Ao terminar a última aula na sexta-feira, os colegas mais uma vez decidiram ir para o local usual onde fumavam e passavam o tempo falando bobeiras nas quais Rafael não tinha o mínimo interesse. Ele, porém, tinha outros planos. Ainda na saída do colégio, dispensou Jonas e os outros, dizendo que precisava resolver uns assuntos com Mário em casa.

— Ele tá me enchendo o saco com esse negócio da empresa — disse, não totalmente mentindo. Revirou os olhos, demonstrando estar cansado daquilo. — Agora que o casamento tá chegando, quer que eu aprenda sobre a firma e tudo mais.

— Uuuuh! — Murilo zombou enquanto saíam pelo portão do colégio para a rua movimentada. — Ele agora é um homem de negócios.

— É isso aí! — Guilherme bateu de leve com a palma da mão em seu ombro. — Vai lá, homem de negócios.

— É, vai lá, garanhão! — Jonas riu para ele, atrás dos outros colegas.

Rafael o olhou de volta, e não gostou do sorriso no rosto do colega e muito menos do tom sarcástico em seu tom de voz. Será que era aquela desconfiança voltando ou era apenas impressão?

Decidiu sair dali logo e virou as costas. Seu José esperava do outro lado da rua, dentro do veículo, no qual Rafael entrou. Havia pedido ao motorista que viesse buscá-lo naquele dia, pois queria chegar em casa o mais rápido possível. A verdade era que ele não tinha plano nenhum com Mário naquela tarde. O pai sairia para alguma reunião, a mãe ficaria em casa e ele tinha um encontro marcado com Pietro; esse era o real motivo de sua pressa para ir embora logo.

Haviam combinado mais cedo naquela mesma semana, através de um bilhete entregue por Benjamin, como sempre. Pietro iria buscar mais madeira para o pai no bosque e seria a desculpa perfeita para passarem mais um tempinho juntos, outra vez em um cantinho somente deles.

– Boa tarde, senhor Rafael – cumprimentou seu José, o encarando pelo retrovisor com um sorriso simpático.

– Boa tarde, seu José. – Rafael apertou o ombro do homem de leve em forma de cumprimento ao se ajeitar no banco de trás. – Vamos?

– Está empolgado hoje, hein? Tem algo a ver com a senhorita Mariana?

Rafael não conteve a risada, achando graça. O único motivo de Mariana fazê-lo rir seria se ela desistisse do casamento e convencesse o resto das duas famílias a fazer o mesmo. Mas é claro que a garota nunca faria algo do tipo. Conhecendo-a como conhecia, sabia que ela seria capaz de qualquer coisa para conseguir seu objetivo. Qualquer coisa mesmo. A persistência dela, quando não direcionada ao casamento dos dois, era algo que o garoto até poderia admirar. A vontade da garota em se casar era inversamente proporcional à dele de fugir da obrigação de subir ao altar.

– Não, não, seu José – respondeu em voz baixa, tentando evitar pensar demais no seu destino indesejado. – É só que estou feliz por finalmente ser sexta de novo.

O motorista deu de ombros, não parecendo muito convencido, e o veículo saiu pela rua. Rafael não olhou para trás, mas, se olhasse, veria que, no portão do colégio, Jonas e Mariana conversavam, um pouco afastados de seus respectivos grupos de amigos. Os dois pareciam murmurar para que ninguém por perto os ouvisse. Mariana ergueu os olhos azuis em direção ao carro no qual o noivo estava e o acompanhou até que ele virasse a esquina. Um olhar aparentemente inocente, mas tão calculista quanto a personalidade de sua dona.

—

Pietro o viu já na entrada da floresta quando passou pela frente do casarão dos Albuquerque. Rafael vestia uma camiseta azul lisa e shorts um pouco acima dos joelhos, devido ao sol que jogava sua onda de calor sobre a cidade. Já Pietro usava sua usual camiseta branca e calças pretas. Trazia nas costas o saco de lona com as ferramentas que usava para recolher o material de trabalho da marcenaria.

– Alguém está com pressa hoje – disse ao se aproximar do garoto e sentir o cheiro de banho recém-tomado. Chegou perto de seu ouvido e sussurrou: – Eu poderia te agarrar aqui mesmo, cheiroso desse jeito!

Rafael abafou a risada e corou. Empurrou Pietro de leve, os olhos correndo ao redor da rua vazia. Tudo que havia naquele lado era sua residência e o início da vegetação.

– Aqui, não. Se acalma – alertou. – Vamos sair daqui logo, antes que alguém lá de casa me veja. – Seguiu na direção da trilha já conhecida, seguido pelo outro garoto. – Lá dentro, você também não me escapa, senhor lenhador.

– Quero só ver. – Pietro se aproximou até tocar seu ombro de Rafael, que apenas o olhou com um sorriso cheio de desejo no rosto.

Pouco depois, estavam novamente na clareira na qual já haviam estado outra vez, sentados ao lado dos troncos caídos. Os sons da floresta eram reconfortantes. Havia alguns insetos silvando ao longe, o ruído da água correndo por algum rio e até mesmo as árvores pareciam cochichar, chacoalhando suas folhas com a brisa.

– Eu acho que meu amigo viu a gente aquele dia no bar. – O tom na voz de Rafael era de nervoso ao encarar Pietro ao seu lado. – No dia dos ovos.

— Ele te disse alguma coisa? — Franziu o cenho, preocupado.

— Não, mas... — Engoliu em seco, voltando a ficar nervoso. As batidas em seu coração aceleraram ao pensar nos diversos desdobramentos que aquela informação poderia acarretar se caísse nas mãos de Jonas. — Tem agido estranho desde então. Fazendo uns comentários sarcásticos e...

Pietro esperou, apenas o olhando. Como a resposta não veio, incentivou, assentindo com a cabeça:

— E...?

— Acho que ele falou algo para a Mariana. Ela...

Resumiu em poucas palavras como ela estava parecendo desconfiada nos últimos dias. Contou que a conhecia e sabia que alguma coisa estava errada. Ela devia estar agindo, esperando o momento certo para dizer alguma coisa. Aquilo o preocupava e o deixava inquieto. Ficava com tanto medo que mal conseguia achar palavras para continuar falando e tinha a impressão de que o coração batia na garganta e não no peito. Engoliu, tentando amenizar o nervoso, porém foi inútil.

— Esta semana eles pareciam ter deixado isso de lado, mas não gostei do jeito que o Jonas olhou pra mim quando saí da escola hoje. — De novo, suas mãos começavam a tremer e a suar. — Se eles contarem para alguém, eu tô ferrado. A gente tá ferrado, Pietro. O que a gente faz?

Pietro o puxou para um abraço. Envolveu Rafael em seus braços, o sentindo apoiar a cabeça em seu peito. Descansou o queixo em meio aos fios de cabelo do menino. Era gostoso demais senti-lo assim tão perto de seu corpo, ouvi-lo acalmando a respiração pouco a pouco, diminuindo o medo e a ansiedade dentro do casulo invisível que os envolvia. Uma proteção só deles.

— A gente... — começou, e depois respirou profundamente. Talvez aquele fosse o momento perfeito para expor sua ideia. Uma hora ou outra, teria que tomar uma atitude ou então os dois viveriam nas sombras para sempre. E já não queria continuar daquele jeito. Soltou o ar, dizendo no tom mais casual possível: – A gente pode ir embora.

Sentiu Rafael ficar imóvel em seus braços. Olhou para baixo e o viu erguer a cabeça para encará-lo, os braços ainda enlaçados ao redor de sua cintura. Tinha o olhar assustado em meio ao cenho franzido, olhando como se tentasse digerir aquela informação inesperada.

– Ir embora? – O tom na voz era de surpresa, quase descrente do que os ouvidos tinham acabado de ouvir.

– É. Ir embora, se libertar dessa vida que a gente não quer. Você não precisa se casar com a Mariana e eu posso tentar uma carreira na atuação. Quem sabe? A gente pode ir pro Rio e...

Pietro mal percebeu o que o acertou. Quando deu por si, Rafael já estava se empertigando em seu colo, de frente para ele, segurando seu rosto com as duas mãos, o puxando para um beijo descontroladamente apaixonado. Não questionou nem muito menos resistiu. Pelo contrário, entrou no clima e apertou o garoto pela cintura, o sentindo se esfregar em suas coxas, provocando uma ereção gradual.

Subiu as mãos pelas costas de Rafael, sem descolar os lábios, e apreciou cada curva de seu corpo enquanto o garoto tentava puxar sua camiseta. Ergueu os braços, deixando que ele a retirasse, e logo os dois estavam com os peitos descobertos, a brisa refrescante e os pequenos raios de sol que passavam entre as folhas das árvores lambendo suas peles.

Embolaram-se no chão outra vez, ofegantes, as mãos explorando o corpo um do outro, os lábios se encontrando e as línguas primeiro duelando dentro do beijo cheio de calor, depois descendo pelas curvas de seus pescoços e navegando por terras mais baixas. Rafael se contorceu, emitindo um grunhindo de prazer, quando Pietro lambeu seu mamilo, segurando suas mãos contra o chão. O beijo foi descendo pela barriga, causando milhares de pontadas elétricas que atiçaram cada parte de seu ser.

Rafael mal conseguia enxergar. Tudo acontecia mais em sensações do que de fato pelo contato visual. Pietro tinha o poder de fazê-lo transcender, em especial quando tiravam a roupa como naquela hora. Perdeu a noção de quanto tempo ficaram ali, só percebeu que acabou quando o mundo sumiu por um segundo e ele voltou a si como se caísse lentamente do céu e entrasse em seu corpo de repente, batendo as costas no chão e voltando a enxergar o topo das árvores no alto.

Pietro estava entre suas pernas abertas, ofegante, e também se deixou descansar. Apoiou a cabeça no peito de Rafael, que ergueu lentamente uma mão para passar os dedos entre os fios de cabelo suados do garoto pelado sobre si.

— O que aconteceu? — murmurou, sorrindo para o nada.

Pietro afundou o rosto em seu estômago e riu, provocando um som abafado e cócegas que o fez se contorcer no chão, gargalhando para o céu.

— Não sei — respondeu, ao levantar o rosto e encará-lo. A visão que Rafael teve o fez querer guardá-la para sempre, como a tirinha de fotos que estava em algum lugar em seu guarda-roupa naquele momento, no alto da torre, não muito longe dali. — Mas eu quero isso para sempre.

Suspirou tranquilamente. O medo que o tomava há pouco não existia mais. Tinha diminuído só de se aconchegar no abraço de Pietro e sumido por completo quando ele sugeriu que fossem embora da cidade juntos, deixando no passado tudo que os impedia de voar. Ele estava pronto. Ia dizer sim. Queria desbravar o mundo ao lado do filho do marceneiro.

Mas, antes que pudesse dizer a frase que daria início a um novo horizonte em seu futuro, o destino fez sua jogada e mudou novamente o rumo de sua vida. Primeiro, veio o som de um graveto sendo quebrado na trilha que levava à clareira; depois, o de folhas sendo pisoteadas com passos fortes e furiosos; e, por fim, a voz ainda mais cheia de um ódio que aumentava a cada sílaba pronunciada:

— Eu sabia, Rafael! Eu sabia!

Os dois pularam de susto ao ouvi-la. Levantaram-se, agarrando a peça de roupa mais próxima no chão para cobrir os corpos nus, os olhos arregalados pelo susto e pela surpresa.

O pânico invadiu Rafael de supetão, o congelando no lugar em que estava. O choque térmico do frio penetrou cada poro de sua pele como se agulhas finas e pontiagudas lhe perfurassem, anunciando a maré de infortúnios que tinha acabado de lhe esbofetear no rosto.

Mais à frente dos garotos, Mariana os encarava com as mãos na cintura e fogo saindo pelos olhos.

Por um fio

A garota se abaixou, agarrando um galho solto no chão com o movimento de um guerreiro treinado para batalhas. Ergueu-se com o pedaço de madeira na mão, apontando para os dois meninos, que se vestiam às pressas, tropeçando nos próprios pés.

Rafael terminou de colocar as roupas o mais rápido que pôde, os olhos arregalados sem saber ao certo o que se passava em meio ao turbilhão de sentimentos que lhe acometia. Medo, vergonha e pesar. Não se arrependia de nada do que fizera com Pietro, mas, ainda assim, só o que conseguia sentir era uma vergonha em ter sido pego ali pela menina, e um pânico crescente que fazia seu sangue correr a mil por hora em suas veias. Mariana era como uma onça os encarando, e se ela decidisse atacar, poderia ser fatal.

— Mariana, esp...

— CALA A BOCA! — O grito que recebeu de volta o fez engolir as próprias palavras e dar um passo para trás. Quase caiu por cima de Pietro, que o segurou pelas costas, o impedindo de ir de encontro ao chão. — Quando o Jonas me contou, eu não quis acreditar!

Mariana o encarava, o rosto contorcido em fúria. Os dedos apertavam o galho nas mãos tão forte que suas pontas estavam brancas.

— Logo você! Não podia ser verdade! Aaaargh! — Girou nos calcanhares como sempre fazia quando era acometida por uma onda de raiva. Era o único jeito que encontrava de se aliviar um pouco. — Eu percebi que tinha alguma coisa errada, mas fingia pra mim mesma que era só ignorar que você iria parar de se afastar, de me afastar.

Rafael queria poder falar algo, mas não conseguia organizar os pensamentos. Odiava-se por sempre perder a capacidade de se expressar ou fazer qualquer coisa quando ficava nervoso ou com medo como naquela hora. Parecia que ia perder os sentidos a qualquer instante. Talvez fosse a forma que seu inconsciente buscava para escapar da situação em que se encontrava. As batidas cardíacas estouravam em seus ouvidos enquanto o sangue corria pelas veias, causando uma quentura desagradável nas bochechas e na base das orelhas. Mil possibilidades lhe passaram pela mente. Mariana contando tudo aos seus pais, Mariana partindo para cima deles com aquele galho nas mãos, Mário lhe dando uma surra por envergonhar o nome da família, Jonas rindo da sua cara... Só percebeu que estava prestes a ter um ataque de pânico quando sentiu a própria respiração acelerada começar a perder o controle.

Antes que ruísse de uma vez por todas, sentiu o aperto reconfortante da mão de Pietro em seu ombro direito, em sinal de apoio. Virou o rosto para trás e encontrou seu semblante preocupado encarando a fúria da loira um pouco à frente dos dois, mas voltou a olhar para ela logo em seguida.

— Eu fui tão burra! — Mais um urro de raiva. — Você me trocou por... — Naquele momento ela olhou diretamente para Pietro pela primeira vez, e as chamas em seus olhos se tornaram um incêndio. As narinas expandiram e diminuíram enquanto ela tentava se controlar ao levantar o pedaço de galho e apontar na direção dele. — Me trocou por um... por uma bicha!

O sangue de Pietro lhe subiu à cabeça e ele não soube dizer se foi pela antipatia que sentia pela garota desde a primeira vez que tinham se visto em frente à padaria e pelo olhar de desprezo que ela lhe lançara, ou se por tê-lo chamado de bicha daquela maneira tão pejorativa. Sua mão se fechou ao lado do corpo e a outra, que ainda segurava o ombro de Rafael, o apertou sem a intenção. O garoto soltou uma leve exclamação ao sentir a pressão e só então Pietro o soltou, desculpando-se com um olhar carinhoso.

— Vai se foder! — cuspiu as palavras com os dentes cerrados, tremendo, se dirigindo à menina.

Mariana o olhou com espanto em vez da esperada raiva. Até mesmo Rafael se virou e ficou de frente para ele, um olhar assustado estampado no rosto.

— Como é? — retorquiu a garota. — O que você disse?

— Eu mandei você ir se foder, sua patricinha de merda! — Agora era tarde. Tinha perdido as estribeiras, e a raiva crescente em seu âmago não lhe permitia controlar o que saía de sua boca. — Quem você acha que é para falar assim?

— Quem você acha que é para dirigir a palavra a mim? — O galho voou da mão dela e por pouco não o atingiu na testa. Só evitou de abrir um corte na pele porque ele se inclinou, puxando Rafael consigo. — Gente da sua laia não devia nem chegar perto daqui.

— Mariana! — Rafael surpreendeu a si mesmo com a firmeza na voz ao falar com ela. Caminhou alguns passos na direção dela, agora que ela estava de mãos vazias. A garota apenas o encarou, desconfiada, à medida que ele se aproximava. — Chega, por favor! Vamos conversar. Não é nad...

— Não vem me dizer que não é nada do que eu tô pensando, porque é, sim! — A histeria em seu tom só aumentava. — Eu vi muito bem o que vocês dois estavam fazendo! O Jonas me contou que viu você naquela espelunca de bichas! — Fez uma pausa, olhando de Pietro para o noivo com nojo. Só de imaginar o que aqueles dois faziam seu estômago embrulhava. — Eu não acredito, Rafael! Logo você! Pelo amor de Deus!

Levou as mãos à cabeça, visivelmente perturbada. Os dedos correram pelos fios loiros, desfazendo algumas ondas. Seus olhos azuis se encheram de lágrimas e ficaram vermelhos quando o choro ameaçou cair.

— Vamos resolver isso numa boa, Mariana. — Rafael tentou soar o mais calmo possível, mas havia um nó em sua garganta, um frio em seu estômago, e suas pernas perdiam a força.

Seu segredo estava por um finíssimo fio. Tudo dependia somente daquela bomba-relógio à sua frente, que era a menina à beira de um ataque de nervos. Se ela explodisse e contasse a descoberta, sua vida se transformaria em um inferno ainda maior, se é que era possível. Só de cogitar a ideia de Mário sabendo de seu envolvimento com Pietro, Rafael suou frio. O homem podia até nem usar força física contra o garoto, mas... Engoliu em seco só de pensar. Ele tinha influência e dinheiro. Se quisesse, poderia acabar com Pietro em um instante. Conhecia bem o pai que tinha, e sabia que faria algo muito ruim contra o filho do marceneiro somente para atingi-lo onde doeria mais. Quase perdeu o equilíbrio só de imaginar aquela possibilidade.

— Por favor...

Manteve o olhar no dela e ergueu as mãos, ousando dar um passo para mais perto, como se estivesse se aproximando de um animal selvagem para tocá-lo com cautela. Mariana o encarou de volta, parecendo se acalmar um pouco, até que assentiu, dizendo:

— Mas eu o quero longe daqui. — Indicou Pietro com um aceno de cabeça, ainda encarando o noivo.

Rafael virou um olhar suplicante para Pietro. Não trocaram nenhuma palavra, mas tiveram toda uma conversa com os olhos. Ficou com medo de o garoto não entender e continuar perdendo o controle, mas ele amenizou a expressão e concordou. Respirou fundo e se abaixou para pegar a bolsa de lona que jazia perto dos galhos. Não tinha cortado madeira nenhuma. Iria voltar para casa do mesmo jeito que tinha saído.

Teria que inventar uma desculpa qualquer para o pai quando chegasse. Mas talvez fosse melhor assim. Era melhor se afastar dali antes que perdesse ainda mais a cabeça com a arrogância daquela garota.

Lançou um último olhar para trás quando começou a caminhar em direção à trilha e viu um sorriso de agradecimento discreto partir os lábios de Rafael. Seguiu seu rumo de volta para a cidade com a cabeça cheia, pensando nas possibilidades do que poderia acontecer dali para frente. Fosse o que fosse, ele precisava estar preparado.

O futuro dos dois dependia do menino que tinha ficado na clareira com Mariana.

Ao passar em frente ao casarão dos Albuquerque, Pietro nem se deu ao trabalho de olhar para dentro. A única pessoa que o interessava naquele lugar tinha ficado lá atrás, dentro da floresta, com Mariana. Foi só ao continuar seu caminho pela rua em direção à cidade que percebeu um carro preto parado no meio-fio, um pouco mais distante do portão. Reconheceu-o como um veículo oficial da prefeitura. O motorista dentro do transporte tinha a cabeça abaixada, o queixo contra o peito, aproveitando um cochilo. Com certeza tinha trazido a filha do prefeito até ali e agora a esperava voltar, sem saber o que se passava em meio àquelas árvores.

Nos próximos minutos em que continuou, se afastando de vez, o céu foi tomado por nuvens carregadas, trazendo uma escuridão precoce para o horário do dia. Pietro levantou o olhar e viu o tempo fechando. As primeiras gotas de chuva tocaram seu rosto. Talvez aquele fosse o universo refletindo a merda em que ele e Rafael estavam metidos agora que a menina tinha descoberto sobre eles.

Apressou o passo, erguendo a bolsa de lona sobre a cabeça com os braços à medida que a chuva engrossava. Os pingos agora eram tão grandes que caíam pesados na pele e, mesmo com a proteção, o molharam, deixando as roupas empapadas e justas em seu corpo. Quando chegou em casa, parecia ter saído de uma piscina; os cabelos colados na testa e na lateral do rosto pesavam. Pietro entrou na sala, livrando-se da bolsa ao jogá-la no chão, e balançou a cabeça para se secar.

— Pietro, tá molhando tudo! — Josefa apareceu sob o arco entre a cozinha e a sala, o olhando com um semblante furioso. Ela subiu as escadas enquanto o filho torcia as roupas e logo voltou com uma toalha entre os braços, que entregou para ele.

— Obrigado. — O garoto pegou o tecido e começou a se secar sob o olhar preocupado da mãe.

— Que chuva mais do nada! — Ela se aproximou da janela e se inclinou para olhar o lado de fora pelo quintal. — Começou sem nenhum aviso. — Voltou-se para o filho de novo. A voz saiu num murmúrio: — Trouxe o material pro seu pai?

Pietro negou com um aceno de cabeça, pesaroso. Nem teria como, mesmo se quisesse. Depois de tudo que tinha acontecido, não teria condições para cortar madeira, ou talvez tivesse, descontando a raiva que sentia nas machadadas que daria nos galhos que agora estavam longe.

— A chuva não deixou — mentiu, dando de ombros.

— Seu pai vai ficar furioso. — Josefa juntou as mãos em frente ao corpo em sinal de nervosismo. — Ele estava contando com isso.

— Eu converso com ele. — Pietro se abaixou e pegou a bolsa de lona no chão, a jogando no ombro de novo. — Ele tá na oficina?

Ela apenas assentiu, lançando ao filho um olhar suplicante para que tivesse cuidado. Ele a olhou de volta e acariciou sua bochecha de leve, tentando tranquilizá-la. Desde aquela noite em que Fernando tinha perdido o controle e agredido a esposa de novo, Josefa parecia estar sempre apreensiva, mais do que o normal. O medo que via na mãe só dava a Pietro ainda mais força para seguir com seu plano de ir embora da cidade, melhorar de vida e então voltar para buscá-la. Se dependesse dele, ela largava o pai naquele mesmo instante, mas sabia que Josefa, em toda sua vida, jamais faria algo do tipo. Sempre fora muito obediente ao marido. A mudança dependia, agora, do garoto.

Correndo, Pietro cruzou a pequena área descoberta do quintal dos fundos e adentrou na oficina. Colocou a bolsa de lona no chão com um baque do machado dentro dela ecoando abafado pelo ar. Fernando estava perto de um balcão ao fundo, lixando um pedaço de madeira, quando viu o filho entrando. Apenas olhou para ele sem nenhum interesse e depois voltou ao serviço.

– Trouxe mais? – A pergunta chegou de modo grosseiro a autoritário.

– Não consegui... – Pietro começou, cauteloso. Em sua cabeça, estava confiante e achava que era hora de enfrentar a grosseria desnecessária do pai, mas agora que começava a falar em voz alta, irritou-se consigo mesmo com a mansidão do tom que saía de sua boca. A áurea impositiva do homem mais velho era realmente muito pesada. – Começou a chover e... e não deu. Seria impossível cortar madeira nessa chuva toda.

O barulho explodiu pelo ar, e Pietro se sobressaltou de susto. Fernando jogou a peça de madeira que lixava na parede com força, e o objeto se espatifou no chão causando um estrondo. Quando ele virou para trás, os olhos fuzilavam o filho com uma fúria descontrolada.

– Mas que droga, moleque! – A voz saiu como um trovão raivoso, o grito repentino ecoando pela oficina. Pietro se encolheu contra a parede atrás de si, os olhos arregalados. – Você tinha um trabalho a fazer e nem isso conseguiu fazer direito! SÓ UM!

As veias no pescoço de Fernando estavam estufadas e ele ficava cada vez mais vermelho devido ao ataque de nervos. Uma gota de suor escorreu de sua testa no mesmo instante em que ele passou a mão direita pelo balcão e agarrou um martelo que jazia na superfície. Pietro ficou em alerta, o coração acelerado. Nunca tinha visto o pai perder o controle daquele jeito. O homem se aproximou com a ferramenta na mão, enquanto continuava gritando.

— Era só pegar a porra da madeira e trazer! — A cada palavra, a voz se tornava mais grave, e Fernando sacudia o objeto na mão de forma ameaçadora. — QUAL A DIFICULDADE NISSO?

Pietro realmente achou que algo mais grave fosse acontecer quando viu Fernando erguer o martelo no ar. Já estava se preparando para se defender quando ele desceu a ferramenta contra o balcão, causando um baque que estourou na oficina cheia de tralhas. A fúria tomou conta do peito do garoto. Toda a raiva que vinha acumulando desde que tinha saído da floresta, pelo olhar superior de Mariana a ele e pela dificuldade de poder ficar em paz com Rafael... tudo lhe subiu à cabeça naquele instante. Não conseguiu se conter ao gritar contra o pai:

— Vai bater em mim agora? — Fernando ficou imóvel, como se, de repente, tivesse virado uma estátua. — Vai bater em mim também ou você só bate em mulher?

Quando percebeu o que tinha dito, já era tarde. Não pretendia falar daquele jeito, pois tinha medo do que poderia acontecer, mas então não tinha mais volta. Fechou a boca, respirando ofegante, e ficou encarando Fernando, pronto para enfrentar as consequências de seu ato de insubordinação. Os segundos se passaram, e um trovão ecoou do lado de fora. O único som era o das gotas de chuva batendo contra o teto do galpão da oficina.

— Saia da minha frente agora, seu ingrato! — Fernando quebrou o silêncio com a voz rouca. — Sai daqui agora se não quiser que as coisas fiquem feias pro seu lado!

Pietro ainda o encarou por mais alguns instantes antes que seu corpo obedecesse à ordem e acabasse saindo dali, correndo de volta pelo quintal até entrar em casa e passar por uma Josefa preocupada na sala. O olhar da mulher era questionador, mas o garoto negou com a cabeça e subiu para seu quarto a passos pesados e largos.

Após tomar um banho quente para limpar a água da chuva, se deitou em sua cama. Os pensamentos o invadiram como se fossem cães à espreita, apenas esperando que ele tivesse um momento de relaxamento para poderem atacar. Sua mente viajou direto para a clareira onde ele e Rafael estiveram há pouco. Agora, o garoto devia estar com Mariana, ainda discutindo em meio à chuva. Será? Ou já teriam conversado? O que teriam resolvido?

E se a menina resolvesse abrir a boca e contar para todo mundo? O que seria dele e de Rafael? A cidade toda ia comentar, mas para o outro menino seria ainda pior, pela notoriedade que tinha na sociedade. Ele, Pietro, teria que lidar mais com a reação dos pais. Engoliu em seco ao pensar na possibilidade. Se Fernando descobrisse, seria seu fim. Ficaria tão furioso que seria capaz de qualquer coisa, visto o temperamento explosivo e o pavio cada vez mais curto do marceneiro nos últimos tempos.

As palpitações de seu coração pulsavam retumbantes nos ouvidos. Só de pensar no que lhe poderia acontecer já se sentia nervoso. Mas tinha um plano. Tinha que ter um. Não podia ficar parado esperando o desfecho. Se tudo desse errado, ele teria que adiantar sua saída da cidade. Não ia esperar para ver, de jeito nenhum. Precisava estar pronto.

Quando mais um trovão ribombou do lado de fora, causando um clarão que invadiu o quarto, Pietro estava de pé outra vez. Abaixou-se em frente ao guarda-roupa aberto e puxou uma mala de um canto do móvel. Estava vazia, pois ele quase nunca a usava. Podia contar nos dedos as vezes em que tinha saído da cidade. E, devido ao tempo em que estava guardada ali dentro, sentiu um leve cheiro de mofo.

Abriu-a no chão e começou a jogar algumas peças de roupa em seu interior, as dobrando de maneira desajeitada. Estava tão furioso com a situação toda que mal percebeu os grunhidos baixos que soltava ao colocá-las na mala. Pegou algumas camisetas, umas calças, meias e cuecas, enfurnando tudo até que nada mais coubesse. Depois, fechou o zíper e sentou na cama, olhando para baixo. Foi acalmando a respiração enquanto colocava os pensamentos em ordem e o barulho da chuva batia contra o vidro da janela.

Pronto. A mala estava pronta. Se tudo desse errado, ele não ficaria em Petrópolis para ver as consequências. Só esperava que Rafael estivesse com ele quando chegasse a hora.

O sol que entrou pela janela na manhã seguinte estapeava seu rosto. Pietro abriu os olhos lentamente, demorando alguns segundos até entender onde estava e tudo que tinha acontecido na noite anterior. A julgar pelo céu azul do lado de fora, ninguém diria que uma tempestade havia se abatido sem qualquer aviso sobre a cidade no fim da última tarde. O garoto esfregou a testa e logo se sentou, despertando por completo ao relembrar todos os acontecimentos mais recentes. Precisava ter notícias de Rafael, saber como a conversa com Mariana tinha sido.

Quase caiu por cima da mala cheia que jazia no meio do quarto, esperando pelo momento em que iniciaria a viagem, quando calçou os sapatos às pressas. Pegou uma folha de caderno na mochila, retirou um lápis do estojo e se apoiou na mesinha do canto, sem se preocupar em sentar. Não havia tempo. Tinha que ser rápido, por isso rabiscou as palavras de qualquer jeito e depois dobrou o papel entre os dedos. Saiu pelo corredor e nem mesmo escovou os dentes. Só queria saber tudo o mais rápido possível. Ao passar pela sala de estar, viu os pais sentados na cozinha através do arco que dividia os dois cômodos, mas não falou com eles. Fernando o olhou de seu lugar, uma xícara de café encostada nos lábios, e depois voltou a atenção ao café da manhã. Josefa estava de costas e só se virou quando o filho já batia a porta da frente e saía para o quintal.

A rua estava tão movimentada quanto um sábado de sol típico. Não era nem hora do almoço ainda, mas várias crianças já estavam correndo de um lado para o outro, brincando, e alguns adultos também saíam para seus afazeres. Pietro reconheceu uma de suas vizinhas saindo de um portão na esquina mais à frente e acenou para a senhora quando ela o olhou com um sorriso no rosto.

O garoto se aproximou de um grupo de meninos mais novos que estavam sentados no meio-fio, tomando sorvete e falando tão alto que qualquer um os ouviria, mesmo a quilômetros de distância. Enxergou Benjamin no meio deles e respirou aliviado.

– Pietro! – exclamou o menino, abrindo um sorriso de dentes tortos. Pietro bagunçou seus cabelos, sob o olhar dos outros garotos mais novos. – Você perdeu o sorveteiro. Ele passou aqui agorinha, mas disse que vai voltar mais tarde.

– Preciso da sua ajuda. – Decidiu ir direto ao assunto. A aflição que o corroía por dentro ia acabar com ele se não tivesse notícias de Rafael logo. Sua vontade era ir até o casarão e gritar no portão até que ele saísse e lhe contasse tudo, mas, dados os acontecimentos mais recentes, achou que seria mais seguro mandar uma mensagem. Estendeu o papel dobrado na direção de Benjamin, abrindo um sorriso. – Você já sabe o que fazer, né?

Viu o desânimo no rosto do menino, que fez um bico e franziu o cenho.

– Bom... – O garoto mais velho colocou a mão no queixo, fingindo pensar. – Será que dois sorvetes te dariam ânimo?

Os olhos de Benjamin brilharam e ele praticamente arrancou o bilhete da mão de Pietro, rindo enquanto terminava de saborear o picolé.

– Eu quero um de morango e um de baunilha! – Apontou um dedo autoritário na direção de Pietro, enquanto começava a andar na direção oposta. – Acho bom você ficar aqui pra não deixar o sorveteiro passar quando ele voltar, hein!

– Pode deixar, chefe! – Pietro levou os dedos à testa em sinal de continência, enquanto ria para o garotinho que se afastava. Os outros logo dispersaram a atenção, voltando a saborear seus próprios sorvetes e se distraindo com as conversas. – Não saia de lá sem uma resposta!

Benjamin virou a esquina. Pietro colocou as mãos nos bolsos e ficou parado olhando para o nada, ouvindo o barulho da rua ao redor. Lançou um pedido ao universo mais uma vez, desejando que a resposta de Rafael não fosse tão ruim quanto o pressentimento que tinha.

—

Pietro tinha acabado de terminar o almoço quando ouviu Benjamin gritar seu nome do portão. O clima em casa estava tenso, mas não muito diferente do que sempre tinha sido. O pai ignorava o fato de que tinha perdido o controle na oficina no dia anterior, e o garoto também não tocava no assunto. O homem, durante a refeição, comentava de alguma notícia que saía pelo rádio no balcão do armário, mas o menino mal prestava atenção. Sua mente continuava vagando em algum lugar no casarão dos Albuquerque, imaginando se Rafael já teria recebido o bilhete e se mandaria alguma resposta. Por isso, quando ouviu o grito da rua, largou o prato na mesa e correu para o lado de fora, sem se importar com o olhar dos pais.

Chegou ao portão, e Benjamin lhe entregou uma folha dobrada. Continuou com a mão estendida, o olhando com uma expressão questionadora.

– Cadê meus sorvetes? – Abriu um sorriso de dentes tortos. – Hoje demorou, hein! Tive que ficar esperando seu amigo na rua enquanto ele foi escrever a resposta. Acho que mereço até um extra.

Pietro revirou os olhos, fingindo estar cansado, mas achava graça no menino. Enfiou a mão nos bolsos e achou umas moedas ali dentro. Despejou-as na palma de Benjamin e deu um tapinha de leve em seu ombro direito.

— Acho que isso deve dar — disse. — O sorveteiro ainda não passou, mas deve vir logo. Fica de olho aí na rua.

O garotinho estava radiante ao receber as moedas para o sorvete. Agradeceu, empolgado, e se afastou correndo na direção dos amigos, que jogavam bola mais à frente no asfalto. Pietro ficou encostado ali mesmo, no muro baixo que separava seu quintal da calçada, quando abriu a folha dobrada. A caligrafia de Rafael estava irregular, como se ele também tivesse escrito às pressas, por medo de ser pego ou por ansiedade. Não importava, mas a cada palavra lida o coração do filho do marceneiro parava um pouco mais, com medo do que leria a seguir.

Pietro,

Me desculpa por ter deixado
você ir embora sozinho,
mas eu precisava resolver tudo com a Mariana.
Eu conversei com ela,
a gente até pegou um pouco de chuva,
mas deu tudo certo na medida do possível.
Ela concordou em não contar nada pra ninguém,
então nosso segredo está seguro. Mas...

Ali havia um rabisco nas palavras, como se ele tivesse hesitado antes de continuar. A letra depois disso ficava ainda mais difícil de ler, mas Pietro conseguiu seguir em frente.

Mas não podemos continuar nos vendo. É muito arriscado. A Mariana e o Jonas já estão sabendo, e precisamos acabar com isso antes que se espalhe para mais pessoas e a situação saia do nosso controle.
Eu amei cada momento ao seu lado. Você fez com que eu me sentisse livre e como se fosse eu mesmo pela primeira vez. Mas eu preciso voltar para a realidade... Me desculpa, mas acho melhor a gente não se ver mais. Não me mande mais nenhum recado nem venha me procurar. Acho melhor assim. Sinto muito.
E obrigado por tudo. Nunca vou te esquecer.

R.

Ele ficou em estado catatônico por alguns momentos, observando o papel em suas mãos. O rosto franzido, a boca aberta sem entender. Despertou somente quando uma lágrima de desgosto caiu de seus olhos e foi engolida pelo papel, borrando algumas letras. Aquela mensagem não podia ser sincera. Não fazia sentido. Rafael estava se deixando dominar pelo medo e pela vontade de outras pessoas. Era a única explicação possível. Não soava nem um pouco convincente. A letra como um garrancho feito às pressas, os rabiscos e o papel meio amassado, tudo indicava que toda aquela baboseira nas palavras do garoto não passava de mentiras. Simplesmente não se encaixavam com a realidade entre eles. Suspeito, muito suspeito...

Não o procurar mais?

Sinto muito, Rafael, mas eu não vou fazer o que você tá pedindo!

Pietro estava sentado em frente ao casarão, na beira da floresta. Dali, podia ver o portão e quem passava por ele para entrar ou sair. Se erguesse o olhar, veria, depois do muro, despontando contra o céu claro, a torre onde ficava o quarto de Rafael. Ignorando completamente o pedido da carta, o garoto acordou cedo no domingo e saiu sem nem mesmo tomar café. Tinha dito aos pais que precisava esticar as pernas um pouco. E não tinha sido de todo uma mentira, pois o caminho de sua casa até onde estava sentado agora não era curto.

Tinha passado o dia anterior inteiro remoendo aquela mensagem, sem querer acreditar nas palavras. Rafael tinha literalmente se jogado diante dele na floresta quando sugeriu que fossem embora juntos, e agora estava querendo distância. Impossível. Precisava tirar tudo a limpo. Afinal, sua mala ainda estava pronta, escondida embaixo da cama naquele momento, apenas esperando a hora de partir.

Ergueu o olhar para a torre, na esperança de ver Rafael o olhando da janela, mas só enxergou o vidro fechado lá no alto. Não tinha visto um movimento sequer dentro da casa desde que tinha chegado, uns quinze minutos antes. Será que estariam lá dentro ou tinham saído cedo? Qualquer que fosse a resposta, ele iria esperar. Não iria sair dali até que tivesse a chance de resolver tudo.

Recostou-se ao tronco de uma árvore e aguardou. Estava quase pegando no sono quando ouviu o barulho do portão sendo aberto. Levantou-se em um salto, correndo para se esconder atrás da árvore quando o carro da família saiu. O motorista que ele já tinha visto antes desceu, fechou o portão e voltou ao veículo. Pietro enxergou os pais de Rafael no banco de trás quando se afastaram. Estavam vestidos de maneira tão elegante que o garoto conseguiu imaginá-los chegando em algum clube de gente rica para tomar café da manhã. Só que Rafael não estava com eles, então...

Sabia que estava sendo observado antes mesmo de erguer o rosto e encontrar seu olhar lá no alto. Viu-o parado na janela, o encarando como das primeiras vezes que tinham se visto, o que parecia ter sido há um milhão de anos. Pietro acenou, sorrindo, e apontou para a floresta, indicando que eles se encontrassem lá. Rafael franziu o cenho, perdido entre braveza e medo, e negou com a cabeça. Pietro retrucou, cruzando os braços e se sentando no chão, ainda no campo de visão do outro.

Não saio daqui enquanto você não descer para falar comigo!

O gesto demonstrava o pensamento que passou pela sua cabeça. Manteve o olhar fixo lá em cima e continuou sentado. Rafael suspirou, embaçando o vidro à sua frente e encostou a palma na superfície. Fez o mesmo com o rosto, ainda balançando a cabeça em sinal de negação, mas dessa vez parecia rendido. Em seguida, sumiu dentro do quarto, e Pietro esperou, não contendo um sorrisinho.

Pouco depois, Rafael saiu pelo portão e se aproximou dele a passos hesitantes, olhando para trás como se estivesse com medo de estar sendo seguido.

— Eu sei que você falou para eu não vir te ver, mas...

Calou-se quando Rafael se jogou para cima dele, o envolvendo em um abraço apertado que a princípio o deixou surpreso, mas logo Pietro o enlaçou também, sentindo o calor de seu corpo no peito. Afastou o rosto e se encararam por um segundo antes de se beijarem.

— A gente não pode ficar aqui por muito tempo — disse Rafael, levando uma mão ao rosto de Pietro e passando o polegar por sua bochecha. Não sabia quando, ou se, teria outra oportunidade de senti-lo tão perto outra vez.

— Vamos embora, Rafael. — Era tudo em que conseguia pensar. Não queria mais ficar nem um minuto naquela cidade. Estava pronto para deixar tudo para trás e seguir com a vida. Só voltaria lá para resgatar sua mãe das garras de Fernando. Mas não poderia ficar mais. – Eu quero ir, mas quero ir com você ao meu lado.

Rafael sorriu ao mesmo tempo que uma lágrima escorreu, trilhando pela bochecha até o queixo.

– É tudo que eu quero, Pietro. – Segurou o rosto dele com as duas mãos, certificando-se de que se lembraria daquela imagem para sempre. De como ele era bonito, e ainda mais com aquela expressão decidida e preocupada no semblante. – Mas a gente não pode fazer isso.

– E por que não? – Uma pitada de impaciência deixava sua voz mais agressiva que o normal. – É o único jeito de a gente ficar em paz.

– Se a gente fizer isso agora, é muito arriscado. – Rafael o encarava com olhos vermelhos. – Se eu sumir, a Mariana vai saber o que aconteceu e contar tudo aos meus pais. Eles vão acabar nos encontrando, eles têm recursos pra isso. Não vamos ter paz.

– Mas... – Pietro suspirou. Desviou o olhar por um segundo, observando a rua vazia. De um lado, a residência gigante; do outro, o início da floresta. Ele tinha razão. Infelizmente, estava certo. Amaldiçoou Mariana em pensamentos. Se não fosse por ela...

– A Mariana só concordou em não contar nada se eu ficasse com ela – continuou Rafael. – Ela quer manter o casamento, e disse que não vai contar pra ninguém só se eu nunca mais me encontrar com você. Ela acha que assim eu vou te esquecer e gostar dela.

Algo se revirou no peito de Pietro. Imaginar Rafael com Mariana lhe trouxe uma estranha tristeza que fez o sangue esquentar por baixo de sua pele. Ciúme. Ele estava morrendo de ciúme. A ideia lhe era muito desconfortável. Deslizou lentamente os olhos para a boca do rapaz à sua frente. Ergueu os dedos e tateou os lábios dele, sentindo a textura macia da pele.

– E você vai? – perguntou, a voz quase falhando. Nunca tinha sentido aquilo por ninguém a vida toda. – Me esquecer?

— É claro que não. — Rafael se aproximou, colando sua testa na dele. — Eu nunca vou te esquecer.

Pietro suspirou, descendo as mãos pelos braços de Rafael até pará-las em sua cintura. Envolveu-o e colou seu corpo no dele.

— Eu não quero parar de te ver — admitiu.

— Vai ser só por um tempo. — A voz de Rafael saiu embargada. Estava prestes a chorar. — Até a poeira abaixar, e a Mariana achar que ela venceu.

— Mas você vai se casar — soltou Pietro, se arrependendo logo em seguida. Rafael pareceu ficar ainda mais triste ao se lembrar do fato iminente.

— Eu sei — sussurrou. — Vamos deixar tudo se acalmar, e aí a gente vai embora daqui. Com ou sem casamento. Eu prometo.

Tudo que Rafael tinha escrito na carta parecia irrelevante agora que estava diante do garoto. Vê-lo ali tornava tudo ainda mais difícil. Como esquecê-lo para sempre se tudo que seu coração pedia era para que ficasse com ele? Não conseguiria. Os desejos e algo muito maior do que os dois sempre os levavam um para o outro. Por mais que fosse complicado, seus caminhos se cruzavam de uma forma ou de outra.

— Minha mala já está pronta. — Pietro riu, se afastando da testa de Rafael para poder olhá-lo nos olhos. — Eu a fiz na sexta mesmo. Tá lá no meu quarto.

— Deixa assim. — Segurou as mãos dele. — Vamos precisar dela mais pra frente.

— Vou contar com isso.

— Mas, por enquanto — Rafael hesitou, passando a língua pelos lábios. Pietro quis beijá-lo como nunca antes —, a gente não pode se ver.

O filho do marceneiro assentiu, cabisbaixo. Por mais que doesse em seu coração, ele estava certo. O melhor a fazerem era esperar. Um passo para trás para que tomassem impulso e dessem dois, três para a frente. Seria um período doloroso, agora que tinha se acostumado com Rafael e com a perspectiva que tinha trazido à sua vida. Porém, seria necessário.

– Eu vou te esperar – disse, encaixando os dedos na nuca de Rafael e o puxando para um beijo. Afastaram-se, as respirações ofegantes.

– E eu vou até você.

Uma brisa sacudiu as folhas das árvores ali perto, e Rafael sentiu, do outro lado do muro, as flores em seu jardim se agitando assim como ele estava por dentro. Elas vibravam de emoção, medo, ansiedade e amor. Tudo que ele tinha em seu coração naquele momento.

– Até logo? – Pietro passou a mão pelo canto de seu rosto, o acariciando de leve. Aquele toque causou arrepios em Rafael e o tranquilizou como da primeira vez em que o tinha sentido, sentado na clareira da floresta.

– Até logo.

Afastou-se com um sorriso, entrando pelo portão. O outro menino ainda ficou ali por mais algum tempo, olhando para cima até que viu Rafael na janela do quarto. Então acenou em despedida.

Pietro aguardou até que o garoto no alto da torre desaparecesse no interior do aposento para poder ir embora.

Despedida

Rafael ficou com tanta raiva da situação que criou uma coragem estranha até para si mesmo. Na segunda-feira pela manhã, caminhava pelo corredor em direção à sala de aula quando viu Jonas sozinho inclinado sobre o bebedouro no canto direito. Era uma das poucas vezes em que o encontrava sem a companhia de Murilo e Guilherme, e esse fato colaborou para impulsioná-lo a seguir na direção do colega.

— Por que você fez isso? — Não houve cumprimento ou qualquer formalidade, apenas cuspiu a pergunta para o garoto que se afastava do bebedouro e o olhava com sarcasmo.

— Isso o quê? — Jonas ergueu uma sobrancelha.

O ato debochado aumentou a fúria de Rafael. Sentiu um músculo tremer no rosto e pressionou a mandíbula tão forte que a cabeça ameaçou doer. Deixou-se levar pelo sentimento e quando viu já tinha feito. Segurava Jonas pela gola da camisa do uniforme e o empurrava contra a parede. Apertou a roupa entre as mãos, chegando tão perto de seu rosto a ponto de sentir a respiração do garoto contra sua pele.

— Por que foi abrir o bico para a Mariana, seu imbecil?

Jonas soltou uma risada irônica, encarando Rafael sem desviar os olhos.

— Me solta — sussurrou, gotículas de saliva pousaram no rosto do colega enquanto falava.

Rafael o soltou, tentando controlar a raiva. Dificilmente exteriorizava os sentimentos, e todas aquelas sensações eram novas para ele. Jonas desamassou a gola enquanto dava um passo para trás. Alguns alunos que passavam pelo corredor os olhavam de longe, um burburinho começando a surgir pelo ar.

— Eu não curto isso, não, tá me entendendo? — Jonas provocou, com um sorriso de escárnio partindo os lábios. — Vai querer me beijar agora também, bichinha?

Foi nesse momento que Rafael perdeu totalmente o controle, como se a fúria se apossasse dele e dominasse suas ações, pois ele mesmo não achava que seria capaz de fazer aquele tipo de coisa. Viu-se fechando o punho direito e lançando o braço para trás. Em seguida, o impulsionou para frente com toda a força que conseguiu jogar no movimento. Sentiu os nós dos dedos afundarem no rosto de Jonas no mesmo instante em que a dor o atingiu devido ao impacto.

Surpreso, o colega cambaleou, se recostando na parede ao lado do bebedouro. Levantou o olhar assustado com um filete de sangue escorrendo pela boca e pintando os dentes de vermelho.

— Filho da puta!

A confusão se instalou a partir daí. Jonas abriu os braços e se jogou contra Rafael, grunhindo. Agarrou-o pela cintura e os dois caíram, rolando pelo chão do corredor enquanto uma plateia se formava ao redor, gritando, erguendo os braços e assobiando como se assistissem a um show e comemorassem a entrada de um ídolo. Os dois garotos se engalfinharam, Jonas montado em Rafael, tentando socá-lo, ao passo que o garoto Albuquerque se defendia com os braços em frente ao rosto. Vendo uma brecha, conseguiu acertar um golpe na costela de Jonas, o deixando desestabilizado por alguns instantes. Rafael aproveitou e o empurrou para o lado, agora ficando por cima.

Mesmo por baixo, viu o sorriso provocador de Jonas pintado de sangue e aquilo o fez ficar com ainda mais raiva. A avalanche que vinha segurando dentro de si estourou de uma única vez. Canalizou toda a fúria que sentia em relação a Mário, a Mariana, ao casamento forjado, à menina por estar com ele nas mãos, ao fato de não poder ficar com Pietro em paz... Todo o ódio por não poder viver a vida que queria se concentrou em seu punho fechado. Então, o lançou com toda a força contra aquele idiota deitado sob si com uma expressão debochada, o golpeando um soco que, esperava, fosse capaz de quebrar a cara do colega. Depois outro. E mais um. E outro. Perdeu a conta de quantos socos tinha desferido e só parou quando dois pares de braço o agarraram e o puxaram para trás. Não olhou, mas reconheceu as vozes de Guilherme e Murilo ao seu ouvido.

— Que merda é essa?

— Que porra que tá acontecendo aqui, Rafael?

Viu Jonas se levantar, passando uma mão na boca para limpar o sangue sob o olhar da pequena plateia que se formava ao redor. Rafael ainda tentou se desvencilhar, mas os outros colegas foram firmes em seu aperto para contê-lo. Jonas o olhou, ainda rindo, e correu em sua direção, causando um alvoroço nos observadores ao redor.

Rafael não teve tempo de fazer nada, apenas sentiu o soco contra o estômago lhe tomar todo o ar. Depois veio a dor no rosto quando recebeu dois ganchos, um de cada lado.

— Já chega, Jonas! — Guilherme largou Rafael, que ficou contido apenas por Murilo, e empurrou o amigo para longe. Ficou posicionado entre os dois como um juiz, olhando de um para o outro.

Rafael sentia o rosto quente e o gosto de sangue na boca. Devia ter rasgado a pele com algum dente. Ainda assim, olhava para o outro garoto com um ódio mortal. Em meio à plateia que lhes assistia, alguém abriu caminho diretamente para o círculo no centro. Mariana parou, olhando a cena com um olhar assustado. Correu para Rafael, e só então

Murilo o soltou. A menina segurou seus ombros, observando seu rosto machucado com o cenho franzido como se ela mesma sentisse dor.

— O que tá acontecendo aqui?

Podia ter sido ela quem perguntou, mas não foi. A voz veio um pouco de trás. Os alunos que assistiam a tudo tinham aberto caminho no corredor, e a diretora da escola — uma mulher de altura mediana e longos cabelos brancos, vestindo um blazer preto com o símbolo do colégio na altura do peito — os olhava com austeridade.

— Quero os dois na minha sala agora mesmo!

Ele achou que aquele seria seu fim. Todo o esforço que estava fazendo ao ceder à chantagem de Mariana iria por água abaixo ali mesmo. As mãos começaram a suar enquanto ele estava sentado na sala da diretora, esfregando as palmas e entrelaçando os dedos entre as pernas. Ao seu lado, Jonas se acomodou em uma poltrona enquanto a mulher se sentava atrás da grande mesa de madeira.

— Seus pais estão a caminho — informou ela pela segunda vez desde que tinham entrado na sala. O aposento era composto das poltronas nas quais os estudantes estavam sentados, estantes repletas de livros acadêmicos nas paredes e a grande mesa de madeira com um porta-canetas, uma minibandeira do Brasil e diversos cadernos de anotações ao lado de um telefone preto. — Espero que tenham uma ótima explicação para o que aconteceu, pois eu não tolero esse tipo de comportamento na minha escola!

Jandira foi firme em sua afirmação. Era conhecida pela sua rigidez e, exatamente por isso, os alunos sempre andavam na linha. Impunha medo e respeito, zelando pela imagem do colégio. Nenhum dos dois garotos havia visitado aquela sala sob as circunstâncias nas quais se encontravam.

Rafael abaixou os olhos e espremeu as mãos entre as pernas, o nervosismo causando um tique que o fazia bater o pé no chão, inquieto. Jonas também encarava os próprios pés, os fios loiros caindo em frente à testa.

– Foi ele que começou – falou, em voz baixa, apenas balançando a cabeça para o lado.

Rafael engoliu a vontade de dar uma resposta grossa. Não queria piorar a própria situação ainda mais. Jonas poderia contar tudo a qualquer minuto, e o fato de saber que seus pais estavam a caminho da escola naquele instante para ouvir toda a verdade o deixava desesperado. Tanto que já podia sentir o suor se formando na testa e nas palmas. Até podia imaginar a cena de Jonas contando tudo na frente de seus pais. O pensamento lhe causou arrepios que percorreram sua espinha como se tivesse levado um banho de água gelada.

Ou até mesmo algo ainda pior, se é que era possível, podia acontecer: o colega poderia usar a informação a seu favor e chantageá-lo assim como Mariana vinha fazendo. Talvez até mesmo espalhasse a notícia por todo o colégio só para se vingar por ter levado uns socos. Ele bem que tinha merecido, mas as consequências do ataque de fúria de Rafael poderiam ser fatais e romper o fino fio que ainda o mantinha atado à sanidade.

O tique com a perna tremendo ficou ainda mais acelerado, atraindo um olhar discreto do garoto ao seu lado, com uma sobrancelha arqueada ao ver tanto nervosismo. Rafael segurava a tempestade de seus sentimentos dentro do peito, se esforçando para que não começasse a chorar. O nó na garganta tornava quase impossível engolir a saliva e sentia o sangue pulsando na cabeça de modo feroz, como se ela fosse explodir a qualquer momento.

– Eu não quero saber quem começou! – A diretora foi sucinta. – Até onde eu sei, vocês dois sempre foram amigos. E esse comportamento é inadmissível dentro dessa escola. – Jandira se recostou na cadeira e respirou fundo, soltando o ar sem pressa. Os olhos pousaram em Rafael por um longo tempo, e ele odiou aquele olhar. Sabia que ela estava ponderando sobre o que fazer. Entendia o conflito interno em sua mente. Não poderia deixar um comportamento como aquele passar impune, mas ao mesmo tempo ele era filho de Mário Albuquerque, uma das pessoas mais influentes de toda a cidade. – O que eu faço com vocês?

– Foi só um desentendimento bobo, dona Jandira. – Jonas se inclinou na poltrona, e a diretora direcionou o olhar para ele. A expressão suplicante de Jonas com o rosto machucado era real. – Não vai acontecer de novo. Não é, Rafael?

Virou para o lado, e Rafael estranhou o tom brando em sua voz. Olhou-o com desconfiança, mas sabia que Jonas tinha medo dos próprios pais. Estava fazendo aquilo por ele mesmo, apenas para evitar um castigo pesado. Não estava, em momento algum, pensando em ser gentil ou arrependido de verdade. Conhecia o garoto bem demais para ser verdade.

– Sim – concordou Rafael, voltando a encarar a diretora. – Não vai acontecer de novo.

– Mas é claro que não vai acontecer! – Jandira se mexeu na cadeira e pegou um dos cadernos na mesa, puxando uma caneta que jazia ali perto. – Se acontecer de novo, as consequências vão ser muito piores para os dois. – Abaixou a cabeça para escrever, mas logo em seguida levantou os olhos e os levou de um garoto ao outro, num aviso silencioso, até dizer: – Vou dar uma suspensão de dois dias para cada um.

Jonas franziu o cenho e ia protestar, só que ficou em silêncio. Rafael fez o mesmo, se recostando à poltrona. Uma suspensão era o menor de seus problemas. Conseguiu se acalmar um pouco ao ver que o colega ao seu lado estava em silêncio e não havia dito nada a Jandira. Encararam-se por alguns segundos até que Jonas balançou a cabeça em negativa, trazendo um alívio temporário a Rafael. O gesto significava que ele não ia contar.

Embora estivessem em uma situação ruim, ficou feliz por aquilo e até se arrependeu de ter começado a briga mais cedo. Abaixou o olhar para os pés, sentindo os lábios um tanto inchados o lembrando do soco de Jonas. Continuaram na sala da diretora enquanto ela escrevia os acontecimentos no caderno de ocorrências até que Antônia e Mário entraram pela porta, seguidos pelos pais de Jonas.

—

Rafael achou que seria muito pior, porém não questionou a fagulha de sorte que entrava pela fresta em sua maré de azar. Durante a volta para casa, estava sentado no banco de trás do veículo dirigido por seu José. O motorista ia quieto, concentrado no caminho, enquanto o garoto dividia o espaçoso banco de trás com os pais. Mário foi quem quebrou o silêncio:

— O que deu em você? — O tom de voz era autoritário. — Tive que sair do trabalho por causa disso.

— Você e o Jonas sempre foram amigos — interveio Antônia, virando o olhar para o filho.

Nunca fomos amigos, pensou o menino, encarando os pais, um de cada vez. Deu graças por Jonas ter mantido a boca fechada e não ter contado o real motivo da briga para ninguém. O medo de que fosse falar sobre Pietro quase o matara do coração na sala da diretora. Ainda sentia como se estivesse pisando em cascas de ovo, pois o outro rapaz sabia do seu segredo e, caso quisesse, poderia contar tudo. A garganta fechava de aflição só de pensar naquilo. Porém, enquanto não acontecesse, não tinha muito o que fazer além de tentar se acalmar o máximo possível.

Baixou a cabeça encarando as próprias pernas, incapaz de olhar os pais nos olhos. Receava entregar suas mentiras somente naquele gesto. As palavras que dizia, por mais difíceis que fossem, até podiam mentir, mas seu olhar não poderia esconder a verdade. Qualquer um que o olhasse diretamente saberia que Rafael Albuquerque não aguentava mais viver num tabuleiro no qual ele nada mais era do que uma peça cujos movimentos eram ditados por outra pessoa. Ainda demorou algum tempo até que conseguisse formular uma resposta que pudesse convencer Mário e Antônia a deixarem aquela situação passar impune.

– Foi por causa da Mariana. – Era a primeira desculpa que lhe vinha à mente. Pensou em todas as vezes que os colegas haviam feito comentários indiscretos e nojentos sobre a garota, então era o mais próximo de uma verdade que chegaria. Pelo menos não estaria mentindo por completo, não é? Afinal, a briga tinha acontecido por causa da boca grande de Jonas e pelo fato de Mariana não saber desistir nem o deixar em paz de uma vez por todas. – Ele me tirou do sério com umas coisas que andou falando.

Aquilo encerrou a conversa de um jeito inesperado. Pela primeira vez, viu o pai olhá-lo com satisfação nos olhos. Enxergou até mesmo a sombra de um sorriso em seus lábios, em meio à barba bem aparada, com vários fios brancos. Mário se inclinou por sobre Antônia e apertou de leve o ombro esquerdo de Rafael, assentindo com a cabeça. Aparentemente, o único momento na vida em que ele sentia algum tipo de orgulho do filho era baseado numa mentira... ou numa inverdade, como o menino preferia pensar.

Quando o veículo estacionou em frente ao casarão dos Albuquerque, Rafael desceu com Antônia. Mário saiu por último. O motorista, com o olhar para baixo, pois nunca encarava o homem diretamente nos olhos, fechou a porta e se postou com as mãos para trás, esperando que os patrões entrassem na casa. O patriarca, no entanto, permaneceu no mesmo lugar, esperando a esposa e o filho darem alguns passos. Só quando eles estavam a uma distância segura foi que se virou, o cenho franzido numa expressão austera, e disse:

— José, venha comigo até meu escritório. Preciso falar com você.

Rafael virou para trás e olhou para o pai, curioso, mas a mãe gentilmente o empurrou para dentro de casa. No hall de entrada, Mário e seu José seguiram para o lado direito, em direção ao escritório. Rafael, ainda com a mochila da escola nos ombros, decidiu ir até a cozinha antes de subir ao quarto. Antônia subiu as escadas enquanto o filho ia para a esquerda. Passou pela sala de jantar e entrou na cozinha para encontrar dona Maria limpando a pia molhada após lavar a louça.

— Ah, senhor Rafael! — A mulher virou, colocando a mão no peito. — Levei um susto. Voltou mais... Meu Deus! — Ela se aproximou dele, olhando para seu rosto com preocupação. — O que aconteceu?

Ele balançou a cabeça, sabendo que ela se referia ao rosto sujo de sangue e aos lábios inchados, a julgar pela estranheza que sentia naquela região.

— Briga besta na escola. — Abriu a geladeira, pegando uma fôrma de gelo. Seguiu até o balcão da pia e apanhou um pano de prato de dentro de uma gaveta. Retirou três cubos de gelo e os enrolou com o tecido, o levando ao rosto. Sentiu o choque da temperatura, mas ao mesmo tempo foi um alívio. — Só vim buscar um pouco de gelo pra passar nisso aqui.

— Menino, deixa eu ver isso. — A mulher se aproximou, olhando-o com uma careta. Estava agindo mais como sua mãe do que fizera a própria Antônia, que não tomava atitude para nada, nem mesmo para cuidar do filho. Foi invadido por uma mescla de raiva e pena ao pensar na situação dela. — Não parece ser nada grave. Coloca mais gelo aí.

— A senhora devia ter visto o outro cara. — Ele riu, e uma pontada de dor cortou seus lábios. Fechando os olhos, encostou o pano mais uma vez na pele machucada. Dona Maria riu, voltando a arrumar a pia molhada.

O garoto se encostou na parede ao lado da geladeira e respirou fundo, de olhos fechados enquanto pressionava o pano gelado contra o rosto. Teria dois dias de suspensão no colégio, e tudo que ele queria fazer naquele tempo era se deitar em sua cama e desaparecer nela, já que não poderia encontrar Pietro. Pelo menos esperava não ter que ver Mariana também. Ao pensar nela, o desânimo o invadiu mais uma vez. A cada dia que passava, o casamento se aproximava mais. O garoto engoliu o medo, tentando superá-lo, mas a verdade era que o desespero que habitava sua alma só crescia. A cada segundo, ficava maior e mais assustador, deixando de habitar as sombras de seu interior para se revelar à luz do dia...

Um miado cortou o ar de repente. De volta à cozinha após ter os pensamentos interrompidos, Rafael ficou imóvel, com o cenho franzido, tentando entender de onde ele tinha vindo.

– Ouviu isso? – Dona Maria olhava para o alto com uma expressão indagadora. Concentrava-se para ouvir o barulho que Rafael mal tinha percebido, até que...

O som se repetiu, mais alto.

Dona Maria foi até a janela perto da porta dos fundos, por onde os empregados entravam e saíam da casa, e observou o gramado do quintal dos Albuquerque. Estava completamente vazio, com exceção de alguns arbustos bem-cuidados. O miado ecoou de novo, mas não parecia vir de fora.

– Tá vindo de lá. – Rafael já caminhava em direção à sala de jantar ao falar.

A mulher o seguiu, e os dois pararam no grande cômodo com a mesa desnecessariamente gigante e um armário com louças paralelo a ela. Apuraram os ouvidos, olhando ao redor à procura do gato misterioso e aparentemente invisível.

"*Miaaaau.*"

O som pareceu vir de todos os lados ao mesmo tempo, devido ao espaço amplo. Só podia ser algum gato de rua. Devia ter entrado na casa sem que ninguém visse.

Dona Maria estava se abaixando ao lado da mesa para ver se encontrava o bichinho ali, ao passo que Rafael, ainda segurando o pano enrolado nos cubos de gelo, tentava olhar atrás do armário. Talvez o animal estivesse escondido ali. Ia puxar o móvel com uma mão quando seu José entrou, passando ao seu lado, cabisbaixo, segurando o chapéu do uniforme nas mãos. O garoto no mesmo instante parou o que fazia, se esquecendo completamente do miado. Os olhos do motorista estavam vermelhos; e sua expressão, desolada. Dona Maria também percebeu, pois se levantou no mesmo instante, encarando o colega com preocupação.

— José? — chamou ela. O homem parou no meio do caminho, olhando assustado para Rafael como se tivesse visto um fantasma. — O que aconteceu?

— Ah, senhor Rafael — disse ele, apertando o chapéu entre as mãos. — Não sabia que o senhor estava aqui embaixo.

— O que aconteceu? — O garoto repetiu a pergunta, uma pontada de medo começando a invadi-lo.

O motorista balançou a cabeça em negação, depois olhou para dona Maria e de volta para Rafael. Deu de ombros. Parecia incrédulo, o semblante perdido.

— Eu... — começou a falar, dessa vez evitando encarar o menino diretamente. — Eu acabei de ser demitido.

— O quê? — Foi como se levasse outro soco no rosto para Rafael. A informação parecia totalmente aleatória e perdida depois daquela manhã conturbada. — Como assim?

Seu José deu de ombros mais uma vez. Dona Maria se aproximou do colega e parou ao seu lado, colocando uma mão em seu ombro em sinal de condolência. A expressão dela era de espanto. E era de se esperar, pois o homem era o motorista dos Albuquerque há muitos anos. Como poderia ter sido demitido assim, tão de repente?

— Por quê? — questionou Rafael.

— Não se preocupe com isso, senhor Rafael. — Seu José tinha a voz distante ao falar. — Eu vou arrumar minhas coisas e ir embora.

— Não. — O garoto custava a acreditar. Estava acostumado com a presença do motorista ali desde sempre. Não conseguia imaginar um motivo plausível para aquilo estar acontecendo. Fosse o que fosse, não estava certo. — Não vai, não. Eu vou falar com o meu pai. Deve ter algum engano.

Sem esperar resposta, Rafael se retirou da sala de jantar a passos decididos na direção do escritório de Mário. Seu José e dona Maria ficaram sozinhos, trocando um olhar preocupado.

—

Rafael ainda estava tão afetado que entrou sem bater no escritório do pai. Encontrou-o sentado atrás da grande mesa de madeira, mexendo em alguns papéis. Mário levantou a cabeça com uma sobrancelha erguida, surpreso pela entrada repentina.

— Você demitiu o seu José? — O garoto foi direto ao ponto, por um segundo se esquecendo de ter modos. O homem pareceu não ligar, pois separou os lábios com um sorrisinho sem remorso. Já esperava pelo questionamento, só não achava que fosse ser tão rápido.

— Sim. — O tom em sua voz era casual, como se estivesse respondendo a uma pergunta corriqueira, como se o filho estivesse perguntando “quer café?”. — Que bom que você está aqui. Ia mandar alguém te chamar. Preciso mesmo falar com você.

Os gelos no pano em sua mão começavam a derreter, pingando no chão ao lado de seus sapatos. Rafael encarou o pai, abismado com a falta de sensibilidade dele. Um homem tinha acabado de perder o emprego de anos, e ele nem sequer mostrava qualquer tipo de emoção. Era frio como o líquido que escorria entre seus dedos, escapando pelo tecido que apertava.

— Por que você o demitiu? — Soltou a pergunta ao dar um passo adiante, na direção de uma cadeira vazia em frente à mesa do pai.

— Senta aí, Rafael. — Mário indicou o assento vazio com a mão. — É exatamente sobre isso que queria falar com você.

A fim de receber mais informações sobre o que tinha acabado de acontecer, o menino obedeceu. Sentou-se e continuou encarando o pai, esperando que continuasse.

— Posso saber por que você e o seu José foram vistos perto daquela marcenaria velha? — Os olhos escuros e penetrantes de Mário se fixaram nos seus. Rafael demorou alguns instantes até entender o que se passava e qual era a ligação de tudo. Quando a ficha caiu, sentiu a garganta secar e o sangue esfriar de medo. — Vocês acharam mesmo que ninguém te reconheceria, ou o nosso carro, e que essa informação não fosse chegar até mim?

— Eu... O que... — Estava sem palavras. Foi pego de surpresa com o questionamento. Não esperava que a demissão de José tivesse a ver com Pietro. Era como se água gelada estivesse correndo em suas veias. Congelou, os olhos arregalados e um nó na garganta surgindo. As palavras saíram com dificuldade, o pavor o paralisando aos poucos: — Você... o demitiu porque ele estava naquela região? Foi por isso?

Mário riu como se tivesse acabado de ouvir uma piada. Ajeitou-se na cadeira, se recostando nela e apoiando as mãos cruzadas sobre a barriga.

— Um dos meus funcionários viu vocês na rua e eu o ouvi conversando na firma hoje mais cedo. — Ainda o olhava, calmo. Aquela placidez o assustava mais do que quando o pai perdia a linha e gritava com ele. — Aí eu chamei o José para confirmar se era verdade. Ele não conseguiu mentir, é claro.

Rafael apertava o pano, agora molhado, e o torcia entre os dedos. Uma mescla de raiva e medo o deixou ainda mais desconfortável naquela posição tão vulnerável frente ao pai. Raiva por ele ser tão irredutível e sem coração a ponto de tirar o emprego de um homem por um motivo tão banal; e medo por... Engoliu em seco. Será que ele sabia alguma coisa sobre Pietro? O nó em sua garganta se agigantou quando de repente o arrependimento recaiu sobre seus ombros. Não de ter ido encontrar o filho do marceneiro, mas sim por ter, mesmo que de forma indireta, envolvido seu José naquilo tudo. O motorista não sabia de nada, estava apenas fazendo o que lhe tinha sido pedido, e mesmo assim era ele quem estava pagando parte do preço de estar nas mãos do Albuquerque patriarca. Quando deu por si, o garoto desviou o olhar, temeroso pelo que o homem podia ver dentro de seus olhos.

– Não soube me explicar por que estava lá, só que você pediu para ir até aquela marcenaria velha. – Mário se desencostou da cadeira e se inclinou para frente, colocando os cotovelos sobre a mesa e cruzando as mãos sobre ela. – A pergunta é: o que você queria naquela espelunca? Por acaso precisa consertar algum móvel do seu quarto?

Riu novamente e ficou quieto, encarando o filho. Rafael sentiu o suor frio na testa. As mãos estavam molhadas, e ele não soube dizer se era pelo nervosismo ou por causa dos gelos derretidos. Ou então uma mistura dos dois. Tentou respirar fundo para se acalmar. Mário não devia saber nada de Pietro. Se soubesse, a reação seria muito pior, obviamente. Com esse pensamento em mente, voltou a respirar com menos dificuldade, confortando a si mesmo. Precisava manter a calma e tomar cuidado com o que diria para poder sair daquela situação sem levantar suspeitas.

– Eu fiquei curioso – falou, soltando o ar pelo nariz em seguida. *Respira, respira*, dizia a si mesmo em pensamento. – Depois daquela história que você me contou. Sobre aquele seu amigo, o que foi seu sócio. Quis ver com meus próprios olhos o que tinha acontecido com ele.

Mário pareceu ficar sem reação por alguns segundos. Piscou algumas vezes antes de falar:

– E por que fez isso?

– Eu só fiquei curioso – Rafael repetiu, dando de ombros. Desviou o olhar para que não se entregasse. – Não sei, queria ver como ele vivia. Me desculpa, não devia ter ido.

– Nisso você tem razão. – O homem abriu um sorriso sarcástico. – Não quero você por aqueles lados da cidade. Se alguém mais te vir, vai levantar comentários. Um Albuquerque não pode andar por lá

Rafael encarou os pés, se sentindo culpado. Não por ter ido ver Pietro, mas sim por ter causado a demissão de seu José ao pedir que o levasse até lá. Pensou nas vezes em que o motorista tinha falado de sua esposa. Os dois estariam sem ter sustento a partir dali, e tudo por culpa dele. O peso da consciência quase o fez chorar, mas ele segurou as lágrimas. Ai dele se chorasse na frente de Mário.

– Por favor, não foi culpa do seu José – pediu, levantando a cabeça. – Eu que pedi a ele para me levar lá. Dê uma chance a ele.

– Ah – Mário soltou, com uma expressão de satisfação no rosto, como se tivesse acabado de triunfar em algo que desejava –, nem ele nem você terão segunda chance. Não vou deixar que nada parecido aconteça de novo.

Rafael queria perguntar o que aquilo significava, mas seus instintos o alertaram que era melhor ficar quieto antes que o pai perdesse a paciência.

– Vai – ordenou o homem, apontando para a porta. – Pode sair. Preciso fazer umas ligações.

Aquilo encerrava a conversa. Não havia nada que pudesse ser feito a não ser esperar para descobrir o que aconteceria. Quando se retirou da sala, seu corpo todo tremia, e Rafael não soube dizer se era de raiva, arrependimento ou medo. Talvez uma mistura de tudo. Ele teve certeza, naquele momento, que o fio invisível que o segurava para não cair em um abismo estava se esticando ao máximo, usando toda a força que lhe restava para não se romper de uma vez por todas.

Quando voltou para a cozinha, encontrou seu José se despedindo de dona Maria na porta dos fundos. Estavam se soltando de um abraço quando o garoto entrou no cômodo e os olhou, com um nó na garganta. A mulher secou as lágrimas com as costas das mãos enquanto o homem colocava uma mão em seu ombro ao dizer:

– Vai ficar tudo bem, Maria – apaziguou, lançando a ela um olhar tranquilizador. Parecia ter se recuperado do susto com o qual chegara até a sala de jantar mais cedo. Estava calmo quando se virou para Rafael, abrindo um sorriso.

Dona Maria foi até a pia e pegou uma bandeja com uma garrafa de café e duas xícaras.

– Preciso levar para os seus pais. – Retirou-se do aposento, lançando um último olhar ao colega de trabalho e um sorriso tímido para o menino.

Ao se ver sozinho na cozinha com o motorista, Rafael suspirou. Olhou para o homem com olhos tristes, marejados. Sentia em seu próprio coração a dor do arrependimento e o pesar por ter que ver aquele senhor por quem sentia tanto afeto ter que ir embora. Depois de muitos anos trabalhando para a família, o menino sempre o tinha considerado uma figura mais próxima de um pai do que o próprio Mário. Ao receber um olhar carinhoso de volta, quase não conseguiu conter as lágrimas.

– Me desculpa. – A voz saiu embargada, mesmo o garoto tentando esconder. – Foi culpa minha. Eu...

– Ei! – interrompeu seu José, se aproximando do jovem patrão com uma expressão ainda mais afetuosa do que todas as outras vezes em que se dirigia a ele. Segurou-o pelos ombros, o obrigando a olhá-lo nos olhos. Rafael viu toda a simplicidade e bondade dele naquelas rugas que denunciavam a idade já bastante avançada. – Não se sinta assim. Não é culpa sua.

– Mas se eu não tivesse pedido pro senhor me levar até lá... – Não conseguiu terminar a frase. Os olhos estavam marejados, e ele mal conseguia enxergar com clareza por causa das lágrimas que se acumulavam, prontas para pularem a qualquer instante.

Seu José balançou a cabeça em negação, apertando de leve os ombros do garoto.

– Isso não é culpa de ninguém – disse, calmo e com a voz baixa. – Eu vou ficar bem. Não se preocupa comigo, não.

Houve uma pausa. Ficaram em silêncio por alguns segundos, apenas se olhando. As lágrimas nos olhos de Rafael pareciam ter cedido, e ele estava um pouco mais calmo, apesar de ainda se sentir muito mal por, mesmo que indiretamente, ter causado a demissão do senhor que sempre tinha sido o motorista de sua família.

– Você ainda é jovem – seu José falou, quebrando a quietude. – Não pode ficar se sentindo culpado assim. Deixa isso pra lá. Não carregue isso com você. Tem muito o que viver ainda. – Percebeu o olhar do homem vacilar por um momento. Ele olhou para baixo e depois voltou a encarar o menino. – Eu sinto muito não poder fazer muita coisa para te ajudar.

Rafael nunca tinha sentido tanto carinho por aquele senhor como naquele momento. Sabia que o motorista falava de todas as vezes que presenciara a autoridade tóxica de Mário sem poder fazer ou dizer algo. Ele percebia que seu José ficava incomodado, mas nenhum dos dois podia fazer qualquer coisa para desafiar a vontade do Albuquerque patriarca.

– Obrigado, seu José. – Assentiu com a cabeça em agradecimento. – De verdade.

– Eu nunca tive filhos, Rafael – disse o homem, abrindo um sorriso triste para ele. Havia um brilho nostálgico em seus olhos, como se relembrasse de toda sua vida até chegar àquele momento. – Você sabe disso. Eu e minha mulher nunca pudemos ter. Mas, se eu tivesse tido um e ele fosse um garoto como você, eu seria o pai mais sortudo do mundo. Teria muito orgulho dele. – As lágrimas que tinham cedido pouco antes voltaram a embaçar a visão de Rafael. – Mesmo que o seu pai não veja isso, eu vejo. Você merece tudo de bom, menino. Vai ser feliz, vai.

Não conseguiu mais se conter. Deixou que uma lágrima solitária escorresse pelo seu olho direito enquanto ouvia as palavras do motorista. Não sabia bem por qual motivo chorava: se era pela demissão dele ou pelas palavras que diziam tanto de si, algo que seus pais nunca tinham enxergado. Talvez fosse a falta desse carinho paterno que nunca recebia de Mário. A carência dele por tantos anos vinha à tona com o motorista que, agora, nem isso mais era.

– Eu percebi como você ficou feliz nas vezes que te levei para ver aquele menino da marcenaria. – Seu José riu ao ver a cara de espanto de Rafael. – Acha que eu não vejo, mas eu vejo, sim, e olha... – Inspirou profundamente e depois soltou o ar. – Se eu tivesse um filho, ia querer que ele fosse feliz. E se você fica feliz quando está com aquele menino, esse é o caminho que você deve seguir.

Rafael o abraçou de repente. Surpreso, seu José ainda demorou alguns instantes até retribuir o abraço. Embora não fossem, os dois se sentiram como pai e filho durante os segundos em que permaneceram com os braços em volta um do outro. Ao se soltarem, o garoto viu uma lágrima tímida caindo pelo rosto enrugado do homem.

– Obrigado – repetiu o jovem. – Isso significa muito para mim.

Seu José assentiu, deu um tapinha em seu ombro e se virou. Saiu pela porta de serviço e se afastou pela área dos fundos para sair do terreno dos Albuquerque. Nunca mais voltou ali.

Aquela foi a última vez que se viram.

O túnel

O clima em casa estava tenso. Pietro sempre havia se sentido desconfortável perto de Fernando, mas, depois de o ter confrontado no calor do momento alguns dias antes, a situação havia piorado. Eles mal conversavam; só trocavam palavras quando era realmente necessário, durante as horas em que estavam juntos na marcenaria. Até mesmo Josefa sentia a tensão. Tinha medo de falar ou fazer alguma coisa errada e irritar o marido. Ela e o filho sentiam que estavam pisando num campo minado. Qualquer passo em falso podia resultar na explosão da bomba. Nenhum deles queria estar ali para ver aquilo.

Pietro teve que visitar a floresta mais uma vez para buscar lenha, mas daquela vez foi sem muita empolgação, pois sabia que não poderia ver Rafael. No fundo, tinha esperança de vê-lo mesmo que fosse de longe, lá no alto da torre, mas não o encontrou. Passou em frente ao casarão dos Albuquerque olhando para o alto, depois diante do portão, mas não viu nenhum movimento por lá. O carro da família estava estacionado do lado de dentro, porém tão vazio quanto toda a casa parecia estar. Será que haviam viajado?

Enquanto seguia pela trilha entre as árvores, sentiu uma saudade súbita de Rafael. Quis tê-lo ao seu lado como acontecera na primeira vez que andaram por ali. Fazia apenas alguns dias que não se viam nem trocavam mensagens, mas aquela distância o estava matando por dentro. Nunca achou que pudesse sentir falta de alguém daquele jeito.

Ao chegar na clareira, abriu um sorriso ao se lembrar de quando se beijaram pela primeira vez. Levou os dedos aos lábios, sentindo o próprio toque, mas desejando poder estar beijando o garoto do alto da torre. Era incrível como Rafael tinha despertado tanta coisa dentro de Pietro. Agora que tinha experimentado todas as sensações, o filho do marceneiro não queria largá-las nunca mais. Contava os dias para poder vê-lo outra vez, tocá-lo, beijá-lo e sentir o calor de seu corpo quando se conectavam de maneira tão íntima.

Enquanto caminhava de volta para casa, com o saco de lona cheio de madeira, se lembrou de que sua mala ainda estava feita embaixo de sua cama. Não tinha tido coragem de desfazê-la, pois era um símbolo de esperança. Um sinal de que havia saída daquela vida em Petrópolis. Um sinal de que ele e Rafael ainda iriam sair dali e viver juntos tudo com o que sonhavam. Pietro mal via a hora de isso acontecer.

Mas ficar todo aquele tempo sem nem poder encontrar Rafael foi doloroso. Ele passava o dia relembrando momentos que tiveram juntos: dançando sem música no em seu lugar favorito da cidade, dançando no Vênus, o sorriso dele, o olhar tímido, as bochechas corando, os lábios macios ao encontro dos seus... Sonhava acordado o tempo todo, mas durante as noites tudo ficava ainda mais real. Rafael estava em seus sonhos toda vez que fechava os olhos. Sonhava que estavam longe dali, livres de tudo aquilo que os prendiam. Viviam sem medo e sem ter que se esconder. Só que tudo acabava de repente quando acordava. A realidade lhe impactava e ele suspirava, pesaroso.

Essa rotina se repetiu pelos quatro meses que se seguiram, e não houve um dia sequer em que Pietro não pensasse em Rafael. Muitas vezes pensou em quebrar a promessa e ir atrás dele, mas controlou a ansiedade. Também pensou em mandar Benjamin com uma mensagem, no entanto ficou com medo. Não queria estragar tudo. Se o garotinho fosse visto perto do casarão, poderia piorar as coisas ainda mais. Todas as vezes que estava pela cidade, torcia para esbarrar em Rafael em algum lugar, mas nunca mais o encontrou. Nem mesmo com Mariana. Era como se o acaso também estivesse lutando contra os dois.

Em uma dessas noites, no início do quarto mês após a última vez que se viram, Pietro estava inquieto em seu quarto. Não aguentava mais esperar. Nada havia mudado até então, fosse quanto a Rafael, fosse quanto à situação em sua casa. Era como se estivesse vivendo um *looping* infinito, onde tudo era sempre mais do mesmo e, por mais que o tempo passasse, ele se sentia parado no mesmo lugar.

Tentou dormir, mas foi impossível. Rolou de um lado para o outro na cama. Tudo que queria naquela hora era pegar no sono, pois encontraria Rafael em seus sonhos. Em uma outra vida, em uma outra realidade. Uma que ele desejava muito que se tornasse real, mas já não sabia mais o que fazer. Suspirou, frustrado, quando percebeu que não adiantaria. A insônia tinha chegado para ficar. Sentou-se na beira da cama e abaixou sobre si mesmo para olhar para mala feita embaixo do móvel. Quando seria o dia em que poderia tirá-la dali e finalmente dar o fora daquela cidade?

Antes que pudesse pensar numa resposta para o próprio questionamento, ouviu o barulho vindo de longe. Empertigou-se no mesmo instante em que o miado subia mais uma vez. Baixo porém audível. Aprumou o ouvido e esperou. Nada além do silêncio da noite, então mais uma vez o som do animal. Levantou-se e se apressou na direção da janela. Fernando não podia ouvir ou ia acordar soltando espuma pela boca, e era bem capaz que matasse o gato daquela vez.

Pietro enxergou o bicho lá embaixo, exatamente como da primeira vez que o tinha visto: em cima do muro no fundo do quintal de sua casa, de pelugem acinzentada balançando o rabo e o encarando com olhinhos curiosos... ou seriam convidativos? Teve uma estranha sensação de que o bichano o esperava. E dessa vez não escaparia!

O garoto se afastou da janela, afobado, e se aproximou da mesinha de madeira onde alguns papéis e sua mochila da escola repousavam. Abriu uma gaveta e retirou uma lanterna dali de dentro. Após se certificar de que estava funcionando, saiu do quarto, pisando na ponta dos dedos para que não acordasse os pais, principalmente Fernando.

Desceu as escadas com a lanterna desligada e saiu pela porta da cozinha. O gato ainda estava em cima do muro, o olhando com a cabeça um tanto inclinada, à espera.

Não vai sair correndo agora, hein! pensou Pietro enquanto ia chegando cada vez mais perto. Estendeu a mão na direção do animal para que ele se familiarizasse com seu cheiro. O gato esticou o pescoço na direção de seus dedos, o bigode mexendo levemente, e então pulou para trás do muro, no terreno baldio. Pietro xingou mentalmente, mas daquela vez estava decidido a pegá-lo, então subiu no entulho que havia no canto, se prendendo no muro e em seguida desceu no espaço cheio de mato do outro lado. Ali estava bem escuro, mesmo com a luz da lua. Ligou a lanterna e apontou para frente. O facho de luz amarelado iluminou o caminho e ele conseguiu enxergar o rabo do gato se embrenhando em meio à vegetação.

Sem tirar os olhos dele, com medo de perdê-lo de novo, Pietro o seguiu, girando a lanterna cada vez que o animal virava ou fazia um movimento que saía da linha reta. O mato chegava até perto de seu joelho, e os únicos sons que ouvia eram o farfalhar enquanto o bichano abria caminho e os grilos cantando na noite.

Ah, bichinho safado. Para quieto!

Estava pronto para estalar a língua para chamar a atenção do gato quando ele simplesmente desapareceu. Num piscar de olhos. Num minuto estava ali, no seguinte tinha sumido por completo. O rabo, que era a única coisa que guiava o menino, foi engolido pelo mato num instante. Pietro parou, confuso. Franziu o cenho e apontou a lanterna para o ponto onde o animal estava segundos antes.

"*Miaaaau*"

O quê? Onde ele estava? O som vinha de baixo. Pietro deu um passo à frente, receoso, e ouviu o miado outra vez, vindo do chão. Ou de debaixo dele. Com uma mão, segurou a lanterna; com a outra, afastou um pouco o mato e se surpreendeu com o que viu. Se não tivesse aberto caminho, nunca veria a abertura no solo, grande o suficiente para duas pessoas passarem juntas. Um buraco circular no chão, com uma escada vertical descendo ali uns três metros abaixo, calculou. Jogou o facho de luz naquela direção e viu os olhos do gato refletindo de volta para ele, miando como se o chamasse para descer.

Foi exatamente o que Pietro começou a fazer. Só podia estar maluco. Entrar num buraco misterioso no meio da madrugada seguindo um gato era algo insano, mas o garoto pouco se importou. Enquanto descia pela escada, sem pressa, só conseguia pensar em quem havia construído aquela entrada e em onde ela daria. Será que alguém sabia da existência dela? Estava completamente obstruída pelo mato malcuidado daquele terreno baldio nos fundos de sua casa.

Sentiu os pés atingirem o solo e se soltou da escada, virando-se. O facho de luz iluminou alguns metros à frente e percebeu estar num túnel, com paredes, teto e chão de pedra. O gato agora o esperava ao lado de dois ratos mortos, balançando o rabo e o encarando com a mesma curiosidade de antes.

– Então foi aqui que você entrou aquele dia – murmurou Pietro, se lembrando da outra vez que o tinha perseguido. Tinha tido a impressão de que o bicho houvesse simplesmente sumido, mas tudo estava finalmente explicado. – Me convidou pra jantar, foi?

Riu da própria piada ao olhar para os ratos ao lado do gato e depois apontou a lanterna para frente. O túnel se estendia até onde a luz não conseguia alcançar. Hesitou, olhando para o alto e vendo a abertura agora coberta pelo mato, somente pequenas frestas da luz da lua passando dentre o emaranhado. Considerou voltar para seu quarto, afinal agora o animal estava se esfregando pelas suas pernas, totalmente à vontade. Podia levá-lo e terminar tudo ali... Mas algo em seu coração o impelia a seguir em frente. Precisava descobrir aonde aquele caminho o levaria.

Pietro respirou fundo, tomando coragem. Parecia assustador, não sabia o que ia encontrar pela frente, mas seguiu seus instintos. Munido apenas da lanterna e com o gato cinza em seu encalço, seguiu túnel adentro.

Achou que nunca fosse chegar ao fim. Talvez porque estivesse andando em linha reta – afinal, o túnel só tinha um caminho, o que era ótimo, senão poderia acabar se perdendo – ou por estar no escuro, não sabia. Em sua cabeça, devia estar caminhando há quase trinta minutos. Havia perdido a noção do tempo, mas agora que tinha começado, iria até o fim para saber aonde chegaria.

Quando tinha começado a andar, o chão estava plano. Havia seguido em linha reta por uns cinco minutos até que sentiu um pequeno declive. E continuava nesse declive até aquele momento. Não tinha ideia de onde poderia estar abaixo da cidade, só sabia que estava se aprofundando e descendo cada vez mais sob Petrópolis. Podia estar, naquele mesmo instante, abaixo da praça da Liberdade ou da padaria onde havia encontrado Rafael. Talvez abaixo da catedral em construção...

Qual seria o intuito daquele túnel? Quem o teria construído? Por que estava abandonado? Ou pelo menos era isso que ele supunha, se pensasse na entrada escondida pelo mato malcuidado. Não tinha as respostas para aquilo, então, impulsionado pela curiosidade, continuou andando, iluminando o caminho à frente com a lanterna, e sempre seguido pelo gato, que agora parecia ser menos arisco.

– Onde é que a gente vai parar, hein? – perguntou ao animal, que o olhou, mas continuou se movendo ao seu lado como um fiel companheiro.

O chão estava plano novamente, pôde sentir. Continuou assim por mais uns cinco minutos até que o declive surgiu outra vez, mas agora para cima. Aquilo acendeu um alerta em seu cérebro. Se estava subindo, só podia significar que estava chegando ao fim. Teve certeza de que estava certo quando viu, iluminado pelo facho de luz, mais uma escada idêntica àquela pela qual havia descido perto de sua casa.

Apontou a lanterna para o alto. A escada terminava, alguns metros acima, em um alçapão fechado. Soube disso porque percebeu a pequena porta de madeira destoando do resto. Começou a subi-la para chegar mais perto da portinhola quando ouviu vozes vindo do outro lado. Não conseguiu discernir muito bem o que falavam; o som vinha abafado. Então tudo ficou em silêncio de novo. Pietro subiu mais alguns degraus, chegando mais perto da porta. O gato se sentou lá embaixo e ficou o olhando sem se mexer. O garoto aprumou os ouvidos, se certificando de que as vozes haviam sumido. Talvez não estivessem mais lá. Então poderia levantar o alçapão e ver o que tinha do outro lado. Não faria mal a ninguém, apenas precisava matar a curiosidade e descobrir o que havia além dali.

Com o coração acelerado, subiu os últimos degraus até que o topo de sua cabeça tocou na pequena porta de madeira. Com uma mão, segurou-se; com a outra, tentou empurrar o alçapão, que não se moveu. A cada instante, a ansiedade crescia, aumentando a velocidade da sua respiração, ávido por sabe-se lá o que fosse encontrar ao abri-lo. Ajeitou-se e tentou de novo, dessa vez empurrando o bloqueio com mais força. Sentiu-o ceder um pouco, mas se fechou em seguida, como se algo pesado estivesse acima dele, do outro lado. Com o baque da porta se fechando outra vez, Pietro acabou se atrapalhando e a lanterna caiu de sua mão, se espatifando ao lado do gato, que apenas a olhou com curiosidade, mas logo perdeu o interesse.

Droga!

Foi aí que tudo começou a acontecer. Pietro ouviu um movimento do lado de cima e arregalou os olhos. Havia sido descoberto! As batidas em disparada de seu coração o colocaram em estado de alerta. Se não saísse dali logo, alguém o veria. Não fazia ideia de onde estava nem quem estaria do outro lado, portanto era melhor não arriscar e dar no pé. Passos abafados vieram do alto, seguidos pelo barulho de alguma coisa pesada sendo arrastada bem acima de sua cabeça. Desesperado, o garoto começou a descer a escada o mais rápido que conseguiu. Precisava pegar a lanterna e correr de volta antes que fosse visto.

O som da coisa sendo arrastada ficou mais alto, em seguida o ruído do alçapão sendo erguido no mesmo momento em que um jato de luz amarela explodiu dentro da escuridão do túnel, antes mesmo que ele chegasse ao chão. Olhou para cima, jogando um braço em frente aos olhos para se proteger da claridade, pronto para enfrentar o inevitável, e viu uma silhueta envolta pela iluminação. Era difícil enxergar muito mais que uma sombra meio disforme, mas a voz que falou a seguir era inconfundível:

– Pietro?

Ele seria capaz de reconhecê-la em qualquer lugar.

Encontros secretos

Quatro meses antes, Rafael estava com raiva de Mário por ter demitido seu José, mas estava ainda com mais raiva de si mesmo por ter sido a causa da demissão. Mesmo o motorista tendo dito que não havia pelo que se culpar, o garoto se sentia mal por toda a situação. Ainda mais depois da despedida, onde o carinho que tinha pelo senhor tinha ficado ainda mais evidente naquela conversa. A proximidade com os empregados da casa era muito maior do que a que tinha com os próprios pais, e aquilo o deixava triste.

Acordou na manhã seguinte à briga com Jonas, espreguiçando-se na cama e sentindo o corpo todo dolorido, como se tivesse levado uma surra muito maior do que apenas um soco. Demorou para se levantar, mas quando o fez foi direto ao banheiro e se olhou no espelho. Os lábios estavam menos inchados. Bocejou, cansado, agradecendo mentalmente por não ter que ir para a escola naquele dia. Tudo que queria era ficar trancado no quarto e não falar com ninguém.

Só que a fome falou mais alto e teve que descer à cozinha para tomar o café da manhã. Não encontrou nem Mário nem Antônia na sala de jantar, apenas dona Maria arrumando a mesa.

— Bom dia, senhor Rafael — cumprimentou a mulher, com um sorriso simpático no rosto. — Seus pais tomaram café há pouco. Pode se sentar que já vou trazer algo para o senhor.

Rafael sorriu em agradecimento e se sentou à mesa, passando os dedos pelo cabelo para ajeitar os fios que tinham acordado rebeldes naquela manhã. Sem o menor pingo de pressa, tomou o café trazido por dona Maria, evitando pensar no rumo que sua vida estava seguindo. Tudo o que queria era poder voltar a se encontrar com Pietro, mas o medo de ser descoberto ainda era muito maior. Imaginou se algum dia as coisas iam se acalmar. Mesmo que isso acontecesse, como seria? Estaria casado com Mariana tendo um romance às escondidas com Pietro? Conseguiriam levar uma vida daquele jeito? Ia viver infeliz e seria uma reprodução — talvez até pior — do casamento de seus pais, no qual claramente não havia amor, apenas conveniência. De repente, a tentativa de não pensar foi por água abaixo.

Tinha até perdido a fome quando dona Maria apareceu na sala de jantar outra vez, vindo do hall de entrada. Ela trazia uma bandeja com xícaras de café vazias. Parou ao lado dele e disse, num tom formal, como se estivesse sendo observada pelo patrão:

— Seu pai pediu que o senhor o encontrasse no escritório dele. Está te esperando lá.

Assentindo, Rafael se levantou, deixando o resto do café da manhã na mesa. Ao entrar no escritório de Mário, percebeu que o pai não estava sozinho. Na cadeira em frente à mesa havia um homem de terno com o cabelo rente à cabeça, em um corte bem curto, de costas para a entrada.

— Rafael! — Mário exclamou, acenando para que o garoto chegasse mais perto. O homem sentado na cadeira se virou e Rafael viu um rosto duro, o qual combinava com os músculos exageradamente grandes por baixo do terno. — Entre. Quero te apresentar ao Armando.

O homem acenou com a cabeça, o olhando com uma expressão séria e impassível. Rafael apenas o encarou de volta, sem entender. Virou para o pai em busca de uma explicação. Quando Mário falou, o garoto soube que aquele era o seu modo sútil de castigá-lo por ter sido visto em frente à marcenaria do pai de Pietro.

– Agora que o seu José não está mais com a gente, contratei o Armando para ser o nosso novo motorista. – Ele abriu um sorriso que Rafael teve vontade de arrancar de seu rosto com as próprias mãos. – Mais do que isso: ele vai ser seu guarda-costas pessoal, ainda mais agora que o casamento está se aproximando. Nunca se sabe o que as pessoas podem tentar por aí nas ruas.

Guarda-costas?! Ele nunca tinha precisado de um. Era evidente que aquele homem só estava ali para Mário continuar mostrando quem estava no controle. Não era possível! Agora teria que andar por aí com um segurança em seu encalço, vigiando cada passo que dava. Dificultando ainda mais sua vida, observando qualquer coisa que fizesse fora de casa. Não bastasse tudo pelo que já vinha passando, tudo que menos precisava agora era de alguém que, com certeza, reportaria tudo ao pai dele. Em seu José podia ver um aliado; em contrapartida, em Armando só enxergava um inimigo esperando o momento certo para atacar.

Pietro...

Foi o primeiro pensamento que lhe ocorreu. Se antes já estava difícil encontrá-lo, com aquele tal de Armando o seguindo o tempo todo seria ainda pior. Mário nunca tinha tido limites em sua mania controladora, mas aquilo era ir além, muito além!

– ... em outras palavras, ele vai ser seu motorista particular. – Rafael tinha se emaranhado tanto nos próprios pensamentos que tinha perdido o fio da meada do que o pai falava. Voltou a atenção para ele com os olhos cheios, furioso em seu interior. Controlou-se para não falar nada. Sabia que estava ficando vermelho, suas bochechas deviam denunciar isso. Mário tinha percebido, pois lançou um sorriso sarcástico e vitorioso para o filho, como se pai e filho estivessem numa disputa silenciosa. – Ele vai ficar em um dos quartos de hóspedes durante todo o período em que for trabalhar para nós. Está sendo muito bem pago para isso, não é, Armando?

Em seguida riu para o homem, que assentiu com a cabeça, mas não esboçou qualquer reação que quebrasse a seriedade em seu rosto. Rafael não gostou nadinha daquilo. A cada dia, se sentia mais preso nas garras de Mário Albuquerque, e a única saída daquilo tudo estava cada vez mais distante.

Rafael achou que ficaria livre de Mariana nos dois dias de suspensão do colégio, mas, para piorar ainda mais seu humor, a garota o visitou naquela mesma tarde. Foi forçado a andar com ela pelo jardim e ouvi-la falar sobre como estava empolgada pelo casamento.

– A essa hora, no ano que vem, nós estaremos casados. Consegue imaginar isso? – Ela riu de forma exagerada, e Rafael forçou um sorriso de volta. Mariana tinha o braço direito enlaçado ao esquerdo dele. Passavam perto do campo cheio de flores, que pareciam mais uma vez ter se encolhido com a chegada da menina, como se tivessem medo dela. Era exatamente assim que Rafael se sentia por dentro: pequeno, encolhido e desanimado. – Vou ser oficialmente a senhora Albuquerque. Fico toda animada só de pensar na possibilidade! Você não está empolgado?

Ela virou para o menino com um sorriso de orelha a orelha estampado no rosto. Os olhos azuis brilhavam, radiantes, enquanto a brisa fazia as ondas dos cabelos loiros dançarem. Rafael assentiu sem vontade, forçando os lábios a sorrirem pelo menos o mínimo que conseguia.

– E nossa lua de mel? – A menina soltou seu braço e ficou de frente para ele, agarrando suas mãos e as apertando, alvoroçada. – Já até adicionei umas coisinhas pra gente fazer por lá. Criei todo um roteiro. Além de a gente passar por todos os pontos turísticos mais famosos de Paris, também pensei em...

O garoto não conseguiu mais assimilar o que ouvia. Perdeu-se em seus próprios pensamentos enquanto continuava caminhando, escutando a tagarelice da garota sem realmente prestar atenção. Mariana conversava como se nunca tivesse encontrado Pietro e o noivo totalmente sem roupas na floresta. Rafael a olhou, tentando entender o que passava na cabeça dela. Havia sido chantageado pela garota e agora estava totalmente em suas mãos. Se quisesse que ela guardasse segredo, teria que abrir mão de Pietro e manter o casamento. Aquilo era bem típico dela. Quando queria alguma coisa, fazia de tudo para conseguir. Até mesmo mantê-lo por perto como se fosse um prisioneiro. Era isso o que ele era. Um prisioneiro de Mariana, um prisioneiro de Mário, um prisioneiro na própria vida.

Quando voltou ao colégio no terceiro dia depois da briga, ele e Jonas não se falaram. Achou que fosse melhor assim. Ignoravam a existência um do outro; e Jonas ficava de boca calada sobre seu segredo. Com isso, os outros colegas – Murilo e Guilherme – também foram se distanciando dele, e Rafael apreciou a solidão. A única pessoa que o procurava na escola era Mariana, mas mesmo assim ele tentava passar a maior parte do tempo sozinho. Queria se apagar aos poucos, até que todos se esquecessem de sua existência e ele pudesse sumir daquele círculo social que tanto odiava.

Porém, mesmo tentando evitá-lo a qualquer custo, Rafael nunca conseguia fugir de Armando. O guarda-costas caladão o levava para o colégio e o buscava todos os dias. Rafael não conseguia dar um passo fora de casa sem que o homem não estivesse em seu encalço. Até mesmo nas aparições públicas com Mariana eram seguidos por ele a alguns metros de distância. Andavam pela praça com o homem os espreitando; tomavam sorvete com ele parado do lado de fora da sorveteria; visitavam lojas com ele colado às suas costas o tempo inteiro.

Mariana parecia gostar daquela nova rotina. Era tudo como tinha imaginado. Ficavam juntos com mais frequência, e o noivo parecia andar na linha e cumprir seu papel de homem. Mas Rafael se sentia cada vez mais sufocado e cada vez menos homem, ou melhor, cada vez menos um ser humano. Ao final do quarto mês da nova vida, com o cerco se fechando ao seu redor a cada minuto que passava, o garoto estava a ponto de surtar. Se isso acontecesse, não seria nada bom.

Com apenas dois meses o separando da vida de casado, a ansiedade só aumentava e ele se via ficando sem ar várias vezes durante o dia. Certa vez, durante uma aula de matemática, teve que sair da sala às pressas para se trancar no banheiro da escola e se esconder. As mãos suavam e o corpo todo tremia. Era uma sensação de morte, como se tivesse perdido o controle sobre as próprias ações. Chorou no box da escola, desejando que a morte viesse rápido e todo aquele sofrimento passasse. A dor que sentia não era só física, mas também emocional. Uma sensação de aperto no peito e de garganta fechada era reflexo da pressão que vinha sentindo de todos os lados em sua vida. Do pai, de Mariana, do sobrenome que carregava...

Mas, se ele morresse, nunca mais veria Pietro. Havia, sim, uma saída, e ela se personificava no filho do marceneiro. Fechou os olhos, se apoiando no box do banheiro, e se visualizou com Pietro, longe de todo mundo. Uma vida nova na qual os dois estavam juntos e se apoiavam um no outro para seguir em frente. Estavam felizes, não só por estarem juntos, mas por poderem ser livres um com o outro.

Aos poucos, Rafael conseguiu se acalmar. Lavou o rosto e voltou para a aula.

Mas as crises retornavam sem aviso-prévio. Passou várias noites em claro, apesar de o corpo físico gritar pedindo descanso. A mente não conseguia se desconectar da onda gigante de pensamentos que a inundava, sendo a maior preocupação de todas o casamento. Tentava exercícios de respiração, mudar de posição na cama, fechar os olhos e ficar imóvel... mas nada adiantava. O ar lhe faltava com frequência. Era como se estivesse afundando num oceano e a água lhe impossibilitasse de respirar. Tinha a sensação de que estava se afogando no mar de problemas que insistia em lhe submergir cada vez mais num local escuro, assustador e sem esperança.

Aquela noite foi a pior. Fazia várias horas que estava tentando pegar no sono e não conseguia. Levantou-se da cama e foi lavar o rosto no banheiro adjacente. Voltou para o dormitório e ficou andando de um lado para o outro, mas de nada adiantou. Em seu vai e vem quase tropeçou no toca-discos num canto. O coração acelerava e o suor começava a surgir na pele. Quanto mais tentava se acalmar, mais ansioso ficava. Sentia como se um monstro estivesse corroendo suas entranhas por dentro, lutando para sair, rasgando seu peito, subindo pela garganta e gritando para se libertar. Era uma das piores sensações que alguém podia sentir. Lutar contra só fortalecia o mal-estar; ignorá-lo não o amenizava em nada. Por fim, vários minutos de inquietação depois, decidiu ir até a cozinha e beber alguma coisa. Talvez isso o ajudasse.

A casa estava silenciosa e escura àquela hora da madrugada. Desceu as escadas em silêncio. Era bem capaz que, se fizesse algum barulho, acordasse Armando no quarto de hóspedes do corredor pelo qual passava. Se o ouvisse, era bem capaz que o homenzarrão, capacho de Mário, levantasse e seguisse o garoto pela casa. Portanto, seguiu na ponta dos pés até chegar à cozinha e encontrou o local com a luz acesa. Dona Maria estava novamente de costas na pia – dessa vez vestindo uma longa camisola branca – e se sobressaltou quando percebeu a presença dele.

– Que susto! – exclamou ela, levando uma mão ao peito quando se virou. – Senhor Rafael? Está tudo bem? Precisa de alguma coisa?

— O que a senhora está fazendo acordada a essa hora? — perguntou o garoto, mas percebeu que havia uma garrafa de água atrás da mulher na pia.

— Estava com sede e vim pegar um pouco de água. — Ela pegou um copo e o levou à boca. — Quer um pouco também?

— Quero, sim. — Dona Maria ia se virando para servi-lo, mas Rafael a impediu com um toque suave no braço, balançando a cabeça. — Pode deixar. Eu mesmo me sirvo.

Aproximou-se do armário a um canto e pegou um copo para depois enchê-lo com água.

— Como é esse novo motorista? — perguntou a mulher, em tom casual, mas sem conseguir esconder a curiosidade na voz.

Rafael tomou um gole d'água ao se virar para ela, negando com a cabeça.

— Não poderia ser pior. — Soltou um sorriso e percebeu a senhora fazer o mesmo, com um olhar divertido no rosto. — Sinto falta do seu José.

Dona Maria suspirou, lançando um olhar pesaroso ao menino.

— Eu também. Esse Armando parece que é mudo, não é? — O tom profissional tinha diminuído, e agora ela conversava de uma maneira que poucas vezes usava para falar com ele.

— Horrível. — Rafael fez uma careta ao se lembrar. — Ele tá sempre com aquela cara de bravo. Sorte a sua de não precisar passar o tempo todo com ele, dona Maria.

Ela lhe lançou um olhar de piedade, se aproximou e tocou seu braço. Depois, foi até a pia e lavou o copo no qual tinha bebido água. Ao falar novamente, o tom profissional retornou à voz:

— Precisa de alguma coisa?

— Fica tranquila, dona Maria. — Rafael negou com a cabeça. — Pode ir se deitar. Eu me viro por aqui.

A mulher assentiu e se retirou. O menino ficou parado ouvindo seus passos desaparecerem enquanto bebeu a água, sem pressa. Seu olhar se fixou em algum ponto no chão, mas sua mente se distanciava, viajando até Pietro mais uma vez. Imaginou se naquele momento o garoto estaria dormindo tranquilamente em seu quarto. Será que pensava nele o tempo todo também? Ou será que, depois de quatro meses sem qualquer contato, teria desistido de esperar? Não o culparia se tivesse. Era tempo demais sem saber o que ia acontecer. Teria que ter tido muita paciência para esperá-lo.

Estava tão distraído que quase não notou o barulho vindo da sala de jantar ao lado. Uma batida fraca. Achando que iria encontrar dona Maria de volta, foi até o cômodo, mas o encontrou vazio e escuro. Franziu o cenho, observando as sombras da mesa e das cadeiras, e depois acendeu a luz. No mesmo instante, ouviu outro baque abafado vindo de algum lugar ali perto. Então seguiu a origem do som e percebeu que vinha de trás do armário paralelo à mesa.

Curioso, e já se preparando para correr caso encontrasse um rato, Rafael foi até o móvel e o puxou. Era um pouco pesado, mas conseguiu afastá-lo com algum esforço. O que viu ali não foi um rato nem o gato do miado misterioso que tinha ouvido no dia da demissão de seu José. A curiosidade deu lugar à surpresa quando constatou que o armário antes estava cobrindo uma pequena portinhola – ou um alçapão – com um puxador de ferro num dos lados. O som só podia ter vindo dali de baixo. Ouviu uma agitação vinda do outro lado e não hesitou dessa vez.

Ele puxou o alçapão para cima, liberando a luz da sala de jantar no buraco que surgiu. Havia alguém ali, se segurando em uma escada presa à parede da abertura. O que mais o surpreendeu naquela estranheza toda foi o rosto que o olhou lá de baixo, cobrindo os olhos com o braço.

Poderia reconhecê-lo a milhares de quilômetros, se fosse necessário, afinal ele não saía de seus pensamentos nem por um minuto.

– Pietro? – Foi só o que conseguiu dizer.

—

Daquele ângulo, parecia até mesmo uma visão angelical. Pietro demorou alguns segundos para encaixar todas as peças. A silhueta envolta pela luz no topo da escada falava com a voz de Rafael. Mas como era possível? Onde ele estava? Será que estava sonhando?

Piscou os olhos algumas vezes para se certificar de que estava acordado, e a visão de Rafael foi entrando em foco. Era ele, sim. Agachado logo acima da abertura, alguns fios do cabelo caindo sobre o rosto e vestindo um pijama que o deixava ainda mais atraente.

– O que você tá fazendo aí em cima? – perguntou, ainda agarrado na escada.

– O que eu tô...? – Ele parecia confuso. Olhou para trás, depois voltou a encarar Pietro. A expressão em seu rosto era ao mesmo tempo assustada e intrigada. Os olhos apertados denunciavam uma tentativa muda dele de entender o encontro acidental inusitado. – O que você tá fazendo aí? Que lugar é esse?

O gato cinzento permanecia sentado e olhava de um garoto para o outro, como se estivesse assistindo à conversa. Rafael percebeu o bicho lá embaixo e o olhou com o cenho franzido. As peças daquela cena singular não pareciam se encaixar. Por um instante, considerou a ideia de que talvez estivesse na sua cama ainda. Tinha dormido sem perceber e talvez toda aquela estranheza não passasse de um sonho sem sentido.

– Desce aqui pra gente conversar direito. – A voz de Pietro desvaneceu qualquer dúvida que tinha sobre a realidade. Viu-o descendo até o chão novamente e levantando a cabeça lá de baixo. Rafael virou de costas e se pendurou nos degraus, descendo logo em seguida.

– Que lugar é esse? – Olhou, ainda um tanto boquiaberto, para o túnel que se estendia até ser engolido pela escuridão alguns passos à frente. Era assustador. O gato miou a seus pés e depois começou a se esfregar em suas pernas, ronronando de satisfação. Rafael abriu um sorriso para o bicho e agachou para acariciar suas orelhas. – Então foi você que eu ouvi esses tempos, não foi? – murmurou para o gato.

– Eu não faço ideia de que lugar é esse. – Pietro colocou as mãos na cintura, observando o outro garoto. Rafael sentiu um frio gostoso na barriga ao olhar para ele. Os sentimentos adormecidos dentro de seu peito se acenderam de repente na presença do causador de toda a festa em seu interior. – Só te achei por causa dele. – Indicou o gato com a cabeça. – Ele tá rondando minha casa tem um tempo, e hoje eu o segui e encontrei a entrada do túnel nos fundos de casa. Não fazia ideia disso. Aquilo ali em cima é a sua casa?

Apontou para o alto, para a abertura por onde entrava a iluminação proveniente da sala de jantar. Rafael levantou, assentindo.

– Eu não sabia que tinha a entrada de um túnel na minha sala de jantar. – Deu de ombros. – Eu ouvi esse gatinho miando uma vez. Achei que tivesse entrado por algum lugar, mas ele devia estar aqui embaixo. Nunca tinha visto que tinha um alçapão embaixo do armário de louças.

Lembrou-se da planta da casa, que tinha visto algumas vezes no escritório do pai. Se tivesse entendido tudo certo, não havia menção daquele túnel no documento. Era capaz que nem mesmo seu pai soubesse da existência dele. Devia ser um lugar que os antigos donos talvez tivessem tentado tirar do projeto original. Compartilhou os pensamentos com Pietro, e o escutou de cenho franzido.

– Devia ser usado para transportar alguma coisa fora da vista das pessoas da cidade – deduziu, coçando o queixo.

– Mercadorias ou até mesmo escravizados – concluiu Rafael, lembrando-se das aulas de história do colégio.

Petrópolis era conhecida por ter sido a casa de muitos membros da realeza portuguesa, e aquilo fazia muito sentido. Com o passar dos anos, a casa onde morava tivera vários donos, e alguém devia ter lacrado as entradas do túnel, visto que seu uso poderia ter marcado um período muito triste da história do país.

Mas que, naquele momento, poderia ganhar uma nova utilidade; um novo significado.

Os dois ficaram em silêncio, se encarando pela primeira vez depois de meses sem se verem. Observaram os detalhes um do outro de que tanto gostavam. Desde os fios de cabelo, as sobrancelhas, até a curva na ponta do nariz ou o desenho dos lábios que muitas vezes já tinham se encontrado e agora morriam de vontade de se engalfinharem mais uma vez.

Pietro deu um passo à frente e segurou as mãos de Rafael. A eletricidade que surgia quando se tocavam acendeu os dois corpos, e Rafael sorriu, entrelaçando seus dedos nos de Pietro. Viu o rosto dele tão perto do seu e sentiu seu coração acelerar como se fosse a primeira vez que faziam aquilo. Cada vez que se encontravam, que se aproximava de Rafael, era como se nunca tivesse feito algo parecido. A emoção e a euforia eram sempre as mesmas, capazes de fazer suas células explodirem de excitação.

Com as bocas se abrindo em choque, os garotos se impulsionaram ao mesmo tempo, lentamente, porém desejosos, e seus mundos se colidiram mais uma vez em um beijo explosivo. As mãos de Pietro apertaram a cintura de Rafael e depois percorreram suas costas, explorando cada curva e cada centímetro ali. O outro garoto, por sua vez, respondeu travando os dedos na nuca do filho do marceneiro, o prendendo junto a si. Como tinha sentido falta daquele toque, das carícias e daquele calor. Os olhos estavam fechados, mas eles se viam mesmo assim. Se viam através dos dedos fincados na pele, do sabor nas línguas que se enrodilhavam uma na outra e do cheiro de seus perfumes.

Pietro tinha certeza de que, se abrisse os olhos durante o beijo, veria o túnel iluminado pelas chamas que aquele encontro causava.

Fazia meses que não o via, e agora não queria soltá-lo nunca mais. Já estava perdendo o fôlego, mas não se importava. Poderia morrer ali, embaixo da terra, contanto que estivesse na companhia de Rafael, abraçado a ele como estava. Tudo podia acabar ali, naquele instante, que ele não ia dar a mínima.

Estavam ofegantes quando, finalmente, se descolaram. Pietro passou os dedos entre os fios de cabelo do outro garoto, os ajeitando atrás da orelha ao olhá-lo, sorrindo com uma alegria incontrolável.

— Eu sonhei com você todos os dias — revelou Pietro. — Não conseguia parar de pensar em quando a gente ia se ver outra vez.

Rafael acariciou o rosto de Pietro, os dedos deslizando por sua bochecha macia e o polegar percorrendo a linha de seu queixo. Precisava estar em contato físico com ele de um modo ou de outro para se certificar de que aquela cena estava de fato acontecendo, de que estava realmente ali e não era apenas um truque de sua mente cheia de saudades.

— Eu senti tanto a sua falta. — A voz saiu fraca e baixa. As emoções em seu peito eram tantas que mal conseguia falar agora que a ficha caía. Estavam juntos outra vez! — Muito mesmo. Aconteceram tantas coisas nesses últimos meses e tudo o que eu queria era você. Estar com você, beijar você, abraçar você.

Pietro o puxou mais uma vez, mal conseguindo se conter. Após mais alguns minutos se beijando, Rafael se afastou, dizendo:

— Espera um pouco. — Subiu os degraus da escada e puxou o alçapão sobre sua cabeça, os deixando no escuro quase total. Agora a única fonte de luz era a da lanterna caída a um canto. Pietro a pegou e esperou que o outro garoto voltasse para baixo. Andaram mais um pouco, se afastando da entrada na casa e se aprofundando do túnel, seguidos pelo gato. Quando estavam a uma distância segura, largaram a lanterna outra vez e se agarraram de maneira voraz, se beijando como se o mundo fosse realmente acabar naquela madrugada.

Pietro desceu o beijo dos lábios para o pescoço de Rafael, o mordendo de leve e o sentindo se contorcer em seus braços.

Rafael fincou as unhas nas costas de Pietro enquanto sentia os lábios dele percorrerem sua clavícula, um pouco antes de ter sua camisa arrancada e atirada ao chão. Ali embaixo era um pouco frio, mas a chama de estar se enroscando com Pietro o fazia suar de calor. Logo, arrancou também as roupas do outro garoto e o pressionou contra a parede, explorando cada parte de seu corpo nu com as mãos e com os lábios.

Em meio a gemidos de prazer e respirações ofegantes, seus suores viraram um só. Seus corpos fizeram o mesmo e suas almas se conectaram ainda mais do que das outras vezes em que tinham se unido daquela maneira tão natural e instintiva. Estavam ali, prensando um ao outro contra uma parede de pedra em um túnel escuro, mas ao mesmo tempo não estavam. Tinham subido àquela dimensão somente deles, onde o mundo todo deixava de existir e tudo que importava eram os dois e o amor que transbordava pelos seus poros. Não tinha como contê-lo, a não ser tocá-lo naquela dança repleta de volúpia e de um desejo que somente dois jovens apaixonados como eles poderiam ter.

Amaram-se ali mesmo, no chão do túnel, por horas a fio.

— Eu achei que você não ia querer mais me esperar — revelou Rafael, que estava encaixado no peito despido de Pietro, recostado a uma das paredes. A lanterna brilhava no chão ao lado deles, e o gato lambia as patas dianteiras a alguns metros dos dois. Rafael chacoalhou um pouco quando o outro garoto riu.

— Eu disse pra você que ia te esperar, não disse? — Beijou o topo de sua cabeça, os dedos dançando pelo corpo de Rafael em seus braços.

— Disse, mas é que se passou tanto tempo e... — Engoliu a frase, suspirando fundo. Pensar no tempo lhe trazia todo o medo de volta. Faltavam apenas dois meses para seu casamento com Mariana, e ele não sabia mais o que fazer para sair da situação. Explicou para Pietro tudo o que acontecera durante o período em que não tinham se visto. Desde a demissão de seu José até a contratação de Armando e, claro, da menina cada dia mais empolgada para viver a vida tendo um marido.

Pietro dividiu as próprias angústias, contando sobre o confronto que tinha tido com Fernando e sobre o medo constante que sua personalidade autoritária causava tanto nele como na mãe.

— Vamos embora, Rafael — disse, por fim, olhando para a parede à frente, envolta no breu. — Podemos usar esse túnel para ajudar a gente. — Sentou-se mais ereto, trazendo Rafael junto consigo, ainda colado em seu peito. — Pensa só. A gente pode se encontrar aqui e sair lá do lado da minha casa. Fica numa área bem isolada. Já estaremos praticamente fora da cidade. Aí a gente pega o primeiro ônibus pro Rio e, prontinho, nós estaremos livres.

Rafael o olhou com olhos brilhantes cheios de esperança. A vida fora da cidade ao lado de Pietro era tudo com que vinha sonhando nas últimas semanas. E agora, a chance pela qual sempre tinha esperado estava ali, bem diante de seus olhos. Ver Pietro sorrir para ele iluminava toda a escuridão que havia dentro de si. O coração palpitou no peito. Ir embora significava deixar tudo para trás. Não sentiria um pingo de saudade de Mário, mas o mesmo não poderia ser dito quanto à mãe, e até mesmo de dona Maria. A questão era que não poderia viver em função delas. Se quisesse libertar-se e ser o verdadeiro Rafael, aquele que estava trancado em seu âmago, que aparecia somente quando estava com Pietro, precisava agir. Agir, naquele caso, era deixar no passado tudo e todos. Começar do zero longe dali.

— Vamos — sussurrou, sorrindo de modo natural. Mal percebia o gesto. Sentou-se e segurou as mãos de Pietro. — Vamos embora. Vamos esperar só até a gente se graduar no colégio.

Pietro pareceu desapontado. Sua expressão feliz murchou de repente, e Rafael continuou:

— Falta pouco mais de um mês para isso acontecer. — Segurou seu rosto de maneira que se encarassem. — Será poucos dias depois do meu aniversário e antes do casamento.

— Por que não agora? — insistiu o outro garoto, acariciando uma mão de Rafael com as suas. — Podemos ir embora amanhã mesmo.

— Se a gente quiser entrar em alguma faculdade ou arrumar algum emprego até tudo se ajeitar — explicou —, será mais fácil se tivermos concluído a escola. Falta tão pouco.

Pietro apenas o olhou, claramente chateado, mas assentiu, por fim.

— Você tem razão.

— Falta tão pouco — reafirmou. — A gente já aguentou todo esse tempo. Podemos aguentar mais um pouquinho. — Abriu um sorriso que iluminou todo o seu rosto. — E outra: não vamos precisar ficar longe esses dias.

Pietro lançou um olhar sugestivo a ele, sorrindo de canto.

— Ah, não? — perguntou, mas já sabia o que Rafael ia dizer.

— Não, afinal agora temos um lugar só nosso para nos encontrarmos. — Olhou ao redor, indicando o túnel. — Assim eu consigo vir te ver sem sair de casa, tecnicamente. — Deu de ombros, olhando-o de modo rebelde. — É um jeito fácil de fugir daquele guarda-costas de merda.

Pietro riu alto e puxou Rafael para um abraço apertado. Amava senti-lo em seus braços. Era como se todo o seu mundo estivesse, literalmente, ao seu alcance. Beijaram-se mais uma vez, ao som dos ronronados do gato cinzento ali perto.

O túnel se tornou, a partir daquele momento, o ponto de encontro secreto dos dois.

A filha do prefeito

Ela era apaixonada pelo garoto desde muito pequena, quando ainda nem entendia o que era aquele sentimento. Sempre tinha ouvido dos pais que um dia se casaria com o melhor amigo, com quem brincava praticamente todos os dias. Ouviu tanto que a vontade dos outros acabou se tornando a sua, e Mariana decidiu que seria a esposa de Rafael Albuquerque.

Eles sempre tinham se dado bem e apreciavam a companhia um do outro, por isso ela demorou a perceber que havia algo diferente no garoto. Quando chegou à adolescência, tudo começou a mudar. Ele não parecia mais a mesma pessoa de antes. Embora ela mesma tivesse mudado muito, havia um único interesse que permanecia intacto: o desejo de se casar. Rafael ficava mais distante a cada dia, e Mariana não conseguia entender o motivo. Até que começou a perder a paciência.

Tentou confrontá-lo várias e várias vezes, mas nunca recebia uma resposta convincente. Aquilo a deixava frustrada, mas, sendo a garota decidida e cabeça-dura que era, não desistiria assim. Ela o amava, apesar de tudo. Por isso seu coração foi partido quando Jonas contou que havia visto Rafael naquele bar mal frequentado nos fundos da cidade. Custou a acreditar. Negou e tentou dizer a Jonas que estava errado, mas no fundo sabia que era verdade. Tudo fazia sentido. O desinteresse de Rafael, seu desânimo e o fato de ficar cada vez mais distante. Mas ela tinha que confirmar com os próprios olhos.

Então, certo dia o seguiu depois da escola e viu a cena que ficaria gravada em sua mente pelo resto da vida. Ele e o outro garoto se agarrando sem roupa no meio do mato. Foi aí que perdeu o controle e explodiu toda sua raiva e frustração. Aquele idiota pobretão não tinha o direito de tirar o sonho da vida dela de se casar com seu namorado! Mas foi exatamente essa a situação que a fez tomar o controle de tudo.

Viu o desespero de Rafael enquanto conversava com ele depois do acontecido e abocanhou a oportunidade que se colocava diante de si. Disse ao garoto que não contaria sobre o que tinha visto para ninguém desde que ele abandonasse toda aquela vida errônea e deixasse o outro garoto para trás. Caso o garoto se esquecesse de tudo aquilo e seguisse em frente com a vida que ela sonhava para os dois, tudo ficaria bem. O segredo estaria a salvo.

Rafael aceitou e Mariana achou que finalmente as coisas iam dar certo e ela viveria os romances que tanto amava ver nos livros. Rafael era bem de vida, ia herdar toda a fortuna do pai e, além de tudo, era lindo. Tudo com que tanto sonhava. O único detalhe era o fato de ele não estar assim tão interessado nela; no entanto, Mariana o tinha nas mãos, e o garoto não poderia sair da linha. Teria que ceder à sua vontade se quisesse manter o segredo a salvo. Era incrível a sensação de poder controlar a situação toda! Com a chantagem, o menino passou a ficar mais presente e um pouco mais empolgado. Ainda via a tristeza nele sempre que estavam juntos, mas tentava passar por cima disso. Com o tempo, ele ia se acostumar.

Mariana apreciava cada momento que passava junto ao noivo. Nos últimos dias, havia se sentido radiante. Rafael não tinha mais como fugir depois que ela havia tomado as rédeas. Cada passeio que faziam juntos – com o guarda-costas dos Albuquerque sempre por perto – era como uma conquista. Ela se pegava rindo o tempo todo, mal conseguindo conter a alegria dentro do peito. Andava pela cidade de mãos dadas com Rafael, o exibindo como um troféu. Afinal, tinha lutado por ele, então nada mais justo. Era o seu troféu, sim! Havia conquistado o direito de tê-lo ao seu lado, mesmo que percebesse, no fundo de seus olhos, que ele não gostaria de estar ali.

Tudo com que Mariana sempre tinha sonhado estava prestes a acontecer. Logo, estaria casada com o amor da sua vida, viveria o seu próprio e tão almejado comercial de margarina e não poderia ficar mais realizada! Isso, é claro, somente se conseguisse eliminar de vez a única pedra no caminho de sua felicidade. Portanto, não podia, de jeito nenhum, deixar o garoto escapar de novo. Faria o que fosse preciso para mantê-lo ao seu lado.

Qualquer coisa.

Rafael finalmente via uma luz no fim do túnel.

Riu sozinho ao pensar no trocadilho que tinha acabado de fazer na mente, mesmo sem querer. Tinha acabado de subir pelo alçapão na sala de jantar e empurrava, de forma mais silenciosa possível, o armário de volta para cobri-lo. Arrumou a roupa no corpo enquanto seguia pelo hall de entrada do casarão apagado na direção de seu quarto novamente.

Eram quase 3h e ele se sentia eufórico. Toda vez que via Pietro era assim. Voltava com os lábios quentes de tanto beijá-lo e com aquela sensação indescritível que não sentia em mais nenhum outro lugar. Os encontros no túnel agora eram frequentes. Finalmente tinha achado um lugar tranquilo no qual pudessem se ver sem medo. Com o guarda-costas em seu encalço, Rafael não poderia sair durante o dia para ver o garoto pela rua. Além disso, havia Mariana, que não podia nem sequer desconfiar do que estava acontecendo ou ela daria com a língua nos dentes. Portanto, aquele túnel era a salvação para os dois. Tudo que sentia era gratidão por ele ainda estar ali e conectá-los daquela forma surreal. Parecia tão conveniente que Rafael teve certeza de que era obra do destino. Um sinal do universo querendo uni-los.

Embora fosse mais fácil por um lado, havia a desvantagem de sempre terem que se encontrar durante a noite, depois que todo mundo já tivesse se recolhido, tanto na sua casa quanto na de Pietro. Isso estava fazendo com que Rafael fosse dormir sempre de madrugada. Quando não se encontravam – se viam pelo menos umas duas ou três vezes por semana –, o motivo de passar a noite em claro era a ansiedade. Quando estava com Pietro, se esquecia das responsabilidades e mal via a hora passar, mas quando estavam distantes as madrugadas eram longas e cheias de pensamentos invasivos o lembrando de que o casamento estava cada vez mais próximo. Com sorte, estaria longe dali quando esse dia chegasse, mas, ainda assim, não conseguia se acalmar.

Sendo assim, não percebeu quando pegou no sono durante uma aula de matemática no colégio uma manhã, quase um mês após a rotina de escapadas noturnas. Estava com os cotovelos apoiados na carteira e o rosto sobre as mãos. Os olhos pesavam tanto que nem tentou resistir. Acordou sobressaltado com um cutucão na costela. Olhou para a mesa ao lado, assustado, e viu Murilo acenando para a frente com a cabeça. O professor, próximo ao quadro, o fuzilava com o olhar, uma régua na mão esquerda e um giz na direita. Atrás deles, vários desenhos geométricos e números cobriam a lousa, coisa que o garoto não tinha visto aparecer. Devia ter dormido mesmo.

– Estou te deixando entediado com minha aula, Rafael? – O professor o olhava, com uma falsa curiosidade.

– Não, senhor. – Ajeitou-se na cadeira, passando a mão no rosto e arrumando o cabelo com os dedos. – Desculpe.

— Você sabe que, independentemente de qualquer coisa — o docente abaixou a cabeça, encarando o aluno por cima dos óculos de grau de lentes grossas, e Rafael entendeu que ele se referia ao fato de o garoto ser um Albuquerque —, eu ainda posso reprová-lo, não sabe?

O menino abaixou a cabeça, mais envergonhado pelo sermão em público do que por respeito. O peso do sobrenome como sempre lhe pesando nas costas, como se as pessoas fizessem questão de lembrá-lo da coisa que ele mais odiava em si mesmo. Comentário desnecessário o do professor, pensou.

— Sim, senhor.

— Estamos na reta final. — O resto da turma permanecia em total silêncio, como mero espectadores que não ousariam interromper o espetáculo. Seu tom se tornou um pouco mais brando quando prosseguiu: — Você é um aluno excelente. Suas notas sempre foram ótimas, mas está relaxando demais nos últimos dias. Seja lá o que estiver acontecendo com você, não deixe que isso afete seu desempenho na minha matéria. — Seus olhares se encontraram brevemente antes de Rafael voltar a encarar os próprios dedos entrelaçados na carteira. — Estamos entendidos?

— Sim, senhor. — A voz saiu num sussurro. — Não vai acontecer de novo.

O homem ainda o olhou por mais alguns segundos, em silêncio, antes de voltar a falar com a turma sobre o assunto da aula. Rafael teve que fazer um grande esforço para não dormir sobre a mesa outra vez.

E desejou mesmo que dormisse, pelo menos até que passasse o fim de semana que se seguiu. No sábado, ele completou dezoito anos e, mais para a alegria de Mário do que a dele própria, os Albuquerque foram os anfitriões de uma grande festa. Seu pai não poderia deixar de fazer um grande evento e de chamar a atenção, não é mesmo?

Rafael chegou a cogitar a ideia de entrar pelo túnel na madrugada de sexta-feira e não sair de lá até que o sábado inteiro passasse, assim talvez pudesse escapar da festa que supostamente seria para ele, exceto que ninguém havia perguntado a ele se queria uma festa. Como se isso fosse adiantar alguma coisa. Mesmo que negasse, Mário iria seguir em frente, pois tinha que exibir para o resto da *high society* de Petrópolis que o filho estava chegando aos dezoito e que, em poucas semanas, estaria casado com a filha do prefeito Henrique.

Era o fim da tarde quando deu os últimos retoques no cabelo em frente ao espelho no banheiro. Os fios pretos brilhavam no topete perfeito. Ajeitou a gravata-borboleta – exigência de Mário, é claro – enquanto seu rosto triste lhe encarava de volta pela superfície. A única coisa que lhe deu forças para vestir a máscara do filho exemplar foi o pensamento de que veria Pietro depois da festa. Só esperava que tudo terminasse o quanto antes, pois não via a hora de estar em seus braços outra vez e de sentir aqueles lábios tão gostosos acariciando os seus. Levou a ponta dos dedos à boca por um instante, lembrando da sensação que Pietro lhe causava quando o tocava ali, mas logo guardou os pensamentos e saiu do banheiro, deixando o quarto no alto da torre apagado enquanto descia para enfrentar os convidados.

Nunca tinha visto a casa tão cheia. Alguns dos rostos que viu eram velhos conhecidos da família, parte dos moradores mais ricos da cidade, mas outros não fazia ideia de quem fossem. Muitos da idade dos pais, alguns jovens que provavelmente deviam ser seus filhos ou filhas, e até algumas crianças correndo pelo hall de entrada. O espaço era grande o suficiente para abrigar os convidados, que formavam pequenos grupos separados, e garçons passavam com bandejas nas mãos, os servindo com bebidas.

Rafael avistou Murilo e Guilherme perto da entrada, ao lado de Mariana. Sabia que era neles que devia colar para manter a aparência de que estava tudo bem, mesmo tendo se distanciado um pouco dos colegas depois da briga com Jonas. Ao seguir na direção deles, foi abordado por várias pessoas, que o paravam para parabenizá-lo. Apenas agradecia com um sorriso ou com um aceno de cabeça. Metade delas ele não reconheceu, só sabia que uma delas era o próprio prefeito e futuro sogro. Avistou também os pais conversando com um casal que ele nunca tinha visto na vida.

Quando finalmente chegou perto dos colegas e da noiva, Murilo o puxou para um abraço. Guilherme, zombeteiro, os abraçou também, enquanto Mariana os olhava, rindo:

– Parabéns! – Murilo se soltou do abraço triplo e deu dois tapas de leve nas costas do garoto. – Aproveite seu último aniversário solteiro. – Lançou um olhar para a menina, como que se desculpando, mas com a sombra de um sorriso no rosto. – Sem ofensas, viu, Mari?

– Ele não está solteiro. – Mariana fuzilou Murilo com o olhar, mas com uma expressão divertida no semblante. Cruzou os braços, virando para o noivo. – Não é, Rafael?

– A essa hora semana que vem, você vai ser um homem formado e praticamente casado – emendou Guilherme, impedindo que o garoto respondesse e lançando um sorriso para os amigos. Rafael não quis nem pensar no assunto. Na próxima semana, haveria a formatura no colégio e, pouco depois, chegaria a data que ele mais temia: o casamento. Esperava que até lá pudesse estar bem longe de tudo aquilo e, em especial, junto de Pietro.

– E o professor de matemática pegando no seu pé na aula? – Murilo fez uma careta. – Aquele cara é muito chato, mas sempre te adorou. Achei muito estranho ele falar com você daquele jeito essa semana.

– Daquele jeito como? – Mariana olhou de Rafael para Murilo, erguendo uma sobrancelha, curiosa.

– Deu uma bronca no Rafael porque ele estava dormindo na aula. – Guilherme jogou os fios de cabelo para trás com o dedo, deixando a testa livre. Abriu um sorriso zombeteiro. – Que é que você fica fazendo até tarde que tá perdendo o sono, hein?

Aproximou-se do amigo e deu uma cotovelada de leve em suas costelas, num gesto de brincadeira.

— Ele tem andado assim ultimamente — Mariana acrescentou, encarando o noivo com aquele ar calculista que ele tanto temia na garota. — Tá sempre cansado. Nem parece que quer estar aqui.

A garota riu com malícia, mas Murilo e Guilherme pareciam não notar a pequena tensão que crescia no ar. Rafael a encarou, engolindo a vontade de largar todo mundo ali e sair correndo para bem longe daquela casa cheia de gente que ele mal conhecia.

— Se eu fosse me casar — Murilo colocou uma mão no ombro do colega, apertando de leve em sinal de compreensão —, também ia estar nervoso. Tão nervoso que mal ia conseguir pregar os olhos durante a noite. Eu te entendo, cara.

— Eu estou mais ansioso pro término das aulas do que pro casamento. — Guilherme olhou para os amigos, parando em Murilo, que franzia o cenho para ele como se quisesse dizer que aquele comentário era inapropriado para o momento. — Que foi? É verdade. Desculpa, Mariana e Rafa. É claro que quero ir no casamento de vocês, mas não vão me dizer que vocês não estão empolgados para as férias? Escola nunca mais depois disso!

— É, mas aí a gente vai ter que fazer faculdade e depois trabalhar... — Murilo deixou a voz morrer, percebendo a realidade do futuro que o aguardava depois da formatura. — Cara, a gente vai virar nossos pais. É surreal!

— Eu também não vejo a hora de estar livre da escola. — Mariana enlaçou o braço direito no esquerdo de Rafael. — Se importa de vir comigo pegar algo pra comer?

Rafael forçou um sorriso para a menina e se afastou com ela, sob o olhar dos outros garotos. Das duas opções desanimadoras que tinha, preferia continuar com os colegas de sala em vez de ficar a sós com a noiva. Se assim fosse, eles pelo menos preencheriam o silêncio e o foco não estaria totalmente nele e no casamento, como Mariana gostava.

– Parabéns, Rafa! – Guilherme gritou ao erguer a mão, acenando para se despedir do casal. – Aproveita sua festa! Você tá muito calado.

Ele virou para trás, acenando de volta, e viu Murilo e o outro garoto começando a discutir como duas crianças brigando por algum brinquedo. Brigavam, mas riam logo em seguida. Afastaram-se em meio à multidão, se divertindo de um modo que o próprio aniversariante não conseguia na festa que era para ele. Embora tivesse sempre feito parte do grupo, Rafael não conseguia sentir pelos colegas a mesma conexão que tinham um pelo outro, Jonas incluso.

Todos haviam percebido, mas ninguém tinha coragem de tocar no assunto em voz alta. Jonas não havia aparecido na festa e não fazia falta alguma para Rafael. Não se falavam desde a briga e, se o visse em sua festa, não saberia nem como tratá-lo. Ele só queria que o tempo passasse rápido para que pudesse deixar logo aquela vida – e aquelas pessoas – para trás. Mal via a hora de poder dizer que faziam parte de seu passado. Um passado que não ia querer revisitar nunca mais a partir do momento que conseguisse seguir em frente. Faltava tão pouco. Só precisava aguentar por mais alguns dias e tudo se resolveria.

Passando por entre os convidados na companhia de Mariana, recebeu mais cumprimentos, como se fosse uma celebridade. Odiava aquele tipo de atenção, mas estava se esforçando para parecer simpático e agradecer os votos de muitos rostos que nem sequer se importavam com ele de verdade. Só estavam ali pelo *status* de participar de uma celebração na casa dos Albuquerque.

Na sala de jantar, a enorme mesa havia se transformado num banquete. Diversas bandejas com diferentes tipos de pães, carnes, doces e salgados se espalhavam por toda sua extensão. Quando passavam pelo arco que separava o hall do cômodo, Rafael e Mariana cruzaram com um garçom recém-saído da porta da cozinha, aos fundos. O homem seguiu para a área onde estavam os convidados, deixando os dois sozinhos ali.

Mariana se aproximou da mesa, observando a comida, refletindo sobre o que pegaria, enquanto Rafael, de forma discreta, olhou para o armário no canto. Os olhos deslizaram para o chão. Se não soubesse, nunca pensaria que haveria um alçapão secreto ali embaixo. O destino era mesmo engraçado, não? Um túnel que ligava sua casa com uma saída perto da casa de Pietro. Era surreal pensar naquilo. O coração palpitou mais rápido ao pensar que, dali a algumas horas, estaria descendo pela passagem secreta para encontrar o garoto que não saía de seus pensamentos. Nunca desejou tanto que seu aniversário acabasse logo.

— Não vai pegar nada? — Virou quando Mariana falou. Ela segurava um pedaço de pão recheado na mão, olhando-o com curiosidade. — Tá uma delícia.

Rafael assentiu e pegou o mesmo que ela, mastigando vagarosamente sob o olhar da garota.

— Você e o Jonas não vão mesmo voltar a se falar? — perguntou a filha do prefeito.

— Não sei. — Ele deu de ombros. Mordeu um pedaço do pão para evitar ter que responder muito além daquilo. — Não tem clima pra isso depois do que aconteceu.

— Você ficou bravo porque ele me contou tudo, não foi? — Ela o olhava com propósito.

Rafael desviou o olhar. Ficava desconfortável quando Mariana o encarava daquele jeito. Parecia um animal prestes a dar o bote. Ele sabia que algo estava por vir, por isso voltou a olhar para a mesa, tentando mudar o foco da conversa.

— Você já experimentou os doces? — Apontou para uma das bandejas cheias de bicho de pé. Pareciam brigadeiros rosados com açúcar ao redor. — São meus favoritos.

— Você tá cumprindo a sua promessa, Rafael? — Ela ignorou totalmente a pergunta, se mantendo firme no assunto. Seu tom de voz era sério e austero.

O garoto apoiou as duas mãos na borda da mesa quando mais um garçom saiu da cozinha com uma bandeja de taças cheias de bebida. Rafael pegou uma quando o homem passou ao seu lado antes de seguir para o hall.

Virou a bebida toda praticamente de uma vez. Não se deu nem ao trabalho de ver o que era, só sentiu tudo queimando quando o líquido desceu pela garganta. Não conseguia encarar Mariana nos olhos, e se odiou naquele momento por ser assim. Seria tão mais fácil se conseguisse encará-la e mentir descaradamente.

— Você está ou não está vendo aquele menino outra vez? — inquiriu ela, baixando a voz e se limitando a murmurar, ao mesmo tempo que deu um passo em sua direção.

Rafael terminou de virar a bebida com um único gole, mas nem assim conseguiu engolir o nervosismo. Tentou, mas não conseguia sustentar o olhar por mais de um segundo. Uma hora a encarava, depois mirava os pés, ou então a mesa de comida.

— Eu te disse que não ia mais sair com ele, não disse? — sussurrou, como se alguém pudesse ouvi-lo. Mesmo que estivessem falando alto, seria impossível. O burburinho de dezenas de pessoas conversando vinha forte do hall ao lado.

— Disse, sim. — Ela o analisava atentamente. Parecia estar querendo ler o que se passava dentro de sua cabeça. — Mas você tem andado um pouco distante recentemente. E está sempre com sono... — Suspirou profundamente. — Eu disse para você que isso precisava acabar, não disse?

A pergunta soou como um aviso. Rafael sentiu o sangue ferver nas veias. Ao mesmo tempo de raiva e medo. Estava nas mãos de Mariana e odiava aquilo. Tentou acalmar a si mesmo dizendo que logo após a formatura, na semana seguinte, iria se mandar dali e se libertaria de todos e tudo que o prendiam naquela cidade.

— Eu quero que a gente seja feliz, Rafael — continuou Mariana. Por um momento, os olhos azuis da menina brilharam. Ela realmente desejava aquilo, mas não conseguia entender que ele não seria a pessoa que a ajudaria com o desejo de um casamento perfeito. — E pra dar certo, isso precisa ficar enterrado no passado.

— Mariana, eu já te disse que não estou mais saindo com o Pietro. — Nem ele mesmo acreditou no que dizia. Seu tom de voz era tão fraco que não passaria confiança para ninguém, muito menos para Mariana.

— Não diga o nome dele! — As palavras saíram entre os dentes pressionados da garota. Ela o encarava com o cenho franzido, incapaz de esconder a raiva ao ouvir o nome da pessoa que mais desprezava naquele momento. — Eu quero esse... — Ergueu uma mão próximo ao rosto, os dedos tremendo de tanta fúria. — Quero que esse moleque fique morto e enterrado no passado e que ele nunca mais seja um problema para nós.

— Você mesma que puxou esse assunto. — Rafael deu de ombros em uma súbita onda de coragem para responder. Porém, tentando conter o incêndio que aquela conversa podia causar, emendou: — Não se preocupe. Tudo vai se resolver logo.

A voz saiu mais confiante e o tom mais firme do que achou ser capaz, afinal de contas a afirmação não era de todo uma mentira. Ele acreditava naquelas palavras. As coisas se resolveriam logo, com certeza. Quando estivesse longe de Petrópolis com Pietro, não haveria dúvida de que tudo estaria em seu devido lugar.

Mariana o analisou por alguns segundos, e daquela vez o garoto manteve o olhar fixo no dela, tentando não pestanejar, mas foi só ela começar a falar que Rafael olhou para baixo outra vez.

— Por que é que eu não consigo acreditar totalmente em você? — A entonação dela era um misto de tristeza e ímpeto.

Em seguida, se aproximou do rapaz, que instintivamente deu um passo para trás, como se ela fosse um animal ameaçador.

– Mariana, eu... – começou a dizer, mas foi interrompido.

– Rafael! – Mário entrava na sala de jantar, acompanhado de um homem mais velho. O pai sorria de um modo que nunca acontecia quando estava somente com a família em casa. O garoto soube na hora que o sorriso devia estar relacionado a um assunto de trabalho. Só podia ser. – Vem cá. Quero te apresentar a um dos nossos melhores clientes.

O menino lançou um olhar a Mariana, deu de ombros como se dissesse "não é minha culpa" e seguiu até o pai, que passou um braço ao redor de seus ombros e o levou de volta para o hall, ao lado do suposto cliente e falando coisas pelas quais Rafael fingiu estar bastante interessado.

Era a primeira vez que ficava aliviado por Mário o chamar. Mariana, àquela altura dos acontecimentos, o assustava tanto quanto o próprio pai.

—

O resto da noite se estendeu por uma eternidade. Rafael foi obrigado a falar com pessoas que quase nunca via, com outras que de fato ele nunca tinha visto e, no fim, a festa pareceu mais um evento de Mário do que do próprio aniversariante. A pior parte foi quando seus pais se juntaram com o prefeito, a primeira-dama e Mariana para fazerem fotos para o jornal. Ele nem tinha percebido que o mesmo fotógrafo da festa junina, alguns meses antes, estava por ali entre as pessoas. Com certeza aquela farsa em que o garoto foi obrigado a sorrir e tirar uma foto abraçado à Mariana daria a primeira página na próxima edição.

O bolo foi terrivelmente exagerado de grande. Refletia todo o ego de Mário Albuquerque. Além de tudo, era de um sabor que Rafael odiava. Nem sequer tinham perguntado a ele do que queria antes de encomendá-lo. Ao pegar uma fatia, Rafael sentiu um pedaço de abacaxi misturado ao recheio e se forçou a mastigar para não cuspir tudo de volta no prato na mesma hora. Odiava bolos com pedaços de frutas no meio. Dezoito anos convivendo com os pais e nem assim eles sabiam. Ou se importavam.

Deu graças a Deus quando os últimos convidados – Mariana e os pais, obviamente – se despediram na entrada da casa. Rafael ainda observou o carro do prefeito se afastar e finalmente sair pelo portão. Foi só eles sumirem de vista que tudo voltou ao normal entre os Albuquerque. Mário parou de sorrir no mesmo instante e a aura de tristeza resplandeceu em Antônia outra vez.

– Estou cansado – comentou Rafael, se virando para a porta de entrada. – Vou me deitar.

Os pais não responderam, e ele seguiu para dentro. No hall, passou por Armando, em pé a um canto, mas fingiu que não o viu. Fingiu que ia dormir e subiu para a torre. Lá, se trancou, deitou-se na cama sem nem trocar de roupa, cruzou as mãos sobre o umbigo e esperou, encarando o teto.

Tudo que precisava fazer era aguardar até que todo mundo se recolhesse e aí poderia descer e encontrar Pietro no túnel. Esperava que fosse uma das últimas vezes que teria que o ver no escuro, escondido do mundo. Não conseguia mais guardar somente para si tudo o que sentia. Todo o amor que vibrava em seu peito somente com o simples pensamento do garoto. Queria poder deixá-lo transbordar e viver sua verdade sem que nada nem ninguém o anulasse. Talvez fosse por isso que, toda vez que o encontrava, era impossível manter as mãos e a boca longe dele. Simplesmente não dava para ficar longe de Pietro sem senti-lo de todas as maneiras possíveis. Ele era tudo que mais desejava. Mergulhado em pensamentos no quarto escuro no alto da torre, Rafael suspirou, sorriu e aguardou o tempo passar.

Eram quase 2h quando desceu pelo alçapão na sala de jantar. Por precaução, deixou as luzes apagadas, mas, ao atingir o chão do túnel, ligou uma lanterna para iluminar o caminho. Foi passando pelas paredes rochosas e seguindo a única direção possível na abertura escura e muito silenciosa. O único som que conseguia ouvir era o do próprio coração pulsando acelerado, ansioso para encontrá-lo logo.

Poucos minutos e alguns metros andados depois, o enxergou encostado em uma parede, ao lado de uma lanterna acesa no chão, com a cabeça pendendo sobre o peito, que subia e descia no ritmo de sua respiração calma. Pietro dormia tão tranquilo que Rafael ficou com pena de acordá-lo. Observou-o por alguns instantes, um sorriso bobo surgindo em seus lábios ao notar os cabelos caindo-lhe sobre o rosto; seus olhos fechados o deixavam com um semblante tão pacífico, e a boca meio-aberta finalizava a aparência encantadora.

Rafael se sentiu o garoto mais sortudo do universo naqueles pequenos instantes. Sortudo porque Pietro era o menino mais lindo que ele já tinha visto em toda a vida; sortudo porque ele despertou em seu coração os sentimentos mais puros e mais gostosos que já tinha sentido; e sortudo, em especial, por saber que tudo que ele sentia era recíproco. Não precisava fazer esforço algum para estar com Pietro, as coisas simplesmente aconteciam de maneira tão natural que era como se tudo tivesse sido planejado para se encaixar, como se o destino quisesse que o amor dos dois se encontrasse e se unisse num elo indescritível e poderoso. Todo e qualquer esforço que eram obrigados a fazer acontecia pura e simplesmente por causa de outras pessoas. Gente que não entendia e que não estava preparada para ver uma história tão verdadeira como a daqueles dois jovens apaixonados.

Ainda parado no túnel, Rafael refletiu sobre tudo o que já tinha acontecido desde que vira Pietro pela primeira vez passando em frente à sua casa. Cada passo naquela jornada os tinha levado até aquele momento, e ele estava ansioso para, em breve, poder dar o próximo passo, o qual os levaria para além de tudo que já tinham vivido. A maior loucura da vida deles. Sim, fugir e abandonar tudo seria uma loucura, mas ele nunca tinha sentido tanta certeza de que queria algo. Estava pronto para cometer uma loucura de amor se fosse com o filho do marceneiro.

O garoto estava tão concentrado observando a beleza de Pietro e mergulhado em seus pensamentos que não notou o volume ao lado dele no chão. Só percebeu quando o gato cinzento se mexeu e se aproximou, se esfregando em suas pernas enquanto ronronava. Abaixou-se para acariciar as orelhas do bicho.

– O Cinzento daqui a pouco vai me trocar por você. – Levantou a cabeça e viu Pietro se ajeitando no canto onde estava sentado, o observando com um sorriso no rosto. Ele esfregou os olhos, soltando um bocejo.

– Ele tem um nome agora? – Coçava as orelhas do gato. – Não tinha algo mais criativo para escolher?

– Ei! – Pietro fingiu estar ofendido. Desde o dia em que tinha descoberto o túnel, tinha adotado Cinzento, mas só havia escolhido um nome para ele havia pouco tempo. – Tem tudo a ver com ele, tá?

– Sim, exatamente por isso.

Rafael se levantou, e Cinzento correu pelo corredor, indo se aventurar por algum canto escuro, deixando os dois sozinhos sob a luz das lanternas. O garoto se aproximou de Pietro e se sentou ao seu lado, se encaixando no abraço dele no mesmo instante, de modo automático. Inalou profundamente com a cabeça encostada em seu peito, sentindo o perfume tão familiar e reconfortante. Então fechou os olhos e ficou ali por alguns instantes, apreciando a sensação dos dedos dele passando pelos fios de seu cabelo.

– Como foi a festa? – perguntou Pietro.

– Deu pra sobreviver – murmurou Rafael em resposta, o som da voz abafado pelo tórax do outro menino. – Meu pai deve ter ficado feliz, porque parecia mais um evento pra ele do que pra mim.

Depois da discussão com Mariana na sala de jantar, o garoto tinha sido apresentado pelo pai a um de seus clientes mais antigos. Naquela conversa, tinha sido obrigado a, mais uma vez, fingir interesse no negócio de família. De todos os convidados da festa, as únicas pessoas que realmente tinham ido ali por causa dele foram Murilo, Guilherme e a noiva – e ainda assim não eram quem ele realmente desejava. Mário havia organizado tudo e transformado o aniversário do filho em mais um de seus esquemas para manter o *status*, mostrar poder e agir de forma egoísta, como sempre. Era tudo sobre ele e sobre sua fortuna que tanto amava. O homem amava estar no topo, amava o dinheiro, a influência e a ganância. A única coisa que ele não amava era a própria família: apenas os tinha por serem uma peça essencial para a imagem de empresário bem-sucedido e tradicional que a sociedade tanto gostava de ver. Rafael suspirou, numa tentativa de esquecer o fiasco que era seu núcleo familiar.

Pietro, ao ver o desânimo surgindo no garoto, beijou o topo de sua cabeça e respirou fundo, apertando o abraço ainda mais numa tentativa de animá-lo. Não queria soltá-lo nunca mais. Poderia passar a eternidade no túnel se aquilo significasse ficar perto de Rafael e tê-lo em seus braços por mais tempo. O gesto pareceu dar certo, pois um pequeno sorriso partiu os lábios do menino e sua expressão melhorou, dando lugar a uma alegria que iluminava seu rosto.

– Eu tenho uma coisa pra você. – Tirou um braço de cima dele e começou a remexer nos bolsos. – Não ficou das melhores, mas eu tentei o máximo que deu. Não sou muito bom nisso ainda, mas...

Rafael se ajeitou, se soltando do abraço de Pietro por um momento e cruzando as pernas à sua frente. O garoto lhe estendia um pequeno objeto de madeira que, ao pegar na mão, notou ser uma rosa em miniatura. Cada detalhe estava muito bem pensado. As curvas talvez estivessem um pouco quadradas em alguns pedaços, mas, para ele, foi o melhor presente que já tinha recebido em toda a vida.

— Eu sei que você gosta de flores e tudo mais, então... — Pietro deu de ombros, parecendo ficar tímido pela primeira vez. Era sempre tão confiante e seguro, mas Rafael o achou ainda mais bonito com as bochechas coradas.

— É perfeito. — Ainda encarava a pequena rosa de madeira na palma da mão com um sorriso pendurado no rosto. Os olhos até marejaram um pouco. Nem mesmo seus pais ou Mariana lhe deram um presente naquele aniversário. Todo mundo estava mais preocupado com o casamento ou com a influência do que com ele. O objeto era algo muito simples, mas que ele guardaria para sempre. — Obrigado.

Inclinou-se e seus lábios se encostaram nos de Pietro, causando em seu corpo aquela combustão instantânea de sempre que o beijava. O outro garoto o segurou pela nuca, os dedos se encorrilhando nos fios na parte de trás de sua cabeça, e o puxou para mais perto. Rafael perdeu o equilíbrio e caiu por cima de Pietro. Os dois rolaram pelo chão, rindo um do outro, e ficaram deitados, se encarando lado a lado por alguns segundos.

Rafael colocou a rosa de madeira de lado e usou as duas mãos para puxar Pietro para cima de si pelas golas da camiseta. O garoto subiu sobre ele, o prendendo no chão com a cintura, e se curvou para beijá-lo com tanta intensidade que lhe faltou ar. Fecharam os olhos automaticamente, sentindo um ao outro apenas com a boca e as mãos que corriam pelas curvas de seus corpos, mas, mesmo no escuro, era como se conseguissem se enxergar dentro daquele beijo. Toda vez que se tocavam, se uniam como se fossem um só.

Soltaram-se com um estalo que ecoou pelo túnel quando os lábios se descolaram, um formigamento gostoso percorrendo por todo o corpo. Pietro voltou a se recostar na parede e colocou a cabeça de Rafael, ainda deitado no chão, em seu colo. Com uma mão, acariciava seus cabelos; a outra repousava sobre o tórax dele, os dedos caminhando suavemente sobre o tecido de sua camisa branca, ainda a mesma que tinha usado durante toda a festa. Só havia tirado o paletó do terno e a gravata-borboleta antes de descer pelo alçapão.

— A Mariana está desconfiada da gente de novo — anunciou, após alguns minutos em silêncio. — Ela veio me perguntar na festa. Não gostei do jeito que ela falou comigo. Parecia uma ameaça.

Pietro não respondeu de imediato. A ideia ficou germinando em sua mente enquanto ele ainda acariciava o garoto em seu colo.

— A gente precisa ir embora — falou, o olhar perdido na parede à sua frente, a poucos metros, do outro lado do corredor. — Isso tudo vai ficar no passado, e a gente vai poder viver em paz. Começar uma vida nova.

Nenhum dos dois falou por alguns instantes, cada um perdido em seus próprios pensamentos. Pietro se imaginou longe de Petrópolis, com Rafael ao seu lado. Ele conseguindo trabalho na atuação. Podia começar com qualquer coisa, mas o que queria mesmo era se tornar um ator. Podia ser nos filmes ou então no teatro, isso não importava. Só aquele pensamento lhe causou um arrepio gostoso pelo corpo e fez seus olhos se encherem de lágrimas de empolgação.

Rafael acariciava o braço de Pietro repousado sobre seu peito e percebeu os pelinhos finos se eriçando ali. Abriu um sorriso, pois ele estava sentindo a mesma emoção ao se imaginar longe de toda a prisão que lhe impunham. Longe do pai, livre de Mariana e ao lado do garoto na cidade do Rio de Janeiro. Não tinha muita certeza do que faria ao chegar lá, mas estava ansioso para começar aquela nova aventura e finalmente viver uma vida que era totalmente sua, com Pietro ao seu lado.

— É engraçado o que esses pensamentos fazem com a gente, não é? — murmurou, mas a voz saiu alta no espaço vazio. — Só de pensar, nosso corpo reage desse jeito.

Pietro riu, concordando com a cabeça.

— Eu acho que, se alguma coisa faz isso com a gente, é porque vale a pena lutar por ela. — Ficou em silêncio por um momento antes de continuar: — Se a gente pensa em algo todos os dias, e essa coisa traz esse sentimento bom na gente, enche nossos olhos... — Mais uma pausa. — ... é porque esse é o caminho que devemos seguir.

— Eu tenho certeza disso. — Rafael puxou a mão de Pietro para os lábios e a beijou na palma, sorrindo. — Eu fico assim sempre que penso num futuro ao seu lado.

De forma carinhosa, Pietro acariciou o rosto de Rafael, deslizando o polegar pela pele macia e causando uma chuva de faíscas invisíveis.

— Vamos embora na semana que vem — disse, decidido. — Depois da formatura nos colégios. No mesmo dia.

Rafael sorriu, ponderando. O evento da sua formatura e da de Pietro aconteceria no mesmo dia, pouco mais de uma semana antes do casamento. Seria o momento perfeito para fugirem. Não haveria mais nada que os seguraria naquela cidade. Estariam formados e ele não precisaria encarar Mariana no altar. Claro que Mário faria de tudo para procurá-lo. Seria um problema tentar não deixar rastros, pois o pai com certeza seria capaz de contratar os melhores investigadores para irem atrás dele, mas isso era problema para outra hora. Seu coração palpitou quando levantou a cabeça e viu o rosto de Pietro diretamente acima do seu, de cabeça para baixo devido à posição como estava deitado em seu colo. Rafael assentiu ao dizer:

— Vamos.

O sorriso de Pietro iluminou o túnel escuro ainda mais que as lanternas. Ele se inclinou sobre o garoto em seu colo, e os dois se beijaram mais uma vez, selando de maneira definitiva a promessa de irem embora de Petrópolis para sempre.

Eram os últimos dias de aula, mas as provas já tinham acabado. Os professores estavam apenas passando os resultados e fazendo revisões para preencher a carga horária. Mariana tinha passado em todas as matérias com notas excepcionais. Era, de longe, a melhor aluna de sua turma. A mais bonita e a mais inteligente. Por isso, ela se deu ao luxo de faltar na aula naquela manhã, apenas um dia antes do evento da formatura. Queria tudo perfeito, não só para sua graduação no ensino médio como também para o seu casamento.

As roupas para cada uma das celebrações já haviam sido escolhidas tempos antes. Tinha passado dias e dias atrás dos vestidos perfeitos, junto de sua mãe e das amigas. Não, com isso não tinha que se preocupar. O maior problema era Rafael. Ela tinha certeza de que ele estava escondendo alguma coisa. Havia prometido que não veria mais aquele garoto pobretão da cidade, mas sabia que ele estava mentindo. As noites em claro e o distanciamento cada vez maior... Não era possível! Ela não abriria mão dele de jeito nenhum, por isso não poderia agir com impulsividade e arriscar a manchar sua própria imagem também. Teria que agir com cautela e de maneira estratégica.

Depois de passar vários dias pensando na maneira mais eficaz de agir e estudando cada detalhe, investigando tudo sobre a vida daquele tal Pietro, filho de um marceneiro, finalmente havia chegado a uma conclusão. Sabia exatamente aonde ir e o que fazer.

Estava, naquele mesmo instante, sentada no banco de trás de um dos veículos pretos da prefeitura. O motorista não questionou a ordem da menina e deu partida no mesmo instante em que ela o mandou dirigir. Passaram pelo centro, pela Praça da Liberdade, e cruzaram algumas pontes por sobre os rios que cortavam a cidade. Quando tomavam a rua da igreja na qual aconteceria o casamento, Mariana observou os vitrais coloridos retratando cenas bíblicas e a grande torre no alto com uma cruz despontando na direção do céu. Ao se imaginar subindo aqueles degraus na entrada, o coração deu saltos de felicidade no peito. O pensamento lhe deu ainda mais forças para continuar e lhe trouxe a certeza de que estava fazendo a coisa certa.

— Mais rápido, Rogério! — pediu, impaciente, ao motorista no banco da frente.

O veículo começou a ganhar mais velocidade. Precisava fazer tudo antes do horário do almoço, assim não correria o risco de encontrá-lo por lá.

Não tinha sido difícil descobrir o endereço, sendo filha do prefeito e tendo acesso a informações importantes dos moradores da cidade. Bastou algumas visitas ao gabinete do pai para que sua investigação rendesse frutos. Ela sorriu, no banco de trás, ao pensar que finalmente tudo estaria resolvido e nada, nem ninguém, lhe tiraria Rafael. Ele não teria para onde ir a não ser para os braços da futura esposa.

Qualquer um que entrasse em seu caminho iria se arrepender amargamente. Era ela quem decidia seu destino, e não seria um pobretão ousado que iria impedi-la de alcançar seus objetivos. Desde sempre tinha sonhado com aquele momento de sua vida, e não seria fácil fazê-la desistir. Se a viam como uma simples garota frágil e mimada, estavam errados, muito errados! Ela sabia como atingir as pessoas de forma única e isolada, forte o suficiente para destruí-las de dentro para fora, eliminando para sempre qualquer ameaça. Estava decidida e com a raiva refletindo no brilho de seus olhos, mas, para sua surpresa, mesclada a uma alegria que se encaixava perfeitamente ao ódio. O resultado dessa mistura era um prazer raivoso indescritível que a deixava ansiosa para seguir em frente com o plano.

— Este é o endereço, senhorita Mariana — anunciou o motorista quando estacionou. Olhava-a desconfiado, pois era um lugar totalmente fora do comum à garota que ele conhecia.

— Espere no carro, Rogério. — O tom de voz era confiante e radiante. Mariana desceu, bateu a porta e seguiu pela calçada, passando por algumas casinhas e parando em frente ao portão da última da rua. Parecia mesmo o fim do mundo. Ela fechava a rua e, muito além dela, destacando-se no céu azul, viam-se montanhas longínquas.

Mariana procurou uma campainha, mas não encontrou nenhuma, então juntou as mãos por cima do muro baixo e bateu palmas para anunciar a chegada.

Logo, uma mulher de cabelos castanhos com vários fios brancos e algumas rugas ao redor dos olhos e dos lábios abriu a porta da casa, separada do portão por um pequeno quintal. Ela semicerrou os olhos, tentando ver quem a chamava, mas logo em seguida os arregalou ao reconhecer a loira parada em seu portão. Colocou uma mão no peito e a encarou com um olhar de surpresa. Parecia ter perdido a voz.

— Bom dia — disse Mariana, exibindo seu sorriso mais simpático e falso.

A mulher, ainda perplexa pela visita repentina da filha do prefeito, respondeu com um aceno de cabeça, incapaz de pronunciar qualquer palavra, no mesmo instante em que um homem barbudo e carrancudo surgiu pelo corredor ao lado da casa. Ele se aproximou da esposa, o cenho franzido e a testa com manchas de rugas, como se sempre estivesse bravo e elas ficassem ali o tempo todo.

— Josefa, o q... — A voz grossa e rude do homem sumiu quando seu olhar recaiu sobre a menina no portão.

Ela ainda sorria quando perguntou:

— Os senhores são os pais do Pietro?

Os dois pareciam ter perdido os movimentos. Olhavam-na boquiabertos. A mulher, surpresa; o homem, com uma mistura de descrença e raiva. Mesmo assim, ela não teve medo. Mariana, quando decidia alguma coisa, ia até o fim, e naquele momento ela estava mais disposta do que nunca.

— Desculpem o incômodo — acrescentou, no tom mais polido que conseguia fazer. Forçou um olhar pesaroso na expressão, entretanto o que sentia era prazer por estar fazendo aquilo –, mas eu preciso contar uma coisa muito importante para vocês dois. Será que eu poderia entrar um minuto?

A verdade viria à tona, finalmente. Mas Mário e Antônia Albuquerque nunca saberiam do caso de Rafael com aquele garoto insolente. Muito menos o prefeito – seu próprio pai – ou sua mãe. Ela mesma cortaria o mal pela raiz ao contar tudo ao velho marceneiro e à esposa, sem precisar estragar seu casamento com Rafael ou manchar seus nomes.

O único prejudicado de toda aquela história seria única e exclusivamente Pietro Soares.

Fuga

Pietro finalmente estava livre do colégio. A colação de grau mal havia terminado e ele foi o primeiro a tirar a beca, sentindo que estava deixando ali uma parte de tudo aquilo de que queria esquecer. Deixou-a ali mesmo ao lado do palco no qual vários alunos ainda se aglomeravam enquanto outros, como ele, desciam para encontrar os familiares na plateia.

Josefa o aguardava em uma cadeira quase no fim do anfiteatro da escola, onde o evento acontecia. Ao chegar perto da mãe, notou um sorriso fraco e os olhos cabisbaixos cheios de lágrimas. Não conseguiu decidir se ela estava chorando de alegria ou de tristeza.

— Ei, mãe — disse, quando começaram a caminhar em direção à saída. — É só uma formatura. Não é como se eu estivesse me tornando o homem que vai descobrir a cura do câncer.

A mulher o olhou de canto, ainda sorrindo com tristeza. Pietro sorriu de volta, tentando decifrar o que estava acontecendo. Desde o dia anterior, quando havia chegado da escola, os pais estavam agindo estranho. A mãe andava mais quieta do que o normal. Várias vezes a tinha pegado o observando em silêncio, mas sempre desviava o olhar quando o percebia olhando de volta. Supôs que fosse por causa do comportamento grosseiro de Fernando, que piorava a cada semana.

Pietro e o pai não se falavam direito desde o confronto que haviam tido meses antes, mas no dia anterior ele parecia ainda mais furioso. Achou melhor que fosse assim. Caso voltassem a conversar, seria perigoso acontecer uma explosão de raiva. Por esse motivo, o homem não tinha dado as caras na formatura do filho e, sinceramente, Pietro não podia se importar menos. Não fazia falta alguma. A presença de Josefa já era o suficiente, mas ele sentia que a mãe estava chateada, podia ver em seus olhos e em sua relutância em encará-lo diretamente.

– Você tá assim por causa do pai? – perguntou. Estavam saindo pelo portão do colégio. Começaram a caminhar pela calçada entre várias pessoas, em direção ao centro da cidade. Passaram por algumas casas de arquitetura imperial imponente. Apesar da cidade ser muito bonita, ele não sentiria falta dela. Não pertencia àquele lugar. – Por ele não ter vindo?

Josefa negou com a cabeça e passou as costas da mão sobre os olhos, enxugando as lágrimas antes que elas tivessem a chance de cair.

– Então o que foi? – insistiu. – Por que está assim?

– Não é nada, Pietro – respondeu a mãe, amarrando a cara, em um tom de impaciência.

A mulher exibiu a feição que usava sempre que brigava com o filho por ter sujado a casa ou feito algo de errado quando criança. O cenho franzido e os lábios apertados de maneira ameaçadora. Não o assustava mais como quando era menor, mas, em vez disso, o deixava preocupado vê-la daquele jeito.

– Você não pode ficar assim por causa dele – rebateu o garoto. Um casal jovem cruzou seu caminho vindo do lado oposto, e Pietro não pôde deixar de pensar em Rafael e Mariana. Até se pareciam com eles, só que aqueles dois à sua frente sorriam de felicidade e não notavam nada ao redor, igual a quando ele estava com o menino. – Vamos embora daqui, mãe. Deixa ele pra trás. A gente não pode viver essa vida para sempre.

Não conseguiu se conter. Por um lado, se sentia culpado por estar indo embora e deixando a mãe nas mãos de Fernando; mas, por outro, não podia continuar esperando e viver uma vida que não queria. No fundo, sabia que Josefa nunca teria coragem de largar o marido, mesmo com todos os seus defeitos e abusos. Ela simplesmente não sairia do lugar.

— Você sabe que eu não posso fazer isso, Pietro — respondeu, e então o olhou pela primeira vez desde o início da conversa, mas logo desviou o olhar, prestando atenção no caminho à frente. Pietro notou que, por trás daquela expressão de mágoa e medo, havia mais alguma coisa. Os olhos focados na calçada e os lábios apertados tentavam esconder outra preocupação que ela não dividia com o filho. — Não tenho para onde ir. Mas o que tá me incomodando é... — Ficou muda de repente e parou de andar. Respirou fundo e fechou os olhos. Estava tentando tomar coragem para falar algo. Balançou a cabeça em negação, soltou o ar e voltou a andar, acenando com as mãos para que o filho deixasse aquilo para lá.

— O que é que tá te incomodando? — Pietro arqueou uma sobrancelha ao perguntar. Ela tinha conseguido despertar sua curiosidade. O garoto remoeu, portanto, o que poderia ter acontecido para deixá-la daquele jeito, mas não encontrou motivo algum. Não que ele soubesse, pelo menos.

— Esquece isso! — O tom agora era firme. Talvez mais para ela do que para ele. Olhou para o garoto por menos de um segundo, o semblante duro e carregado, e logo voltou a mirar o caminho adiante. — Melhor a gente conversar disso depois. Deixa pra lá!

Pietro não insistiu, mas soube que alguma coisa estava errada. Continuou caminhando ao lado da mulher, percebendo que não teria mais nada que pudesse fazer. Tudo que estava ao seu alcance já tinha tentado. Tinha que seguir em frente com seu plano, mesmo que isso significasse deixar a mãe para trás por algum tempo.

Respirou fundo, decidido, e o coração acelerou ao lembrar que, naquela mesma noite, ele e Rafael iriam embora de Petrópolis, juntos, para recomeçar.

A mala ainda o esperava debaixo da cama. Pietro se ajoelhou e a puxou, batendo nela de leve com as mãos para limpar a fina camada de pó que tinha se acumulado ali. Tudo que precisava de início estava em seu interior. Algumas roupas, sapatos e, naquele momento, abriu-a para colocar a escova de dente que tinha acabado de usar, poucos minutos antes.

Caminhou até a mesinha em um canto do quarto. Cinzento dormia em cima dela, enrolado em si mesmo, alheio ao dono que preparava os últimos detalhes antes da maior loucura que ele já havia cometido em toda sua vida. O garoto abriu uma gaveta e pegou as poucas notas que havia ali. Seus últimos trocados que havia recebido do pai por ajudá-lo no trabalho. De vez em quando ele dava uma pequena quantia ao filho, mesmo conversando apenas o necessário com ele. Enfiou o dinheiro no bolso da calça e sentou na cadeira em frente à escrivaninha. Em seguida, puxou um caderno que repousava ali, um lápis e começou a escrever em uma folha em branco:

Mãe,

Espero que você entenda por que estou fazendo isso. Não é por sua causa. Toda minha vida, eu vivi às sombras do pai, com medo dele, sob uma realidade que não é a minha. Eu não posso mais ficar assim. Preciso seguir em frente e ser feliz.

Eu sinto muito pelo que ele faz com a senhora. Eu tentei, mas também entendo o seu receio de deixar tudo para trás. Só que não posso mais esperar para tomar uma atitude. Preciso ir enquanto é tempo. Se eu demorar mais um pouco, pode ser tarde demais.

Eu vou embora hoje, mas não vou te abandonar. Vou fazer minha vida, já não posso mais ficar aqui. Vou ser feliz e prometo que, quando tudo estiver estabilizado, eu volto para te buscar. Aguente firme, porque, repito, eu não vou abandonar a senhora. Sou muito grato por você cuidar de mim até hoje, mas agora eu preciso cuidar de mim mesmo para poder retribuir tudo que você me deu um dia. Eu vou voltar para te resgatar. Eu prometo. Você também merece ser feliz. Eu vou ficar bem. Não se preocupe. Estou indo embora com minha felicidade ao lado.

Te amo

Pietro

Quando assinou a carta, mal conseguia enxergar devido às lágrimas que se acumulavam. Esforçou-se para que elas não caíssem. Partia-lhe o coração deixar a mãe sozinha, mas era necessário. Assim como tinha escrito, depois que tudo estivesse bem, ele ia voltar um dia. Sempre tinha sido uma pessoa decidida, e tinha certeza que ir embora com Rafael era a coisa certa a se fazer. Não havia momento melhor do que aquele.

Sendo assim, deixou o papel dobrado sobre a mesa, com o lápis ao lado, acariciou Cinzento e caminhou até a janela do quarto. O céu começava a escurecer do lado de fora à medida que a tarde cedia lugar à noite. Abaixou os olhos para o quintal, onde ficava a oficina de Fernando, e conseguiu enxergá-lo parcialmente lá dentro, perto da porta. O homem segurava um pano, que passava lentamente por toda a extensão da espingarda que apoiava sobre um dos balcões. Espalhadas por toda a superfície, várias cápsulas de munição esverdeadas brilhavam.

Um arrepio tenebroso subiu pela espinha de Pietro. Nunca tinha gostado daquela arma e sempre que a via sentia um mau agouro. O sentimento sombrio serviu como combustível para encorajar ainda mais a certeza de que precisava ir embora o quanto antes.

Desviou o olhar da cena macabra abaixo e observou o céu alaranjado outra vez. O sol desaparecia atrás das montanhas ao fundo, as transformando em grandes massas escuras que despontavam como gigantes longínquos.

Tudo que ele podia fazer agora era esperar a hora que os pais fossem dormir para que pudesse sair de casa de uma vez por todas.

Passava da meia-noite quando Rafael deu uma última olhada em seu quarto. A mala com algumas roupas e documentos estava ao pé da cama, ao lado de uma lanterna, enquanto ele varria o dormitório com o olhar, observando cada detalhe. A janela de onde havia visto Pietro pela primeira vez, a vitrola logo ao lado sobre um móvel cheio de discos que ele quase nunca escutava, a escrivaninha paralela à cama, o guarda-roupa, a porta para o banheiro e, por fim, a abertura no chão que dava para a escada em caracol, que o levava para o resto da casa. Aquele era o seu segundo lugar favorito de toda a construção. O primeiro, claro, era o jardim.

Sentia, mesmo dali de cima, uma energia invisível vinda das suas plantas. Elas lamentavam o que ia acontecer, pois sabiam quais eram seus planos. Ele iria embora e as deixaria para trás. E deixar tudo para trás partia seu coração, mas sabia que era necessário. Toda mudança é dolorida, mas no fim é recompensador.

Apesar da tristeza que sentia por abandonar seu jardim e a torre que tinha sido seu refúgio por muito tempo antes de conhecer Pietro, Rafael sentia em seu coração que estava fazendo a coisa certa. De tudo que já tinha passado em seus dezoito anos, aquela era sua única certeza. Nada parecia mais correto do que aquele momento.

Respirou fundo, tomando coragem, pegou a mala no chão, colocou a lanterna no bolso da calça e começou a descer pela escada em caracol, tentando se acostumar com a ideia de que nunca mais voltaria. Era estranho pensar naquilo, mas ao mesmo tempo uma excitação fora do comum causava pequenos choques elétricos por todo seu corpo enquanto seguia pelo corredor ladeado de portas fechadas. Sorriu no escuro, com todo o cuidado para não fazer nenhum barulho e acordar os pais, Armando ou a dona Maria, que dormiam nos quartos por trás daquelas portas.

Durante a noite, com as luzes todas apagadas, o casarão era assustador. Parecia até mesmo com um lugar assombrado. As grandes e altas janelas que deixavam a luz da lua entrar através dos vidros contribuíam para o ar fantasmagórico, junto das sombras dos móveis caros e luxuosos que se projetavam de vez em quando. Ao descer para o grande hall de entrada pela escada principal, Rafael notou a porta dupla de madeira fechada. Tinha passado por ela inúmeras vezes, e nunca mais a atravessaria, nem mesmo para sair dali. Virou em direção à sala de jantar, imaginando o que seus pais fariam na manhã seguinte quando acordassem e dessem pela falta dele. Pior ainda: quando vissem o armário afastado e descobrissem o alçapão que levava ao túnel por onde fugiria. Com sorte, quando aquilo acontecesse, ele e Pietro estariam bem longe.

Todos os pensamentos se desvaneceram quando, ao entrar no cômodo, viu a silhueta da mãe sentada sozinha na grande mesa de jantar no centro do espaço. Ela estava de costas para ele, mas Rafael congelou, os olhos arregalados de surpresa. Pensou em voltar discretamente e tentar sair de novo mais tarde, mas Antônia disse, sem nem mesmo se virar para olhar o filho:

— Eu sei que você está aí, Rafael.

Ele fechou os olhos, inutilmente torcendo para que, quando os abrisse, ela não estivesse mais ali e tudo fosse sua imaginação. Mas Antônia continuou imóvel, no escuro, esperando alguma reação do garoto. Ele não sabia o que fazer a não ser ficar parado, mudo. Seu cérebro parecia ter congelado.

A mulher se mexeu, se girando na cadeira com o estofado verde exageradamente confortável, e olhou para o filho. Ele a enxergava entrecortada pela luz do luar que entrava pelas janelas. A expressão de Antônia era a de sua usual tristeza. O semblante cabisbaixo; as rugas na testa que denunciavam não só a idade que começava a avançar, mas também uma infinidade de frustrações acumuladas com o passar dos anos; e a boca com os lábios comprimidos, que não sorriam de verdade sabe-se lá há quanto tempo. Rafael soltou a mala no chão, dando-se por vencido. Qualquer coisa que dissesse naquela hora não adiantaria. Tudo o que fez foi abaixar a cabeça, os fios de cabelo caindo diante da testa, e quem falou foi a mãe:

— Eu não vou perguntar. Acho melhor não saber de nada. — Ela fez uma pausa, e o garoto levantou o olhar, incrédulo. Franziu o cenho, tentando entender se ouvia direito o que ela estava dizendo. Seus olhos brilhavam, e ele não soube discernir se eram lágrimas ou apenas o reflexo do luar. — Eu tenho percebido há muito tempo que você não está feliz, filho.

Ele sentiu um aperto no coração ao ver, pela primeira vez em anos, o olhar de compreensão de Antônia. O semblante triste se modificava para um olhar que o enxergava e o compreendia. O olhar de uma mãe que via o filho, algo que Rafael não se lembrava de já ter visto antes. A camada de infelicidade e tristeza abria uma fresta para mostrar a verdadeira mulher que se escondia por trás.

— Eu sei que tem alguma coisa acontecendo e você não está nos contando. — Ela riu com pesar, passou as costas da mão direita por baixo dos olhos e depois negou com a cabeça: — Também, como contaria? Nunca fomos bons pais. Eu percebo isso agora, mas é tarde demais, não é? Você já é um homem. — As lágrimas acumularam em seus olhos e, quando ela piscou, desceram pelas bochechas. O rosto se contorcia de dor, mas uma dor emocional, e não física. A dor de ter se dado conta de repente do tanto que poderia ter sido evitado se ela ao menos tivesse agido diferente. Deu de ombros, sabendo da incapacidade de mudar o rumo daquela história. — Nós nunca ouvimos você, nunca nos deixamos conhecer o verdadeiro Rafael. Tudo sempre foi uma projeção do seu pai.

Ficou em silêncio mais uma vez. Os dois se encararam, os olhos do garoto também marejando. Ele sentiu um nó na garganta e o engoliu para que não chorasse junto da mãe. Como esperou para ouvir aquilo! A vida inteira e tudo que sempre quis era ver que seus pais o enxergavam, que se importavam com ele e que o amavam além de toda aquela baboseira de fortuna e poder. Esforçou-se para não desabar ali mesmo, vencido por sentimentos que tinham demorado demais para serem demonstrados.

— Mas a gente sabe que ele nunca vai mudar — murmurou Antônia. A máscara de frustração e infelicidade tomou sua feição outra vez. Encarou o chão, o olhar perdido em um mar de lembranças que só ela saberia dizer o quanto a afetava. — Eu devia ter feito algo antes, lá atrás, quando nos casamos. Agora não há mais tempo para consertar as coisas.

A mulher se levantou e deu alguns passos na direção do filho. Ficou a apenas alguns centímetros dele, o rosto iluminado pelo luar agora claro à sua frente.

— Não para mim — continuou. Colocou uma mão no ombro do menino, sorrindo em meios às lágrimas. — Mas pra você, sim. Você tem a chance de escapar de uma vida como a minha, Rafael. Não sei o que não está me contando, mas sei que é algo… — Ela suspirou, e apertou de leve seu ombro em sinal de carinho e acenando com a cabeça para a mala repousando no chão. — Ou alguém que te faz bem. Eu consigo ver nos seus olhos.

Ele não conseguiu conter mais. As lágrimas caíram. Não soube discernir se eram de alegria, alívio ou as duas coisas por estar recebendo um pouco de compreensão e um carinho do qual sentia tanta falta sem nem ao menos se dar conta do quanto.

— Eu nunca iria me perdoar se eu fosse uma das responsáveis por te condenar a uma vida infeliz que você não deseja. — Antônia colocou uma mão na boca, o choro aumentando. Porém, o seu olhar para o filho era de aprovação. Ela não ia impedi-lo. — Não vou te segurar em um lugar onde você não quer estar.

Puxou-o para um abraço. Rafael sentiu os braços da mãe ao redor de si e a enlaçou de volta. As lágrimas dela molharam sua roupa, mas ele não se importou. Não tinha percebido antes como precisava daquele gesto vindo da mulher. Lamentou que, provavelmente, seria a primeira e última vez que o teria. Antônia se afastou, acariciou o rosto do filho molhado pelas lágrimas e depois se encaminhou na direção do hall. Parou entre o arco que separava os dois locais e disse, com a voz baixa:

— A gente sempre tem uma escolha, e eu fico feliz que você tem a coragem de fazer a certa.

— Obrigado, mãe — sussurrou Rafael, mas ela já caminhava para longe dele na direção das escadas para subir para o quarto e não o ouviu.

Rafael ficou sozinho na sala de jantar.

Pietro acariciou Cinzento enquanto esperava.

Estava sentado em meio ao mato no terreno atrás de sua casa, bem ao lado do alçapão que servia de entrada para o túnel. A passagem estava aberta, e a lua alta era a única iluminação. Ao longe, podia ver o muro que separava de sua casa a vegetação, mas estava a tantos metros que mal podia enxergar com clareza naquela escuridão. Voltou o olhar para a abertura no chão. A qualquer momento Rafael apareceria por ali, subindo a escada fixada na parede, e os dois seguiriam para a rodoviária, pegando o primeiro ônibus que conseguissem para sair da cidade.

Por um momento, sentiu o coração acelerar ao pensar na possibilidade de Rafael ter desistido. Era um passo e tanto que dariam depois que se encontrassem ali. Qualquer pessoa diria que era loucura, mas ele não se importava com os outros. Loucura seria ficar ali, vivendo aquela vida pacata sem perspectiva e tendo que esconder o amor que carregava no peito. Em seu colo, Cinzento miou para o mato vazio, despertando-o de seus pensamentos, na direção de sua casa. Pietro levanto o olhar, tentando enxergar o que poderia ter chamado a atenção do gato, mas não conseguia ver nada além de sombra e mato.

— *Shhh*, não tem nada ali — sussurrou para o gato, afagando sua cabeça. — Daqui a pouquinho a gente vai embora daqui. Não faz muito barulho para ninguém ouvir a gente, tá?

O bicho o olhou como se o compreendesse e começou a lamber as próprias patas. Vários minutos se passaram até ouvirem uma movimentação vindo do túnel e, logo em seguida, o facho de uma lanterna surgiu lá embaixo, aos pés da escada. Pietro se ajoelhou na borda da abertura até que Rafael apareceu e olhou para cima, com um sorriso reluzente iluminando o rosto.

— Oi — disse, acenando para o alto.

— Oi. — Pietro sorriu de volta, com a boca e com os olhos. — Vem, sobe aqui.

Rafael começou a se encarapitar na escada, e Pietro estendeu os braços para baixo, se oferecendo para pegar a mala do garoto. Segurou-a e a pousou no chão ao seu lado. Estava tão eufórico por ver Rafael ali, seguindo em sua direção – e dessa vez para sempre; não teriam que se despedir dali a pouco –, que não notou Cinzento se afastando, desconfiado e erguendo a coluna em uma curva com o rabo para o alto, em sinal de alerta.

Rafael estava no último degrau, ainda se segurando na escada, quando Pietro se abaixou, incapaz de esperar, e beijou seus lábios ali mesmo, sentindo o calor do menino transportar para seu próprio corpo. Se ele soubesse que aquele beijo seria o estopim para todos os acontecimentos que viriam a seguir, teria esperado mais um pouco, até que estivessem seguros e longe de Petrópolis.

Tudo que se sucedeu foi tão surreal e assustador que ele achou que só poderia ser parte de um pesadelo. Primeiro, Cinzento levantou os lábios, revelando longos dentes afiados, e rosnou alto, o que chamou a atenção dos garotos. Pietro se virou para a origem do som e seguiu o olhar do gato. A poucos metros deles, em pé no meio do mato, viu a figura de Fernando segurando, em frente ao corpo e com as duas mãos, a espingarda que o garoto tanto odiava. Um arrepio maior do que todos que já tinha sentido antes invadiu seu corpo ao mesmo tempo que seus olhos se arregalaram ao perceber que tinha sido seguido pelo pai.

A fúria contorcia o rosto do homem a ponto de deixá-lo irreconhecível, quase como se estivesse possuído por um demônio. Antes que qualquer um deles pudesse fazer qualquer coisa, Fernando ergueu a espingarda, apontando-a diretamente para a cabeça de Rafael, que tinha metade do corpo para fora da abertura no chão. Engatilhou a arma, o "clique" ecoando pela noite como o som da morte se aproximando, e estava pronto para atirar quando Cinzento saltou com força em seu antebraço, sibilando em fúria.

O eco estourou, lançando uma lufada de chamas para o alto, e o projétil, por sorte, atingiu o chão ao lado de Pietro, explodindo pedaços de terra e grama para todos os cantos. Os garotos, até então perplexos por terem sido surpreendidos, acordaram do transe. Fernando tentava se livrar do gato, que tinha cravado suas unhas afiadas e lutava mordendo seu braço a todo custo.

Aproveitando a deixa, Pietro tentou ajudar Rafael a sair de vez do túnel, mas outro tiro explodiu no ar e os dois se abaixaram, com medo. O filho do marceneiro olhou na direção do pai e o viu finalmente se livrando do gato, o chutando para o lado com força. Cinzento rolou pela grama, grunhindo. Tão rápido quanto tinha caído, o bicho se ergueu e se preparou para dar o bote. Fernando apontou o cano da arma diretamente para o animal. Pietro gritou. O som de sua voz foi abafado pelo estouro de mais um tiro, só que dessa vez ele acertou o alvo em cheio.

Cinzento explodiu no chão, espirrando sangue para todos os lados quando a bala o atingiu direto na cabeça. As lágrimas borraram a visão de Pietro ao ver a massa estourada na qual o gatinho tinha se transformado. A tristeza e a fúria cresceram dentro de si na mesma intensidade. Não importava que era seu pai, só queria atacá-lo por ter feito aquilo.

Viu-o erguer a arma outra vez na direção de Rafael, mas, antes que o marceneiro tivesse tempo de apertar o gatilho, Pietro agiu com rapidez. Jogou-se sobre o garoto na abertura do túnel, vendo aquela como a única opção que tinha. Os dois se embolaram e caíram buraco abaixo um em cima do outro. A dor nas costas quando atingiu o chão de pedra lá embaixo o fez perder a visão por um instante, mas logo já estava se colocando de quatro, agarrando Rafael, que grunhia ao seu lado, e rolando pelo solo.

– Você tá bem? – perguntou, desesperado, se levantando e puxando o garoto consigo. Os dois se puseram de pé, as pontadas da queda incomodando, mas não o suficiente para detê-los.

Rafael assentiu e olhou para o alto, o coração acelerado. Ouviram Fernando correndo pelo mato e logo sua silhueta surgiu além da abertura, emoldurada pela luz da lua no céu noturno. Os dois meninos dispararam túnel adentro sob o grunhir raivoso do homem, que começou a descer a escada, destemido a pegá-los.

— Voltem aqui, moleques! — gritou, a voz rude ecoando ainda mais assustadora do que Pietro se lembrava. — Achei que fosse invenção daquela patricinha filha do prefeito quando ela me contou, mas ela tava dizendo a verdade!

Pietro e Rafael corriam lado a lado, um segurando o braço do outro, como se o fato de se soltarem os fosse derrubar. Trocaram um olhar assustado ao ouvir a revelação, mas não diminuíram o passo. Se parassem de correr — ou se soltassem os braços —, sabiam que não teriam chance alguma de sair dali inteiros.

— Não bastasse o filho da puta do Mário Albuquerque ter feito o que fez, agora o filho bicha dele vem estragar o meu! — A voz de Fernando chegava aos ouvidos deles como a de um monstro que reverberava através das paredes. Com toda a confusão, a lanterna de Rafael tinha ficado para trás, e os dois corriam no escuro, confiando nos instintos de sobrevivência.

Um clarão disparou junto com o som do tiro. Pedaços de pedra da parede voaram para todos os lados, e os garotos se agacharam, gritando assustados. Pietro olhou para trás e enxergou o pai vindo na direção deles, a alguns metros, andando como se fosse um verdadeiro louco sedento por sangue.

Virou para Rafael, agarrou seu rosto com as duas mãos e viu seus olhos arregalados, os cabelos colados ao rosto suado e as bochechas rosadas em meio à respiração ofegante. Desejou que aquela não fosse a última vez que o veria. Não queria que a última lembrança que tivesse do garoto fosse aquela expressão de terror. Não podia ser a última vez. Ainda iria viver uma vida ao seu lado e experimentar o sabor da verdadeira felicidade junto dele. Tinha certeza disso. Sairiam dali e concluiriam o plano de fuga. Forçou-o a olhá-lo nos olhos ao dizer:

— Presta atenção! — Rafael apenas assentiu, tremendo ao erguer as mãos e segurar os braços de Pietro. Suas pupilas estavam dilatadas, tamanho era o medo que o tomava por inteiro. — Continua correndo e volta pra sua casa. Se eu continuar, é capaz de ele entrar lá, e não sei o que é capaz de fazer.

— Mas... — A voz dele tremia, assim como todo o corpo. — E você?

— Eu vou segurá-lo, afastá-lo daqui. — Pietro apertou seu rosto, encarando aqueles olhos pretos brilhantes. O olhar que era capaz de tirar todas as suas estruturas, chacoalhar seu mundo e fazê-lo acreditar que ainda existia a chance de uma vida de liberdade e amor fora da bolha na qual estivera desde seu nascimento. — Não vou deixá-lo chegar até você.

Em um ato de estupidez — talvez loucura ou amor, nunca saberia definir —, Pietro puxou Rafael para perto de si e beijou seus lábios. Os arredores pareceram ficar em câmera lenta quando sentiu a maciez de sua boca e o gosto salgado das lágrimas em meio ao beijo. Por um ínfimo instante, foram transportados para a dimensão particular onde somente os dois entravam. O túnel, Fernando e todo o mundo desapareceram. Todo o perigo iminente desapareceu. Enxergavam somente um ao outro e nada mais. Pietro apertou Rafael contra si uma última vez, também incapaz de segurar o próprio choro de pavor. O abraço causou uma combustão elétrica que espalhou faíscas pelo corpo deles. Embora a ameaça estivesse a poucos metros, os dois garotos não queriam se soltar nunca mais. Não queriam ter que se separar mais uma vez.

Afastaram-se, relutantes, se encarando como se o fim do mundo caísse ao redor deles. Mas era um fim do mundo que estavam dispostos a vencer se aquilo significasse que ficariam juntos.

— Isso não é uma despedida — falou Rafael, enlaçando os dedos nos de Pietro.

— Não, não é. — Vagarosamente, os dedos deslizaram e se soltaram. Rafael ainda lançou um último olhar para trás enquanto disparava pelo túnel, correndo de volta na direção de sua casa.

Pietro enxugou os olhos com as costas das mãos ao ver uma parte dele imergindo na escuridão. Virou-se para encarar o pai quando o marceneiro ergueu a arma outra vez, a mirando em algum ponto atrás de si, pronto para acertar Rafael e descontar no menino toda a raiva acumulada contra os Albuquerque. Pietro, então, se colocou a correr, gritando para que Fernando parasse. O homem estava com o dedo prestes a apertar o gatilho quando o filho deu o bote e se jogou com toda a força na direção de Fernando.

Chocaram-se ao mesmo tempo que o estrondo soou. Pietro rolou por cima do pai sob uma chuva de pedrinhas que veio de um pedaço do teto que explodiu ao ser atingido pelo tiro. Ouviu o grito assustado de Rafael em meio ao zumbido ecoando em seu ouvido. Prendeu Fernando no chão com as pernas, segurando o braço armado com uma das mãos, e olhou para trás, a fim de confirmar que o outro garoto estava bem. Viu-o desaparecendo na escuridão do túnel e suspirou aliviado. O pai se debateu, grunhindo como um animal selvagem.

— Me solta, seu imbecil! — gritava entre os dentes, cuspindo saliva para o alto. — Eu vou matar aquele filho de uma puta! Eu vou matá-lo! ME SOLTA!

— Não! — gritou Pietro de volta. — Se acalma!

Fernando enlouquecia em um ataque de fúria sob o filho. Debateu-se de maneira tão frenética que Pietro ergueu a mão e deu um tapa em seu rosto a fim de acalmá-lo. Por um momento, pareceu dar certo. O pai o olhou com olhos arregalados, surpreso pelo tapa, e então rugiu conforme o empurrou para o lado. Pietro sentiu a pontada no lado direito do corpo ao atingir a parede de pedra com força e cair ao chão. Fernando levantou e apontou a espingarda para o rosto do próprio filho.

O garoto, respirando com dificuldade após a pancada, ergueu os olhos e encarou o pai, por cima do cano da arma apontado para sua testa.

– Você vai me matar? – afrontou, deixando que a adrenalina falasse mais alto que o bom senso. – Vai me matar como matou o Cinzento?

O corpo todo tremia. O sangue fluía por suas veias, fervendo de ódio. Lágrimas surgiram em seus olhos e correram sem freio pelas bochechas quando ele piscou. Fernando o olhava, furioso. Por um instante, virou a cabeça para a direção por onde Rafael tinha seguido, e o coração de Pietro deu um salto.

– Por favor! – gritou, temendo que ele o seguisse. – Por favor, pai. Deixa ele ir. Deixa ele... – A voz falhou quando outra pontada de dor o atingiu nas costelas, onde tinha batido na parede. – Ele não fez nada de errado.

Fernando respirava ofegante, como um touro em um rodeio. Olhou para o filho outra vez, ainda apontando a espingarda para sua testa. Ficou o encarando por alguns segundos, em silêncio, e Pietro soube que ele estava ponderando sobre o que fazer.

– Por fav...

Não conseguiu terminar a frase. Sentiu a mão do pai lhe agarrar pelo colarinho da camisa e o colocar de pé de maneira abrupta.

– Anda! – rugiu, batendo em suas costas com a ponta da espingarda. – Vamos para casa!

Por um momento, Pietro respirou aliviado. Trocou um olhar com Fernando antes de começar a andar, com o pai atrás, encostando o cano da arma na sua espinha.

– Você nunca mais vai sair de casa. Nunca mais!

O garoto achou que aquilo era força de expressão, que ele estivesse com raiva e que tudo estaria sob controle outra vez. Quis acreditar, com todas as forças, que fosse apenas um blefe maluco, uma afirmação num momento de ódio. Se assim fosse, talvez ainda pudesse seguir com seu plano e fugir com Rafael outra hora.

Mas não. Fernando estava falando muito sério. A mente dele já não era mais sã. Nem Pietro, nem a esposa nem ele sairiam de casa. Nunca mais. A insanidade havia tomado conta, e um ato de loucura era muito mais perigoso do que um ato de fúria.

Pietro, enquanto andava, deu uma última olhada para trás, desejando que Rafael tivesse chegado em segurança até sua casa. Tudo que queria era poder encontrá-lo de novo e ir embora.

Trancafiados

Com brutalidade, Fernando empurrou o filho para dentro de casa pela porta da cozinha. Pietro tropeçou em si mesmo e só não foi ao chão porque se agarrou ao balcão, derrubando o rádio que ficava sobre o móvel. Ouviu batidas abafadas vindo do andar superior e a voz de sua mãe dizendo algo que não conseguiu distinguir.

— O que você fez com ela? — Olhou para o pai com o rosto contorcido em fúria. Os baques dos punhos de Josefa batendo em alguma porta demonstravam o desespero em que a mulher devia estar.

— Só a tranquei no quarto pra não me atrapalhar. — Fernando fechou a porta dos fundos atrás de si, depois tirou um molho de chaves do bolso e a trancou. Pietro se recostou ao balcão, sentindo de repente todas as dores nas costelas e nas costas devido à queda quando entrou no túnel, caindo por cima de Rafael, e da pancada ao ser jogado na parede pelo pai pouco depois ao tentar desarmá-lo.

O homem passou por ele a passos pesados e foi até a entrada da frente, na sala de estar ao lado. Ali, repetiu o processo e trancou a porta antes de guardar o molho de chaves no bolso outra vez.

— Que vergonha, Pietro! — disse, entredentes, cuspindo ao pronunciar cada palavra.

Assemelhava-se cada vez mais a um animal selvagem. Não, não um animal. Pior. Parecia mais algum tipo de monstro ou demônio. O garoto sentia arrepios só de olhar para a expressão sombria no rosto do pai e, pior ainda, quando via a espingarda em suas mãos. Se ele e Rafael não tivessem reagido a tempo, Fernando teria matado o filho do arqui-inimigo ou até mesmo o *próprio* filho. Teriam tido o mesmo destino que Cinzento, o gato que jazia com os miolos estourados perto do túnel.

Pietro levantou o olhar, o maxilar pressionado e os olhos em chamas de ódio, mas ao mesmo tempo com medo do que podia acontecer. As portas trancadas, a mãe gritando desesperada do andar de cima. A coitada devia ter ouvido os tiros e não sabia o que tinha acontecido.

– Essa mulher não consegue calar a boca? – urrou Fernando, olhando para cima. Em seguida, se virou para o menino, apontando a arma para ele. – Nem pensa em tentar fugir de novo.

Subiu a escada na sala, deixando Pietro sozinho na cozinha. O garoto desabou em uma cadeira e enfiou a cabeça nas mãos, soltando o ar em desespero. Tanta coisa tinha acontecido que ele mal conseguia organizar os pensamentos. O pai tinha mencionado algo sobre Mariana ter contado tudo para ele. Filha da puta! Desde quando eles sabiam? Como podia ter sido tão burro de não ter percebido? Naquela manhã, durante a formatura no colégio, Josefa estava estranha. Era por isso! Só podia ser. Ela já sabia, mas não comentou nada com o filho. Lembrou que tinha visto Fernando limpando a espingarda mais cedo. Ele já devia estar planejando usá-la de algum modo. E à noite, quando Pietro tentou fugir, talvez não tivesse sido tão cuidadoso quanto pensou. O pai o tinha seguido e fez o que fez.

Cinzento...

O pobre gato tinha morrido à toa. Tentou defender a ele e a Rafael, e Fernando foi impiedoso e fez o que estava querendo havia tempo. Pietro afundou ainda mais o rosto entre as mãos e deixou que as lágrimas rolassem. Não sabia o que fazer. Como entrar em contato com Rafael de novo agora que o pai tinha enlouquecido e os trancara dentro de casa? Será que os Albuquerque também estavam sabendo ou Mariana só teria contado a eles? Precisava descobrir se Rafael ficaria bem, não podia ficar ali esperando para sempre.

Ia levantar quando Fernando surgiu, descendo a escada com Josefa à frente. A mulher vestia uma camisola e tinha os olhos vermelhos e inchados de tanto chorar. Ela viu o filho na cozinha e correu para ele, o abraçando como nunca antes. Pietro a sentiu tremendo quando seus braços a envolveram.

— Você tá bem — choramingou ela, se afastando para observar seu rosto. Sorriu em meio às lágrimas para o filho. — Você tá bem... Eu fiquei com tanto medo. Ouvi os tiros e...

— Chega! — O grito de Fernando, somado a um soco estrondoso no armário, a interrompeu e tanto ela quanto o filho pularam de susto, ajeitando-se nas cadeiras ao redor da mesa na qual tinham tido tantas refeições juntos. — Chega de conversa furada!

Ele começou a caminhar pela cozinha, ainda com a arma na mão de modo ameaçador, enquanto falava:

— Eu não consigo acreditar que você, Pietro, meu único filho, é uma dessas coisas! — Parou em frente ao garoto, o fuzilando com os olhos. Pietro não soube como, mas sustentou o olhar. De algum modo, sentia que não podia entregar todo o poder a Fernando ou as coisas seriam ainda piores. Viu o próprio reflexo na íris do pai e, mesmo não sendo capaz de enxergá-la, pôde sentir a fúria crescendo no interior do homem. Um arrepio percorreu seu corpo. Ao mesmo tempo que reunia coragem para se manter firme, sentia uma forte dor no coração. Como Fernando podia ser capaz de fazer aquilo, de falar com ele daquele jeito tão grotesco e carregado de desgosto? — Com que cara vou olhar para as pessoas na rua agora, hein? Como vou sair se todos souberem o que você é?!

A cada palavra, seu tom de voz aumentava. A jugular em seu pescoço se destacava, mostrando a ira que o possuía. Josefa chorava em silêncio enquanto ouvia. Fernando apontou a espingarda para o filho, causando um grito na mulher e uma retraída súbita em Pietro.

— E o pior! — Diminuiu a voz, como se tivesse medo de ser ouvido. — O pior é que você foi fazer essas nojeiras justo com um Albuquerque! Você não tem noção da vergonha que trouxe para essa família? Para a minha honra como homem?

Pietro tremia. Queria responder, pular no pescoço do pai e tirar aquela arma da mão dele. Travava uma luta interior consigo mesmo, sem conseguir identificar se o que sentia era raiva, pavor ou mágoa por ter que aguentar aquelas palavras pesadas. Talvez fosse uma mistura de tudo, e aquilo o deixava incapacitado de se mover. Olhou para a mãe, a vendo com o rosto abaixado, chorando de pavor, tão submissa quanto sempre. O garoto não aguentava mais. A redoma de medo e dominância de Fernando tinha que acabar. Fechou os punhos com força, cravando as unhas nas próprias palmas, e respirou fundo. Uma pontada de dor o alertou de que ainda não era o momento. Ele estava cansado e dolorido. Se tentasse qualquer coisa, as consequências poderiam ser desastrosas tanto para ele quanto para Josefa.

— Nem eu, nem você — virou do filho para a esposa de modo abrupto, e ela quase caiu da cadeira —, ou você! Ninguém mais vai sair dessa casa enquanto eu não deixar! Vamos morrer de fome, mas não quero que me olhem como um derrotado outra vez!

Calou-se. Ele se movia com tanta raiva que cada passo soava como um tambor pela casa vazia, àquela hora da madrugada. Seu rosto e pescoço, com as veias saltadas, estavam tão vermelhos que Pietro temeu que o homem fosse literalmente explodir a qualquer instante. O silêncio se instalou, e um grilo perdido no terreno dos fundos estridulou.

— Estão me entendendo? — Fernando bateu o cano da espingarda na mesa. Josefa gritou de susto e assentiu enquanto chorava. Pietro encarou o pai. Antes de concordar, viu, em seus olhos, que ele estava completamente maluco. Não via mais Fernando, o marceneiro, mas sim os olhos de um louco que estava disposto a qualquer coisa caso fosse contrariado.

O garoto entendeu, naquele instante, que, se não tomasse uma atitude drástica, ele e a mãe não conseguiriam escapar nunca mais.

Fernando realmente manteve a promessa. Era como um carcereiro; e o filho e a esposa, seus prisioneiros. As duas únicas portas — a da sala, na frente; e a da cozinha, nos fundos — permaneceram trancadas. Ele obrigava Josefa a cozinhar enquanto ficava sentado na cozinha ouvindo o rádio, sempre com a espingarda no colo. Logo, a comida que tinham em casa ia acabar. Se não quisessem passar fome, alguém teria que sair para o mercado, e Pietro estava curioso para saber até que ponto o pai levaria adiante aquela prisão maluca.

O garoto também percebeu que ele não dormia já fazia dois dias. A única vez que Fernando tinha destrancado a porta foi para ir até o portão da frente e colocar uma placa dizendo que não estava recebendo serviços no momento, para evitar que algum cliente o chamasse. Fora isso, o homem não saía da cozinha ou da sala. Acomodava-se ou em uma cadeira ou no sofá, de modo que pudesse enxergar as duas entradas e ficar de olho caso a mulher ou o menino tentassem alguma coisa. Não que fossem conseguir, pois as chaves estavam bem guardadas no bolso de sua calça.

Uma semana de confinamento depois, a preocupação de Pietro evoluía para um grau alarmante de desespero. Fernando só piorava com o passar dos dias. Não dava sequer um único indício de que ia retroceder e dar um fim àquela loucura de encarceramento. Durante um café da manhã silencioso, a família se sentava sob uma nuvem de tensão e medo cuja fonte era o homem que resmungava como um ser primitivo enquanto mastigava. O rádio ligado noticiava a respeito do casamento mais esperado do ano, segundo o radialista:

"Amanhã será o grande dia! A filha do querido prefeito da nossa cidade irá se casar com o filho do grande empresário Mário Albuquerque. Os noivos, Mariana e Rafael, estão nos últimos preparativos. Toda a cidade se prepara e está ansiosa para o grande evento que vai acontecer na catedral..."

Fernando desligou o rádio com um tapa. O aparelho se espatifou no chão, se desmontando em três partes. Pietro o olhou, franzindo o cenho. Ele sabia como Rafael se sentia com relação àquele evento, e aquela notícia era a primeira que ouvia sobre o garoto desde a última vez que tinham se visto. Se o casamento estava marcado, talvez os pais dele ainda não soubessem. Mariana tinha arquitetado tudo. Era astuta aquela menina. Para não manchar a reputação da família do noivo, tinha resolvido atingir o lado mais frágil para, assim, se livrar de Pietro de uma vez por todas. Ele balançou a cabeça em negação, furioso por ela ter conseguido o que queria.

— ... é ir lá e meter um tiro em cada um deles! — Ouviu Fernando dizendo ao sair de seus pensamentos. — Acabaram com a minha vida duas vezes. Nada mais justo do que eu ir até lá e matar todos eles!

O coração do garoto subiu para a garganta só de imaginar aquela possibilidade. Olhou para o pai sem dizer qualquer coisa, sentindo as batidas cardíacas estourando nos ouvidos. A respiração fazia seu peito subir e descer, segurando a raiva e o medo dentro de si. Ele precisava dar um jeito de sair dali antes que tudo piorasse. Não podia deixar que a loucura do homem saísse do controle e machucasse Rafael.

— Fernando... — Josefa tentou dizer. Ela tremia e tentou deslizar um braço pela mesa para tocar gentilmente o marido numa tentativa inútil de acalmá-lo. O homem a empurrou de volta com brutalidade, apertando a espingarda em seu colo. A esposa se sobressaltou, engolindo um gemido de susto, se afastou e abaixou a cabeça. A tremedeira aumentou quando duas lágrimas caíram pelo rosto e respigaram nas suas pernas.

— Não toca em mim! — Ele também parecia assustado, talvez fosse o efeito de várias noites em claro. Pietro viu os olhos do pai vermelhos e com profundas olheiras ao redor. Ele não ia aguentar muito mais tempo sem dormir e logo a comida ia acabar. Ficaria vulnerável de um jeito ou de outro, e aquela seria sua chance de escapar. Se ficassem ali por mais tempo, alguma coisa muito mais grave poderia acontecer. Podia sentir.

Olhando do pai para a mãe, o garoto decidiu que tudo ia acabar naquela mesma noite.

— Mãe, hoje mesmo a gente vai embora — sussurrou Pietro.

Estava sentado na sua cama, no andar superior. Josefa estava parada na porta do quarto, com uma expressão preocupada. Era o fim da tarde, e Fernando continuava na cozinha, em sua vigília constante, olhando para o vazio, o olhar de louco ainda mais evidente no rosto acabado com a barba por fazer. Daquele modo, não poderia ouvi-los sussurrando um com o outro no primeiro andar do sobrado.

— Não dá, Pietro. — A mulher esfregou as mãos, nervosa. — Não temos pra onde ir, menino.

— Isso não importa! — O garoto teve o cuidado de manter a voz baixa, mas soou firme. — A gente dá um jeito, encontra um lugar, mas o que nós não podemos é ficar aqui com ele desse jeito. Vai acabar matando a gente com um tiro ou de fome.

Josefa encarou o filho por alguns segundos. Seu semblante revelava que ela estava em um conflito interno entre salvar a própria vida e a de Pietro ou pagar para ver aonde a loucura do marido os levaria. Estava prestes a chorar, mas, antes que pudesse derrubar uma lágrima, assentiu e perguntou:

— Como vamos fazer pra sair?

Ele sorriu ao responder:

— Eu tenho um plano, mas a gente não vai poder hesitar.

Ainda sussurrando, dividiu com a mãe sua estratégia para conseguirem fugir. Seria arriscado, mas mais perigoso ainda seria ficarem esperando que algo acontecesse em vez de agirem. Àquela hora, no dia seguinte, se tudo desse certo, Fernando estaria bufando de raiva sozinho, colhendo os frutos do que ele mesmo tinha plantado.

Como se o destino estivesse colaborando com o plano, naquela madrugada Fernando finalmente cedeu ao sono e cochilou na poltrona da sala. Pietro estava de tocaia no topo da escada fazia algumas horas, esperando com ansiedade por aquele momento. Viu o pai lutando para manter os olhos abertos, mas depois de dias acordado, o homem não conseguiu mais resistir e a cabeça tombou sobre o peito. As mãos, no entanto, ainda seguravam firmemente a espingarda.

Pietro acenou para trás, na direção do corredor, e Josefa se aproximou. O filho levou o indicador da mão direita em frente aos lábios, sugerindo que ficassem em silêncio. Desceram a escada devagar, sem produzir nenhum som. Fernando estava cedendo ao cansaço, e roncos fracos saíam pela sua boca.

Ao atingirem o andar de baixo, Josefa foi até a cozinha, como tinham combinado, e Pietro se aproximou do pai devagar. Enquanto a mulher abria uma gaveta o mais silenciosamente possível, o garoto se agachava perto da poltrona. Com medo de que qualquer ruído fosse acordá-lo, prendeu até mesmo a respiração a fim de evitar que o plano desse errado. Com cautela, ergueu a mão na direção do bolso do pai. O volume do molho das chaves estava ali. Ele só precisava ir com cuidado e tentar tirá-lo. Depois, conseguiriam abrir as portas e sair de uma vez por todas.

Josefa voltou segurando uma faca de carne na mão, pronta para agir caso fosse necessário. Pietro não virou o olhar, mordendo o lábio inferior, concentrado na tarefa de roubar as chaves. Estava prestes e colocar os dedos no bolso para agarrá-las quando ouviu Josefa gritar, assustada. Antes que conseguisse se virar para a mãe, sentiu o cano da arma atingir-lhe o nariz ao mesmo tempo que a dor lhe deixou cego por um instante devido à pancada.

Caiu rolando pelo chão, agarrando o local do golpe e sentindo o sangue escorrer pelos dedos. Quando recuperou a visão, viu Fernando de pé com a espingarda em mãos, caminhando furioso em sua direção. Parecia um boi fungando pelas narinas, os olhos em fúria.

O nariz de Pietro doía, mas havia coisas mais importantes naquele momento. O garoto, para fugir de uma coronhada do pai, rolou pelo chão na direção da cozinha. Fernando urrou de raiva quando, com a parte de trás da arma, atingiu o espaço vazio. O menino ficou de pé, o nariz ainda pingando sangue, e viu a mãe agindo pela primeira vez. Josefa gritou – uma mescla de medo e coragem – enquanto se lançava na direção do marido, com a faca erguida pronta para golpeá-lo. Fernando, pego de surpresa, a encarou de olhos arregalados, mas agiu a tempo. Golpeou-a com o cano da espingarda na cabeça antes que ela o alcançasse. A esposa foi jogada com força para o lado, caindo sobre a poltrona na qual ele estava dormindo há pouco.

Pietro viu a mãe, atordoada, passar a mão no local onde tinha sido atingida, o sangue empapando os cabelos e pintando a lateral de seu rosto. O segundo que levou para olhá-la foi o suficiente para Fernando se jogar em cima dele, o derrubando ao chão sob o arco que separava a sala da cozinha.

— Eu falei para você não bancar o esperto e tentar fugir! — berrou o homem. Gotas de saliva caíram sobre o rosto do menino quando ele falou. O emaranhado do cabelo e da barba dava uma aparência ainda mais medonha e primitiva ao pai. — Você não vai sair! Nunca mais vamos sair!

Josefa gemia de dor, caída na poltrona. Ela mexia no ferimento na cabeça e tentava ficar de pé, mas ainda estava um pouco zonza. Tomada por uma coragem que lhe havia faltado toda a vida, a mulher lutava contra a inconsciência para salvar o filho. O marido estava ensandecido, e ela não deixaria que ele machucasse o menino. O *seu* menino. Não ligava que ele amasse aquele garoto Albuquerque. Isso era insignificante diante da situação bizarra em que estavam. Só o que importava em seu coração de mãe era o amor que tinha por Pietro, maior do que tudo e qualquer coisa. Lamentou por muitas vezes não ter sido capaz de dizer ou demonstrar o que sentia. Esperava que ele soubesse o quanto o amava, mesmo não tendo sido a mãe que ele merecia. Fernando virou o olhar para ela, um sorriso macabro surgindo no rosto, e depois se virou para o filho, preso sobre si.

Josefa gemeu de novo ao tentar se mexer, mas a casa girou ao seu redor. Ouvia a voz de seu menino suplicando ao pai. A mulher sentiu algo quente escorrendo pelo rosto e não soube se eram as lágrimas de desespero de uma mãe que não conseguia nem se mexer para salvar o filho ou se era o sangue do ferimento aberto na cabeça.

— Pai, por favor! — implorou Pietro, levantando as mãos, as colocando sobre o rosto. Talvez se o desestabilizasse, apelando para o emocional, conseguisse domá-lo. Se fingisse vulnerabilidade, talvez Fernando cedesse e baixasse a guarda, mesmo que por um segundo. Era sua última cartada diante da batalha pela liberdade que travava. Sua vida e a de sua mãe estavam em jogo. — Deixa a gente sair daqui. Por favor...

O grito veio antes dela. Josefa urrou, finalmente conseguindo se levantar, e se jogou contra o marido, impulsionando a faca com toda sua força. A lâmina atingiu Fernando na parte de trás do ombro, arrancando um berro de dor dele. Virou-se no mesmo instante, derrubando a esposa no chão com o movimento. Pietro se viu livre do peso do pai quando o homem se levantou, arrancando, com uma mão, a faca cravada em seu ombro. O sangue vazou pelo ferimento, molhando suas roupas. Antes que o garoto terminasse de se se colocar de pé, ouviu o estrondo. Um clarão ribombou pela casa no mesmo instante em que o tórax de Josefa explodia ao receber o tiro.

— NÃO! — O grito escapou pelos lábios de Pietro enquanto o mundo todo ao seu redor parecia parar de girar.

A mãe pareceu cair em câmera lenta. O tempo desacelerou e ele conseguiu, por uma fração de segundo, encontrar os olhos dela, arregalados de pavor. Naquele ínfimo momento que se estendia vagarosamente, o menino enxergou a mãe que não vira a vida toda. Viu no olhar moribundo da mulher a tristeza e o pesar por não conseguir protegê-lo. As lágrimas dela se misturavam ao sangue em seu rosto, e Pietro sentiu seu coração estourando por não ter sido capaz de ajudá-la mesmo depois de tantos sinais de violência por parte do pai. O baque do corpo atingindo o chão entrou em seus ouvidos como lâminas que perfuraram seu espírito, causando uma dor que quebrou parte da esperança que tinha em sair vivo dentro de si. Uma poça de sangue começou a se formar, crescendo como um aviso sinistro ao corroborar com o horror. Era como se o líquido rubro quisesse esfregar na cara dos vivos que a morte tinha vencido. Os olhos de Josefa fitaram o teto, mas já não o enxergavam mais. Estavam apagados.

Josefa estava morta.

O garoto respirava ofegante, incapaz de mover um só músculo, em choque. Começou a tremer. As lágrimas acumuladas nos olhos embaçaram sua visão, e uma força nunca sentida antes cresceu em seu âmago, intensificando a tremedeira que o tomava da cabeça aos pés. Não conseguia parar de olhar para o corpo estourado da mãe jazendo a poucos passos dele. Fernando, urrando de dor pela facada, ainda mantinha a arma apontada para a mulher. A fumaça saindo do cano duplo se dissipava no ar.

— OLHA O QUE VOCÊ ME FEZ FAZER! — gritou enquanto se virava abruptamente para o filho. Ergueu a espingarda em sua direção, mas Pietro nem sequer se moveu, ainda em choque. Aos poucos, ergueu os olhos avermelhados para o pai. O que Fernando viu naquele olhar foi capaz de assustar até mesmo a ele. Hesitou por um momento, dando um passo para trás.

Pietro sabia que estava se movendo, mas era como se seu corpo estivesse agindo por conta própria. Sua mente ainda não conseguia acreditar na imagem da mãe morta, mas seu coração já estava tomado pela ira e a vontade de vingança. Aquele velho imundo na sua frente tinha tirado de sua vida as duas únicas pessoas que ele amava. Rafael e agora Josefa. Seus olhos se acenderam em fúria e ele se jogou contra Fernando de mãos vazias, abertas, como se fossem garras. Seria capaz de matá-lo a socos se fosse preciso. O único pensamento que passava pela cabeça era como toda a sua vida e seus planos de um futuro tinham sido todos destruídos de uma única vez pelo homem que um dia tinha chamado de pai.

Fernando viu o filho correndo em sua direção com o rosto irreconhecível tomado pelo ódio e não hesitou.

Quando percebeu o que aconteceu, já era tarde demais.

Do lado de fora, a apenas algumas casas de distância, o pequeno mensageiro de Pietro e Rafael, Benjamin, acordou assustado em seu quarto quando ouviu o estrondo do segundo tiro na noite. O primeiro não o tinha acordado, mas aquele sim. Sentou-se na cama, sem entender o que estava acontecendo. Não demorou muito para que o terceiro e último estrondo ecoasse, acordando de vez todos os vizinhos ali perto.

Benjamin correu para a sala de casa, onde os pais já se encontravam, olhando através da janela. Ele se enfiou entre os dois, colando o nariz no vidro, percebendo a aglomeração de moradores do lado de fora. Várias casas agora tinham as luzes acesas, e as pessoas saíam com seus pijamas, se juntando em frente à última residência da rua. Um burburinho de conversas podia ser ouvido.

Benjamin levou as mãos à boca quando se deu conta.

Alguma coisa muito ruim tinha acabado de acontecer na casa do seu amigo Pietro.

O garoto no alto da torre

UMA SEMANA ANTES...

Rafael desembestou pelo túnel escuro quando se separou de Pietro. Correndo meio agachado, com as mãos sobre a cabeça – como se aquilo fosse protegê-lo caso a bala o pegasse! –, ouviu mais um tiro e o barulho de uma parede estourando, causando uma chuva de pedregulhos. Com a respiração ofegante e quase sem ar de tanto correr, atingiu a outra ponta do caminho. Apoiou-se sobre os joelhos por alguns segundos, recuperando o fôlego, e apurou os ouvidos. Não ouvia mais nada. O silêncio total fazia companhia ao breu na passagem subterrânea. Devia estar sozinho. Fechou os olhos e fez uma prece silenciosa torcendo para Pietro estar bem.

Então subiu a escada com a adrenalina ainda correndo pelas veias. Já na sala de jantar da casa que achou que nunca mais fosse ver, fechou o alçapão e arrastou o armário para cobri-lo. Foi nesse instante que a ficha caiu, ao mesmo tempo que Rafael desabou no chão, chorando. Uma tremedeira o dominou enquanto ele abraçava os próprios joelhos, custando a acreditar em tudo que tinha acontecido.

O pai de Pietro tinha tentado matar Rafael. Ele poderia estar morto dentro daquele túnel se Pietro não o tivesse empurrado para baixo na outra saída. Poderia estar com os miolos estourados como o gato se não tivessem agido e fugido. Poderia ser apenas uma carcaça sem vida se Pietro não tivesse voltado para segurar o homem e tentar acalmá-lo. O choque o tomou de uma única vez, e Rafael não conseguiu se mover, apenas ficou chorando em silêncio, no escuro, até que o dia começasse a amanhecer. Uma luz fraca penetrou o ambiente através das grandes janelas de vidro, e só então o garoto levantou a cabeça, os olhos vermelhos e inchados.

– Senhor Rafael? – A voz confusa de dona Maria chegou aos seus ouvidos. A senhora estava parada entre o hall e a sala de jantar, encarando-o com um semblante preocupado. – Está tudo bem? O que o senhor está fazendo aí?

Rafael se apoiou no armário para se levantar. O corpo todo doía. Dona Maria se aproximou, o ajudando a se equilibrar. Parecia um bêbado tentando se manter em pé. Ele apenas negou com a cabeça, incapaz de pronunciar qualquer palavra, e se afastou sob o olhar intrigado da mulher. Subiu para o quarto, fazendo o caminho sem nem pensar no que estava fazendo, como um morto-vivo andando pela casa.

Fechou a entrada do dormitório atrás de si quando entrou no aposento. Não se deu ao trabalho nem de trocar de roupa, apenas se jogou na cama e fechou os olhos, a cabeça martelando de dor. Apesar disso, acabou pegando no sono em meio a um turbilhão de pensamentos.

Dormiu pela primeira vez em muitos dias, mas os pesadelos não o deixaram descansar. Estava no centro do jardim, tinha certeza, apesar do breu sinistro que o cercava. Percebeu que estava no túnel. Mas como seu jardim tinha ido parar ali? Girou, tentando achar sentido naquilo, e de repente tudo explodiu em chamas. As flores pegaram fogo, e os gritos delas eram ensurdecedores. Milhares de vozes berrando de dor ao mesmo tempo. Pietro surgiu em meio às chamas, lhe ordenando que corresse. Rafael viu seu rosto assustado e ia fugir quando o barulho do tiro estourou no ar e não conseguiu se mover. Olhou para baixo e viu um buraco no próprio estômago. Uma enxurrada de sangue escorria do ferimento. Desesperado, ergueu a cabeça para Pietro outra vez, mas quem estava lá era o pai dele, com aquele rosto demoníaco contorcido em fúria. O homem ergueu a espingarda diretamente para seu rosto e disparou.

Rafael acordou gritando, empapado de suor, e percebeu que o barulho do tiro no sonho era, na verdade, uma batida no alçapão na entrada de seu quarto. Limpando a testa com as costas das mãos, o garoto viu quando Antônia entrou, um olhar de curiosidade tomando o semblante.

— Rafael, você... — Ela deu alguns passos na direção da cama na qual ele continuava deitado. — ... Você está aqui.

O tom em sua voz saiu numa mescla de afirmação com pergunta. Achou que o filho tinha ido embora na noite anterior. Lembrava-se perfeitamente da última conversa entre os dois. Rafael a encarou, apenas assentindo com um movimento quase imperceptível.

— A dona Maria me contou que te encontrou na sala de jantar quando estava indo preparar o café — continuou a mulher, sentando-se na cadeira da escrivaninha ao lado. — O que... — Hesitou, esfregando as mãos. A mesma mania que o filho tinha quando ficava nervoso ou ansioso. — O que aconteceu? Eu achei que você estava indo embora ontem.

Rafael não quis falar. Fazer isso seria dolorido demais. Seria como reviver todos os momentos de horror da noite anterior. E mesmo que quisesse, era estranho conversar com a mãe daquele modo, pois, apesar dos dezoito anos vivendo sob o mesmo teto, ainda eram tão distantes um do outro. Não conseguiria se abrir com ela nem com ninguém. Negou com a cabeça, as lágrimas se acumulando em seus olhos outra vez, ameaçando cair.

Antônia se levantou. Caminhou até perto da cama do filho. Hesitou por um momento, mas por fim decidiu erguer a mão e acariciar seu cabelo de leve. Sentiu os fios levemente molhados de suor e viu quando as lágrimas rolaram pelo rosto tão jovem e tão sofrido. Viu nele um reflexo de toda a vida que ela mesma tinha tido. Presa em um lugar que não queria estar. O menino estava caminhando naquele mesmo corredor de solidão, tristeza e angústia. Quis poder fazer algo por ele, mas quando Rafael a encarou de volta ao levantar os olhos viu lá dentro que ele estava perdido e desesperado. Ah, se ela tivesse coragem, passaria por cima de Mário e ajudaria o garoto a seguir sua felicidade, fosse como fosse. Mas o medo do marido, infelizmente, falou mais alto do que o amor que tinha pelo filho. Um amor para o qual demorou demais para dar atenção.

— Eu queria que as coisas fossem diferentes — sussurrou ela.

Em seguida, a mãe afastou uma mecha da testa do garoto, inclinou-se e depositou um beijo leve em sua pele. Ainda o olhou com pesar por mais alguns segundos antes de se afastar devagar. Deixou o quarto dele se odiando por não conseguir fazer nada, enxugando os próprios olhos marejados enquanto Rafael olhava para além da janela, observando o céu azulado daquela manhã sem vontade alguma de se levantar.

—

Foi inevitável pensar em Pietro a cada segundo. Não ter notícias dele era como uma tortura incessante. Durante os dias que se seguiram, matutou sobre diversas maneiras de ir até ele, mas nenhuma ideia lhe parecia boa o suficiente, dados os últimos acontecimentos. Seria inviável demais ir pela cidade, a céu aberto, até a casa do marceneiro, pois o guarda-costas Armando com certeza o seguiria para onde quer que fosse. Cogitou usar o túnel outra vez, mas agora já não era mais tão seguro. O pai de Pietro sabia do esconderijo, e era bem capaz de estar esperando do outro lado para estourar sua cabeça. Ou, na melhor das hipóteses, a presença de Rafael lá poderia causar outra confusão. Era melhor não ir atrás. Preferia esperar que o garoto escrevesse ou reaparecesse quando a poeira abaixasse.

Isso não é uma despedida.

A afirmação que ele mesmo tinha feito ecoava em sua cabeça. Agarrava-se àquelas palavras como a última esperança de poder ficar junto de Pietro. Eles não tinham se despedido naquela noite. Iam se encontrar de novo. Tinham que se encontrar de novo ou então o resto de sua vida estaria fadado ao fracasso e à infelicidade de um casamento indesejado.

O coração começou a palpitar de modo acelerado quando se deu conta. Naquele mesmo horário, no dia seguinte, Mariana estaria esperando encontrá-lo parado diante do altar. Toda a cidade já se preparava para a grande cerimônia, até mesmo as rádios já noticiavam como se ele fosse alguém importante. Mas a única pessoa que não estava preparada era ele mesmo. Não conseguia se imaginar entrando pelo corredor da igreja para formalizar a união que nada mais era do que mais uma jogada de Mário Albuquerque. Foi com esses pensamentos corroendo sua mente — e a ansiedade em rever Pietro corroendo o coração — que Rafael desceu e encontrou Armando no hall de entrada para levá-lo ao alfaiate mais caro de Petrópolis, para dar os últimos retoques no terno que usaria durante o casamento.

Vendo-se sem escolha a não ser continuar seguindo o jogo do pai, o garoto não fez nenhuma objeção. Apenas foi obedecendo como um fantoche. Sentia-se mesmo como um: sem vontade, sem vida, vazio por dentro.

E menos de vinte minutos depois, chegaram ao local e foram recebidos pelo velho alfaiate. O homem, usando óculos pequenos na ponta do nariz, mediu novamente seu corpo, pulsos, pernas. Enquanto se postava diante de um espelho, erguendo os braços ou girando, apenas servindo como um boneco, Rafael viu a própria imagem abatida na superfície de vidro. Por mais bonito que o terno ficasse nele, não era assim que se sentia. Mal reconhecia o próprio rosto. Os músculos ali pareciam ter travado e era como se nunca mais fossem ser capazes de se moverem para abrir um sorriso. Não com aquela tristeza toda que lhe devorava de dentro para fora.

Levou uma pequena alfinetada no braço enquanto o homem continuava tirando suas medidas, mas nem se mexeu. Aquela dor não era nada comparada à dor emocional que o destruía. Engoliu, encarando a si mesmo sem expressão no reflexo do espelho, e pensou que tudo que estava acontecendo tinha sido causado por uma única pessoa. Se ela não tivesse estragado tudo, ele e Pietro já estariam longe daquela cidade.

Apesar de tudo, Rafael nunca tinha sentido aquilo por Mariana. Mas, naquele momento, a odiou do fundo de sua alma.

—

Pela primeira vez, tomou a iniciativa de ligar para a noiva. Assim que chegou em casa após os últimos retoques na roupa que usaria para a cerimônia, Rafael foi até a enorme sala de estar e se sentou no sofá, ao lado do telefone. Certificou-se de que estava sozinho no cômodo e discou o número da casa do prefeito. Alguma empregada atendeu e, depois de pedir para falar com Mariana, a voz da garota veio do outro lado.

— Devo dizer que estou muito surpresa. — O tom de alegria dela fez seu sangue ferver. Da última vez que tinha sentido aquela raiva, tinha metido um soco no nariz de Jonas. Ainda bem que estava longe, pois assim não correria o risco de fazer algo impensável com a menina. — Está ansioso pra amanhã? Por isso resolveu ligar? Não aguenta mais ficar longe de mim, não é?

— Fica quieta, Mariana! — Surpreendeu a si mesmo com a firmeza das palavras que saíram de sua boca. — Por que você fez isso?

— Isso o quê? — Ela parecia rir do outro lado da linha.

— Você sabe muito bem do que eu estou falando! — Ele tomou o cuidado para não gritar e perder a razão, mas era difícil conter a emoção. — Por que você teve que abrir a boca e contar tudo? Você tinha prometido!

A risada que veio do aparelho fez Rafael fechar os olhos de tanto desgosto e apertar o telefone. As pontas de seus dedos ficaram brancas. Como ela ainda tinha a audácia de rir naquela situação?

— Rafael, meu amor — disse Mariana, tentando controlar o riso. — Eu sei que você estava mentindo pra mim. Você acha que eu sou besta?

Ele ficou mudo, a respiração aumentando de intensidade. Não ficou com medo como das outras vezes. Já não aguentava mais se retrair e se esconder. Naquele momento, um ódio irradiante crescia dentro dele, tão forte que achou que, se não se controlasse, o telefone explodiria em pedacinhos na sua mão.

— Eu só fiz o que tinha que ser feito. — Mariana se interrompeu e falou com alguém do outro lado da linha antes de voltar ao noivo. — Você atrapalhou meu dia de noiva pré-casamento pra isso?

— Você não tem ideia da merda que fez! — Pressionou o maxilar, com ódio. Olhou ao redor da sala, mas continuava sozinho. Sentiu uma quentura desagradável subir pelo rosto. Estava com a pele rosada como sempre ficava quando se enfurecia com algo. — Eu e o Pietro quase morremos por sua culpa!

Ela riu de novo, causando uma nova onda de fúria no garoto. Mariana se deliciava com a vitória. Naquele momento, tudo que ele ouvia era a voz de uma pessoa que odiava.

Rafael começou a tremer, em uma tentativa de não estourar e gritar pelo telefone ou de jogá-lo na parede. Era difícil controlar a raiva. Desejou poder quebrar tudo que estivesse em seu caminho para extravasar as emoções. Queria chutar a mesinha de madeira ao lado do sofá, virá-lo de ponta-cabeça, pegar a luminária caríssima e usá-la para destroçar os quadros valiosos que decoravam a sala e depois jogá-la contra os vidros da janela para ouvi-los estourando em milhares de caquinhos. Depois, usaria esses pedaços e rasgaria o estofado das cadeiras estupidamente ridículas na sala de jantar. Ele precisava, de algum modo, colocar para fora toda a frustração e ódio que vinha acumulando durante toda sua vida.

Entretanto, os pensamentos de violência permaneceram somente na sua cabeça. Tudo o que o garoto fez foi continuar sentado, o telefone quase escorregando pelas palmas suadas que tremiam no mesmo ritmo que a respiração entrecortada que entrava pelos ouvidos de Mariana como um símbolo de sua vitória.

— Você tem que me agradecer que eu fui contar para os pais dele! — Ela baixou a voz, ficando mais séria e falando mais rápido. — Eu poderia muito bem ter ido contar aos seus, mas não quis estragar o nome da sua família nem arruinar o meu futuro com você.

Rafael percebeu que suas ações eram como as de uma verdadeira política. Junto da raiva, sentiu nojo da garota. Se já não tinha a menor vontade de viver com ela antes, naquele momento teve menos ainda, se é que era possível. As emoções nublavam seu raciocínio, e ele foi incapaz de responder. Não conseguiria formular qualquer frase decente a não ser xingamentos impronunciáveis que não seriam suficientes para traduzir o tamanho de sua repulsa.

— Te vejo amanhã no altar! — Mariana voltou a falar, com a voz radiante. — Agora preciso terminar os meus preparativos. Não vá se atrasar, hein! Eu que sou a noiva.

Ela riu quando desligou o telefone. Rafael bateu o aparelho com força no gancho, urrando de raiva. Saiu da sala antes que cedesse aos impulsos e realmente destruísse parte do patrimônio dos Albuquerque. Em seguida, a passos apressados, furiosos e barulhentos, subiu a escada para o andar superior. Quando atingiu a escada em caracol para a torre, disse a si mesmo que daria um jeito de não ir ao casamento. Faria qualquer coisa, mas só sairia daquele quarto se fosse para encontrar Pietro outra vez.

E ele tinha razão.

Acordou na manhã do casamento sabendo que aquele dia seria decisivo em sua vida. Ou se casava de vez com Mariana ou daria um jeito de fugir de casa, encontrar Pietro e deixar tudo para trás. A primeira coisa que fez foi tomar um banho. Voltou ao quarto e abriu o guarda-roupa. O terno feito sob medida para ele estava lá, pendurado em um cabide, junto da gravata roxa. Vestiu-o, mas não que tivesse intenção de ir ao casamento. Seria só para despistar qualquer tipo de suspeita das outras pessoas. Ele abriria o portão e sairia correndo pela cidade se fosse preciso. Seria loucura, mas um ato de loucura era tudo que lhe restava. Não tinha escapatória. Ou era isso ou era o altar. Preferia se arriscar em vez de nunca tentar.

Colocou um disco na vitrola perto da janela para tocar e se vestiu enquanto absorvia a música. Depois de finalizar o nó na gravata, se sentou na cama para vestir os sapatos que jaziam ali perto. Estava pronto. Levantou-se, foi até a janela e se apoiou no parapeito, observando o terreno da casa. Enxergou seu jardim e sentiu, mesmo dali de cima, o aroma das flores. Era como se a brisa trouxesse uma mensagem delas lá de baixo. Uma despedida. Um adeus.

Rafael sorriu e levou o olhar até o portão. Lembrou-se da primeira vez que viu Pietro passando por ali e entrando na floresta. Desde aquele momento, apesar de todos os problemas, ele tinha trazido sentido à sua vida. Tinha despertado nele sensações que o peso de ser um Albuquerque apagava. Por causa de Pietro, ele soube que havia uma escapatória. Abriria mão de toda a fortuna da família para viver seu amor, para ser livre e poder ser o Rafael mais puro e natural que podia, longe das amarras de Mário.

O garoto inalou o aroma das flores e, por um segundo, achou que ouviu dezenas de vozinhas sibilando em sua mente. Todas elas – as margaridas, tulipas, bromélias, rosas... cada uma delas – e cada árvore lá embaixo falaram com ele. Envolveram-no em um abraço que lhe deu energia para seguir em frente. Disseram-lhe que havia chegado o momento de se separarem de verdade. Por mais que ressentisse ter que deixar o jardim para trás, Rafael sabia que era necessário. Daquela vez, não haveria volta.

Ainda com um sorriso no rosto, ouviu quando o alçapão do outro lado do quarto foi aberto. A expressão alegre se desmanchou imediatamente quando viu Mário entrando pela abertura, já vestindo seu próprio terno e com a barba bem aparada. Carregava um jornal que jogou na cama ao dizer:

– É assim que gosto de ver. – Indicou o garoto com um aceno de cabeça e percorreu o quarto, parando na vitrola que tocava uma canção, "There's a New Moon Over my Shoulder", de Jimmie Davis. – Creio que finalmente está entendendo o seu papel como homem.

Rafael não respondeu, apenas continuou encarando o pai.

– Você está na primeira página. – Apontou para o jornal na cama. O garoto desviou os olhos para o papel dobrado e viu uma fotografia dele com Mariana. Haviam usado a mesma que tinha tirado com ela durante a festa junina, meses atrás, no gazebo da Praça da Liberdade. – Termine de se arrumar e desça. Sua mãe e eu vamos te esperar lá embaixo. – Aproximou-se do filho, o segurou pelos ombros e olhou no fundo de seus olhos. O que Rafael viu ali não foi um carinho paterno, mas um orgulho egoísta pelo fato de estar unindo seu poder com o da família de Mariana. – O Henrique já me ligou e contou que os convidados já estão chegando na igreja. Tem vários jornalistas curiosos por lá. Vai ser um grande dia, filho! Não demore.

Mário deu um tapinha leve em seu rosto, sorriu e virou para se retirar. Rafael se sentou na cama, pensando em como fazer para sair sem ser visto pelos pais no andar de baixo. Não daria para fugir pelo túnel, pois não teria tempo para puxar o armário e abrir a passagem sem ser pego. Talvez pudesse mentir que iria até a cozinha tomar uma água e fugir pelos fundos. Até perceberem que ele não estava mais ali seria...

Rafael interrompeu os pensamentos quando olhou para a capa do jornal dobrado mais uma vez. A fotografia dele e de Mariana ocupava quase toda a página, encabeçada por uma manchete que dizia "O CASAMENTO DO ANO!", mas não foi aquilo que chamou sua atenção. Ao pé da página, havia vários quadradinhos com o início de outras notícias que estavam naquela edição. Uma delas, em específico, fez seu coração saltar.

Puxou o jornal com força e o aproximou do rosto. A cada linha que lia, sentia o mundo ao seu redor se distanciando. Abriu o caderno de notícias, correndo para a página com a história completa, torcendo para que tudo não passasse de uma terrível coincidência. Os olhos percorreram cada palavra da reportagem, que contava os detalhes da tragédia. A folha tremia em suas mãos e uma lágrima manchou a tinta, mas, ainda assim, ele continuou lendo. A última linha confirmou sua suspeita:

"Os vizinhos ouviram os tiros e chamaram a polícia. Os três corpos encontrados na casa foram identificados como os do marceneiro Fernando Soares, a esposa Josefa Soares e o filho de dezessete anos, Pietro Soares."

Não conseguiu mais ler. A visão se tornou turva e o mundo todo girou de uma vez. Se não estivesse sentado na cama, Rafael teria perdido a força nas pernas e caído. O jornal escapou das mãos e pousou no chão com um farfalhar sutil. Não podia ser... Não podia ser verdade. Aquela matéria era mentira! Ela dizia que, segundo a polícia, Fernando tinha matado a mulher, depois o filho e, por fim, dado um tiro na própria cabeça ao perceber o que tinha feito.

Rafael continuou sentado, imóvel, o olhar fitando a parede à frente, perto da porta do banheiro, mas sem enxergar. Seu corpo estava em choque e a mente, confusa. Pietro estava morto? Não, ele só podia estar tendo um surto psicótico. Não podia ser verdade. Pietro não tinha morrido. Era mentira. Era mentira. Era...

O chão sumiu de seus pés, um frio invadiu seu estômago e a cabeça girou. Ele caiu na cama, deitado em posição fetal, abraçando os próprios joelhos, enquanto as lembranças lhe atingiram em cheio. Pietro acenando para ele do portão lá embaixo. Os dois se olhando pela primeira vez sem trocar nenhuma palavra quando Rafael estava no jardim. O primeiro passeio na floresta. O toque de sua mão naquele mesmo dia. O primeiro beijo explosivo pouco depois. A primeira vez dos dois no alto da cidade. A dança sem som algum. O sorriso quando tiraram a foto na cabine do Vênus. Os encontros sorrateiros no túnel. A última vez que tinha visto seu rosto. O último beijo, uma semana antes.

Isso não é uma despedida.

Rafael soluçou alto quando as lágrimas vieram em uma enxurrada e lhe tomaram o ar. Tremeu na cama, se abraçando ainda mais apertado. Nunca mais ia poder sentir o toque de Pietro, abraçá-lo, sentir seu cheiro, ouvir sua voz ou beijar aqueles lábios que tanto amava. Nunca mais ia poder olhar em seus olhos ou dizer o quanto ele tinha sido importante e o quanto tinha mudado sua vida. Como o tinha tirado de um local sombrio e sem esperança. Como tinha lhe mostrado que o mundo podia ser um lugar bom.

Isso não é uma despedida. Foi a última coisa que tinha dito a ele e, naquele momento, chorando sozinho no alto da torre, Rafael se deu conta de que o seu lugar sob o sol era ao lado de Pietro. Só que agora o seu raio de sol já não brilhava, e a escuridão crescia outra vez.

Isso não é uma despedida. Só que foi. Aquela foi a última vez em que se olharam, se beijaram e que pôde ouvir sua voz. Sem Pietro naquele plano, Rafael não conseguia enxergar um lugar ao qual ele pertencesse. Sua única saída para a felicidade era ao lado do garoto. Ou ia embora com o amor de sua vida ou sucumbia à vontade do pai e se casava com Mariana. Não havia terceira opção.

Agarrou o travesseiro, o apertou contra o rosto e gritou ali dentro, expurgando toda a dor que quebrava seu coração em um milhão de pedaços e despedaçava sua alma a ponto de não haver mais como reconstruí-los. Toda perspectiva de um dia ser feliz desapareceu por completo. Ele tinha conhecido a felicidade em meio ao caos, ao medo e às preocupações. Antes, achava que nunca saberia o significado real da palavra, mas com Pietro pôde ter um vislumbre de qual era. Foram poucos e curtos os momentos que tiveram juntos, mas foram o suficiente para fazê-lo entender que viver de verdade era aquilo. Viver com amor, viver livre e tê-lo ao seu lado. Só que, num mundo sem Pietro, era impossível encontrar alegria outra vez.

Talvez...

Rafael ergueu a cabeça, olhando para o guarda-roupa.

Talvez houvesse uma terceira opção, sim.

Devagar, se levantou, enxugou o rosto e abriu a porta do móvel. Abaixou-se e retirou, do fundo dele, de baixo de algumas roupas, a tirinha com a foto que tinha tirado com Pietro no Vênus. Ao olhá-la, achou que os pedaços de seu coração fossem pegar fogo e sumir de vez. Chorou mais ao ver o rosto tão lindo do garoto sorrindo. Passou o dedo pela última imagem, na qual Pietro o segurava pela nuca e beijava sua bochecha. Rafael olhava para a frente, na fotografia, sorrindo. O Rafael ajoelhado no chão soluçou ao perceber que nunca mais seria capaz de sorrir daquele jeito.

A vitrola ainda tocava quando ele se levantou, deixando a fotografia cair por entre os dedos, se prendendo no piso de madeira entre duas tábuas. Desolado, Rafael caminhou até a janela e recebeu a brisa do céu da manhã no rosto, secando algumas lágrimas. As vozes das flores do jardim o atingiram, e sua dor se uniu à delas. Milhares de gritos inaudíveis ecoaram em sua cabeça quando ele decidiu que ainda conseguiria se encontrar com Pietro.

Não havia outro jeito. Aquela era a única saída para fazer a sua vontade. Se ficasse, viveria a vida arquitetada pelo pai, e ele estava farto daquilo.

Respirou fundo e ergueu uma perna. Passou-a pelo parapeito da janela e depois ergueu a outra, os pés pendendo do lado de fora. De costas para o quarto, olhando para o espaço aberto à frente, conseguia ouvir a vitrola tocando os versos na voz de Jimmie Davis:

You are my sunshine, my only sunshine
You make me happy when skies are grey
You'll never know, dear, how much I love you
Please don't take my sunshine away

(Você é o meu raio de sol, meu único raio de sol
Você me faz feliz quando o céu está cinza
Você nunca saberá, querido, o quanto eu te amo
Por favor, não leve meu raio de sol embora)

As lágrimas vieram de novo quando o garoto olhou para baixo; os pés pendurados com os calcanhares tocando na parede de fora da casa. Lá embaixo, enxergava perfeitamente o jardim, o carro da família parado perto da entrada da casa e o portão da propriedade dos Albuquerque. Daquela vez, ele iria embora de verdade. Nunca mais voltaria para lá. Sairia do seu quarto e iria de encontro ao amor de sua vida, como tinha dito a si mesmo na noite anterior antes de ir dormir.

– Eu estou indo, Pietro – sussurrou.

Então ergueu a cabeça, sentiu a brisa roçar a pele de seu rosto e fechou os olhos. Um pássaro piou em meio às arvores quando o garoto abriu um sorriso. Ele iria vê-lo outra vez e, finalmente, poderiam ser felizes juntos. Poderiam ser livres.

Rafael abriu os braços, inspirou fundo e se impulsionou para frente. Deixou o corpo cair em queda livre, com a certeza de que a felicidade o aguardava do outro lado.

Não sentiu absolutamente nada quando atingiu o chão.

Apenas escuridão.

Epílogo

SETENTA ANOS DEPOIS

A jornalista Juliana Peres encostou o carro no meio-fio depois de dirigir por duas horas. Observou, através da janela, o casarão enorme. Por trás do grande portão, enxergou a construção imponente, mas, o que mais chamou sua atenção foi aquela torre despontando em um canto. Era mais alta do que todo o resto, como um dedo apontando para o céu.

— Uau, mãe! — No banco do passageiro, o filho de treze anos ajeitou os óculos no rosto enquanto olhava a casa, inclinado para frente. A aparência de nerd do garoto a lembrava de si mesma em sua infância. Sabia que estava destinada a ser mãe do menino antes mesmo de tê-lo adotado anos antes. Eram muito parecidos em tudo.

— É enorme mesmo.

Ela desceu do carro, e ele a acompanhou. Perto da entrada, outro veículo estava parado. Uma mulher usando um terninho e sapatos pretos desceu dele, aproximando-se de Juliana para cumprimentá-la com um aperto de mão.

— Seja muito bem-vinda — disse, abrindo um sorriso profissional. — Você deve ser a Juliana e esse é o seu filho, Judá, estou correta?

A jornalista assentiu, apertando a mão da corretora. Tinha conversado com ela por telefone algumas vezes. Era a primeira vez que se encontravam pessoalmente, porém. Juliana achou que ela seria mais alta.

— Como você já sabe, eu sou a Tainara. Vou mostrar a casa para vocês hoje. Vamos entrar para dar uma olhada? — A mulher se aproximou da entrada, empurrando o portão para que pudessem passar. Quando a mãe e a mulher entraram, Judá tirou o celular do bolso e tirou uma foto da grande placa de "VENDE-SE" pendurada ali.

— Filho de peixe, peixinho é. — Juliana indicou o menino com a cabeça, e a corretora riu.

Judá era um verdadeiro prodígio. A jornalista podia se lembrar perfeitamente de quando ela o tinha adotado. Viu-o no orfanato e soube no mesmo instante que estavam conectados de uma maneira inexplicável. Desde pequeno, o garotinho se mostrou ser muito inteligente e sempre imitava as mamães (antes da esposa de Juliana decidir que não podiam mais ficar juntas, viviam os três num apartamento no Rio de Janeiro) em tudo. Pegou gosto por fotografia e jornalismo desde que aprendera a escrever, e agora seguia os passos da mãe Ju, como a chamava, em alguns de seus trabalhos.

Passaram por um caminho de cascalho em direção à construção. Juliana parou ao mesmo tempo que o filho erguia o celular para o mesmo ponto que ela olhava. Havia uma área gramada ali com matos secos e quebradiços. O chão a partir daquele espaço parecia cinzento e apodrecido.

— Tá um pouco malcuidado, né? — comentou enquanto Judá tirava fotos com seu aparelho. O cheiro forte invadiu suas narinas, e o menino fez uma careta.

— Ah, sim! — Tainara tinha o mesmo sorriso profissional no rosto ao olhar para a área decadente. — Muitos moradores tentaram manter o jardim que tem na construção original, mas — ela ergueu o olhar para a jornalista — nada dura muito tempo. As flores secam e apodrecem. Deve ser alguma coisa no solo. Você vai ter que dar uma olhada nisso quando comprar a casa. Mas não se preocupe, temos um ótimo desconto por causa desse detalhe.

— Só esse detalhe? — Juliana arqueou uma sobrancelha, e a corretora riu sem graça. Queria ver até onde a mulher esconderia os fatos, embora estivesse decidida a saber de cada um deles.

— Bom, tem mais algumas coisinhas precisando de reforma na casa, mas nada muito impossível. — Ela se virou para a entrada um pouco mais à frente. — Vamos ver a parte de dentro?

Quando passaram pela porta dupla de madeira e pisaram no hall, Judá no mesmo instante passou na frente delas, observando todos os detalhes: a grande escada no centro que levava ao andar superior, a entrada para a sala de estar à direita e um arco grande que os separava da sala de jantar. Enquanto a mãe conversava com a corretora, seguiu naquela direção e notou a enorme mesa retangular com várias cadeiras e um armário de louças cheio de pó a um canto. Aproximou-se dele e passou as mãos pela porta de vidro, revelando que havia vários pratos lá dentro. Pelo jeito, as pessoas que moraram ali não tinham levado nada ao sair.

— É verdade a história que contam sobre esse lugar? — Juliana caminhava com as mãos cruzadas atrás do corpo quando perguntou. Observava os móveis da sala à direita. Eram antigos, mas muito bem-conservados. Só precisavam de uma limpeza, pois o pó se acumulava neles. Pelo que tinha lido na descrição do anúncio, toda a mobília estava inclusa no preço da compra.

— São só lendas urbanas, a senhora sabe como é! — Tainara riu, nervosa, e acenou no ar como se aquele assunto não fosse importante.

Mas, para Juliana, era muito. O único motivo de estar interessada em comprar aquela casa era por causa de sua história. Queria passar um tempo nela, vendo tudo com os próprios olhos, para poder escrever seu livro com clareza. Todo o investimento que fizesse seria reposto em dobro com as vendas da obra. Afinal, aquela casa estava sendo vendida a preço de banana, e ela sabia qual era o motivo.

— Na verdade, eu só a quero *por* causa da história. — Virou-se para a corretora e sorriu, no mesmo momento em que Judá voltava da sala de jantar e começava a subir os degraus para o andar de cima.

Tainara olhou para a jornalista com uma expressão desconfiada, mas depois deu de ombros. Bom, tinha doido para tudo, né? Nenhuma pessoa que comprava o imóvel ficava por muito tempo, e a história daquele lugar parecia desvalorizá-lo cada vez mais. Se aquela mulher era doida o suficiente para comprá-lo pelo mesmo motivo que afastava outros compradores, talvez até ajudasse se contasse tudo que sabia.

— Bom, há uns noventa anos, mais ou menos, um casal se mudou para cá — começou. A jornalista a olhava fixamente, o que a deixou um pouco desconfortável, porém prosseguiu: — Se me lembro bem do que contam, se chamavam Mário e Antônia Albuquerque. Viveram por vários anos aqui. Eram a família mais rica de Petrópolis naquela época. — Tainara não acreditava muito no que contavam sobre o lugar. Odiava quando a designavam para vender aquele tipo de imóvel, portanto odiava quando tinha que ir ali. Entretanto, falar em voz alta sobre aquilo dentro da casa lhe causava arrepios. — Antônia e Mário tiveram um filho, Rafael. Conta a história que ele era noivo da filha do prefeito e os dois iam se casar quando completassem dezoito anos. Só que...

Ela parou. Podiam ouvir os passos de Judá correndo no andar de cima. Juliana o imaginou indo de um cômodo a outro tirando foto de tudo que via. Se ele fosse um garoto comum, não o levaria para lá. Nem sequer pensaria em passar um tempo morando ali com ele. Mas Judá era muito mais que um garoto. Ele era corajoso e ambicioso como a mãe. Apesar de parecer uma ideia maluca para qualquer um que os visse de fora, para os dois era uma ideia empolgante e uma ótima oportunidade para terem mais uma história de mãe e filho para contar por aí.

— Só que...? — repetiu Juliana, encorajando a mulher a continuar. Ela sabia o que viria a seguir, mas queria ouvir. Toda a história estava on-line, bastava uma pesquisa para descobrir, mas ouvir da boca de uma moradora local era diferente. Poderia usar aquilo em seu livro. Ergueu as sobrancelhas, encarando a corretora, e acenou com a cabeça, ansiosa para saber mais.

— O menino se matou no dia do casamento dele com a filha do prefeito. — Tainara colocou a mão sobre o peito, sentindo o impacto da própria revelação. Ela não devia contar a história para os supostos compradores, mas já que aquela doida à sua frente queria ouvir, continuou: — Dizem que os pais ouviram o barulho quando ele se jogou da torre. — Ela ergueu um dedo, apontando para o alto. — Encontraram o corpo lá fora todo quebrado. Ninguém sabe o motivo de ele ter feito o que fez. Uns dizem que era depressivo, outros dizem que foi um acidente.

— E depois? — Juliana colocou as mãos no bolso da jaqueta de couro marrom que usava. Olhou para o alto, como se pudesse enxergar a torre através do teto. Girou, observando atentamente cada detalhe que seus olhos captavam. Ouvindo a história ali dentro, era capaz até mesmo de enxergar os acontecimentos e seus antigos moradores andando pela casa, como fantasmas de um passado quase esquecido.

— Bom — Tainara baixou a voz, como se falar em voz alta fosse incomodar alguém —, os Albuquerque se mudaram pouco tempo depois. Deixaram a cidade e ninguém nunca mais ouviu falar deles. Venderam a empresa que tinham e tudo mais. A filha do prefeito, a noiva... — Seus olhos percorreram os arredores do hall, e ela engoliu em seco antes de seguir: — Dizem que surtou, mas alguns anos depois acabou se casando com outro rapaz. Parece que ela morreu no ano passado. Teve um AVC.

Juliana assentiu. Sabia daquela parte da história. Só não sabia que "a noiva", como a chamavam nas diversas versões que tinha ouvido, havia falecido. Esperava poder falar com ela, pois devia ser a única pessoa viva que poderia contar com mais detalhes sobre a Petrópolis dos anos 1950.

— E o que dizem sobre os moradores que vieram depois? É verdade? — perguntou, voltando a encarar Tainara com interesse. Viu o nervosismo no rosto da corretora e abriu um sorriso para encorajá-la.

— Dizem que, de vez em quando, é possível ouvir uns barulhos estranhos na casa.

— No alto da torre, não é? — Os olhos da jornalista brilhavam de empolgação. Era ávida por histórias, e aquela parecia ser uma das melhores.

— Sim. — Tainara olhou ao redor e murmurou: — Dizem que, de madrugada, às vezes é possível ouvir um choro vindo do quarto no alto da torre. Um choro de dor e muito sofrimento. Como se alguém estivesse muito triste.

Juliana abriu um sorriso, mesmo com o arrepio percorrendo sua espinha. Aquela história seria perfeita para seu novo livro de romance sobrenatural.

— Mãe! — A voz de Judá ecoou pela casa. As duas mulheres olharam na direção do barulho e o viram descendo a escada no centro do hall com um papel na mão. Aproximou-se delas e o entregou a Juliana. Era uma tirinha de fotografia em preto e branco, meio desbotada, mas limpa o suficiente para poderem ver que eram dois garotos, bem jovens. A jornalista se concentrou na última foto. Um dos meninos olhava para a câmera com um sorriso apaixonado. Era possível ver sua felicidade de longe. O outro o segurava pelo pescoço e beijava sua bochecha. A mulher sorriu, sentindo o poder daquela história de amor. — Eu encontrei lá no quarto da torre. Tava presa no piso. Será que é de alguém que morou aqui?

— Você sabe quem são esses? — Juliana mostrou a foto a Tainara. Ela observou com o cenho franzido, até que uma sombra de compreensão cobriu seu olhar.

— Esse aqui — apontou para o garoto que sorria para a câmera na última imagem — é um Albuquerque. É o menino que se matou.

Ela olhou para Judá como se tivesse dito algo errado, mas o garoto apenas a encarava com a mesma expressão ansiosa da mãe: ávido pela história.

– Mas esse outro não sei quem é. – Ela estudou as fotos, observando principalmente as em que eles se beijavam. – Eu não sabia... – hesitou.

– Que ele era gay? – Juliana completou, com uma sobrancelha arqueada.

Tainara assentiu, e Juliana abriu um sorriso, guardando a foto no bolso. Aquela parte dos acontecimentos estava escondida, e ela ia investigar a fundo. O que as pessoas contavam não era nem a ponta do iceberg. Havia muito mais por trás da história de Rafael Albuquerque, ela sabia disso. A história dele merecia ser contada.

– Eu vou ficar com a casa – anunciou, causando um olhar de espanto na corretora.

– Bom – ela se atrapalhou, abrindo um sorriso de alívio por finalmente ter vendido o lugar –, sendo assim, podemos ir até a imobiliária para acertarmos o contrato e tudo mais.

Os três saíram para a área externa. Juliana parou e olhou a torre outra vez. O sol brilhava atrás do telhado pontudo, e a mulher conseguiu enxergar a janela de onde o garoto na foto em seu bolso tinha se jogado. Seguiu com o olhar até o chão, observando o ponto no qual ele devia ter caído e morrido. Um arrepio subiu pela sua espinha de novo.

– E o jardim? – Virou para olhar a parte com chão podre do terreno. – O que dizem sobre ele de verdade?

Ela sabia que aquela história de "alguma coisa no solo" era balela.

Tainara franziu o cenho, achando muito macabra a curiosidade daquela mulher sobre todos aqueles detalhes, ainda mais com o filho ao lado. Mas a criança parecia não se importar. Era tão estranha quanto a mãe.

— Dizem que — a corretora respondeu —, desde que o menino se matou, nada mais cresceu aqui. Virou uma terra podre. Se cresce algo, não dura muito tempo. Ninguém conseguiu achar uma explicação para esse fenômeno.

Juliana assentiu mais uma vez, satisfeita por confirmar todos os aspectos da história que tinha sido contada através das gerações. Tocou o bolso no qual a foto estava guardada com uma mão, decidida a descobrir os detalhes nunca contados. Por fim, apontou para o portão.

— Podemos ir agora. — Passou um braço pelo ombro do filho, caminhando para a saída. — Quero assinar o contrato o quanto antes.

— É só me seguir com o carro.

Tainara entrou no seu automóvel enquanto Juliana e Judá fizeram o mesmo no da jornalista.

— Tô doido para morar nessa casa, mãe! — O menino riu, ajeitando os óculos no nariz de novo. Ele a olhava, radiante, os olhos brilhando de empolgação. — Vai ser maneiro!

— Vai, sim. — Juliana bagunçou os cabelos do filho, deu partida no carro e começou a seguir a corretora. Com certeza, haveria muita coisa para investigar sobre o que realmente tinha acontecido naquele lugar. Ela estava ansiosa para começar sua pesquisa e descobrir se a história que contavam sobre o garoto no alto da torre era verdade ou apenas mais uma lenda urbana.

Fim

Primeira edição (julho/2023)
Papel de Miolo Ivory Slim 65g
Tipografias Neuton e Bigbone
Gráfica LIS